Knaur

Über die Autorin:
Sandra Dallas aus Denver, Colorado, hat bislang fünf erfolgreiche Romane geschrieben. »Der Club der Patchwork-Frauen« wurde international zum Bestseller.

Sandra Dallas

Die Chili Queen

Roman

Aus dem Amerikanischen von
Georgia Sommerfeld

Knaur

Die amerikanische Originalausgabe erschien 2002 unter dem Titel »The Chili Queen« bei St. Martin's Press, New York.

Besuchen Sie uns im Internet:
www.droemer-knaur.de

Deutsche Erstausgabe 2004

Redaktion: Gerhild Gerlich
Umschlaggestaltung: ZERO Werbeagentur, München
Umschlagabbildung: Getty Images
Satz: Ventura Publisher im Verlag
Druck und Bindung: Nørhaven Paperback A/S
Printed in Denmark
ISBN 3-426-62317-X

2 4 5 3 1

Für Bob. Auf ewig.

Addie

1

Als der Zug in den schäbigen Bahnhof von Palestine in Kansas einfuhr, standen die Bauern mit ihren verbitterten Gesichtern und ihre Ehefrauen in ihrem schwarzwollenen Sonntagsstaat an den Gleisen aufgereiht wie die Zinken einer Harke. Drei Jungen lümmelten im Schatten des Bahnhofsgebäudes auf einem leeren Gepäckkarren, in der lähmenden Hitze sogar zu lustlos, um einer Katze eine Blechbüchse an den Schwanz zu binden. Bei dieser Temperatur könnte nicht einmal eine läufige Hündin einen Rüden spitz machen, dachte Addie French, als sie ihre Augen mit der Hand beschattete, um sich gegen das schmerzhaft grelle Licht zu schützen, in dem die Prärie lag, schmutzig weiß wie getragene Unterwäsche auf der Bleiche. Sie drückte ihr Taschentuch an die Nase, um den Geruch von Schweiß und Stall und Pfannkuchen nicht riechen zu müssen, den die Kleider der Bauern ausdünsteten. Obwohl sie schon über die Hälfte ihres sechsunddreißigjährigen Lebens nicht mehr auf dem Lande zugebracht hatte, hatte sie die strengen Gerüche, die ein Bauernhaus durchziehen, nicht vergessen. Sie trocknete sich zum wiederholten Mal mit dem Tuch Gesicht und Nacken, dabei Schmutzspuren auf ihrer feuchten Haut hinterlassend.

Die Fahrt nach Kansas City war erfolgreicher gewesen

als erhofft – zumindest in finanzieller Hinsicht –, und sie kehrte mit genügend Geld nach Nalgitas in New Mexico zurück, um einen neuen Herd für die Chili Queen kaufen und an die Front des Hauses eine Veranda anbauen zu können. Ihr vornehmer Freund, mit dem sie sich in Kansas City jeden August anlässlich seiner alljährlichen Geschäftsreise dorthin traf, hatte sich diesmal ganz besonders erkenntlich gezeigt, ihr zwei Kleider gekauft und sie großzügig für ihre Gesellschaft bezahlt. Er war so um sie bemüht gewesen, dass Addie sich fragte, ob er ihr vielleicht eine dauerhafte Beziehung vorschlagen wollte. Vielleicht war seine Frau ja endlich gestorben und er bereit, sie um ihre Hand zu bitten. Nicht, dass sie interessiert gewesen wäre – aber gefragt zu werden, das hätte ihr geschmeichelt. Doch als die Woche sich ihrem Ende zuneigte, eröffnete er Addie, dass er mit seiner Frau nach Montana ziehen werde. Es tue ihm Leid, aber sie würden sich nicht wiedersehen. Er flehte Addie an, noch zwei Tage länger zu bleiben, und er war scharf wie ein ganzer Pfefferschotenstrauch. Als sie sich an ihre letzte gemeinsame Nacht erinnerte, kamen ihr die Tränen, und sie tupfte sie mit ihrem Taschentuch weg. Es war wirklich ein Jammer, dass dieses angenehme Arrangement ein so abruptes Ende genommen hatte. Addie schniefte voller Selbstmitleid. Sich selbst zu bemitleiden war eines der Dinge, die sie am besten konnte. Sie würde ihn vermissen und den alljährlichen Urlaub – aber Kansas würde sie nicht vermissen. Keine Minute! O Mann – sie hasste Kansas, dachte Addie, als ihr der Geruch ihres schweißfeuchten Körpers in die Nase stieg. New Mexico dörrte ihre Haare und ihr Haut aus, aber die trockene Hitze dort war ihr tausendmal lieber als die feuchte hier. Sie freute sich auf zu Hause. Vielleicht hätte sie Welcome telegrafieren sollen, dass sie aufgehalten worden war. Welcome. Ein abenteuerlicher Name – selbst für eine Schwarze. Vielleicht hätte Welcome das Telegramm ja auch gar nicht bekommen, weil sie sich inzwischen mit dem Geschirr aus dem Staub gemacht hatte, dachte Addie. Nicht, dass das Porzellan etwas wert gewesen wäre. Es hätte keinen Sinn gehabt, teures Geschirr zu kaufen, denn die Huren warfen ab und zu schon mal damit nach einem Kunden oder nach einander. Welcome war Addie mehr wert als das Porzellan. Keine ihrer Hausmädchen war bisher länger als ein paar Tage geblieben. Welcome war bereits seit vier Wochen da, und sie hatte erklärt, dass ihr die Arbeit gefalle und sie vorhabe zu bleiben.

Addie hatte Welcome vom ersten Moment an gemocht, und aus irgendeinem Grund vertraute sie ihr – genug, um ihr für die Zeit ihrer Abwesenheit die Verantwortung für die Chili Queen zu übertragen. Natürlich hätte sie das Bordell auch für die Zeit ihrer Abwesenheit schließen können, aber sie befürchtete, dass sie die Damen dann bei ihrer Rückkehr nicht mehr vorfände. Also hatte sie beschlossen, es mit Welcome zu versuchen.

Als die Frau eines Morgens in ihrer seltsamen Mischung aus Sklavendialekt und vornehmer Sprache, die sie, wie Addie annahm, irgendwo aufgeschnappt hatte, um Arbeit bat, kam sie wie gerufen. Prostituierte standen auf der Suche nach Arbeit haufenweise vor der Tür – allerdings nur, wenn sie keine brauchte, wie es schien –, aber nicht viele Frauen fragten nach Hausarbeit in einem Bordell, denn putzen, waschen und kochen für die faulsten und undankbarsten menschlichen Kreaturen auf Gottes Erdboden war nicht jedermanns Job. Addie hätte zur Not sogar einen Blinden eingestellt, und so erwartete sie sich nicht viel von Welcome. Doch innerhalb einer Woche hatte die große, gut aussehende Schwarze, die kräftig genug wirkte, um es mit einem Bären aufnehmen zu können, das Haus im Griff, als gehöre es ihr.

Sie kochte und putzte und hielt die Damen an der Kandare. Und betrunkene Freier erledigte sie einfach mit einer Bratpfanne. Addie wusste nicht, was Welcome nach Nalgitas verschlagen hatte. Vielleicht war sie nur auf der Durchreise wie die Mädchen. Aber vielleicht war sie es auch müde herumzuziehen und wollte sesshaft werden. Addie hatte sie nicht gefragt – warum auch? Sie war ein Geschenk des Himmels. Sie hoffte nur, dass Welcome die Huren bei der Stange gehalten hatte und noch da war, wenn sie nach Hause kam.

Als Addie das Taschentuch in ihr appetitliches Dekolleté steckte, kam der Zug mit einem Ruck zum Stehen. Der Schaffner sprang mit einem Eisentreppchen in der Hand auf die Planken des Bahnsteigs hinunter, stellte es hin und half einer Frau beim Aussteigen, die sich mit einer schweren Tasche abmühte. Ein Bauer trat vor, nahm sie der Frau ab, und dann gingen beide davon; die Frau folgte im Abstand von ein paar Schritten. Keiner der Ankommenden wurde mit einer Umarmung oder einem anderen Willkommensgruß empfangen, und das lag nicht nur an der Hitze. Die Menschen von hier waren abgestumpft und schweigsam, das wusste Addie. Sie zeigten so gut wie nie Gefühle. Vielleicht hatten sie auch gar keine. Die Menschenmenge lichtete sich, als der letzte

Reisende ausstieg. Die auf dem Bahnsteig Verbliebenen drängten sich am Treppchen, verharrten unsicher.

Ein Mann, der herausstach, weil sein Anzug zu gut gearbeitet war, um selbst geschneidert zu sein – ein Bankbesitzer, dachte Addie interessiert –, drängte sich vor und stieg als Erster ein. In der Hoffnung, dass er nach Nalgitas führe, beugte Addie sich vor, als er in ihrer Nähe im Mittelgang stehen blieb, womit er die anderen Reisenden hinter ihm zum Warten zwang. »Eine Fahrkarte nach Holden«, sagte er und hielt ein goldenes Zwanzigdollarstück hoch, damit es jeder sehen konnte. »Zwei Dollar siebzig«, fügte er hinzu, als wisse der Schaffner den Preis nicht. Der Zugbegleiter steckte die Münze ein und gab dem Mann die Fahrkarte. Er zählte ihm die dreißig Cent laut vor und reichte ihm dann eine Hand voll Dollarscheine. Zwei davon waren gefaltet, wie Addie beobachtete. Der Schaffner hatte dem Mann zwei Dollar zu wenig herausgegeben. Das Gleiche hatte er vorher schon einmal gemacht. Bei einer Frau in einem formlosen Mantel mit einem um ihr Kartoffelgesicht gebundenen schmutzigen Tuch auf dem Kopf. Zwei kleine Mädchen hatten sich an ihre Schöße geklammert, während sie, ein Baby von einem Arm auf den anderen verlagernd, einen Geldschein herauszog. Jeder, der eine arme Einwanderin betrog, war gemein genug, seine eigene Großmutter zu verprügeln, und Addie hatte den Schaffner beim Handgelenk gepackt und es gehörig zusammengedrückt, dabei ihm zugezischt, wenn er der Frau nicht augenblicklich das ihr zustehende Wechselgeld gäbe, würde sie dem ganzen Wagen verkünden, dass er ein Betrüger sei. Der Schaffner gab der Frau das restliche Wechselgeld, aber er rächte sich an Addie. Er öffnete ein Fenster, damit der Präriestaub zu ihr hereinwehte, erlaubte sich Freiheiten, als sie auf die Plattform des Wagens hinaustrat, um Luft zu schnappen. Addies linke Brust schmerzte noch immer, so grob hatte er sie zusammengedrückt, und sie fragte sich, ob sie einen Bluterguss davongetragen hatte.

Als der Banker an Addie vorbeiging, kräuselte er die Lippen, ging auf die andere Seite des Gangs und fegte mit dem Fuß die Schleppe ihres Kleides beiseite. Dachte der Kerl vielleicht, sie habe eine ansteckende Krankheit? Sein Benehmen kostete ihn zwei Dollar. Addie bedauerte, dass er nicht um sein ganzes Goldstück betrogen worden war. Sie schaute dem Zugbegleiter ins Gesicht und dann auf die Hände, um ihn wissen zu lassen, dass sie, auch wenn sie diesmal schwieg, seinen Betrug nicht übersehen hatte. Der Kerl mochte gut genug sein, um eine arglose Einwanderin und einen großtuerischen Bankbesitzer zu übertölpeln, aber nicht Addie French, die Königin der Fingerfertigkeit – die ehemalige Königin, zumindest. Niemand gab so geschickt falsch heraus wie sie. Im ganzen Südwesten verstand es kein Mann und keine Frau besser, die Leute zu täuschen – ob bei Kartentricks oder dem Hütchenspiel –, aber sie betrog keine armen Ausländerinnen. Sie hatte selbst die Besten in diesem Metier hinters Licht geführt.

Dann merkte es einer doch und verprügelte sie. Manchmal taten ihr die Knochen davon noch heute weh. Nachdem sie sich erholt hatte, überdachte sie ihren Beruf und kam zu dem Schluss, dass Betrügen zu gefährlich war. Sie hatte ihre Lektion gelernt. So gut sie auch war – es würde immer wieder jemanden geben, der klug genug wäre, ihr auf die Schliche zu kommen. Als Prostituierte lebte es sich weniger riskant, man hatte regelmäßigere Einkünfte, und die Arbeit war nicht so nervenaufreibend. Nicht, dass man vor Prügel sicher gewesen wäre – aber die Männer versuchten einen wenigstens nicht aus reiner Bösartigkeit umzubringen.

Inzwischen war Addie längst nicht mehr als Hure tätig, außer in Einzelfällen, und dann war es ihr freier Entschluss. Jetzt war sie Geschäftsfrau. Sie besaß ein Bordell. Wenn der Banker nicht nach Holden, sondern nach Nalgitas unterwegs gewesen wäre, hätte sie ihm vielleicht ihre Visitenkarte zugesteckt. Auch Männer, die sie tagsüber mit Verachtung straften, scheuten sich nach Einbruch der Dunkelheit nicht, bei ihr zu läuten.

Der Gedanke an ihre Karte veranlasste Addie, in ihrem Satinbeutel danach zu kramen. Sie zog ihn auf, und als ihre Finger das Papier ertasteten, zog sie die Karte heraus und schaute bewundernd darauf hinunter.

The Chili Queen
Nalgitas
Pension für Männer
Vier erstklassige Betreuerinnen
Inhaberin Miss Addie French

Genau genommen waren es nur drei »Betreuerinnen«, aber Addie sprang von Fall zu Fall ein, wenn Not am Mann war. Sie hatte ihren Bestand an Visitenkarten in Kansas City ergänzt und die neuen mit einem Goldrand versehen lassen, weil sie fand, dass ihnen das einen Hauch von Eleganz verlieh. Addie strich mit der Fingerspitze verträumt über die erhabenen schwarzen Buchstaben. Als sie die Karte gerade wieder in den Beutel stecken wollte, ließ eine aufgebrachte Männerstimme sie erschrocken innehalten.

»Setz dich hier hin! Es kommt nicht in Frage, dass du neben einem Mann sitzt! Du hast keine Ahnung, wie schlecht die Welt ist, Emma. Einem allein reisenden Mann ist nicht zu trauen, und du bist ausreichend blauäugig, dich von so einem in ein Gespräch verwickeln zu lassen, einfach weltfremd genug, um mit Fremden zu reden. Und merk dir, er nimmt dich nicht, wenn du nicht in einwandfreiem Zustand bist.« Zu Addies Missfallen wurde eine Frau auf den Platz neben ihr gedrückt. Der Zug war nicht voll, und sie hatte damit gerechnet, ihre Ruhe zu haben.

Mit zusammengekniffenen Augen musterte sie den Mann. Er war hoch gewachsen und schlank, und das volle, dunkle, von Grau durchzogene Haar und das gut geschnittene Gesicht mit den hohen Backenknochen und den hellen Augen machten ihn zu einer attraktiven Erscheinung – wenn da nicht der gemeine Zug um den Mund gewesen wäre und der hässliche Ton, in dem er mit der Frau sprach. »Du wirst dich auf keinen Fall woanders hinsetzen. Du hast mich verstanden?!«

»Bitte, John!«, flehte die Frau leise. »Die Leute starren uns schon an.« Sie warf einen Blick zu Addie hinüber und wandte sich sofort wieder ab, als sie sah, dass Addie sie musterte. Die Frau war etwas jünger als der Mann. Das teilweise unter einem Haubenhut verborgene Haar schien ebenso schwarz und glänzend wie seines. Ihre Haut war heller als seine, und sie hatte leuchtend blaue

Augen. Addie betrachtete die Figur der Frau mit beruflichem Interesse, sah immer, was unter Korsetts und Unterröcken verborgen war. Sie war groß und schlank, sogar knabenhaft mit ihren kleinen Brüsten und schmalen Hüften – kein Körper, den ein Kunde in der Chili Queen antreffen würde, kein Körper wie Addies üppiger, weicher, mit einem Busen, in dem ein Mann versinken konnte. Aber manche Männer mochten dürre Frauen, so wie manche Männer lieber Hühnerflügel mochten als Hühnerschenkel.

»Du musst ihm gehorchen. Lass dir ja nicht einfallen, bei ihm so vorlaut zu sein, wie du es bei mir bist. Wenn deine Meinung nicht mit seiner übereinstimmt, behalte sie für dich. Und sei nicht schnippisch.«

Addie stieß einen verächtlichen Laut aus und bedachte den Mann mit einem entsprechenden Blick. Er quittierte ihren Blick mit einem seinerseits frostigen Blick, ließ dann die Augen über ihr ausgeschnittenes Seidenkleid wandern, das kupferfarben schimmerte wie ihr Haar. Wenn er so klug war, wie er glaubte, würde er sehen, dass sie eine Prostituierte war, und seiner Emma einen anderen Platz zuweisen, womit sie die Bank wieder für sich allein hätte. Doch er herrschte Addie nur an, sie solle sich um ihre eigenen Angelegenheiten kümmern.

Sie zog indigniert die Brauen hoch.

»Du weißt, wenn du fährst, gibt es kein Zurück mehr, kein Willkommen mehr«, wandte der Mann sich wieder der Frau zu. Er sagte es so leise, dass nur sie und Addie es verstehen konnten. »Das wäre eine zu große Schande für mich.« Als die Frau nicht antwortete, seufzte er und fuhr fort: »Ich habe dir gesagt, dass dein Vorhaben unvernünftig ist, aber du nimmst ja nichts an. Du hast dir dein Bett gemacht – jetzt musst du auch darin schlafen.« Er hielt inne und setzte dann noch leiser hinzu: »Sieh dich nach einer Gewinn bringenden Geldanlage für mich um. Ich gebe ihm fünf Prozent. Er wird es bestimmt begrüßen, wenn du eine gute Mitgift mitbekommst.«

»Das Geld gehört uns beiden, John«, flüsterte die Frau aufgebracht. »Es gehört nicht nur dir.«

»Nun, ich denke, wenn es für dich gedacht gewesen wäre, wäre es dir hinterlassen worden. Es wurde aber mir hinterlassen – zu meiner freien Verfügung.«

»Du weißt, warum.«

John wollte antworten, doch als er bemerkte, dass Addie die Unterhaltung gespannt verfolgte, presste er die Lippen zu einem Strich zusammen.

Die Reisenden hatten ihre Plätze eingenommen, und der Schaffner schaute die Strecke rauf und runter und rief: »Alles einsteigen!«

John schaute hoch. »Ich muss gehen.«

Er trat in den Gang. Die Frau streckte die Hand aus und hielt ihn an seinem Jackett fest. »Willst du mir nicht Glück wünschen?«

Er starrte sie eine Weile auf seiner Unterlippe herumkauend an. Dann drehte er sich um und verließ wortlos den Waggon. Als er von der Plattform am Wagenende sprang, ruckte der Zug, und John landete auf einem Fuß und stürzte. Ohne zurückzublicken, rappelte er sich auf und humpelte davon. Addie warf einen verstohlenen Blick auf die Frau, die sich erschreckt vorbeugte. Dann huschte ein Lächeln über ihr Gesicht.

Als der Zug in die hitzeflimmernde Prärie hinausfuhr,

stand Emma – so hatte der Mann sie genannt – auf, verstaute eine Reisetasche auf der Ablage und schob einen Deckelkorb unter den Sitz. Der Korb weckte Addies Interesse. Sie hatte schon alles aufgegessen, was sie aus Kansas City mitgebracht hatte, und das Einzige, was der Zugverkäufer anzubieten hatte, waren Fleischsandwiches mit Fliegendreck drauf.

Emma öffnete die Schleife unter ihrem Kinn, nahm ihre Haube ab, ein schäbiges schwarzes Seidending, das zu unansehnlich war, um jemals modisch gewesen sein zu können, glättete die Kinnbänder sorgsam zwischen den Fingern und legte den Hut dann auf den freien Platz gegenüber auf der anderen Seite des Gangs. »In der Schachtel, die John nach oben gestellt hat, sind schon zwei Hüte«, erklärte Emma. »Deshalb hat dieser da keinen Platz mehr.«

Addie wandte sich ihr zu. Ohne den hässlichen Haubenhut war die Frau ein wenig hübscher. Allerdings wäre niemand auf die Idee gekommen, sie als Schönheit zu bezeichnen. Ihr Haar war auch von Grau durchzogen.

»Sie sind elegant«, fuhr Emma fort. »Einer ist rosa. John weiß nicht, dass ich sie habe.«

»Sie machen eine Reise, stimmt's?« Das war alles, was Addie zu sagen wusste.

John hatte Recht, dachte Addie – die Frau redete zu viel mit Fremden.

Die Frau nickte und stellte sich vor: »Ich heiße Emma Roby.«

»Wohin fahren Sie, Mrs Roby, wenn ich fragen darf?«

Die Frau lachte: »Oh, Sie glauben, John sei mein Mann. Er ist nur mein Bruder. Ich bin *Miss* Roby.«

»Also, ich bin Miss French, Miss Addie French.«

»Dann sind wir zwei unverheiratete Ladys auf dem Weg ins Abenteuer«, meinte Emma lächelnd.

So konnte man es auch sehen, dachte Addie belustigt. »Wollen Sie die Hüte sehen?«, fragte Emma. Bevor Addie antworten konnte, war sie bereits aufgesprungen und holte die runde Schachtel von der Ablage, knüpfte die Schleife auf und nahm den Deckel ab, griff in eine Wolke aus Seidenpapier und hob ein Gebilde in der Farbe eines Babypopos heraus. Der Kapotthut war mit Plattstickerei und Rüschen verziert und hatte lange Satinkinnbänder. Voller Stolz drückte Emma Addie das Prachtstück in die Hand und erläuterte überflüssigerweise: »Das ist der rosafarbene. Und dann habe ich noch diesen.« Sie brachte ein rundes, aufsteigendes rotes Kapotthütchen zum Vorschein, einen Hut ohne Kinnbänder, der Addie an die »Enameline the Modern Stove Polish«-Dose erinnerte, das Behältnis des Herdputzmittels, das Welcome in der Chili Queen verwendete. Nicht einmal ihre Mädchen würden ein so albernes Ding aufsetzen.

»Ich habe alle selbst genäht«, verriet Emma mit einem schüchternen Lächeln. »Sogar John sagt, dass ich ungewöhnlich geschickte Finger habe.«

»Wo werden Sie diese Hüte tragen?«, fragte Addie.

»In Nalgitas. Das liegt in New Mexiko.«

»In Nalgitas?«, echote Addie verblüfft.

Emma nickte.

»Ich wohne dort«, eröffnete Addie ihr, »und ich kann Ihnen eines versprechen: Nach einem unserer Sandstürme erkennen Sie die Schmuckstücke nicht wieder.«

»Sie wohnen in Nalgitas?«, rief Emma begeistert.

»Wenn das keine Fügung ist, dass ich ausgerechnet neben Ihnen sitze! Jetzt kenne ich doch wenigstens schon jemanden von dort. Ich hoffe, wir werden Freundinnen.« Sie legte den Hut vorsichtig in die Schachtel zurück, nahm Addie den anderen aus den Händen, verstaute ihn ebenfalls, zupfte das Seidenpapier zu Polstern, stülpte den Deckel darüber und stellte die Hutschachtel wieder auf die Ablage. »Finden Sie nicht auch, dass das eine wunderbare Fügung ist?«

Addie fand das zwar nicht, wollte jedoch nicht unhöflich sein, und so umging sie die Antwort mit einer Gegenfrage: »Besuchen Sie jemanden in Nalgitas?«

Emma senkte errötend den Blick. »Nein – ich werde dort leben. Ich werde … ich werde heiraten.«

»Oh.« Ehefrauen waren nicht gut für Addies Geschäft. Früher oder später bemühten sich die meisten um die Schließung eines Hauses wie das ihre.

»Genau genommen werde ich nicht in Nalgitas leben«, fuhr Emma fort. »Mein Mann … mein zukünftiger Mann besitzt eine Ranch in der Nähe. Eine große. Er behauptet, es sei die größte im Umkreis von hundert Meilen, aber Männer prahlen ja gerne … außer John.« Ihre Züge verhärteten sich.

»Wie heißt er?«

Emma war in Gedanken offenbar noch bei ihrem Bruder, denn sie schaute Addie verwirrt an: »John.«

»Der Rancher«, half Addie ihr auf die Sprünge. »Wie heißt er?«

»Oh – ihn meinen Sie. Mr Withers. Mr Walter Withers.«

Der Name sagte ihr nichts, und Addie war froh, keinen

Kunden zu verlieren. Frisch gebackene Ehemänner vergnügten sich zu Hause. Natürlich änderte sich das im Laufe der Zeit. Dann fiel ihr ein, dass Mr Withers in der Chili Queen vielleicht unter einem anderen Namen auftrat. Das taten manche Männer, obwohl sie ihnen oft versicherte, dass sie Namen auf Wunsch sofort vergessen würde. »Wie sieht er aus?«, erkundigte sie sich.

Emma schaute auf ihre Hände hinunter und murmelte etwas.

»Wie war das?«

Anstatt es in verständlicher Form zu wiederholen, zog Emma ihren Satinbeutel auf, griff hinein und brachte eine Fotografie, eine Zinkplattenkontaktkopie, zum Vorschein, die nicht viel größer war als Addies Daumennagel. Addie nahm das Bild und betrachtete es mit zusammengekniffenen Augen, aber das Konterfei war so dunkel und unscharf, dass sie nicht einmal erkennen konnte, ob der Mann ein Weißer war.

»Nicht viel zu sehen, stimmt's?«

Emma schüttelte bedauernd den Kopf.

»Ist er groß oder klein?«

Emma zuckte mit den Schultern.

»Wie – Sie sind sich nicht sicher? Man könnte ja meinen, Sie hätten ihn noch nie gesehen.« Sie lachte über ihren Scherz, aber als Emma unbehaglich mit den Zugkordeln ihres Beutels zu spielen begann, begriff sie, dass sie ins Schwarze getroffen hatte.

»Sie kennen ihn wirklich nicht! Sind Sie eine von diesen Versandhausbräuten?«

»Absolut nicht!«, widersprach Emma hastig, wobei sie ängstlich in die Runde blickte, denn Addie hatte in ihrer

Verblüffung unwillkürlich die Stimme erhoben. Sie riss Addie das Foto aus der Hand und steckte es wieder in ihren Beutel. »Nein, das bin ich ganz und gar nicht!« Energisch zog sie den Beutel zu.

»Was sind Sie dann?«

»Auf jeden Fall keine Ehefrau, die man sich bestellt und für die man bezahlt. Ich habe meinen Stolz.«

Na, so weit kann es damit aber nicht her sein, dachte Addie trocken und betrachtete den abgeschabten Samtbezug der Rückenlehne vor sich, während sie darauf wartete, dass Emma ihr erklärte, um was für ein Arrangement es sich da handelte.

Emma räusperte sich und sagte: »Wir haben lange miteinander korrespondiert und uns, wie ich glaube, dadurch besser kennen gelernt, als wenn er mir persönlich den Hof gemacht hätte.«

Addie schaute auf die Tabakflecken hinunter, die den Boden des Waggons verunzierten, und unterdrückte ein Lächeln. »Wir wurden auf diese Weise nicht durch Körperliches abgelenkt«, fuhr Emma fort und setzte nach neuerlichem Räuspern hinzu: »Wir haben uns seelisch kennen gelernt, wenn Sie verstehen, was ich meine.«

Addie hatte noch keines Mannes Seele kennen gelernt und war nicht daran interessiert, etwas über die von Mr Withers zu erfahren. Also fragte sie, wie die beiden miteinander bekannt geworden seien.

»Er hatte in unserer Zeitung eine Anzeige aufgegeben, in der er schrieb, dass er gerne mit einer guten Christin in Briefkontakt treten würde, da es in Nalgitas keine gäbe.« Emma überdachte, was sie gerade gesagt hatte, errötete verlegen und beeilte sich hinzuzufügen: »Ich ... ich bin sicher, dass es welche gibt – so wie Sie, zum Beispiel –, aber er wollte ausdrücken, dass er keine davon kenne.«

»Ohne Zweifel.« Addie kannte auch keine. Sie wunderte sich, dass Emma in ihrem Alter noch unverheiratet war, und hätte sie gerne nach dem Grund gefragt, aber das erschien sogar ihr zu indiskret, und so erkundigte sie sich stattdessen, wie lange sie denn miteinander korrespondiert hätten.

»Sechs Monate«, erzählte Emma, »und vor zwei Wochen schrieb er dann, er würde sich freuen, wenn ich ihn besuchte, und dass wir, wenn wir Gefallen aneinander fänden, eine Heirat in Betracht ziehen sollten. Doch er schrieb auch, dass ich jederzeit wieder abreisen könne, wenn er mir nicht zusage.«

»Aber wenn ich Ihren Bruder richtig verstanden habe, könnten Sie nicht mehr nach Hause zurück«, sagte Addie. Emma runzelte die Stirn und dachte über diesen Hinweis nach.

»Nein, wahrscheinlich nicht«, stimmte sie dann zu. »Aber das spielt keine Rolle. Ich habe beschlossen, ihn zu mögen.«

»Und wenn es nicht so ist?«

»Ich habe es beschlossen«, wiederholte Emma in so scharfem Ton, dass Addie sich wie ein gescholtenes Kind vorkam. Emma machte den Kragen ihres wollenen Schneiderjacketts auf und reckte den Hals.

»Er wird auf jeden Fall liebenswerter sein als John«, sagte sie freundlicher. »Jeder ist liebenswerter als John.«

Da mag was dran sein, dachte Addie. »Und was ist, wenn er Sie nicht mag?«, fragte sie. »Haben Sie diese Möglichkeit bedacht?«

Emma kaute unbehaglich auf ihrer Unterlippe herum. »Ich hoffe, seinen Ansprüchen zu genügen«, antwortete sie schließlich mit zitternder Stimme, und Addie schämte sich, dass sie so grob gewesen war. Die Frau hatte genügend Probleme – da hätte sie nicht noch eines draufsetzen müssen. Außerdem, dachte sie, als ihr Blick auf den unter dem Sitz hervorschauenden Deckelkorb fiel, wäre es unklug, sie zu kränken. »Nun, ich bin sicher, dass er Sie mögen wird«, meinte sie munter. »Diese einsamen alten Kerle sind mit jeder Frau zufrieden.« Du liebe Güte – das war nicht gerade ein Kompliment! Zum Glück nahm Emma es nicht krumm.

Emma knöpfte weiter ihr Jackett auf, Knopf für Knopf, und zog es dann aus. Als sie sich streckte, um es auf die Ablage zu legen, bemerkte Addie, dass sie keine Schweißflecken unter den Armen hatte. Manche Frauen schwitzen einfach nicht. Addies Gesicht hingegen war schon wieder feucht. Als sie nach ihrem Taschentuch griff, fiel ihr die Visitenkarte herunter. Sie hatte ganz vergessen, dass sie sie noch in der Hand hielt.

Emma hob sie auf und las. Sei's drum, dachte Addie.

Gleich würde die Frau sie mit einem entsetzten Blick mustern und sich dann einen anderen Sitzplatz suchen – so weit entfernt wie möglich. Damit entginge Addie zwar das Abendessen, aber dafür hätte sie die Bank wieder für sich allein. Das war immerhin ein Trost.

Zu Addies Überraschung blickte Emma strahlend von der Karte auf. »Da habe ich ja schon wieder Glück!«

»Was?«, fragte Addie entgeistert. Emma wäre zwar nicht die erste Frau, die, enttäuscht von der Liebe, den Entschluss fasste umzusatteln, aber Addie konnte sich beim besten Willen nicht vorstellen, dass diese Frau sich zu einem Leben als Prostituierte überwinden könnte, falls die Sache mit dem Rancher nicht klappte. Außerdem bestand in ihrem Bordell kein Bedarf an grauhaarigen Frauen. Die Chili Queen war schließlich kein Heim für alte Damen.

»Nun – Sie betreiben eine Pension. Wenn Mr Withers mich nicht haben will, kann ich zu Ihnen kommen – in die«, sie schaute auf die Karte hinunter und lachte, »Chili Queen.«

Die Frau mochte sich aufs Nähen verstehen, aber ansonsten war sie in mancher Beziehung offenbar schwer von Begriff. Es reizte Addie, diese Plaudertasche zum Schweigen zu bringen, indem sie sie mit der Aufklärung über die wahre Natur ihrer Pension schockierte, aber dann würde Emma sich vielleicht beim Zugbegleiter beschweren, und dem traute sie zu, dass er sie auf dem nächsten Bahnhof an die Luft setzte. Also antwortete sie stattdessen: »Ja, tun Sie das.«

Nach einer Weile stand Emma auf, holte einen Handarbeitsbeutel aus ihrer Reisetasche und entnahm ihr einige zugeschnittene Stoffstücke, Nadel und Faden. Dann fädelte sie den Faden ein und machte sich daran, die Stückchen zusammenzunähen. Addie fächelte sich mit der Hand Kühlung zu, während sie Emma zuschaute. Ein paar Minuten später schnitt sie mit einer Schere, die wie ein Storchschnabel aussah, den Faden ab und hielt Addie ihr Werk zur Begutachtung hin. Das Muster, das aus festem Baumwollstoff in Hellblau und dem dunklen Braun starken Kaffees gearbeitet war, nenne sich Double Pyramids, erklärte Emma.

Addie ihrerseits hatte mit Nähen nichts im Sinn, und gottlob war sie nicht dazu gezwungen. In der Chili Queen lagen Oberdecken aus Fabrikfertigung auf den Betten und keine selbst genähten Quilts. Ein Quilt erinnerte einen Mann an zu Hause, und das wäre in einem Bordell fehl am Platze gewesen.

Der Zug fuhr an einem Bauernhof vorbei. Die ungestrichenen Gebäude waren verwittert, und auf dem kargen Boden wuchs nur hier und da ein Halm. Auf dem Scheunenhof stand eine Frau mit von jahrelanger Landarbeit krummem Rücken und schaute, die Augen beschattend, herüber. Drei kleine Mädchen in zerlumpten dunklen Kleidern mit langen Röcken und mit schmutzig weißen schlaffen, unter dem Kinn mit billigen Bändern gebundenen Sonnenhäubchenhüten standen an den Gleisen. Das Größte hatte ein Baby auf dem Arm. Eines der Mädchen winkte, die anderen folgten dem Zug nur mit den Augen. Ohne nachzudenken, winkte Addie zurück.

Früher war sie diejenige mit dem Baby gewesen – die Älteste, die sich um die anderen kümmern musste. Sie hatte sich mit Babys ausgekannt. Ihre Mutter bekam jedes Jahr eines, außer in dem Jahr nach dem Tod ihres Vaters, bevor ihre Mutter wieder heiratete – und Addie hatte geholfen, sie auf die Welt zu bringen. Sie wusste auch schon sehr früh, wie Babys gemacht wurden. Es gab nur einen Schlafraum im Haus, und der war nur mit Brettern abgeteilt, zwischen denen große Ritzen klafften. Addie hatte nachts wach gelegen und zugehört, wie ihr

Stiefvater im Bett herumfuhrwerkte und dabei grunzte wie ein Schwein in einer Schlammpfütze. Addie litt, zwischen Mitleid und Hass hin- und hergerissen, wenn ihre Mutter ihren Mann anflehte, sie in Ruhe zu lassen, und dann doch nachgab. Eines Tages schob die ausgelaugte Frau, deren Haut die Farbe geräucherten Schinkens hatte, eine Kommode vor die Tür der Schlafkammer, um ihn von sich fern zu halten, und von da an schlief er, in eine Decke gewickelt, vor der Feuerstelle.

Irgendwann machte er sich dann an Addie heran. Sie versetzte ihm einen gezielten Tritt, und am nächsten Tag verprügelte er sie mit dem Ochsenziemer. Aber er hörte nicht auf, sie anzutatschen, und ihre Mutter schien das nicht zu stören. In ihrer Not nahm sie sich etwas von dem Geld, das ihr Stiefvater ganz unten im Nähkorb ihrer Mutter versteckt hielt, um eine Fahrkarte kaufen und die erste Zeit überbrücken zu können, hielt den vorbeifahrenden Zug an und erklärte dem Zugbegleiter, sie wolle nach San Antonio, denn das war, soviel sie gehört hatte, sehr weit weg. Als sie dort ankam, änderte sie ihren Namen von Adelina Foss in Addie French, weil sie das Gefühl hatte, sich damit noch weiter vom bäuerischen Dasein zu entfernen. Manchmal plagte Addie das Gewissen, weil sie ihre Schwestern zurückgelassen hatte, und sie fragte sich, ob der alte Mann sich, seit sie nicht mehr da war, wohl an die Kleinen herangemacht hatte. Vielleicht waren sie ebenfalls geflüchtet und Prostituierte geworden. Addie musste jedes Mal an sie denken, wenn ein Mädchen bei ihr nach Arbeit fragte, das aussah, als käme es aus ärmlichsten Verhältnissen. Ein Mädchen mit einer traurigen Geschichte schickte Addie kaum jemals weg.

Sie schaute auf das braungelbe Ackerland hinaus, bis die Kinder nur noch als kleine Punkte und schließlich gar nicht mehr zu sehen waren. Der Zug fuhr an einem weiteren Hof vorbei. Ein Junge kam auf die Gleise zugerannt, dicht gefolgt von einem bellenden Hund. Addie winkte auch ihm zu, doch er starrte sie nur feindselig an.

»Es ist ein hartes Leben«, sagte Emma. Addie hatte nicht bemerkt, dass sie ebenfalls aus dem Fenster schaute, und der unerwartete Kommentar ließ sie vor Schreck zusammenzucken. »Die Armut raubt ihnen alle Kraft«, setzte Emma hinzu.

»Tja – auf der einen Seite des Hauses ist Sand, auf der anderen Lehm«, erwiderte Addie. »Es erinnert mich an zu Hause. Wir waren so arm, dass wir die Tapeten gegessen hätten, wenn wir welche gehabt hätten.« Addie hielt inne. Sie sprach nicht gerne über ihre Kindheit. Als sie sich zu Emma umdrehte, lag auf deren Gesicht ein Ausdruck, als erinnere sie sich an etwas Schmerzliches. »Kommen Sie auch aus solchen Verhältnissen?«

»O nein!« Emma schüttelte heftig den Kopf. »Nein, nein. Aber ich habe Männer gekannt, die ebenso erbarmungslos hart waren, wie es das Leben auf diesen Bauernhöfen ist. O ja.« Ihr Gesicht verzerrte sich und versteinerte dann, und Addie fragte sich verblüfft, was diesen Ausbruch verursacht haben mochte. Doch gleich darauf hatte Emma sich wieder in der Gewalt und lächelte verlegen. »Ich meine, ich habe von solchen Männern gehört. Persönlich kenne ich natürlich keine. Unser Hof ist ein blühender Betrieb. John versteht eine Menge von Landwirtschaft, das muss ich zugeben – und unsere Eltern waren wohlhabend. Manchmal denke ich mit

Schaudern, dass ich ja auch in eine arme Familie hätte hineingeboren werden können – aber das Glück war mir hold.«

»Hold.« Addie ließ das Wort auf der Zunge zergehen. Sie liebte vornehme Ausdrücke.

Die Frau nahm offenbar an, dass Addie die Bedeutung des Wortes nicht kannte, denn sie setzte erklärend hinzu: »Das heißt, dass Gott mir gnädig war.«

Addie ließ sie in dem Glauben, ihr etwas beigebracht zu haben, und nickte.

»Meine Mutter stammte aus New Jersey«, fuhr Emma fort. »Sie war sehr gebildet. So zu nähen«, sie strich mit den Fingern über ihre Patchworkarbeit, »habe ich von ihr gelernt. Meine Mutter war auf der Elizabeth T. Stephens's School in New Jersey. Sie lernte dort sogar Französisch. Miss Stephens führte ein Mädchenpensionat, wissen Sie. Mutter stickte dort in ganz jungen Jahren in verschiedenen Stickarten ein wunderhübsches Gebet auf ein Mustertuch. Ich weiß noch genau, wie es lautete:

Während meine Hände geschäftig bei der Arbeit sind,
Bete ich zu Dir, o Herr.
Mit Gesundheit hast Du mich schon gesegnet,
Jetzt bitte ich Dich, hilf mir,
Ein anständiges Leben zu führen.

Ist das nicht entzückend?«, schwärmte Emma.

Addie hatte kein Interesse daran, ein anständiges Leben zu führen. »Das Glück war ihr hold …«, sagte sie.

Emma schaute sie verdutzt an und wandte sich dann wieder ihrer Handarbeit zu. Nachdem sie die Nadel ein halbes Dutzend Mal hin und her geführt hatte, stach sie sie unter Zuhilfenahme eines silbernen Fingerhuts durch den Stoff, strich die Naht glatt, damit sie sich nicht wellte, und begutachtete die zusammengefügten Teile. »Ich hätte vielleicht lieber keinen schwarzen Faden verwenden sollen«, meinte sie sinnend. »Es heißt, wenn man einen Quilt mit schwarzem Faden näht, wird man nie mit seinem Zukünftigen darunter schlafen. Aber ich bin eigentlich nicht abergläubisch. Sie?«

Addie hütete sich schon, das Schicksal herauszufordern, aber sie wollte sich nicht darüber auslassen, und so zuckte sie mit den Schultern und wechselte das Thema: »Wenn Sie wohlhabend sind, haben Sie bestimmt Geld auf der Bank.« Ein Moskito ließ sich auf ihrem Arm nieder. Sie erschlug ihn mit der flachen Hand, aber da hatte er sie bereits gestochen. Addie schnippte das tote Insekt weg, befeuchtete ihre Fingerspitze mit etwas Speichel und drückte sie auf den Stich, damit er nicht zu jucken anfing. »In Nalgitas sind die Moskitos so groß wie Grashüpfer und die Grashüpfer so groß wie Hühner«, erzählte sie mit einem Anflug von Stolz.

»Und wie groß sind die Hühner?«, fragte Emma.

Addie runzelte befremdet die Stirn. »Na, so groß wie überall, natürlich.« Emma würde sie vielleicht für neugierig halten, wenn sie sie noch einmal wegen ihres Bankkontos anspräche, aber das machte ihr nichts aus. Sie betrachtete anderer Leute Geld als ihre Angelegenheit. »Sie haben doch Geld auf der Bank, stimmt's?«

Emma schien die Frage nicht zu irritieren. »Keinen Cent. Ich nehme an, Sie haben gehört, was John sagte – seiner Meinung nach gehört das Geld ihm allein.«

»Bei Ehepaaren ist das meistens so – aber Sie beide sind Geschwister, und da dachte ich, dass Sie vielleicht selbst etwas besitzen.«

Emma drehte ihre Näharbeit auf die rechte Seite, strich sie glatt und betrachtete kritisch die Ecke, an der drei Teile zusammenstießen. Als sie eine winzige Ungenauigkeit entdeckte, trennte sie die Naht auf. Dann legte sie den angefangenen Quilt auf ihren Schoß, lehnte sich zurück, schloss die Augen und drückte die Finger darauf. Addie betrachtete sie. Noch nie zuvor hatte sie so viel Zeit mit einer guten Christin zugebracht. Ihre Mutter hatte zwar oft in der Bibel gelesen, aber Addie war schon vor langer Zeit zu der Ansicht gelangt, dass sie keine gute Christin sein konnte, wenn sie zuließ, dass ihr Mann ihrer Tochter nachstellte. Es war eine Pastetenkrustenfrömmigkeit – nur Kruste und nichts darunter.

»Von Rechts wegen gehört die Hälfte mir«, sagte Emma in Addies Gedanken hinein, ohne die Augen zu öffnen. »Vater wollte, dass wir beide die Farm und das Land – wir besitzen eine Menge Land – erben sollten. Er sagte, ich hätte einen besseren Geschäftssinn als John, dem seine Geldgier den Blick vernebele. Aber was meine Fähigkeit anbelangte, einen akzeptablen Ehemann heimzubringen, war sein Vertrauen in mich nicht so groß. Er fürchtete, ich würde in meiner Blauäugigkeit einen Mann heiraten, der nur unser Geld wollte. Also hinterließ er alles John, aber natürlich unter der Bedingung, dass John mit mir teilen würde. John dachte überhaupt nicht daran, und ich konnte ihn nicht dazu zwingen, weil Vater es nicht schriftlich festgelegt hatte. Verstehen Sie mich nicht falsch – es ging mir nicht schlecht, doch es kam John immer sehr hart an, wenn er Geld für mich ausgeben sollte. Er ist knickerig – außer, wenn es darum geht, Geld anzulegen, um mehr daraus zu machen. Aber das ist die reine Gier, die ihn dazu treibt, kein bedachtes Handeln. Das Vertrackte ist, dass John mich seiner Meinung nach um nichts betrogen hat. Er ist überzeugt, mich anständig behandelt zu haben. Er hat mir sogar eingeschärft, mich in New Mexico nach einer klugen Investition für ihn umzusehen – das haben Sie sicher ebenfalls mitbekommen.« Emma hielt inne, doch Addie, die ihr wie gebannt gelauscht hatte, schwieg, weil sie hoffte, dass Emma weitersprechen würde – und das tat sie. Mit einem leichten Zittern in der Stimme sagte sie: »Wollen Sie wissen, was ich denke? Ich denke, dass John froh ist, mich los zu sein. Jetzt kann er mit unserem Erbe machen, was er will, ohne sich meine Vorwürfe anhören zu müssen. Nun«, sie räusperte sich, »ich bin auch froh, ihn nicht mehr sehen zu müssen. Wir hatten nie viel füreinander übrig, aber jetzt zum Schluss hassten wir uns beinahe. Er hat zehntausend Dollar auf der Bank, und die Hälfte davon gehört von Rechts wegen mir. Nein – eigentlich die ganze Summe, denn John hat ja auch noch den Hof.« Sie lachte sarkastisch.

»Alles, was ich ›geerbt‹ habe, waren die Zutaten für zwei Hüte und eine Fahrkarte nach Nalgitas.«

Emma hatte wirklich keine Ahnung, wie schlecht die Welt war, und sie war entschieden zu leutselig. Addie beugte sich zu ihr hinüber. »Sie sollten Fremden so was nicht erzählen«, riet sie ihr leise. »Es gibt Männer, die Sie für weniger umbringen würden.«

»Ich rede doch nicht über das, was ich besitze, sondern über das, was ich nicht besitze. Was kann das schaden?«

»Trotzdem würde ich an Ihrer Stelle in Nalgitas nicht darüber reden. Es gibt ein paar üble Burschen dort. Buck Sorrell, zum Beispiel.«

»Oh!«, hauchte Emma mit aufgerissenen Augen.

»Na ja – jetzt nicht mehr«, gab Addie zu. »Aber dafür sind andere da. Haben Sie schon mal vom Butch Scanga gehört?«

Emma richtete sich kerzengerade auf.

»Und Ned Partner?«

»Ned wer?«, fragte Emma.

»Partner. Ned Partner.«

Emma schüttelte den Kopf. »Nicht, dass ich wüsste. Ist er bekannt?«

»Bekannt?«, echote Addie. »Er ist der gerissenste Outlaw von ganz New Mexico. Man erzählt sich, dass er die Bank in Santa Fé um fünftausend Dollar erleichtert hätte, und sie verfolgten ihn mit Hunden. Die Hunde nahmen die Witterung auf, und die führte sie zu einem Streckenwärterhäuschen. Sie rannten die Tür ein und fingen wie verrückt an zu jaulen. Der Sheriff und seine Deputys zogen die Waffen, umstellten die Hütte und forderten Ned auf, mit erhobenen Händen rauszukommen. Als nichts passierte, beschossen sie die Hütte erst mal und inspizierten dann ihr Inneres. Alles, was sie fanden, waren die Hunde, die sich um irgendwelche Essensreste in einem Abfalleimer stritten. Ned Partner war nicht da, und die Bank hat ihre fünftausend Dollar nie wiedergesehen. Ned hat sie ordentlich an der Nase rumgeführt.« Addie schüttelte sich vor Lachen, bis ihr die Tränen kamen. »Er ist der Beste, sage ich Ihnen.« Sie zog ihr Taschentuch heraus und betupfte ihre Augen.

»Er hat sich mit fünftausend Dollar aus dem Staub gemacht?« Addie wollte gerade nicken, als ihr bewusst wurde, dass sie auf dem besten Weg war, ebenso leutselig zu werden, wie Emma es war. »Vielleicht waren es ja nur viertausend oder sogar nur zwei. Vielleicht war gar kein Geld auf der Bank – wie soll ich das wissen?« Mit einem Schulterzucken und einer wegwerfenden Handbewegung beendete sie das Thema Ned Partner. »New Mexico ist voller Gesetzloser, genauso wie Colorado und Arizona. Unter ihnen sind auch Frauen – wussten Sie das?«

Wieder riss Emma entsetzt die Augen auf.

Addie lachte leise. Sie amüsierte sich königlich. »Ich kenne vier Namen. Da gibt es Ma Sarpy – die sitzt allerdings oben in Colorado in Breckenridge im Gefängnis –, Mary Foster die Schielende und Little Bit und Anna Pink.« Die letzten drei Namen gehörten allerdings Prostituierten, da Addie keine weiteren weiblichen Outlaws einfielen. »Ich kann mich gar nicht an alle erinnern.«

»Das ist ja ... erschütternd.« Emma fingerte nervös an der Brosche an ihrem hohen Kragen herum.

Addie verspürte einen Anflug von Schuldbewusstsein, weil sie Emma beunruhigt hatte, und sagte: »Ach, machen Sie sich kein Kopfzerbrechen deswegen. Ich habe in Nalgitas noch nie einen weiblichen Banditen gesehen, und wenn die Männer in die Stadt kommen, dann halten sie sich in den Saloons auf und in den Bor...« Sie brach ab und suchte verzweifelt nach einem feineren Wort für Bordell.

»Oder in anderen Lasterhöhlen«, beendete Emma den Satz für sie.

»Ich denke, es würde nicht schaden, einen Outlaw zu sehen, aber ich würde keinen Wert darauf legen, mit einem bekannt zu sein.« Sie fädelte einen Faden ein und nahm ihre Handarbeit wieder auf. »Sie?«

Addie sah zu, wie Emma die aufgetrennte Stelle wieder zusammennähte. »Ich würde Wert auf ein Bad legen«, griff sie Emmas Formulierung auf. »Wenn ich nach Hause komme, soll mein Hausmädchen als Erstes Wasser heiß machen und mir eine Wanne einlassen.« Sie lehnte sich zurück und stellte sich vor, wie sie sich in dem dampfenden Nass entspannen würde. »Und als Nächstes muss sie mir ein großes Steak braten und eine Sahnetorte backen.«

Emma meinte, Sahnetorte klinge sehr verlockend. Dann streckte sie die Hand nach ihrem Jackett aus und klappte den Sprungdeckel der daran hängenden kleinen runden Uhr auf. »Es ist Zeit fürs Abendessen. Wann macht der Speisewagen auf?«

Addie teilte ihr mit, dass es in diesem Zug keinen Speisewagen gebe – die Reisenden brächten sich Essen mit oder kauften etwas bei dem Zugverkäufer. »Aber wie es aussieht, haben Sie ja was dabei.« Addie deutete auf den Deckelkorb und gab sich alle Mühe, nicht zu gierig dreinzuschauen.

Emma lachte. »Oh, da ist nichts zu essen drin«, sagte sie. »In dem Korb transportiere ich meine Zimtrosenstecklinge. Ich war in unserer ganzen County berühmt für meine Zimtrosen.« Sie hob den Deckel hoch und zeigte Addie die in feuchte Tücher und Zeitungen gewickelten Sprossabschnitte. Dann bot sie ihr eine Pflanze als Geschenk an – für Addies Freundlichkeit.

»Vielen Dank, aber es wäre schade drum. Der Boden in Nalgitas ist so schlecht, dass man nicht mal Erbsen darin ziehen kann.« Emma ließ nicht locker. Sie erbot sich sogar, die Pflanze für sie einzusetzen.

Addie winkte ab. »Ich habe kein Händchen fürs Gärtnern.« Emma legte das Päckchen zurück, setzte den Deckel wieder auf den Korb und erkundigte sich, ob der Zug wenigstens irgendwo anhielte, damit man etwas essen könne.

»Wir sind mitten in Kansas – wo sollte es da was geben?«

»Aber wir müssen doch etwas in den Magen kriegen. Ich hatte solche Angst, den Zug zu verpassen, dass ich bis zur Abfahrt keinen Bissen hinunterbekam. Jetzt könnte ich ein Brathähnchen vertragen oder ein Kotelett. Und ein Stück Pfirsichkuchen. Das verstehe ich unter Essen.«

»Hören Sie auf! Da werde ich ja vom Zuhören hungrig!«, sagte Addie. »So was kriegen Sie hier in der Wildnis nicht. Sie werden sich mit dem begnügen müssen, was der Zugverkäufer zu bieten hat, und da dürfen Sie nicht zimperlich sein. Aber wenigstens verhungern Sie nicht. Ich kann ja mal schauen gehen, was es gibt.« Sie stand auf und strich ihr Kleid glatt. Emma drehte sich zur Seite, um sie vorbeizulassen. »Ich wollte ohnehin an die Luft.«

Emma nahm wieder ihre Näharbeit zur Hand, während Addie seideraschelnd den Gang hinaufschritt. Ein Mann stand auf und folgte ihr auf die Plattform hinaus. Kurz darauf kam er mit hochrotem Gesicht zurück. Als Addie nach einer Weile ebenfalls wieder hereinkam, bedachte sie ihn im Vorbeigehen mit einem vernichtenden Blick. Sie hatte beschlossen, für den Rest der Reise die feine Dame zu spielen, und als solcher waren ihr die Annäherungsversuche von Mitreisenden natürlich nicht willkommen. Addie reichte Emma ein in Zeitungspapier gewickeltes Schweinefleischsandwich und ein Stück grauen Kuchen und erklärte ihr, das Abendessen gehe auf ihre Rechnung. Die beiden Frauen aßen schweigend, bis Emma aufgab, den Rest ihres Sandwiches zusammen mit dem Kuchen einwickelte und das Päckchen unter ihrem Sitz verschwinden ließ.

»Eine Delikatesse war es nicht gerade, stimmt's?«, sagte Addie.

»Wissen Sie, worauf ich Lust hätte? Auf eine Portion Chili.«

»Chili?«, wunderte sich Emma. »Es ist viel zu heiß für Chili.«

»Nicht für das San-Antonio-Chili. Nicht für das Chili, das auf der Plaza de Armas verkauft wird. Es gibt nichts auf der Welt, das besser schmeckt. Wenn Sie es schon mal gegessen hätten, würden Sie mir Recht geben.«

Addie aß ihr Sandwich auf, drehte Emma den Rücken zu und schaute aus dem Fenster. Die Wolken sahen aus wie rosa, dunkelrote und schwarze Rüschen an einem lichtblauen Rock. Auch der Himmel erinnerte sie an San Antonio, an die weiche Abendluft, in der sich die Gerüche von Kaffee und Schokolade und Bratfett mischten. Addie hatte den scharfen Duft des Chilis geliebt, das sie an ihrem Stand in Schüsseln löffelte und den Kunden hinüberreichte. Einige der Männer kauften grundsätzlich nur bei ihr. Es arbeiteten noch andere Chili Queens dort, die *tamales*, *enchiladas*, *tacos*, *menudo* und *chili* verkauften, aber Addie war der Liebling und die Beste. Ihre Kunden warteten entweder schüchtern unter den Bäumen, bis sie an der Reihe waren, und rauchten Maisspelzenzigaretten, während sie zusahen, wie sie im rauchigen Schein der Laterne arbeitete, oder sie saßen an dem langen Holztisch vor ihrem Stand und musterten sie mit anzüglichen Blicken. Manche streiften mit den Händen ihre großen Brüste, wenn sie ihre Schüssel entgegennahmen, andere berührten die Bänder in ihrem Haar. Die weißen Männer gingen grob mit ihr um, als hätten sie das Recht, sie anzufassen, aber die Männer, deren Haut samtschwarz war wie die Nacht, streichelten sie sanft. Dann wurde es Addie ganz warm, und sie schmolz dahin wie Fett in einer heißen Pfanne. Sie waren großzügig, diese braunen und schwarzen Männer, bezahlten mit Dimes und Quarters und hin und wieder sogar mit Scheinen und verlangten niemals, dass sie ihnen darauf herausgab.

Sie liebte ihr Leben als Chili Queen und schätzte sich glücklich, dass einer der Standbesitzer sie angestellt hatte, denn die anderen Mädchen waren fast ausnahmslos Mexikanerinnen. Sie hätte für immer dort bleiben können, aber ein Spieler, dem ihre flinken Hände aufgefallen waren, brachte ihr Kartentricks bei und sagte, sie könne damit an einem Tag so viel Geld verdienen, wie sie als Chili Queen in einem Monat bekam. Das klang verführerisch, und so ging sie mit ihm. Sie ergaunerten sich ihren Lebensunterhalt mit Taschenspielereien, bis er sie wegen einer anderen Frau sitzen ließ. Er war ein guter Lehrer gewesen, und Addie machte auf eigene Faust weiter. Sie konnte eine Karte vom Tisch verschwinden und sie in der Tasche eines Mannes oder unter seinem Taschentuch oder seinem Hut wieder auftauchen lassen. Es gab kaum etwas, was sie nicht mit einem Kartenspiel zuwege brachte – bis ihr einer auf die Schliche kam und sie zusammenschlug.

Als sie sich erholt hatte, gab sie das Kartenspielen auf und verlegte sich darauf, durch die Straßen zu schlendern und Männer aufzugabeln. Nach der Abreibung, die der erboste Spieler ihr verpasst hatte, fürchtete sie Männer allerdings ein wenig und nahm das Angebot eines vornehmen Mannes an, sie zu beschützen. Aber er verlangte fast ihren gesamten Verdienst dafür, und als sie aufbegehrte, setzte er sie vor die Tür, wonach sie sich quer durch Texas bis nach New Mexico treiben ließ. Zu dieser Zeit arbeitete sie in Bordellen, denn auch wenn die Puffmütter die Hälfte ihres Verdienstes einbehielten, so fühlte sie sich doch wenigstens sicher bei ihnen. Nalgitas gefiel ihr auf Anhieb, denn dort wimmelte es von Goldgräbern, Cowboys und Eisenbahnarbeitern, die größtenteils unverheiratet und allesamt großzügig waren. Als die Bordellwirtin, für die sie arbeitete, sich entschloss, in eine andere Stadt zu ziehen, kaufte Addie ihr das Etablissement ab. Acht Jahre führte sie es nun schon.

Das ist zu lange, dachte Addie, während sie in die Dunkelheit hinausstarrte. Es war Zeit für einen Ortswechsel. Sie könnte nach San Antonio zurückgehen und vielleicht sogar heiraten. Sie könnte einen Stand kaufen und ein paar Mädchen anstellen und das Geschäft nach und nach auf die anderen Plazas ausdehnen. Sie würde erstklassigen Chili servieren, nicht mit Tauben- oder Hunde-

oder Pferdefleisch, sondern ausschließlich mit Rind. Vielleicht würde sie sogar ein Restaurant eröffnen und die Königin der Chili Queens werden. Das war ihr Traum, doch ihn zu verwirklichen würde Geld kosten. Aber Addies Geld steckte in der Chili Queen, und wer würde ein Bordell in Nalgitas kaufen?

Der Zug fuhr um eine Kurve, und Addie machte ein Pferd neben den Gleisen aus. Ein schwarzes Pferd. Ein kalter Schauer überlief sie, während sie, ihr Gesicht gegen die Glasscheibe gepresst, das Tier mit der Dunkelheit verschmelzen sah. Schwarze Pferde bereiteten ihr Unbehagen, seit eine Chili Queen in San Antonio ihr gesagt hatte, dass ein schwarzes Pferd zu sehen den Tod bedeute.

Als Addie dem Fenster den Rücken zudrehte, war Emma noch immer beim Nähen, obwohl die Kerosinlampen an der Wagendecke nur ein trübes Dämmerlicht verströmten. »Sie werden sich die Augen verderben«, warnte Addie sie. »Sie werden blind wie ein Maulwurf.«

Emma machte noch ein paar Stiche, stach die Nadel dann durch den Stoff und zog die Naht glatt. Danach steckte sie die Nadel in ihre Handarbeit und verstaute sie in ihrer Reisetasche. »Nähen beruhigt mich. Ich glaube, ich habe schon hundert Meilen Faden in Quilts vernäht, und wahrscheinlich könnte ich bis zu unserer Ankunft in Nalgitas noch ein, zwei Meilen vernähen.« Addie musterte sie prüfend. Emma schien tatsächlich ruhiger zu sein als sie. Addie kuschelte sich in ihre Ecke. Als sie ein paar Stunden später aufwachte, saß Emma, die Hände im

Schoß gefaltet, kerzengerade auf ihrem Platz und starrte in die Nacht hinaus. Genauso hatte sie dagesessen, als Addie die Augen schloss. Sie richtete sich auf und legte ihre Hand auf Emmas. »Schlafen Sie doch auch ein wenig. Ich habe noch nie erlebt, dass etwas besser dadurch geworden wäre, dass man sich darüber Sorgen macht.« Emma sah sie an, nickte und schaute wieder aus dem Fenster. Addie wusste nicht, ob sie ihre Empfehlung beherzigt hatte, denn Emma blickte nach draußen, als Addie am Morgen aufwachte. Der Zug stand. »Es ist irgendetwas kaputt«, erzählte Emma ihr. »Wir stehen schon seit«, sie klappte den Sprungdeckel der kleinen Broschenuhr an ihrem schwarzen Jackett auf, das sie irgendwann im Laufe der Nacht angezogen haben musste, und warf einen Blick darauf, »zwei Stunden und siebenundzwanzig Minuten.«

»O verdammt!«, fluchte Addie leise und warf einen Blick zu Emma, um zu sehen, ob sie sie mit ihrer Flucherei schockiert hätte, doch ihre Nachbarin war von dem Bahnarbeiter gefangen genommen, der vor ihrem Fenster stand und prüfend an den Gleisen entlangblickte.

»Ich wollte ein Bad nehmen und etwas Ordentliches essen, bevor ich heute Abend aufmache«, riss Addie sie aus ihrer Betrachtung. »Wenn wir nicht bald weiterfahren, komme ich nicht mal mehr zu einer Katzenwäsche.« Sie setzte sich auf, strich ihr kupferfarbenes Kleid glatt und rieb an einem Rußfleck auf ihrem seidenen Ärmel, den sie sich am Fensterrahmen geholt hatte. Der Fleck wurde nur noch auffälliger. »Ich hätte Schwarz tragen sollen«, meinte sie ärgerlich. »Wen stört's, wenn ich wie eine Bäuerin aussehe?«

Emma lachte. »Ja, ja – hässliche Kleider haben schon etwas für sich«, erwiderte sie und strich sich ihren Rock glatt.

»Oh, ich meinte nicht ...«

»Schon gut. Ich habe mich nie für Mode interessiert. Vielleicht sollte ich das ändern. Gibt es einen Modesalon in Nalgitas?«

Jetzt musste Addie lachen. »Keinen Modesalon, kein Hutatelier, nur ein Regalfach im General Store mit Baumwollstoff – hauptsächlich in Rot. Ich für meinen Teil kaufe in Kansas City ein.« He – das klingt gut, dachte sie. Welterfahren. Weil es ihr so gefiel, wiederholte sie es. »Ich kaufe in Kansas City ein. Dort gibt es sehr hübsche Geschäfte.«

Emma stand auf, streckte sich und erklärte, diesmal sei es an ihr, etwas zum essen aufzutreiben. Als sie den Gang hinunterging, musterte Addie die schlanke Gestalt und wünschte sich, ihrerseits nicht ganz so üppig gerundet zu sein. Als Emma ein paar Minuten später wiederkam, brachte sie zwei Äpfel und eine Hand voll Walnüsse mit.

Addie hatte am Abend zuvor weder das eine noch das andere bei dem Zugverkäufer gesehen und erkundigte sich, wo Emma diese Schätze herhabe.

»Von einem Streckenarbeiter. Er hatte sie in seiner Proviantbüchse. Seine Sandwiches und den Kuchen wollte er nicht verkaufen, aber den Rest gab er mir für einen Dollar. Das muss uns bis Nalgitas reichen, denn bei dem Zugverkäufer gibt es nichts mehr.« Emma holte die Schere aus ihrer Tasche und versetzte einer der Nüsse mit dem Griff einen so harten Schlag, dass Addie zurückfuhr. Der Kern war zu Brei zermalmt. »O verdammt!«, schimpfte Emma.

Addie lächelte, denn Fluchen passte so gar nicht zu dieser Frau, aber Emma sah es nicht, denn in diesem Moment ging ein Ruck durch den Zug und noch einer, und dann setzte er sich langsam in Bewegung. Addie aß ihren Apfel und schlief, ans Fenster gelehnt, ein. Als Emma sie sanft wachrüttelte, war es schon später Nachmittag. »Wir sind bald da«, erklärte sie. »Allerdings kommen wir vier Stunden später an, als angekündigt.«

Addie blinzelte den Schlaf aus den Augen, streckte sich und erstarrte mitten in der Bewegung. Ihre Nachbarin saß kerzengerade neben ihr, alle Knöpfe der langen Knopfreihe ihres Jacketts zu, die Brosche am hohen Kragen der Bluse, die kleine runde Uhr am Kettchen am Jackett. Sie sah genauso aus, wie Addie sie kennen gelernt hatte – abgesehen von dem rosa Kapotthut auf ihrem Kopf. Addie ließ, ohne den Blick von ihr zu lösen, langsam die Arme sinken. Emmas Gesicht nahm die Farbe ihres Hutes an.

»Sehe ich zu auffallend aus?«

»Aber nein.« Albern, verschroben, dachte Addie, aber nicht auffallend.

»Ich bin eine hausbackene Person, so hausbacken wie selbst gemachte Seife, und ich möchte bei unserer ersten Begegnung doch einen ehrbaren Eindruck machen.«

»Das werden Sie«, versicherte Addie ihr. Sie war zu gutherzig, um Emma zu sagen, wie albern sie aussah. Stattdessen öffnete sie ihr die unter dem Kinn gebundene Schleife, arrangierte sie neu, seitlich, und rückte den Hut ein wenig nach hinten, immer noch ehrbar; aber ein wenig kokett.

In dem Augenblick, als sie ihre Verschönerungsaktion

abschloss, drosselte der Zug sein Tempo und fuhr in die Stadt ein. Addie versuchte sie mit Emmas Augen zu sehen. Sie war schlammbraun, schmutzig – die Straßen, die Schaufenster, die Häuser. Sogar die Pyramidenpappeln, deren Blätter schlaff an den von keinem Lüftchen bewegten Zweigen hingen wirkten schmutzig. Die beiden Häuserblocks mit den falschen Fassaden, die die Hauptstraße säumten, brauchten dringend einen neuen Anstrich. Mehrere Gebäude waren mit Brettern vernagelt, einige drohten gleich einzustürzen. Um die Straße verteilten sich Reihen niedriger Häuser, viele davon waren aus Adobeziegeln gebaut und mit Lehm verputzt. Addie fand sie heimelig, aber sie bezweifelte, dass Emma ihnen etwas abgewinnen könnte. Wahrscheinlich würden ihr die Holzhäuser mit den kunstvollen Schnitzereien besser gefallen, auch wenn sie schäbig waren und die Farbe von dem Sand, den der Wind mitbrachte, an vielen Stellen abgerieben war. Addie hielt nach der Chili Queen Ausschau, und voll des Besitzerstolzes, der in ihr aufstieg, als sie das Haus, unweit des Bahnhofs und ganz für sich allein stehend, entdeckte, zeigte sie es Emma. Doch Emma war mit ihren Augen woanders, sie studierte die Gesichter der Leute auf dem Bahnsteig, als der Zug ausrollte.

»Sehen Sie ihn?«, erkundigte sich Addie.

Emma schüttelte den Kopf. »Ich habe ja nur diese kleine Fotografie von ihm. Aber er wird mich erkennen – mein Foto ist sehr viel deutlicher.«

»Vielleicht ist es der da.« Addie deutete auf einen Mann, der ein wenig abseits stand. »Er ist ein bisschen klein geraten. Ist Ihr Mr Withers klein?«

Emma schaute verwirrt: »Das weiß ich doch nicht.«

Addie verdrehte die Augen, und Emma errötete.

»Na ja, ich vermute, Sie werden es rechtzeitig herausfinden«, sagte Addie.

Sie stand auf, aber Emma tippte ihr auf den Arm und zeigte auf einen Mann, der an dem Bahnhofsgebäude lehnte. »Könnte das Mr Withers sein?«

»Das ist Charley Pea«, beantwortete Addie ihre Frage, nachdem sie einen Blick auf den baumlangen, breitschultrigen Mann geworfen hatte, der sich mit einem Fuß an der Wand abstützte, »Nalgitas' Schmied. Er ist verheiratet. Sie heißt Mayme. Ich weiß es genau!« Charley war ein Jahr zuvor nach Texas gefahren und mit einer Ehefrau zurückgekommen, die sich als feine Dame aufspielen wollte. Addie aber plauderte es aus: Mayme war eine Prostituierte aus Fort Worth, hatte dort in dem gleichen Bordell gearbeitet wie sie, war aber schon nach kurzer Zeit auf die Straße gesetzt worden, weil sie die anderen Mädchen aufgehetzt hatte. Einmal hatte Mayme eine Prügelei mit ihr angefangen und Addie dabei die Nase gebrochen und ihr ein Büschel Haare ausgerissen. Obwohl Addie nicht angefangen hatte, war sie von der Bordellwirtin abgekanzelt worden, und so genoss es Addie immer noch, Mayme entlarvt zu haben, obwohl sie dafür bezahlen musste: Jetzt war sie gezwungen, ihre Pferde zwanzig Meilen entfernt zum Beschlagen zu bringen. Charley Pea hasste sie noch heute. Es war kurz vor ihrer Reise nach Kansas City gewesen. Als sie auf der Straße an ihm vorbeigegangen war, hatte er Tabaksaft auf ihren Rock gespuckt. Und kein anderer als er war es gewesen, der zwei junge Katzen in ihren Brunnen geworfen hatte, da war sie sich sicher.

Addie und Emma gingen den Gang hinunter und stiegen auf den Bahnsteig runter, der voller Männer war, von denen die meisten Arbeitskleidung trugen. Rancher und Minenarbeiter warteten bei den Frachtwaggons auf Lieferungen. Mexikaner luden schweigend Kisten und Fässer für sie aus. Addie kannte einige der Männer, die neben dem Gleis auf Reisende warteten oder nur gekommen waren, um zu sehen, wer aussteigen würde, aber da es nicht klug war, Kunden in der Öffentlichkeit zu begrüßen – immerhin waren auch einige Frauen anwesend –, ließ sie nur den Blick wandern und bedachte den einen mit einem kaum merklichen Heben der Brauen und den anderen mit einem angedeuteten Lächeln. Sie tippte Emma auf den Ellbogen und deutete mit einer Kopfbewegung auf einen ordentlich gekleideten Mann, der einen Hut in der Hand hielt und in ihre Richtung lächelte. Aber gleich darauf ging eine Frau an ihnen vorbei und auf ihn zu.

Emmas Augen schossen hierhin und dorthin, und sie wurde immer unruhiger. »Er ist nicht hier«, flüsterte sie.

»Das können Sie doch gar nicht wissen«, versuchte Addie, sie zu beruhigen. »Vielleicht wartet er im Bahnhofsgebäude darauf, dass die Leute gehen. Vielleicht ist er schüchtern. Oder er sitzt im Saloon beim Abendessen. Der Zug hatte schließlich große Verspätung. Sie setzen sich jetzt da auf die Bank. Er kommt bestimmt gleich.« Addie hatten diesen Vorschlag mit Bedacht gemacht. Die Bank stand im Schatten des Bahnhofsgebäudes, und der Mann würde nicht sofort sehen, wie alt Emma war.

»Warten Sie mit mir?«, fragte Emma.

Einerseits hätte Addie das gerne getan, denn sie war

schon ein wenig neugierig auf den Mr Withers, aber andererseits musste sie damit rechnen, dass er sie kannte und Emma darüber aufklären würde, dass sie ihre Reise Seite an Seite mit einer Hure gemacht hatte. An sich hätte Addie das nicht gestört, doch sie wollte sich Emma nicht zur Feindin machen. Und wenn Mr Withers so anständig wäre, wie Emma annahm, dann würde er sie sicher nicht ansprechen, wenn Addie neben ihr säße. Außerdem war es spät – und ein Samstagabend, wie Addie erschreckt feststellte. Es war höchste Zeit, in der Chili Queen nach dem Rechten zu sehen. Außerdem wollte sie unbedingt noch ein Bad nehmen und zu Abend essen, bevor die Kunden kamen. Also schüttelte sie den Kopf, gab dem Stationsvorsteher ein Trinkgeld, damit er ihre Reisekiste aufbewahrte, bis einer der Mexikaner sie zur Chili Queen bringen könnte, und wünschte Emma »viel Glück«.

Emma nickte zerstreut und schaute unglücklich an ihr vorbei. Addie drückte ihren Arm und machte sich auf den Weg hinunter zur Chili Queen. Als sie sich umdrehte, saß Emma mit dem rosa Kapotthut auf dem Schoß, die Satinbänder ordentlich zusammengelegt, auf der Bank neben dem Bahnhofsgebäude. Abgesehen von Charley Pea, der immer noch in derselben Haltung an der Wand lehnte, war sie allein, und Addie fragte sich, ob das Glück der Frau wohl auch diesmal »hold« sein würde.

2

»Wo haben Sie denn bloß gesteckt? Ich bin's gründlich leid, mich um die Halbweltdamen zu kümmern«, sagte Welcome statt einer Begrüßung, als Addie durch die Küchentür trat. »Sie wollten doch schon vor zwei Tagen zurückkommen. Ich hatte einen Schinken in der Pfanne und Brötchen im Ofen, als ich das Pfeifen des Zuges hörte, aber Sie kamen nicht, und so aß ich alles selbst. Ich dachte, Sie wären vielleicht umgebracht worden.« Die groß gewachsene Frau grinste, als sie mit einer Hand einen riesigen gusseisernen Wäschetopf auf den Herd stellte. Addie hätte ihn nicht mit beiden Händen heben können. Ihr Hausmädchen war stark genug, um mit Kanonenkugeln Murmeln zu spielen. »Du machst deinem Namen heute wirklich keine Ehre«, bemängelte Addie ihre Unfreundlichkeit.

»Ich bin zum Waschen und Kochen angestellt, und ich schufte von früh bis spät – aber es war nicht abgemacht, dass ich Kindermädchen für drei Huren spiele«, erwiderte Welcome unwirsch. »Inzwischen sind es allerdings nur noch zwei. Miss Broken Nose Frankie ist nicht mehr da.«

»Was?« Addie sank auf einen Stuhl.

»Miss Gebrochene Nase hat sich aus dem Staub gemacht. Miss Belle Bassett und Miss Tillie Jumps sind

Ihnen noch geblieben – aber wer weiß, für wie lange? Vielleicht haben Sie bald ein Hurenhaus ohne Huren.« Sie lachte dröhnend. »Es haben auch keine reingeschaut, die Arbeit suchten.«

Das überraschte Addie nicht. Seit dem letzten Jahr war es mit Nalgitas abwärts gegangen, und wo nichts los war, da lockte es auch keine Prostituierten hin. Sie seufzte, als sie daran dachte, dass sie sich heute trotz ihrer schmerzenden Knochen vielleicht dazu aufraffen musste, einzuspringen, wenn das Geschäft gut liefe. »Hast du noch mehr schöne Neuigkeiten für mich?«

»Die Fensterscheibe in Ihrem Schlafzimmer ist zu Bruch gegangen. Fragen Sie mich nicht, wer das war – ich darf ja nicht im Haus schlafen.«

Für die Mädchen gab es im ersten Stock drei Zimmer. Addies lag hinter der Küche, die durch einen Flur mit einem großen Salon verbunden war. Welcome wohnte in einem umgebauten Hühnerstall hinter dem Haus.

»Du kannst Miss Frankies Zimmer haben, falls du aushilfst. Du weißt, was ich meine. Es haben schon einige Männer nach dir gefragt. In den meisten Häusern wird nicht das Gleiche für schwarzes Fleisch verlangt wie für weißes, aber ich mache da keinen Unterschied. Ich habe schwarze Männer schon immer genauso gemocht wie weiße, und das gilt auch für Frauen. Du kannst die Hälfte von dem Geld behalten wie die anderen Mädchen.« Addie wusste nicht, ob die Männer, die sich nach Welcome erkundigt hatten, sie haben wollten, weil sie eine Schwarze oder weil sie so eine große, kräftige Person war. Vielleicht wussten sie nicht einmal, dass Welcome eine Schwarze war, denn ihre Haut hatte das Hellbraun von trockenem Präriegras.

»Ich bin nicht weniger schwarz als Sie«, sagte Welcome. »Aber das ist egal. In diesem alten Körper steckt die Seele einer anständigen Christin, und ich werde meine zarten Teile für keinen Silberling verkaufen.«

Addie fragte sich, warum ihre Angestellten ihr ständig widersprachen. Die Haushaltshilfen waren patzig, die Mädchen schnippisch. »Dann richte mir mein Abendessen und setz Wasser für mein Bad auf. Ich nehme an, du hast mich schon gerochen, bevor ich reinkam.«

»Allerdings.«

Welcome heizte im Herd ein und ließ Wasser aus der Pumpe in einen Kessel laufen. Dann deckte sie für Addie in der Küche und öffnete die Tür des Kühlschranks. »Vor zwei Tagen, als Sie eigentlich kommen wollten, hatten wir jede Menge zu essen hier. Jetzt sind nur noch Reste da«, sagte sie. »Ich nehme an, Sie wollen zuerst baden.« Welcome ging nach draußen, holte die Blechwanne von der Veranda vor der Küche, und als sie damit zu Addie ins Schlafzimmer kam, hatte diese mittlerweile ihr Seidenkleid ausgezogen und auf den Boden fallen lassen. Sie trug nur einen leichten Schlafrock.

Welcome hob die kupferrote Seidenwolke mit spitzen Fingern hoch und hielt sie mit gerümpfter Nase auf Armeslänge von sich weg. »Ob ich das wieder sauber kriege, weiß ich nicht – aber ich werde tun, was ich kann.« Sie klemmte sich das Kleid unter den Arm. »Das Geld der Freier liegt in der Kommode zwischen der Wäsche. Ich wollte es ja eigentlich in Ihrer Bibel verstecken, weil die Mädels da bestimmt nicht nachgesehen hätten, aber ich konnte Ihre Bibel nicht finden.«

»Sehr wahrscheinlich hatte ich sie mitgenommen.«

»Sehr wahrscheinlich«, Welcome schnaubte. »Sie haben jetzt über hundert Dollar da drin. Es war noch mehr, aber ich habe mir etwas herausgenommen, um auf den Markt gehen zu können. Und ich habe zehn Dollar aus meiner eigenen Tasche gezahlt. Diese Huren machen mich fertig.«

Sie wandte sich zum Gehen. »Ich hole Ihnen einen Whiskey, bevor ich das Wasser heiß mache.«

Addie seufzte und rieb sich die Wangen, dann schaute sie auf ihre Hände hinunter. Die Fingernägel waren abgebrochen, der Nagelumlauf voller Niednägel. Das berührte sie ebenso wenig wie der Anblick ihrer Handrücken. Auf jedem waren bestimmt ein Dutzend braune Flecken, und die Adern sahen aus wie angeschwollene Flüsse. Ein Glück, dass ihre Freier nicht auf ihre Hände achteten.

Welcome kam mit dem Whiskey, und Addie tat einen kräftigen Zug aus dem Glas. Das war das erste Gute, das ihr seit ihrer Abreise aus Kansas City widerfuhr. Nach einem ausgedehnten Bad und einem anständigen Essen würde sie den Abend schon durchstehen, dachte sie. Als sie das Glas abstellte, läutete die Türglocke an der Vordertür äußerst eindringlich, und Addie seufzte. Da konnte jemand es offenbar nicht erwarten. »Geh du aufmachen«, bat sie Welcome. »Sag ihm, wir öffnen nicht vor neun. Wenn er um Punkt neun Uhr wieder da ist, kann er sich ein Mädchen aussuchen. Aber sag ihm nicht, dass wir nur zwei haben.« Sie schaute zu der Uhr auf ihrer Kommode hinüber und stellte überrascht fest, dass es bereits kurz vor acht war. »Und bring die Mädchen auf Trab – und mir mein Badewasser.«

»Soll ich vielleicht gleich auch noch den Herd putzen und einen Truthahn braten, wenn ich schon dabei bin?«, fragte Welcome, während sie die Tür hinter sich schloss.

Addie trank ihren Whiskey aus und wollte sich ihr Wasser eben selbst holen, als Welcome die Tür aufschlug.

»Kommt er wieder?«, erkundigte sich Addie.

»Er ist eine Sie – und die Sie will zu Ihnen.«

Addies Miene erhellte sich. Vielleicht ging es jetzt zur Abwechslung mal wieder aufwärts. »Ein Mädchen? Sie könnte gleich heute Abend anfangen – dann müsste ich nicht einspringen. Sieht sie nach was aus?«

»Nicht nach dem, was Sie erwarten. Wenn Sie mich fragen, sammelt sie für Bedürftige.«

Addie schoss der Schreck in die Glieder, und sie fuhr sich mit den Händen übers Gesicht. »Schwarz angezogen mit einem poporosa Hut auf dem Kopf?«

Welcome nickte verblüfft.

»Oje, oje!«, jammerte Addie. »Wo ist sie? Du hast sie bestimmt reingelassen.«

Welcome zuckte mit den Schultern: »Sie sagten, Sie hofften auf eine Neue. Aber Sie sagten nichts von attraktiv. Sie sitzt im Salon wie eine Henne auf dem Nest.«

»Okay, hol sie da raus. Bring sie in die Küche und sag ihr, ich komme, sobald ich mir etwas angezogen habe.« Addie stand auf und ließ ihren Schlafrock fallen. Amüsiert sah sie, dass Welcome sich geniert abwandte. »Und sag ihr ja nicht, was für ein Haus das hier ist. Sie ist eine blauäugige Jungfer vom Land, die glaubt, die Chili Queen sei eine Pension.« Kopfschüttelnd lachte sie in sich hinein.

Nachdem Addie ihre müden Glieder in ein Hauskleid gehüllt, ihre Haare durchgebürstet und locker auf dem Kopf zusammengeschlungen hatte, ging sie in die Küche hinüber, wo Emma vor Addies Gedeck saß. Auf ihrem Teller lagen sauber abgenagte Hühnerknochen, und sie tupfte sich gerade den Mund mit einer Serviette ab. Addie fragte sich, wo die Serviette herkommen mochte. Für sie und die Mädchen legte Welcome nie Servietten auf.

Auf Emmas zugfahrtschmutzigem Gesicht hatten Tränen breite helle Spuren gezeichnet, und ihre Frisur war in Auflösung begriffen. Der rosa Hut lag, die Bänder zerknittert, auf einem Stuhl. »Ich wusste nicht, wohin«, sagte sie mit zitternder Stimme. »Sie waren im Zug so nett zu mir, und ich kenne doch sonst niemanden in Nalgitas ... ich hoffe, Sie haben nichts dagegen, dass ich hergekommen bin ... Sie sagten doch ... ich meine, Sie haben es mir angeboten ...«

Das hatte Addie zwar, aber natürlich war es ihr nicht ernst damit gewesen, und im Moment konnte sie Emma überhaupt nicht gebrauchen. Sie hatte in Kürze die Chili Queen zu öffnen – gleichzeitig tat sie ihr aber Leid. Und außerdem war Addie neugierig. Also tätschelte sie ihr die schwarz behandschuhte Hand und sagte: »Na, Schätzchen, dann lassen Sie mal hören, was passiert ist.« Welcome kam mit einem Stück Kuchen und einem Glas Milch auf den Tisch zu, und Addie zog sich ihren

Stuhl heran, aber das Hausmädchen ignorierte sie und stellte Teller und Glas vor Emma hin, die sogleich nach der Gabel griff. Ihr Herzschmerz hatte offenbar keine Auswirkungen auf ihren Appetit.

»Du kannst mir jetzt mein Essen bringen, Welcome«, sagte Addie barsch.

»Es ist nichts mehr da«, erklärte Welcome. »Ich habe ihr alles gegeben, was die Mädchen übrig gelassen haben – und das da ist auch der letzte Magenschließer.« Magenschließer war ihre Bezeichnung für Nachtisch.

»Und was ist mit mir?«, jammerte Addie. Emma hatte bereits den ersten Bissen im Mund, aber jetzt schob sie Addie bestürzt ihren Teller hin.

»Entschuldigen Sie vielmals! Ich habe angenommen, da dies hier eine Pension ist, dass Sie bereits gegessen hätten. Ich wollte Sie nicht berauben.«

Addie bedeutete Welcome mit einem durchdringenden Blick zu schweigen und schob den Teller zu Emma zurück. »Nun essen Sie schon! Welcome kann mir Eier mit Speck braten.« Welcome sagte zwar »Jawohl, Ma'am«, rührte sich jedoch nicht von der Stelle.

»Jetzt!«

»Mmm.«

Als Welcome sich auf den Weg zum Herd machte, hakte Addie nach.

»Was ist passiert?« Sie beugte sich vor und stieß mit der Brust, die der Zugschaffner malträtiert hatte, an die Tischkante. Vor Schmerz zog sie die Luft durch die Zähne. Im ersten Moment erwog sie, Welcome um Eis zu bitten, aber dann verwarf sie die Idee wieder, denn Emma wäre sicherlich befremdet, wenn sie, Addie, sich hier am Küchentisch entblößte. Außerdem würde es sowieso nichts mehr nützen. Addie hatte zuvor beim Ausziehen gesehen, dass der Bluterguss, mit dem sie schon gerechnet hatte, bereits eine hässliche blaurote Färbung angenommen hatte. Also beschloss sie, sich stattdessen abzulenken. »Haben Sie ihm nicht gefallen?« Addie hatte die Frage kaum gestellt, als ihr ihre Taktlosigkeit bewusst wurde, und so setzte sie hastig hinzu: »Oder hat er Ihnen nicht gefallen? War es so? Erzählen Sie!«

Emma schüttelte den Kopf und begann zu schniefen.

Addie hasste Heulerei – es sei denn, sie war es, die heulte.

»Also – was hat sich zugetragen?«

»Sie sehen wie ein Häufchen Elend aus«, mischte Welcome sich ein. »Sie müssen Miss Addie alles haarklein berichten!«

»Was geht denn dich das an?«, fuhr Addie auf. »Du bist hier nicht die Chefin! Ich bin die Chefin – du arbeitest für mich!«

»Ich kann ja gehen. Wollen Sie, dass ich gehe? Kein Problem.«

Welcome griff nach hinten, um ihre Schürzenbänder zu lösen.

»Mach mir einfach was zu essen.«

Welcome tätschelte Emmas Schulter und drehte sich zum Herd um.

»Oje – jetzt bin ich auch noch der Anlass zu Ärger in Ihrem Haus!«, jammerte Emma.

»Nicht der Rede wert«, beruhigte Addie sie. »Was hat es gegeben?«

Emma atmete tief durch, zog ein Taschentuch heraus

und führte es an die Nase. Zu Addies Erleichterung weinte sie jedoch nicht, sondern nieste. Nachdem sie sich die Nase geputzt und das Taschentuch wieder weggesteckt hatte, seufzte sie tief. Und dann platzte sie plötzlich heraus: »Er ist nicht gekommen!«, danach sank sie in sich zusammen, als habe diese Eröffnung ihr alle Kraft geraubt – und als sei ihre Geschichte damit erzählt.

Aber Addie war nicht bereit, sich so abspeisen zu lassen. Emma hatte sie um die Möglichkeit gebracht, sich in Ruhe auf den Abend einstimmen zu können, und dafür schuldete sie ihr etwas mehr als einen einzigen Satz. Addie ergriff Emmas Hand. »Dafür kann es viele Gründe geben. Vielleicht sitzt er beim Abendessen im Saloon, oder er hat sich vor lauter Aufregung betrunken und ist eingeschlafen. Vielleicht hat ihn auch sein Pferd abgeworfen, und er muss zu Fuß in die Stadt gehen.« Ihre Phantasie begann Wellen zu schlagen. »Er könnte auch in eine Überschwemmung geraten und ertrunken sein.«

»Es hat seit Ihrer Abreise keinen Tropfen geregnet«, kam Welcomes Stimme vom Herd herüber. Sie schlug ein Ei am Rand der Pfanne auf. Es klang wie ein Schuss.

»Dann ist er vielleicht von einem Pferdefuhrwerk überfahren worden – oder von Outlaws ersch…« Sie brach ab, denn Emma schüttelte heftig den Kopf.

»Nein, nichts davon ist geschehen. Ich habe gesagt, er sei nicht gekommen, aber damit meine ich, dass er nicht zu mir gekommen ist. Am Bahnhof war er schon – und er hat mich dort gesehen. Als mir das Warten auf der Bank zu dumm wurde, ging ich hinein, um zu fragen, ob vielleicht eine Nachricht für mich da sei. Und darauf gab man mir einen Brief.« Emma zog ein zweimal längs und quer gefaltetes Blatt Papier aus ihrem Beutel. Addie fiel auf, dass es von minderer Qualität war. »Miss Roby« stand darauf. Auch die Schrift ließ zu wünschen übrig. Emma strich den Brief glatt und legte ihn auf den Tisch.

Addie schnappte ihn sich und begann, die mit Bleistift verfasste Nachricht zu lesen, wobei sie jedes Wort im Stillen buchstabierte und nach seiner Entzifferung nickte. Als sie schließlich aufblickte, sah sie Welcome gespannt herüberschauen, statt sich mit der Pfanne zu beschäftigen. »Na schön, ich lese vor, was er geschrieben hat – aber vergiss mein Essen nicht.« Dann fiel ihr etwas ein. »Oder haben Sie was dagegen?«, wandte sie sich an Emma. Immerhin war es ein privater Brief.

»Nein, nein – machen Sie nur«, erteilte diese mit einer wegwerfenden Geste kummervoll ihre Erlaubnis.

»Liebe Emma Roby«, las Addie, wobei sie auf jedes Wort zeigte, *»Sie sind älter als auf der Fotografie, und ich glaube nicht, dass Sie zu einem Mann, wie ich es bin, passen.«* Addie las langsam und deutlich, und am Ende des Satzes hob sie den Blick zu Emma, die unverwandt auf die gegenüberliegende Wand starrte. *»Ich war nicht auf eine alte Jungfer gefasst. Ich bin nicht grausam, aber ich bin ein Feigling, und darum gebe ich diesen Brief dem Stationsvorsteher. Fahren Sie wieder nach Hause und vergessen Sie Ihren ergebenen Diener WW.«*

Welcome stellte einen Teller mit Eiern und Speck vor Addie hin und zog eine Braue hoch. »Sie ist eine Versandhausbraut«, deutete Addie Welcomes Mimik.

»Das bin ich nicht!«, protestierte Emma indigniert.

Addie zuckte mit den Schultern. »Also gut – sie ist keine Versandhausbraut. Sie kam hierher, um vom Fleck weg einen Mann zu heiraten, den sie noch nie im Leben gesehen hat.«

Welcome ging zum Schrank hinüber und kam mit einer Gabel für Addie an den Tisch zurück. Die Schwarze hatte riesige Hände. Auch die Füße in den Schuhen mit den Messingkappen waren riesig. Einmal, als ein Mann in der Chili Queen grob geworden war, hatte Addie nach Welcome gerufen, die mit einer Bratpfanne in der Hand erschien, deren Unterseite sie gegen den Teller ihrer freien Hand klatschen ließ. Der Mann gab Fersengeld, ehe Welcome dazu kam, ihre Waffe einzusetzen. Addie fragte sich, wie viele andere Männer sie wohl noch in Angst und Schrecken versetzt haben mochte. Das Hausmädchen hatte ihr erzählt, dass sie verheiratet gewesen sei, »aber wir kamen nicht miteinander aus. Er verprügelte mich wegen jeder Kleinigkeit, und irgendwann wurde es mir zu bunt. Ich hoffe, er schmort inzwischen in der Hölle – falls der Teufel ihn reingelassen hat.« Addie hatte nicht gewagt zu fragen, ob Welcome ihn auf den Weg dorthin gebracht hatte.

»Ich war von einem Herrn eingeladen worden, der eine Heirat mit mir in Betracht zog«, rückte Emma das Bild zurecht, das Addie von ihrer Situation gemalt hatte.

»Sie sollten glücklich sein, diesen Teufel in Menschengestalt nicht kennen gelernt zu haben!«, meinte Welcome.

»Halt du dich da raus«, wies Addie sie in scharfem Ton zurecht. »Hast du nichts zu tun? Hühner schlachten, zum Beispiel?«

»Es ist zu dunkel, um Hühner zu schlachten«, erwiderte die Schwarze. Sie zog sich in den hinteren Teil der Küche zurück. Addie erwog, sie hinauszuschicken, ließ es jedoch bleiben. Wenn Emma sie in ihr Problem einbezog, warum sollte sie, Addie, sich dann um Diskretion bemühen?

»Ich wusste nicht, wohin«, sagte Emma noch einmal, »und darum kam ich her. Sie sagten doch, ich könnte hier wohnen.«

»Ha …!«, kam Welcomes Stimme aus dem Dunkeln. Addie feuerte einen warnenden Blick in die Richtung der weißen Schürze ab, die das Einzige war, was sie von der Schwarzen sah. Der Schuss hatte offenbar getroffen, denn Welcome hielt den Mund.

»Sie nehmen keine Frauen in Pension, oder? So heißt es auf Ihrer Karte, aber ich hoffe …«, sie ließ den Satz in der Luft hängen.

»Es ist kein Zimmer frei«, beendete Addie ihren Versuch, »wir sind voll.«

»Geben Sie ihr doch Miss Frankies Zimmer. Aber sie darf nicht ›Niggerweib‹ zu mir sagen. Miss Frankie hat das getan, und ich habe sie rausgeschmissen«, meldete Welcome sich wieder zu Wort.

»Du hast sie rausgeschmissen? Das ist mein Job, dazu bist du nicht befugt!«, erregte sich Addie.

Ein glucksendes Lachen antwortete ihr aus der dunklen Ecke.

»Sie nehmen Miss Frankies Zimmer, Miss Addie, und überlassen der Lady Ihres. Da es hinter der Küche liegt und zum Garten raus, wird sie durch das Kommen und Gehen nicht gestört.«

»Für wen arbeitest du eigentlich?«, fragte Addie empört.

»Dann quartieren Sie sie oben ein«, schlug Welcome vor.

»Es ist ja nur für heute Nacht«, sagte Emma. »Morgen früh suche ich mir gleich eine Unterkunft.«

»Sie wollen hier – in der Stadt bleiben?«, wunderte sich Addie.

»Was soll ich sonst tun?« Emma zuckte mit den Schultern. »Sie haben meinen Bruder doch gehört. Nach Hause zurück kann ich nicht. Aber ich würde es auch gar nicht wollen. Ich dachte …«, sie schaute sinnend auf ihre Hände hinunter, »…ich könnte vielleicht ein Hutatelier eröffnen. Ich glaube, ich habe Talent zur Putzmacherin.«

Addie wollte gerade etwas dazu sagen, als die Türglocke an der Vordertür ging. Welcome kam aus ihrer Ecke, und sie und Addie wechselten einen Blick. »Es kommt Besuch«, sagte Welcome.

»Ich habe es gehört«, erwiderte Addie.

»Da will ich nicht stören.« Emma stand auf und griff nach ihrem Hut. »Wenn Sie mir nur bitte das Zimmer zeigen …«

»Soll ich es ihr zeigen?«, fragte Welcome. Sie genoss die Situation sichtlich.

»Ich könnte ja auch im Bahnhofsgebäude schlafen – da steht eine Bank«, meinte Emma.

»Kommt nicht in Frage«, entschied Addie. »Ich hole schnell meine Sachen raus, und dann können Sie mein Zimmer haben. Ich schlafe oben.«

Emma gähnte. »Ich bin Ihnen unendlich dankbar! So erschöpft, wie ich bin, könnte ich bis zum Jüngsten Tag schlafen!«

»Tun Sie das«, erwiderte Addie.

»Das war aber wirklich nett von Ihnen«, sagte Welcome zu ihr, und Addie war überrascht, wie warm ihr bei diesem Lob ums Herz wurde.

Welcome nahm Emmas Handgepäck und trug es in Addies Zimmer. Addie folgte ihr. »Führe den Besucher in den Salon. Ich gehe nach oben und ziehe mich um. Mach du den Mädels inzwischen Beine. Sag ihnen, dass ich wieder da bin und dass ich Trödelei nicht dulde.« Sie schaute zu Emma hinüber, um zu sehen, ob der Frau endlich dämmerte, in was für einer Pension sie sich befand, doch ihr unerwünschter Logiergast war auf die Bettkante gesunken und lehnte mit halb geschlossenen Augen an einem der Pfosten. Addie seufzte. Warum klappte bei ihr eigentlich niemals etwas so, wie sie es geplant hatte? Die Chili Queen gehörte ihr, sie hatte hart dafür gearbeitet, aber nun war sie auf dem Weg in ein Professionellenzimmer, während Emma die Nacht in ihrem Bett verbringen würde. Addie hatte sich bisher immer für gutherzig gehalten – jetzt fragte sie sich, ob sie nicht nur ein leichtes Opfer war.

Das Geschäft ging an diesem Abend gut in der Chili Queen, so gut, dass Addie drei der Kunden selbst bedienen musste. Nachdem der letzte Freier gegangen war, schloss sie die Vordertür ab und ging in die Küche, wo Welcome gerade dabei war, die Blechbadewanne sauber zu machen. »Ich habe ihr ein Bad gerichtet«, erklärte das Hausmädchen. »Soll ich Ihnen auch noch eins richten?«

»Nein – ich bin zu müde, um auf heißes Wasser zu warten.« Sie steuerte auf ihr Zimmer zu.

»He – wo wollen Sie hin?«, hielt Welcome sie auf. »Sie schlafen heute Nacht in Miss Frankies Zimmer.« Lachend zeigte sie zur Decke hinauf.

Addie machte kehrt und stieg die Treppe hoch. Das Zimmer von Broken-Nose-Frankie war das kleinste im Haus, aber das spielte keine Rolle, wenn man nur schlafen wollte, dachte Addie, als sie ihre Kleider auf den Boden warf. Wie Emma hätte auch sie bis zum Jüngsten Tag schlafen können. Addie stieg ins Bett – und sank fast bis zum Boden. Jedenfalls kam es ihr so vor. Sie würde morgen als Erstes mit Welcome die Bettgurte straffziehen. Sie rutschte auf der Maisspelzenmatratze hin und her, um eine bequeme Lage zu finden. Die Spelzen raschelten und piekten, und sie sehnte sich nach ihrer Federmatratze. Schließlich hatte sie sich dann doch eine einigermaßen gemütliche Kuhle geschaffen und schloss die Augen. Aber die Gemütlichkeit währte nicht lange. Ein Übelkeit erregender Geruch entströmte der Bettwäsche, und es war nicht nur der Geruch von heute Abend. Miss Frankie war nicht besonders reinlich gewesen, und Welcome hatte das Bett seit ihrem Fortgang nicht frisch bezogen. Vielleicht war die Wäsche in der Zeit, da Miss Frankie hier gearbeitet hatte, nie gewaschen worden. Und die Luft stand in dem kleinen Raum. Addie ging das Fenster öffnen. Allerdings ließ es sich nur ein paar Zentimeter weit hochschieben, denn Bordellwirtinnen, selbst die, deren Etablissements so fein waren wie die Chili Queen, verkleinerten in den Zimmern der Mädchen die Fensterwege durch Bretter, sodass Männer nicht herein- und Mädchen nicht hinausklettern konnten.

Addie kehrte ins Bett zurück, aber irgendetwas Hartes in der Matratze drückte sie, und sie rutschte herum wie ein Vogel im Nest, um wieder eine wenigstens annähernd angenehme Lage zu finden. Kurz vor dem Einschlafen hörte sie eine Pferdebremse um ihren Kopf summen. Sie schlug nach ihr, die Bremse flog jedoch davon, aber gleich darauf war sie wieder da. Im Licht des Mondes, das den Raum erhellte, sah Addie sie auf dem eisernen Bettgestell landen, und sie erlegte sie mit einem blitzschnellen Schlag. Dann nahm sie das Insekt beim Flügel und warf es aus dem Fenster, dabei sah sie Welcome von der Hintertür zur Hütte gehen, in der sie schlief. Sie ist eine seltsame Person, dachte Addie, war jedoch zu müde, um sich länger mit ihr zu beschäftigen. Als sie auf ihre Hand hinunterschaute, sah sie den Flügel der Bremse an ihrem Finger kleben, und so trat sie an den Waschtisch, goss Wasser in die Schüssel und wusch sich die Hände. Da kein Handtuch da war, trocknete sie sich am Laken ab.

Es war heiß im Zimmer, und darum zog Addie ihr Nachthemd aus und legte sich auf die Bettdecke, nachdem sie das Kopfkissen aufgeschüttelt hatte. Emma schlief bestimmt längst selig und süß, dachte sie giftig. Irgendetwas stach sie ins Bein. Hoffentlich hatte ihr Miss Frankie keine Wanzen hinterlassen. Seufzend stand sie noch einmal auf, breitete ihr Nachthemd über das Bett und legte sich darauf. Vom Saloon schollen Geschrei und gleich darauf ein Pistolenschuss herüber. Dann galoppierte ein Pferd an der Chili Queen vorbei. Das waren vertraute Geräusche. Addie entspannte sich. Der Aufschrei einer Frau ließ sie kerzengerade im Bett hochfahren. Sie wusste nicht, wie lange sie geschlafen hatte, aber es mussten ein paar Stunden gewesen sein, denn es war bereits hell draußen. Wahrscheinlich hatte eines der Mädchen einen Albtraum gehabt – sicher Miss Tillie, die den ganzen Abend schlechter Stimmung gewesen und so rüde mit einem Cowboy aus Raton umgegangen war, dass Addie ihm die Hälfte von Miss Tillies Geldes zurückgegeben hatte.

Addie ließ sich ins Kissen sinken, doch ihr Kopf hatte es kaum berührt, als die Frau erneut schrie – und diesmal erkannte Addie, dass die Stimme keinem der Mädchen gehörte, sondern von unten kam: Es war die Versandhausbraut, die einen Albtraum hatte. Da Addie nichts dagegen tun konnte, blieb sie liegen, aber als der dritte durchdringende Schrei ertönte, wurde Addie klar, dass sie Emma zum Schweigen bringen müsste, sonst würden die Mädchen von dem Lärm aufwachen und hinuntergehen, und Addie stand der Sinn im Augenblick nicht danach, Emma zu erklären, was zwei Huren in einer Pension zu suchen hatten. Also stieg sie aus dem Bett und wickelte sich in ihren Schlafrock. Auf dem Weg nach unten trat sie mit einem ihrer nackten Füße auf etwas Nasses. Sie hoffte, es sei Wasser, glaubte aber nicht recht daran.

Als sie in die Küche kam, wurde gerade ein Schlüssel im Schloss der Hintertür herumgedreht, und Addie griff sich den Schürhaken, der auf dem Herd lag – für den Fall, dass sie es mit einem Eindringling zu tun bekäme. Wobei sich die Frage stellte, wie der zu dem Schlüssel gekommen sein sollte. Aber es war Welcome, die ihr gleich darauf gegenüberstand.

»Dieser Lärm ist ja nicht zum Aushalten!«, schimpfte sie. »Hat Miss Tillie wieder einen Albtraum?«

Addie war froh, Welcome bei sich zu haben. Wenn Emma einen hysterischen Anfall hätte, wäre sie allein vielleicht nicht in der Lage gewesen, ihrer Herr zu werden. »Nein.« Addie machte eine Kopfbewegung in Richtung Schlafzimmer. »Es ist die verdammte alte Jungfer da drin. Falls sie von ihrer Hochzeitsnacht träumt, kann sie froh sein, dass es nur ein Traum ist.«

In diesem Augenblick war ein lauter Schlag zu hören, und dann rief ein Mann: »Aua!«

Addie stieß einen leisen Fluch aus und steuerte auf die Tür zu, aber Welcome war schneller, stieß sie auf und stürmte vor Addie hindurch.

Emma stand mit einer silbernen Haarbürste in der Hand über einen am Boden liegenden Mann gebeugt, der schützend die Hände auf seinen Kopf gelegt hatte. »Addie, was zum Teufel soll das?«, knurrte er.

Welcome brach in dröhnendes Gelächter aus, und auch Addie musste lachen. Emma holte aus, um ein zweites Mal zuzuschlagen.

»Er kam durchs Fenster«, berichtete sie aufgebracht. »Ich glaube, er ist ein Lustmolch.«

Addie entriss ihr die Bürste. »Nein, das ist kein Lustmolch. Das ist Ned.«

»Wer?« Emma sah sich suchend nach einer neuen Waffe um.

Der Mann auf dem Boden blickte verständnislos von einer Frau zur anderen.

»Ned. Ned Partner«, erklärte Addie.

Emma riss entsetzt die Augen auf, als sie begriff. »Der

Bandit?« Sie schlug die Hände vor die Brust und wich zum Bett zurück.

»Keine Angst. Ned wird Ihnen nichts tun. Er kommt oft hierher. Er ist mein ...« Sie brach ab, zog die Schleifen ihres Schlafrocks fester und die Aufschläge über ihren Busen. »Er ist mein Bruder«, log sie und fragte sich, was diese Anwandlung von Schamhaftigkeit sollte.

»Was?« Ned kam auf die Knie hoch. »Was zum Teufel redest du da? Wer ist das?« Er deutete auf Emma.

»Eine Lady, die ich im Zug kennen gelernt habe. Sie ist fremd in Nalgitas, und ich habe ihr für diese Nacht mein Zimmer überlassen.«

Ned stand auf, betastete vorsichtig die Stelle auf seinem Kopf, wo ihn die Bürste getroffen hatte, und beäugte dann seine Finger auf der Suche nach Blut. Es war keines dran. »Du hast dir eine Lady mit einem starken Arm ins Haus geholt«, sagte er und wandte sich dann an Welcome: »Haben Sie ein bisschen Eis für dieses Gänseei?«

»Ein Gentleman hätte die Tür benutzt, aber Sie sind wohl keiner«, rügte Welcome ihn. »Kommen Sie mit.« Die beiden gingen in die Küche hinüber, gefolgt von Addie und Emma, die sich hastig einen Schlafrock übergeworfen hatte. Addie fragte sich, wie die Frau bei dieser Hitze in einem langärmeligen und bis zum Hals zugeknöpften Nachthemd hatte schlafen können, zumal bei diesem langen, über den Rücken herabreichenden Haar. Emmas Haar mochte von Grau durchzogen sein, aber es war dick und ringelte sich hübsch um ihr Gesicht. Addie schlang ihre schlafzerzauste Mähne zu einem Nackenknoten. Welcome hackte mit einem Pickel ein Stück Eis aus der Kühlbox ab, wickelte es in ein Handtuch und legte es Ned auf den Kopf. »Halten Sie es fest«, befahl sie. »Ich nehme an, Sie wollen was essen.«

»Wäre nicht schlecht«, antwortete Ned.

Welcome schürte das Feuer im Herd, nahm ein Anzündholz aus der Kiste daneben und steckte es zwischen die Kohlen. Dann schnitt sie Speckscheiben in die Pfanne und rührte einen Pfannkuchenteig an. »Wollen Sie auch frühstücken?«, fragte sie Addie.

Addie hatte am Abend zuvor zu viel Whiskey getrunken und einen ordentlichen Kater davon. Ihr Schädel brummte, und der bloße Gedanke an Essen drehte ihr den Magen um. Also schüttelte sie den Kopf. Welcome richtete ihren Blick auf Emma, die schüchtern erwiderte: »Ich würde gerne etwas essen, wenn es nicht zu viel Mühe macht. Ich könnte Ihnen helfen.«

Welcome schüttelte den Kopf, und Emma setzte sich, so weit wie möglich von Ned entfernt, und starrte ihn an.

Er starrte zurück. In seinen Augen blitzte Belustigung. Neds Augen lachten immer, dachte Addie – sogar, wenn er zornig war. Was allerdings nur selten vorkam. Ned war der freundlichste Mann, den sie kannte – und der bestaussehende. Er war knapp unter einsachtzig und muskulös. Er hatte grüne Augen und braune Locken, die in der Sonne rötlich schimmerten. Die Frauen beteten ihn an, doch trotz all dieser Versuchungen war Ned treu. Er war einer Prostituierten treu, und das tat Addie gut.

»Sie sind mir gegenüber im Vorteil«, sagte Ned zu Emma.

»Sie kennen meinen Namen, aber ich kenne Ihren nicht.«

»Sie heißt Emma Roby, und sie ist eine Versandhausbraut aus Kansas, aber ihrem Zukünftigen war sie zu alt, und darum hat er sie auf dem Bahnhof sitzen lassen«, ratterte Addie eine Vorstellung herunter, deren sie sich schämte, als sie Emma die Augen niederschlagen sah. Es war nicht nötig gewesen, so grausam zu sein. »Wenn du mich fragst, ist sie ohne ihn besser dran«, versuchte sie etwas zu retten.

»Dann fahren Sie zurück nach Hause?«, wandte Ned sich wieder an Emma.

»Kann sie nicht«, antwortete Addie an ihrer Stelle. »Ihr Bruder nimmt sie nicht mehr auf.«

»Hat es Ihnen die Sprache verschlagen?«, fragte Ned Emma mit einem Lächeln, und Emmas große, vergissmeinnichtblaue Augen wurden noch größer. »Ich ...« Sie räusperte sich und fuhr mit festerer Stimme fort: »Ich denke, ich werde hier bleiben. Miss French ... Ihre Schwester war so freundlich ...«

»Meine was?«

»Ihre Schwester«, sagte Welcome und goss Teig in die Pfanne. Trotz des Gebrutzels war ihr Lachen deutlich zu hören. Sie ließ Zucker in einem Topf karamellisieren und gab Wasser hinzu. Addie fragte sich, warum die Schwarze sich heute die Mühe machte, Sirup zu kochen, wo sie doch sonst für sie und die Mädchen – und auch für Ned – immer nur Melasse auf den Tisch stellte. Und dann begriff sie plötzlich, dass Welcome Eindruck schinden wollte.

Höchstwahrscheinlich hatte sie früher bei feinen Leuten gearbeitet. Addie wusste es nicht, denn in ihrem Geschäft fragte man nicht nach Referenzen. Emma war in Welcomes Augen offenbar etwa Besseres als ein Haus voller Huren, und das kränkte Addie. »Wir brauchen keine Servietten.«

Welcome antwortete nicht. Sie wendete die Pfannkuchen, tat sie auf einen Teller und übergoss sie mit Sirup. Dann stellte sie den Teller Emma hin.

»Ich dachte, das wäre Neds Teller«, sagte Addie.

»Ladys first«, erklärte Welcome.

»Dann ist er für mich.« Addie hoffte, damit deutlich zu machen, dass dies ihr Haus war und sie an erster Stelle kam.

Emma schob ihr lächelnd den Teller hin, doch der Essensgeruch bereitete ihr Übelkeit, und dann fiel ihr ein, dass sie gesagt hatte, sie wolle kein Frühstück, und nun kam sie sich auch noch kindisch vor. »Nein, nein – behalten Sie ihn«, lehnte sie das Angebot geniert ab. Der Teller blieb zwischen ihnen stehen, bis Ned seine Kompresse vom Kopf nahm, sich ihn schnappte und zu essen anfing.

Welcome stellte einen zweiten Teller vor Emma hin und brachte Kaffee. Dann nahm sie Neds abgegessenen Teller, stapelte ein halbes Dutzend Pfannkuchen darauf und gab ihn ihm zurück. Während Ned und Emma aßen, lehnte Welcome an der Küchenwand und beobachtete die Frau, die winzige Bissen aß und zierlich kaute. Als sie fertig war, drehte sie die Gabel um, die Zinken nach unten, genau in der Mitte des Tellers.

»Wann frühstücken denn die anderen Pensionsgäste?«, erkundigte sich Emma, als Welcome ihren Teller abräumte.

Die Schwarze zuckte mit den Schultern. »Die schlafen bis mittags. Manchmal auch noch nachmittags. Sie schlafen eigentlich immer, wenn sie nicht arbeiten.«

»Das ist aber eine Zumutung für Sie. Wenn ich eine Pension führen würde, würde ich auf festen Essenszeiten bestehen.«

Ned lachte und schaute zu Addie hinüber. »Also, ich weiß zwar, dass du Pensionsgäste hast, aber nicht, seit wann du die Chili Queen als Pension bezeichnest.«

Addie beschwor ihn mit einem durchdringenden Blick zu schweigen.

Emma war leicht verwirrt. »Dies Haus ist eine Pension, die Chili Queen nimmt Leute in Pension. Wie sollte sie sie denn sonst nennen?«

»Ein Bordell«, sagte Ned und grinste.

»Ein was?« Emma starrte Addie an, dann Ned.

Addie schüttelte verzweifelt den Kopf, aber Ned achtete nicht darauf. »Süße, Sie müssen wissen, wo Sie sich befinden«, sagte Ned, schob seinen abgegessenen Teller beiseite und verschränkte die Arme auf der Wachstuchtischdecke. »Ma'am, Sie haben die Nacht in einem Bordell verbracht.«

»Ned!«, herrschte Addie ihn an, doch er achtete auch darauf nicht. »Unsere liebe Addie ist die Puffmutter.«

Emma stockte der Atem, und sie wurde so blass, dass Addie fürchtete, sie würde jeden Moment ohnmächtig vom Stuhl kippen. Von ihrem Zukünftigen auf dem Bahnhof sitzen gelassen worden zu sein war sicherlich nicht halb so schlimm für sie wie die Übernachtung in Nalgitas' einzigem Bordell. Addie sah zu Ned hinüber. Er wirkte ausgesprochen selbstzufrieden. Versonnen tupfte er mit einem Finger einen Tropfen Sirup von dem Wachstuch und leckte ihn dann genüsslich ab. Emma starrte ihn noch eine Weile unverwandt an und wandte sich dann langsam Addie zu, die sofort den Blick senkte, worauf Emma Welcome anschaute. Die Schwarze verschränkte die Arme auf der Brust und sagte mitfühlend:

»Jetzt sind Sie entsetzt, stimmt's?«

Emma atmete aus. »Das bin ich allerdings! Was werden die Leute von mir denken.«

»Was die Leute denken? Was glauben Sie, was sie von einer Frau wie Ihnen denken, die hierher kommt, um einen Mann zu heiraten, den sie nur von einer Fotografie kennt«, schoss Addie zurück.

Emmas Unterlippe begann zu zittern. »Sie hätten es mir sagen müssen. Ja, das hätten Sie.«

»Ich hatte Sie nicht gebeten, sich im Zug neben mich zu setzen – und ich habe Sie auch nicht gebeten, in mein Haus zu kommen. Sie wussten nicht, wohin, und ich nahm Sie nicht nur auf – Sie bekamen eine ordentliche Mahlzeit und ein heißes Bad, ich überließ Ihnen sogar mein Zimmer, und Sie haben sich so bemitleidet, dass Sie sich noch nicht einmal bedankt haben.« Addie hatte sich warm geredet: Sie lehnte sich vor, um weiterzureden, zupfte an den Aufschlägen, ihr Schlafrock klaffte, aber Emma fiel ihr ins Wort.

»Sie haben Recht. Ich schulde Ihnen großen Dank für Ihre Gastfreundschaft – wenn einer einen Fehler gemacht hat, dann ich.«

»Oh«, meinte Addie ein wenig besänftigt.

»Verzeihen Sie, ich bezahle natürlich Bad, Übernachtung und Essen.«

Im ersten Moment ärgerte sich Addie, dass Emma ihr den Wind aus den Segeln genommen hatte, doch dann meinte sie versöhnlich: »Das ist nicht nötig. Ich wüsste gar nicht, was ich Ihnen berechnen sollte.«

»Verdammt noch mal, Addie, du weißt doch sonst immer, was du berechnen sollst«, mischte Ned sich ein.

»*Du* hast noch nie bezahlt«, funkelte Addie ihn an. »Ich habe noch nie Geld von einer *Frau* verlangt – und ich habe noch nie etwas für *Essen* verlangt.«

»Ich suche mir noch heute ein anderes Quartier«, sagte Emma.

»Ein anständiges dürfte kaum zu finden sein«, meinte Welcome. Emma schauderte es. »Dann suche ich mir einen kleinen Laden und wohne dort. Ich habe die Absicht, eine Putzmacherei zu eröffnen.«

»Eine was?«, fragte Welcome.

»Ein Hutgeschäft.«

»Ach so. Das sagten Sie ja gestern Abend schon«, erinnerte sich die Schwarze. »Haben Sie das rosa Ding, mit dem Sie gestern hier ankamen, selbst gemacht?«

Emma errötete. »Ja.«

»Solche Hüte werden Sie in Nalgitas nicht verkaufen können«, erklärte Welcome nüchtern. »Nicht mal Miss Addies Damen würden so einen aufsetzen. Stimmt's, Miss Addie?«

Jetzt war Welcome grausam, dachte Addie. Allerdings war auch sie der Meinung, dass die Frau keinen einzigen ihrer Hüte loswerden würde, und ganz dankbar, dass Welcome es übernommen hatte, ihr die Idee auszureden. »Du kümmerst dich schon wieder um Sachen, die dich nichts angehen«, wies sie ihr Hausmädchen dennoch zurecht, aber Welcome lachte nur.

Addie wandte sich wieder Emma zu und betrachtete

sie prüfend. In dem weichen Morgenlicht sah die Frau gar nicht so schlecht aus – im Moment wahrscheinlich sogar besser als sie selbst. Und seltsamerweise wirkte sie heute jünger. Sie war zwar ein wenig mager, aber dafür nicht schwabbelig. Addie überlegte. Sie hatte in ihrem Haus nur eine Verwendung für Frauen, aber wahrscheinlich würde Emma das Angebot, für sie zu arbeiten, entsetzt ablehnen, auch wenn sie damit sehr viel mehr verdienen könnte als mit jeder anderen Tätigkeit und ganz gewiss mehr als mit dem Verkauf von Hüten. Während Addie sie nachdenklich anstarrte, schaute Emma plötzlich zu ihr auf und lächelte. Dann kicherte sie leise.

»Was ist so komisch?«, wollte Addie wissen.

»Ich dachte nur gerade daran, was John sagen würde, wenn er wüsste, wo ich meine erste Nacht in Nalgitas verbracht habe.«

»Wer ist John?«, erkundigte sich Ned.

»Das ist der Bruder, der mir verboten hat, zurückzukommen. Sie hat es miterlebt.« Emma deutete mit einer Kopfbewegung auf Addie.

»Ja«, bestätigte Addie, ging jedoch nicht näher darauf ein. Sie lehnte sich zurück und rieb sich die Augen. Ihr Kopf schmerzte noch immer, und sie war hundemüde. »Was soll ich tun, Miss French?«

Addie blinzelte ein paarmal, um wieder klar sehen zu können, und fragte sich, warum Emma ausgerechnet sie mit der Lösung ihres Problems betraute.

»Ich werde darüber schlafen.«

Ned gähnte, stand auf und strecke sich. »Ich gehe auch ins Bett.« Er steuerte auf Addies Zimmer zu, doch Welcome hielt ihn auf.

»Was ist los?«, fragte er irritiert.

»Miss Addie – soll Ihr Bruder in der Scheune schlafen?«

Im ersten Moment begriff Addie nicht, worauf ihr Hausmädchen hinauswollte. Aber dann dämmerte es ihr, und sie erwiderte:

»Ja, natürlich. Mein Bruder schläft doch immer in der Scheune. Er ist nur durch mein Schlafzimmerfenster eingestiegen, weil die Hintertür abgeschlossen war.«

»Ach, komm, Addie – was soll das? Sie weiß, wer du bist, und sie weiß auch, wer ich bin«, sagte Ned.

Addie stand auf und zog die Schleifen ihres Schlafrockes fester. »In die Scheune!«, kommandierte sie.

Es hätte ihr nichts ausgemacht, wenn Ned ärgerlich geworden wäre, aber er grinste sie an und verabschiedete sich mit einem Kratzfuß. Dann wandte er sich Emma zu und legte die Hand auf die Beule, die sie ihm beigebracht hatte. »Bis später, Ma'am. Vielleicht machen Sie ja auch noch ein Nickerchen – im Bett meiner Schwester. Meiner älteren Schwester.« Er öffnete die Tür, trat ins Freie hinaus und rief über die Schulter zurück: »Meiner *viel* älteren Schwester.«

Addie ging ins Haus zurück, die Treppe hinauf in Miss Frankies Zimmer, und schlief sofort ein. Als sie aufwachte, war es Mittagszeit, und sie ging in die Küche hinunter, wo sie Welcome am Herd vorfand. »Die Mädels sind abgefüttert und in die Stadt gegangen. *Sie* ist draußen und nimmt Wäsche von der Leine. Ein Mann hat Ihren Koffer vom Bahnhof gebracht, und ich habe ihn ausgepackt, und sie hat Ihre Sachen gewaschen, sogar Ihre Bettwäsche. Vielleicht denkt sie, sie kann bleiben, wenn sie für Kost und Logis arbeitet.«

»Wenn sie deine Arbeit macht, meinst du.«

Welcome überging die Bemerkung. »Sie riechen«, stellte sie naserümpfend fest. »Ich mache Wasser heiß. Die Wanne steht schon drin.« Sie deutete mit dem Kopf auf Addies Zimmer.

Addie war weiß Gott schmutzig. Sie ging in ihr Zimmer und in die Wanne, schrubbte sich, bis eine dicke Seifenschicht auf dem Wasser schwamm, trocknete sich ab, zog ein frisches Kleid an und teilte Welcome mit, dass sie in die Stadt gehen und zur Abendessenszeit zurück sein würde. Als sie wiederkam, saßen Ned und Emma Kaffee trinkend am Küchentisch.

»Ich habe ihnen gesagt, dass es erst was gibt, wenn Sie da sind«, erklärte Welcome.

Addie fragte sich verwundert, woher dieser plötzliche Respekt rühren mochte. »Nun«, erwiderte sie mit einer hoheitsvollen Geste, »jetzt bin ich da.« Sie nahm am Kopf des Tisches Platz.

»Miss French«, begann Emma.

Addie unterbrach sie, indem sie die Hand hob. »Ich denke, Sie sollten mich Addie nennen. Ich werde Sie Emma nennen, und ihn werden wir beide Ned nennen.«

Ned lächelte sie an, und eine wohlige Wärme durchströmte sie.

»Wir haben gerade überlegt, was sie machen soll«, berichtete er. »Sie hat mir von ihrem Bruder erzählt und warum sie nicht nach Hause zurückkann. Sie hat mir auch von dem Familienvermögen erzählt, das von Rechts wegen ihr gehört – aber ich schätze, da kann man nichts tun. Was ihre Zukunft betrifft, sieht es nicht rosig aus. Es gibt keine Schule in Nalgitas, an der sie unterrichten könnte, und du hast ja bereits eine Köchin. Verdammt noch mal, ich weiß nicht, was ich ihr raten soll. Ich selbst habe auch keine reguläre Anstellung mehr, seit ich aus Iowa weg bin.« Er wandte sich wieder Emma zu. »Das war vor einundzwanzig Jahren – während des Krieges. Mein Vater arbeitete wie ein Pferd, und er ohrfeigte mich, wenn ich bloß mal Luft holte.« Er zwinkerte Addie zu. »Ich sollte wohl besser *unser* Vater sagen.«

»Das solltest du«, nickte Addie.

»Und seit damals sind Sie ein Outlaw?«, fragte Emma mit großen Augen.

»Na, sagen wir mal, ich arbeite seit damals nicht mehr regelmäßig.« Stolz schwang in seiner Stimme mit. »Ich brauche es nicht – ich komme auch so zurecht.«

Addie warf ihm einen warnenden Blick zu, doch Ned winkte ab.

»Du hast ihr doch selbst erzählt, dass ich kein gesetzestreuer Bürger bin.« Wieder wandte er sich Emma zu. »In Nalgitas gibt es eine Menge Leute wie mich, und auf viele ist eine Belohnung ausgesetzt. Die Einzigen, die sich für was Besseres halten, sind der Schmied und seine Frau.« Er blinzelte Addie zu.

»Emma könnte zweihundert Dollar kassieren, wenn sie dich an einen US- Marshall verriete«, warnte sie ihn.

»Aber das würde sie doch niemals tun.« Ned lächelte Emma gewinnend an, und sie erwiderte das Lächeln ein wenig unsicher. Addie verspürte einen Anflug von Eifersucht. »Außerdem würde keinem, der mich verraten würde, viel Zeit bleiben, um seine Belohnung auszugeben«, setzte er hinzu. Er lächelte zwar noch immer, doch Addie wusste, dass er es ernst meinte. Emma musterte Ned eine Weile nachdenklich und wechselte dann einen Blick mit Welcome, die drei gefüllte Teller auf den Tisch stellte.

Addie schaute auf die Kartoffeln und das undefinierbare Fleisch hinunter und beschloss, nicht zu fragen, was das war. In ihrer ersten Arbeitswoche hatte eines der Mädchen wissen wollen, was sie aufgetischt habe, und Welcome hatte geantwortet: Schweinebacken und Erbsen. »Sie sollten sich überlegen, wie Sie an Ihr Geld kommen können«, sagte sie jetzt zu Emma.

»Und du solltest aufhören, dich in Dinge einzumischen, die dich nichts angehen«, herrschte Addie sie an. »Du solltest nicht einmal zuhören.«

»Dann sitzen Sie nicht in meiner Küche herum. Soll ich mir vielleicht die Ohren mit Hühnerfett zuschmieren? Außerdem ist es doch gar nicht wichtig, was ich höre – es kommt nur darauf an, was ich weitererzähle.«

Addie musste ihr zustimmen, Welcome war keine Schwatzbase. Allerdings gab es auch niemanden, mit dem sie hätte schwatzen können. Sie verließ das Haus nur, um einzukaufen, und sie hatte, soviel Addie wusste, keine Freundschaften in Nalgitas geschlossen. Außerdem vertraute Addie ihr. Und sie mochte sie auch.

Welcome goß heißes Wasser aus dem Teekessel in eine Spülschüssel und begann, leise vor sich hin summend, die Töpfe abzuwaschen.

»Wie viel, sagten Sie, steht Ihnen von Rechts wegen zu?«, wandte Addie sich wieder an ihr Gegenüber.

»Ich weiß nicht genau. So um die tausend Dollar«, erwiderte Emma vage. Ein wachsamer Ausdruck war in ihre Augen getreten.

»Ich dachte, Sie sagten fünftausend«, mischte Welcome sich schon wieder ein.

»Eintausend oder fünftausend – das spielt für mich keine Rolle. Ich will ihr das Geld ja nicht abluchsen«, meinte Addie spitz. Es kränkte sie, dass Emma ihr nach allem, was sie für sie getan hatte, nicht über den Weg traute.

Emma errötete beschämt. »Ja – ich denke, es müssten etwa fünftausend Dollar sein.«

»Es sollte sich doch eine Möglichkeit für sie finden lassen, die in ihre Finger zu kriegen«, meinte Ned zu Addie. »Dann bräuchte sie keine Hüte zu nähen. He – vielleicht könnten wir ihr helfen. Wir könnten alle davon profitieren, wenn wir ihren Bruder bluten lassen«, setzte er augenzwinkernd hinzu.

Addie nickte und fragte Emma: »Haben Sie ein gemeinsames Bankkonto?«

»O nein – es läuft auf Johns Namen.« Emma spießte ein Stück Fleisch auf die Gabel, schob es in den Mund, kaute und sprach Welcome ein Lob aus.

Addie hatte derweil mit gerunzelter Stirn nachgedacht und sagte nun: »Ich könnte es ihm beim Kartenspielen abnehmen.« Ned hatte noch nie erlebt, wie geschickt sie mit Karten umzugehen verstand, und der Gedanke, ihm ihre Kunstfertigkeit vorzuführen, war reizvoll.

Emma verspeiste ihre Kartoffeln und tupfte dann ihren Mund mit der Serviette ab. Addie bemerkte die Serviette neben ihrem Teller erst jetzt und legte sie auf ihren Schoß.

»John spielt nicht Karten«, sagte Emma.

»Aber er ist geldgierig, stimmt's?«

»Ja, das ist er«, bestätigte Emma.

Ned hörte auf zu essen, seine Gabel war auf halbem Weg zum Mund in der Luft stehen geblieben, und er sah Addie gespannt an.

»Wenn ein Mann gierig wird, kann er nicht mehr klar denken«, warf Welcome ein.

»Genau das wollte ich gerade sagen.« Addie wischte sich mit dem Handrücken den Mund ab, erinnerte sich an ihre Serviette und drückte sie an die Lippen. »Er hat Ihnen doch aufgetragen, sich für ihn nach einer Geldanlage umzusehen«, fiel ihr ein.

Ned ließ seine Gabel sinken, und Welcome wandte ihrem Abwasch den Rücken zu und verschränkte die Arme. Wie gebannt warteten die drei auf Emmas Antwort. Es war so still in der Küche, dass Addie erschrocken zusammenzuckte, als Ned beim Zurücklehnen mit seinen Stiefelabsätzen über den Boden schrammte.

»Nun?«, hakte Addie nach, als Emma sich nicht äußerte. Nach einem schnellen Blick zu Ned und Welcome nickte sie zögernd.

»Dann wäre wohl die nahe liegende Methode, an sein Geld zu kommen, ihm eine Möglichkeit zu bieten, es zu investieren.« Addie unterstrich ihre Worte mit einem energischen Nicken und schob ein Stück Fleisch in den Mund. Sie schaute sich an, wie Emma die Gabel hielt – zwischen Daumen und Zeigefinger –, und dann auf ihr Besteck hinunter, das sie mit den Fingern umschloss wie den Henkel eines Eimers. Verstohlen änderte sie ihren Griff und ließ den Blick dann in die Runde wandern, um festzustellen, ob es jemanden aufgefallen war. Nur Welcomes Augen waren auf sie gerichtet.

»Aber was könnte ich ihm da nennen?«, fragte Emma. »John ist nicht dumm – er würde mir niemals auf eine vage Auskunft hin Geld schicken.«

»Da haben Sie sicher Recht«, musste Addie zugeben.

Ned schürzte sinnend die Lippen. »Teilen Sie ihm doch mit, Sie hätten eine Goldmine entdeckt«, schlug er nach einer Weile vor. Emma lachte hellauf und legte ihre Gabel auf den Teller und das Messer daneben. Addie war fasziniert. Obwohl Emma nur winzige Bissen aß, war sie als Erste fertig. »John würde niemals Geld in eine Goldmine investieren.«

»Vielleicht können Sie ihn überreden, Ihnen das Hutatelier einzurichten«, überlegte Addie laut.

Emma schüttelte den Kopf. »Ich möchte ihm keine Gelegenheit geben, Genugtuung über meine geplatzte Hochzeit zu empfinden. Außerdem ist John nur an Grund und Boden interessiert. Er hat nach Vaters Tod so viel Land gekauft, dass ich ihn warnte, wir würden vor lauter Grundbesitz noch verarmen.«

Die drei schauten nachdenklich vor sich hin, bis Welcome eine Torte auf den Tisch stellte und sie mit einem Schlachtermesser in Stücke schnitt.

»Sahnetorte. Sie«, die Spitze des Schlachtermessers richtete sich für einen Moment auf Emma, »sagte, sie wollte eine.« Welcome verteilte die Stücke, indem sie das Messer als Tortenheber benutzte, auf die schmutzigen Teller. Addie spielte mit dem Gedanken, sauberes Geschirr zu verlangen, tat es dann aber doch nicht, weil sie sich von ihrem Hausmädchen keine Bemerkung ob ihrer plötzlichen Vornehmheit einhandeln wollte. Noch ein wenig ungeschickt in der ungewohnten Handhabung der Gabel, nahm sie damit ein Stückchen von ihrem Stück ab und schob es in den Mund.

»Sie könnten ihm ja auch weismachen, Sie hätten einen Hof gefunden, der sich zu kaufen lohnt.« Welcome leckte das scharfe Messer ab.

Emma schluckte und antwortete: »John hat zwar, was Land angeht, Vertrauen in mein Urteilsvermögen, aber ich bezweifle, dass er bereit wäre, mir eine Farm zu kaufen. Schließlich müsste ich sie ja dann auch bewirtschaften, und da hört sein Vertrauen auf.«

Welcome schnaubte verächtlich. Die drei sahen zu, wie sie das Messer auf den Tisch legte, einen Stuhl darunter hervorzog und sich setzte. »Ich schätze, ich habe mehr Phantasie als ihr Weißen. Sie schreiben ihm einfach, dass Sie gutes Land gefunden haben und dass Sie die Hälfte des Kaufpreises selbst bezahlen, wenn er die andere Hälfte dazugibt.«

Emma war begeistert. »Das ist es!«, rief sie. »Ja, so könnte es gehen.«

Ned sah zu Addie hinüber, die Welcome ansah und sich fragte, ob die Schwarze nur klug war oder ob sie auch eine schurkische Seite hatte, die ihr bisher entgangen war. Dann wurde ihr klar, dass Welcome – wie Ned – auf der Flucht sein musste. Sie war nach Nalgitas gekommen, weil der Ort ein gutes Versteck war. Was ihr Hausmädchen wohl auf dem Kerbholz hatte?

»Du scheinst dich ja gut damit auszukennen, wie man Leute hinters Licht führt«, sagte sie. »Wie kommt das?«

Welcome schaute Addie eine Weile schweigend an

und antwortete dann: »Fragen Sie mich das lieber nicht. Die Antwort würde Ihnen nicht gefallen.«

Addie beschloss, die Sache fürs Erste auf sich beruhen zu lassen, und nickte Ned zu. »Es könnte klappen.«

»Sie meinen im Ernst, Ihr Bruder würde Ihnen das Geld schicken, nur weil Sie ihn darum bitten?«, wandte er sich skeptisch an Emma.

»Mit Bestimmtheit weiß ich das natürlich nicht«, erwiderte sie so langsam, als denke sie laut. »Aber es ist unwahrscheinlich, dass er Verdacht schöpfen würde. Er ist nämlich nicht der Ansicht, mich übervorteilt zu haben, und er hat keine Ahnung, wie sehr ich ihn hasse. Also besteht von ihm aus gesehen kein Grund, mir zu misstrauen.«

»Aber würde er sich das fragliche Stück Land denn nicht ansehen wollen?«, fragte Ned.

»Es ist Erntezeit – jetzt würde er den Hof auf keinen Fall verlassen –, und außerdem hat er mein Urteilsvermögen in diesen Dingen nie angezweifelt.« Sie lächelte Ned an. »Ich denke, einen Versuch ist es allemal wert.«

Ned erwiderte ihr Lächeln. »Dann bitten Sie ihn doch gleich um zehntausend Dollar«, schlug er vor. »Wennschon, dennschon.«

»Dazu wäre John niemals bereit. Außerdem gehören mir nur fünftausend. Es wäre nicht recht, meinen Bruder um seinen Teil des Geldes zu betrügen.«

»Warum nicht?«, wollte Addie wissen.

»Es wäre nicht recht«, wiederholte Emma mit einem scharfen Unterton, der Addie überraschte.

»Wie wär's dann wenigstens mit fünftausendfünfhundert?«, meinte sie. »Fünftausend für Sie und fünfhundert für Ned und mich – für unsere Hilfe. Ich habe Sie immerhin aufgenommen, und er hat sich den Kopf für Sie zerbrochen.«

Addie lächelte zu Ned hinüber, der sie bewundernd anstrahlte.

Welcome stand auf, strich ihre Schürze glatt, stellte die abgegessenen Teller aufeinander, legte das Schlachtermesser obenauf und machte sich auf den Weg zur Spülschüssel. Auf halber Stecke hielt sie inne und sagte: »Machen Sie lieber fünftausendsiebenhundertfünfzig draus, damit ich auch was habe.« Sie drehte sich um und lächelte spöttisch, doch Addie erkannte, das es ihr ernst war damit. Addie lächelte zurück. Jetzt, da sie Welcome verstand, fühlte sie sich ihr fast verbunden.

Welcome hatte sich in den ehemaligen Hühnerstall zurückgezogen, in dem sie schlief, doch die drei anderen saßen noch am Tisch, als Miss Belle und Miss Tillie zurückkehrten. Die Mädchen kamen vergnügt schwatzend durch die Vordertür und den Flur zur Küche herunter. Als sie Emma sahen, blieben sie wie angewurzelt stehen.

»Das ist sie!«, sagte Miss Tillie zu Miss Belle. Miss Tillie war von der Natur mit üppigen Formen gesegnet, klein und rotblond, mit Sommersprossen, die sie mit Mehl überpuderte, und so o-beinig, dass ein Schwein zwischen ihren Beinen hätte hindurchlaufen können, ohne sie zu berühren. »Ich wusste, dass sie hier übernachtet hat. Ich hab dir doch gesagt, dass ich das Gefühl hatte, dass irgendwas anders wäre als sonst. Ich merke immer, wenn was im Busch ist.«

»Die ist ja alt!« Miss Belle flüsterte zwar, aber so laut, dass Emma es hören konnte. Miss Belle war groß, drall und dunkelhaarig, und ihre Augen glühten, wenn sie Männer ansah. Sie erfreute sich großer Beliebtheit.

»Wir haben in der Stadt über Sie reden gehört«, richtete Miss Belle das Wort an Emma. »Alle wissen Bescheid. Nicht für einen hölzernen Nickel wollte ich an Ihrer Stelle sein.« Unsicher, ob das die richtige Formulierung gewesen war, runzelte sie die Stirn.

Addie schüttelte den Kopf. Die beiden waren einfältig genug, um in einem Hufabdruck voller Wasser zu ertrinken. Sie brauchten Fürsorge. Vielleicht hatte sie sie deshalb aufgenommen. »Für einen hölzernen Nickel würdest du an niemandes Stelle sein wollen«, erklärte sie Miss Belle in mildem Ton.

»Lassen Sie ja die Finger von den Cowboys von der Rockin'A«, sagte Miss Tillie zu Emma. »Die gehören mir. Alle, wie sie da sind! Nicht, dass sie Sie würden haben wollen – nicht im Ernst, meine ich, denn schließlich sind Sie ja schon ganz schön alt und so –, aber wenn doch einer neugierig sein sollte und Sie ausprobieren will, dann geben Sie ihm einen Korb!« Miss Tillie war nur selten gefragt und bewachte ihre wenigen Stammkunden wild entschlossen.

»Sie wollen mich doch nicht böse machen, oder?«

Emma war dunkelrot geworden und sah aus, als würde sie am liebsten im Boden versinken, aber sie protestierte nicht. Also musste Addie sie ins rechte Licht rücken. »Miss Emma ist Gast in meinem Haus. Sie ist keine Professionelle, und ihr behandelt sie mit Respekt, verstanden? Und lasst euch nicht von mir dabei erwischen, dass ihr euch in der Stadt das Maul über sie zerreißt – sonst setzt's was!« Die Mädchen kicherten. Sie wussten, dass Addie sie mochte und dass ihre Drohungen nicht ernst gemeint waren. Und Addie wusste, dass die Mädchen alles, was sie in der Chili Queen aufschnappten, in der Stadt herumerzählen würden, was immer sie ihnen auch androhte. Sie würde sie von Emma fern halten – so, wie sie sie auch stets von Ned fern gehalten hatte.

Miss Belle ließ sich auf einen Küchenstuhl fallen und maulte. »Sie wird uns das Geschäft verderben. Was für Männer kommen in ein Haus, wo sie eine sitzen gelassene Versandhausbraut erwartet?«

»Ich habe dir erklärt, dass sie nicht hier arbeitet«, erwiderte Addie nach einem schnellen Blick zu Emma, die wie ein Häufchen Elend dasaß. »Und jetzt will ich kein Genörgel mehr hören.«

»Ich habe neue Bänder für meinen Hut gekauft«, berichtete Miss Tillie. Sie sah Ned dabei an, konnte seinen Blick aber nicht einfangen.

»Ich nähe sie für Sie an«, erbot sich Emma.

Addie schüttelte energisch den Kopf. »Kommt nicht in Frage. Welcome ist die einzige Hausangestellte hier. Allerdings versteht sie vom Nähen so viel wie eine Kuh vom Tanzen. Du wirst sie selbst annähen, Tillie. Ich weiß, dass du das kannst. Tu es gleich – und nimm Belle mit nach oben. Wir haben Geschäftliches zu besprechen.«

»Mit einer alten Jungfer?«, fragte Miss Tillie. Addie seufzte.

»Ich habe in Kansas City ein Parfüm gekauft. Wenn du dich endlich ordentlich benimmst, schenke ich es dir. Und jetzt fort mit euch!«

»Komm, Belle! Du musst mir helfen, sonst wird das nichts mit den Bändern.« Die beiden verließen die Küche, und Miss Tillie knallte die Tür zu.

Addie stand auf und öffnete sie wieder, um nachzuschauen, ob sie vielleicht lauschten, aber sie waren nicht mehr zu sehen.

»Ich würde sie ja an die Luft setzen«, sagte sie, als sie an den Tisch zurückkehrte, obwohl sie sehr genau wusste, dass sie viel zu weichherzig war, um jemanden zu feuern, »aber sie würden ohne mich wahrscheinlich verhungern. Außerdem bräuchte ich dann einen Ersatz für sie, und in letzter Zeit kommen keine neuen Prostituierten nach Nalgitas. Das Glück ist den beiden hold«, setzte sie in Erinnerung an Emmas Formulierung hinzu.

Emma stand auf und ging zu dem Wassereimer hinüber, der neben der Hintertür stand. Sie schöpfte eine Kelle voll heraus, trank einen Schluck und schüttete den Rest ins Freie. »Wenn Sie erlauben, ziehe ich mich jetzt zurück«, sagte sie.

»Noch nicht«, widersprach Addie. »Erst wird der Brief geschrieben. Sie schreiben ihn, und ich lese ihn dann durch.« Addie wollte sichergehen, dass Emma nicht aus Versehen etwas schriebe, was John ihren Plan verriete. Emma war keine erfahrene Betrügerin, Addie hingegen war es, und es erfüllte sie mit Stolz. Sie brachte Emma Papier und Bleistift, holte dann ein Kleid aus dem Schrank in ihrem Schlafzimmer und nahm es mit nach oben. Es war ihr zwar nicht wohl bei der Vorstellung, noch eine Nacht in der stickigen Kammer von Miss Frankie verbringen zu müssen, aber es half nichts. Wenigstens war heute Sonntag. Da würden nicht viele Freier kommen, und sie müsste nicht einspringen. Im Hinausgehen warf sie einen Blick auf Emma und fragte sich, ob sie wohl zu schätzen wusste, was sie für sie tat. Dann schaute sie Ned an, der ihr zublinzelte, und wieder wurde ihr warm.

Emma zog das Papier zu sich heran. Es war zerknittert, und sie strich es mit der Hand glatt.

Ned nahm den Bleistift. Die Spitze war abgebrochen. Er zog sein Messer heraus und prüfte die Schärfe der Schneide mit dem Daumen, ehe er die Mine spitzte. Als er fertig war, reichte er Emma den Bleistift hinüber und fegte die Bleispäne auf dem Tisch mit den Fingern zu einem Häufchen zusammen.

»Was werden Sie schreiben?«, fragte er.

»Ich weiß nicht recht«, antwortete sie schulterzuckend.

»Schon die Anrede ist ein Problem, denn ich habe ihm noch nie zuvor einen Brief geschrieben.« Sie schaute stirnrunzelnd auf das jungfräulich weiße Blatt hinunter. In ihrer Ratlosigkeit strich sie es noch einmal glatt, wobei sie zufällig Neds Hand berührte, was ihr jedoch offenbar gar nicht bewusst war. Ned hingegen rieb sich die Stelle, als habe er sich verbrannt. »Liebster Bruder John«, begann sie und hielt dann inne. »Nein – so würde ich ihn niemals ansprechen«, sagte sie und strich das s und das t von »Liebster« durch, dachte nach und strich das ganze Wort durch. »Ich werde den Text erst aufsetzen und dann ins Reine schreiben«, beschloss sie.

Ned faltete die Hände auf der Wachstuchdecke. »Sie beide haben sich wohl nicht viel zu sagen«, meinte er.

»Nein«, antwortete Emma und beließ es dabei. Ned wollte noch etwas hinzufügen, aber Emma hob die Hand. »Ich muss mich konzentrieren.« Die nächste Stunde verging mit Schreiben, dem Durchstreichen von Wörtern und ganzen Sätzen, neuen Formulierungen und Einfügungen. Schließlich ließ Emma den Bleistift sinken und las ihr Werk durch, wobei sie lautlos die Lippen bewegte. »Ich glaube, so geht es«, nickte sie dann.

Ned streckte die Hand nach dem Blatt aus, doch sie schüttelte den Kopf. »Sie würden nicht schlau daraus werden. Ich lasse Sie die Reinschrift lesen. Gibt es Feder und Tinte im Haus?«

Ned zuckte mit den Schultern. »Habe ich hier noch nie gesehen – aber ich habe auch nie danach gesucht.«

»Mit Tinte geschrieben würde es sich besser machen. John schreibt seine Briefe immer mit Tinte.« Doch sie nahm ein neues Blatt Papier und schrieb ihren korrigierten Entwurf sorgfältig mit Bleistift ab, las die endgültige Fassung noch einmal durch, ging zum Herd hinüber, zog mit dem Heber die Kochplatte beiseite, knüllte den Schmierzettel zusammen und warf ihn in das Loch. »Ich möchte nicht, dass er Addies Mädchen in die Hände fällt«, erklärte sie Ned ihr Tun und stocherte mit dem Feuerhaken in der Glut, bis das Papier verbrannt war. Dann kehrte sie an den Tisch zurück, wo Ned zu lesen begonnen hatte. Wie Addie es getan hatte, fuhr er dabei mit dem Finger unter den Zeilen entlang.

Als er geendet hatte, blickte er auf, und Emma fragte bang: »Sie sind ein Mann – wie ist Ihre Meinung dazu?«

Ned hatte die Unterarme zu beiden Seiten des Papiers

auf den Tisch gelegt und schaute darauf hinunter. Als er an dem einen Hemdsärmel einen Fleck entdeckte, befeuchtete er seine Fingerspitze mit Speichel und rieb daran herum. Als das nichts nützte, krempelte er den Ärmel hoch, um den Fleck zu verbergen.

»Nun«, antwortete er dann bedächtig, »wenn ich Ihr Bruder wäre und Sie so wenig mögen würde, wie Sie sagen, dass er es tut, dann wäre es mir ganz egal, was Ihr Ehemann von Ihnen hält. Mich würde nur das Geld interessieren, das ich verdienen kann. Ich an Ihrer Stelle würde das rausstreichen.«

Emma nahm den Bleistift wieder zur Hand und strich den betreffenden Absatz weg.

»Und da ist noch was«, fuhr Ned fort. »Sie erklären nicht, wieso dieser Rancher Ihnen das Land zum halben Preis verkaufen will. Ich würde gewaltig misstrauisch, wenn mir jemand ein Stück Land für elftausendfünfhundert Dollar überlassen wollte, das eigentlich zwanzigtausend wert ist.«

Emma dachte darüber nach. »Ja, ich denke, Sie haben Recht«, nickte sie dann und kritzelte etwas in den Text hinein. Nachdem Ned die Korrekturen gelesen hatte, hob er den Kopf und grinste Emma an. »Ich glaube, jetzt haben Sie ihn am Haken.« Sie seufzte erleichtert und schrieb den Brief noch einmal ab, schob Ned die zweite Reinschrift hinüber und beobachtete ihn gespannt, während er las. Als er fertig war, blickte er auf und sagte: »Sie haben ›hören‹ falsch geschrieben. Es schreibt sich ohne ›h‹ nach dem ›ö‹.«

Emma schaute zuerst erschrocken drein, dann verlegen und zu guter Letzt überrascht. »Woher haben Sie so gute Rechtschreibkenntnisse?« Sie nahm den Bleistift und strich das »h« weg.

»Ich bin ganz brav zur Schule gegangen, bis ich meinem Zuhause den Rücken kehrte«, antwortete er. »Ich weiß eine ganze Menge.«

»Offensichtlich«, nickte Emma.

Sie machte sich daran, den Brief zum Kuvert zusammenzufalten, doch Ned legte seine Hand auf ihre.

»Warten Sie noch damit. Addie wollte ihn doch lesen. Vielleicht fällt ihr ja auch was dazu ein.«

»Ich finde den Brief gut so, wie er ist«, widersprach Emma pikiert.

»Lassen Sie ihn Addie für alle Fälle lesen.«

Sie überlegte darauf eine Weile und nickte dann. »Also schön.«

Ned ließ sich mit seinem Stuhl so weit nach hinten kippen, dass die Vorderbeine sich bedrohlich weit vom Boden entfernten, und rief zur Hintertür hinaus: »He, Welcome – kommen Sie mal rein!« Das Hausmädchen erschien in null Komma nichts. »Gehen Sie Miss Addie holen, Sagen Sie ihr, sie wird gebraucht.«

»Und was soll ich ihr sagen, warum sie gebraucht wird?«

»Die Wahrheit – und die kennen Sie ja. Schließlich haben Sie gelauscht.«

Emma sah Welcome scharf an, die ihren Blick ungerührt erwiderte und dann durch die Küche in den Salon ging. Kurz darauf kam Addie. Emma reichte ihr den Brief, den sie im Stehen las, da sie so gespannt war, dass sie sich nicht die Zeit nahm, sich hinzusetzen. »Warum haben Sie nicht geschrieben, dass Sie einen guten Eindruck auf Ihren Mann machen wollen?«, fragte sie, als sie fertig war. »Ich würde das tun.«

»Sie hat Recht«, meinte Ned, ohne Emma anzusehen.

Emma nahm Addie den Brief wortlos aus der Hand und schrieb etwas. Dann begann sie, ihn ein weiteres Mal ins Reine zu schreiben. Ned blinzelte Addie über Emmas Kopf hinweg zu. Addies Augen leuchteten auf. Dann wanderte ihr Blick zu Welcome, die sie anstarrte. Addie stemmte die Hände in die Seiten. »Ich bezahle dich nicht fürs Rumstehen und Lauschen«, sagte sie. »Das hier geht dich nichts an.«

»Es geht mich sehr wohl was an«, widersprach die Schwarze. »Immerhin kriege ich zweihundertfünfzig Dollar, wenn die Sache klappt.« Lachend ging sie in den Hof hinaus.

Während Addie ihr nachschaute, schnalzte sie mit der Zunge. Das hatte ihre Mutter immer getan, und sie fragte sich, wann sie selbst damit angefangen hatte. Manchmal hatte sie das Gefühl, alt zu werden, und dann kroch Angst in ihr hoch. Alt zu werden war schrecklich in ihrem Geschäft – selbst für eine Puffmutter. Zumindest hatte sie keine grauen Haare, dachte Addie, und so würde es auch bleiben, solange es Färbemittel gäbe. Sie drückte ihr Rückgrat durch, zog den Bauch ein und warf einen Bewunderung heischenden Blick zu Ned hinüber, doch der schaute Emma an, die gerade ihren Bleistift gesenkt hatte. Addie betrachtete ihn, bis er zu ihr aufsah, und errötete, als habe er sie bei etwas Unerlaubtem ertappt. Sie fragte sich, was er wohl gedacht hatte. »Vorlesen«, kommandierte sie.

Emma räusperte sich und begann: »Bruder John.« Sie

brach ab und erklärte Addie: »Er ist genauso sparsam mit Worten wie mit Geld. Eine blumige Anrede würde ihm nicht gefallen.«

Addie nickte.

»Bruder John. Du wirst dich sicher freuen zu hören, dass ich einen guten Ehemann gefunden habe. Er ist wie du, geradeheraus, fleißig und sparsam. Das gefällt mir.«

»Warum haben Sie das geschrieben?«, wunderte sich Addie.

»Damit John ihm vertraut«, erwiderte Emma. »Wenn ich schreiben würde, dass er gut aussieht und mich glücklich macht, würde John denken, dass ich nicht mehr klar denken kann. John hält nichts von Liebe.«

Solche Männer kannte Addie zur Genüge. »Weiter.«

Emma räusperte sich und fuhr fort: »Du hast mir bei meiner Abreise aufgetragen, nach einer Geldanlage für dich Ausschau zu halten. Ich glaube, ich habe eine gefunden, und darum schreibe ich dir heute. Mein Mann hat Gelegenheit, zwanzigtausend Morgen Land, die an seine Ranch grenzen, für elftausendfünfhundert Dollar zu erwerben. Es ist gutes Weideland, annähernd das Doppelte wert, aber da es nur über den Besitz meines Ehemannes zugänglich ist, hat sich der Eigentümer bereit erklärt, es billig herzugeben.« Emma lächelte Addie an. »Ich fand, das ist eine einleuchtende Begründung.«

Als Addie nichts dazu sagte, las Emma weiter. »Mr Withers würde es ja selbst gerne kaufen, aber er kann nicht die ganze Summe aufbringen. Hier ist sein Vorschlag: Du und er bringen je die Hälfte auf. Mr Withers wird Rinder auf dem Land züchten. Er wird dir deine Hälfte der Rinder berechnen, aber dir Zahlungsaufschub gewähren, bis die Tiere verkauft sind. Dann wird er die Kosten von deinem Anteil des Verkaufserlöses abziehen und zusätzlich die fünf Prozent, die du mir für den Fall versprochen hast, dass ich dir eine Gewinn bringende Geldanlage vermittle. Als Zeichen des Entgegenkommens wird er dir für die ersten drei Jahre keine Zinsen für die Rinder und Deinen Anteil an den Aufwendungen berechnen. Ich glaube, das ist eine Vereinbarung zu euer beider Zufriedenheit. Du sagtest vor meiner Abreise, mein Mann würde es sicher begrüßen, wenn ich eine gute Mitgift mitbekäme, und ich lege Wert auf seine Achtung – ebenso wie auf deine. Die Zeit drängt, denn es geht das Gerücht, dass auf dem Land jenseits des fraglichen Grundes Edelmetalle entdeckt wurden, und ich nehme an, dass der Eigentümer den Verkaufspreis anheben wird, wenn ihm diese Neuigkeit zu Ohren kommt. Von Gesetz wegen muss, wenn es um Schürfrechte geht, Zugang gewährt werden.«

»Das habe ich mir ausgedacht«, sagte Emma, ohne aufzublicken. »Auf diesem Gebiet kennt John sich nicht aus, also steht nicht zu befürchten, dass er es durchschaut.« Sie las weiter: »Schick mir dein Geld postlagernd. Ich wohne in einer respektablen Pension, bis das Haus fertig ist, das Mr Withers für mich baut. Du kannst mir vertrauen.

Hochachtungsvoll deine Schwester Emma Roby Withers.«

»Ich weiß noch immer nicht, warum er Ihnen vertrauen sollte«, sagte Ned.

»Sie kennen ihn eben nicht. Seine Geldgier vernebelt seinen klaren Blick«, erwiderte Emma und setzte hinzu:

»Außerdem liegt es jenseits seiner Vorstellungskraft, dass seine nächste Verwandte ihn hintergehen könnte.«

Ned zuckte mit den Schultern. »Möglich.«

Addie kannte solche Männer und segnete den Brief mit einem Nicken ab. Dann sah sie zu, wie Emma sich an die endgültig letzte Reinschrift machte. Nach einer Weile holte sie eine Zweicentbriefmarke aus einer Schublade des Küchenschranks und legte sie auf den Tisch.

»Ich bringe ihn gleich morgen früh zur Post«, erklärte Emma, als sie fertig war, faltete den Brief zum Umschlag und frankierte ihn.

Addie wollte das Risiko vermeiden, dass Emma Bedenken bekäme, und entschied anders. »Welcome wird ihn noch heute Abend wegbringen. Komm rein, Welcome.« Aus irgendeinem Grund tat es Addie gut zu wissen, dass ihre Haushaltshilfe immer in der Nähe war, als wollte sie sie beschützen. Im nächsten Moment öffnete sich die Hintertür, und Welcome trat lautlos ein. Ohne ein Wort steckte sie den Brief in ihre Schürzentasche und verließ die Küche wieder, und Addie beobachtete durch das Fenster, wie Welcome mit ausgreifenden Schritten den ungepflasterten Weg hinunterging, bis die Dunkelheit sie verschluckte.

3

Miss Tillie und Miss Belle waren zu einer Runde durch die Saloons aufgebrochen, nachdem sie Addie erklärt hatten, dass sie keine Lust auf die Gesellschaft einer Frau hätten, die wie eine altjüngferliche Lehrerin aussah. Nähere Bekanntschaft mit einer Lehrerin hatten die beiden zwar niemals gemacht, hatten sie doch nie eine Schule besucht, aber so sahen sie sie. Welcome war damit beschäftigt, Wäsche auf die Leine, die zwischen Scheune und Toilettenhäuschen gespannt war, zu hängen. Emma pusselte bei den Zimtrosen herum, die sie überall im Garten, vor und hinter dem Haus, eingesetzt hatte. Sie ging so behutsam mit ihnen um, als seien sie ihre Kinder, und gab ihnen alle ein, zwei Stunden Wasser. Addie saß in einem hochlehnigen Stuhl auf der Veranda im Schatten und fächelte sich Kühlung zu, während sie Emma dabei beobachtete, wie sie mit einer Hand einen vollen Wassereimer schleppte, wobei sie den anderen Arm zur Seite streckte, um das Gleichgewicht zu halten. Die Frau verdiente sich ihre Unterkunft und Verpflegung, das musste Addie ihr lassen. In den fünf Tagen, die sie nun schon in der Chili Queen wohnte, hatte sie wie besessen geschuftet. Sie hatte den Teppich im Salon geschrubbt, Vorhänge für die Küchenfenster genäht, das Unkraut in Welcomes Gemüsegarten gejätet und das kaputte Fenster im Schlafzimmer repariert. Und wenn sie sich einmal hinsetzte, dann nahm sie sich ihre Handarbeit vor. Ein halbes Dutzend Quiltquadrate waren bereits fertig. Trotz allem konnte Addie sich nicht des Gefühls erwehren, dass mit Emma etwas nicht stimmte. Sie konnte nicht den Finger darauf legen, aber es beunruhigte sie.

»Die Frau ist umtriebiger als ein zweischwänziger Kater«, bemerkte Ned. »Ich werde schon vom Zuschauen müde.« Er saß an der Ecke der Veranda, die Füße auf der Erde, den Ellbogen auf den Knien, neben Addie. Keiner von ihnen hatte sich in der vergangenen Stunde nennenswert bewegt.

Addie schluckte die Erwiderung hinunter, dass er überhaupt einen müden Eindruck mache, und sagte stattdessen: »Hast du schon mal vor einem anderen Freudenhaus Rosensträucher gesehen? Als Nächstes wird sie noch einen Springbrunnen aufstellen und einen schmiedeeisernen Hund.«

»Würde vielleicht ganz nett aussehen. Zu Hause auf unserer Farm pflanzten meine Schwestern jedes Jahr Blumen«, erzählte Ned. »Den Hund könntest du Rio nennen. Ich hatte mal einen Hund, der so hieß. Er war schwarzweiß und zottelig und ungefähr so groß.« Er streckte die Hand in Kniehöhe vor. Addie schaute ihn verwundert an. »Du hast noch nie über dein Zuhause gesprochen – außer, dass du sagtest, du seist froh, ihm den Rücken gekehrt zu haben.«

»Darüber bin ich wirklich froh«, nickte Ned, ohne den Blick vom Garten zu wenden. »Ich habe bisher nicht oft daran zurückgedacht. Es wäre schön, Rio wiederzusehen, aber der ist wahrscheinlich inzwischen gestorben. Sonst wäre er jetzt fünfundzwanzig Jahre alt.«

»Und warum denkst du heute plötzlich daran zurück?« Addie ließ ihren Papierfächer sinken, holte ein Taschentuch heraus, knüllte es zusammen und trocknete sich zuerst den Nacken damit ab und dann das Dekolleté und die Schultern.

Anschließend zog sie den Ausschnitt ihres Kleides so weit es ging nach vorne und blies hinein. »Mir ist so heiß – man könnte Spiegeleier auf mir braten«, stöhnte sie.

Ned hatte sich ihr zugewandt und ihre Bemühungen um Erfrischung grinsend beobachtet. »Vielleicht, weil ich plötzlich eine Schwester dazubekommen habe«, beantwortete er ihre Frage.

»Holst du mir einen Schluck Wasser?«

Er stand auf und schlenderte zum Brunnen – so langsam, dass man ihm dabei die Schuhe hätte besohlen können. Er zog einen Eimer Wasser herauf, schöpfte eine Kelle voll heraus und brachte sie Addie, wobei ein Teil des kalten Nasses links und rechts überschwappte. Sie trank und gab ihm die Kelle zurück. Er nahm einen Mund voll und goss mit dem Rest einen der Rosenbüsche, die Emma entlang des Hauses gepflanzt hatte.

»Ich wünschte, du hättest ihr nicht vorgeflunkert, dass wir verwandt sind. Diese Anwandlung von Schamhaftigkeit ist ja was ganz Neues bei dir.«

Addie hob erneut ihren Fächer und wedelte damit in der heißen Luft herum. Sie wusste selbst nicht, warum sie Emma nicht reinen Wein eingeschenkt hatte. Andererseits erstaunte es sie, dass sie nicht erkannt hatte, wie die

Dinge lagen. Aber vielleicht hatte sie es ja auch erkannt und hielt nur den Mund, um Addie nicht zu verärgern und zu riskieren, das Zimmer räumen zu müssen. »Als du am Sonntag früh durch das Fenster einstiegst, dachte sie noch, die Chili Queen sei eine ganz normale Pension. Vielleicht wollte ich ihr nicht eingestehen, dass ich mit einem Banditen schlafe. Ich habe meinen Stolz, weißt du.«

»Du hast Stolz? Schon wieder was Neues!« Ned setzte sich wieder neben sie. »Du solltest ihr sagen, wie es sich in Wirklichkeit verhält – dann bekämen wir das Zimmer zurück.« Er hob in seiner unnachahmlichen Art eine Augenbraue, und Addie wurde es noch heißer. Ein Schäferstündchen mit Ned – etwas Schöneres könnte sie sich nicht vorstellen. Er war ein ungewöhnlich gut aussehender Bursche. Als sie das kleine Lächeln in seinen Mundwinkeln sah und den trägen Blick, den er über ihren Körper gleiten ließ, schmolz sie innerlich dahin wie ein Karamellbonbon in der Sonne. Es hatte viele Männer in Addies Leben gegeben, und einige davon hatte sie wirklich geliebt – aber nicht so, wie sie Ned liebte. Er tat ihr gut. Als sie ihn das erste Mal sah, hatte ihr Herz bis zum Hals geklopft, und ihn hatte es auch erwischt, das war deutlich zu merken. Es hatte an der Tür geläutet, sie hatte geöffnet – und da stand er. Nachdem sie ihn eingehend von oben bis unten betrachtet hatte, bat sie ihn herein. Sie musste ihn nicht mit der Frage »Möchten Sie nicht Ihren Hut abnehmen?« an seine Manieren erinnern wie die meisten der Cowboys, denn er hatte ihn beim Eintreten bereits abgenommen. Sie führte ihn in den Salon und stellte ihm die Mädchen vor, doch er schaute sie nur flüchtig an und setzte sich dann zu Addie aufs Sofa. Und dort blieb er. Wenn Kunden kamen, musste Addie ihn in die Obhut eines der Mädchen geben und kassieren, und dann kehrte sie zu Ned zurück. Als der letzte Freier gegangen war, ging Ned mit Addie in ihr Schlafzimmer, und seitdem war er immer wieder gekommen. Das war jetzt vier Jahre her. Sie freute sich jedes Mal, wenn er kam, ob er für eine Nacht blieb oder zwei Nächte oder Wochen. Er hatte in der ersten Nacht nicht bezahlt, und Addie hatte ihm auch danach nie etwas berechnet. Sie beschnitt ihm seine Mustang-Freiheit nicht, ließ ihn gehen, wann und wohin er wollte, und hieß ihn freudig willkommen, wenn er zurückkehrte. Niemals fragte sie ihn, wo er gewesen war. Manchmal konnte sie aus den Äußerungen gesprächiger Kunden schließen, dass er wieder mal eine Bank überfallen hatte, aber sie sprach ihn nie darauf an. Das war seine Sache. Und schließlich verurteilte er sie auch nicht dafür, dass sie ihren Lebensunterhalt als Puffmutter verdiente. Er verachtete sie nicht deswegen und machte ihr keine Vorwürfe, weil sie mit anderen Männern schlief. Das war schon etwas wert.

Natürlich war Ned der Grund dafür, dass Addie den Mann aus Kansas City auch dann nicht zu heiraten bereit gewesen wäre, wenn er mit Engelszungen auf sie eingeredet hätte. Auf der Heimreise hatte sie allerdings viel über die Ehe nachgedacht. Ned und sie hatten niemals über diese Möglichkeit gesprochen. Einmal hatte sie ihm von ihrer Idee erzählt, nach San Antonio zurückzugehen und einen Chili-Stand aufzumachen, vielleicht sogar ein Restaurant zu eröffnen. Wenn sie das Geld dafür zusammenbekäme, würde Ned vielleicht mit ihr gehen – als ihr Ehemann. Die Vorstellung gefiel ihr. Sie würde für ihn sorgen. Er müsste sich keine Arbeit suchen, wenn er nicht wollte, und Addie war ziemlich sicher, dass das der Fall wäre. Er war es müde, immer unterwegs zu sein, und hatte schon mehrmals davon geredet, sich mit der Beute aus seinem letzten Raubüberfall zur Ruhe setzen zu wollen. Sie hatte etwas mehr als fünftausend Dollar betragen, und diesmal war sie ihm nicht durch die Finger geronnen. Jedenfalls hatte er gesagt, er habe das Geld noch. Sie hatte es nie zu Gesicht bekommen und wusste auch nicht, wo es versteckt war. Was ihren eigenen Zukunftstraum betraf, so war das einzige Problem, dass sie nicht wusste, ob Ned sie überhaupt heiraten wollte. Vielleicht würde ihm die Ausquartierung in die Scheune die Augen dafür öffnen, wie viel ihm an ihr lag. Nein – Addie würde Emma nicht verraten, dass Ned und sie keine Geschwister waren.

»Sie wird nicht lange bleiben – nur, bis ihr Bruder das Geld schickt«, sagte Addie. »Und ich kann ihr wohl kaum Frankies Zimmer geben oder sie in der Scheune schlafen lassen. Wenn es dir lästig wird, dann komm doch einfach als regulärer Kunde durch die Vordertür.«

»Soll ich dann vielleicht nach Belle fragen?«, reagierte Ned verstimmt, aber Addies Aufmerksamkeit war auf die Straße gelenkt worden, wo zwei Männer langsam auf das Haus zugeritten kamen. Einer von ihnen deutete auf Emma, die gerade, einen Fuß auf der Schaufel, dabei war, ein Loch zu graben. Die Männer lachten und ritten weiter. Addie runzelte die Stirn. »Sieh dir das an! Die beiden haben sie für eines meiner Mädchen gehalten, und ich kann ihnen nicht verdenken, dass Emmas Reize sie nicht zum Verweilen animierten. Kein Wunder, dass das Geschäft zurückgegangen ist.«

»Du hast doch gesagt, dass wochentags nie viel los sei«, erinnerte Ned sie. »Und außerdem setzen die Cowboys von der Rockin'A zurzeit Zaunpfähle. Von denen wirst du vor Samstagabend keinen sehen.«

»Nein – es liegt an dieser Frau«, beharrte Addie auf ihrer Meinung. »Außerdem geht sie mir auf die Nerven mit ihrer Geschäftigkeit. Es fehlt nur noch, dass sie eine Fußmatte für den Eingang mit ›Willkommen, Jesus‹ darauf häkelt.« Addie hörte auf, sich Luft zuzufächeln und beugte sich zu Ned hinunter. »Abends bleibt sie ja auf dem Zimmer, aber tagsüber arbeitet sie entweder im Garten oder sitzt mit ihrer Handarbeit hier auf diesem Stuhl, als sei die Chili Queen ein Heim für alte Damen. Sie hat mich sogar gefragt, ob ich einen Schaukelstuhl habe, den sie sich auf die Veranda stellen könnte!« Addie hatte sich in Rage geredet.

»Ich hätte nichts gegen einen Schaukelstuhl«, meinte Ned. Addie schlug scherzhaft nach ihm, und er setzte hinzu: »Es dauert ja nicht mehr lange. In zwei Wochen müsste es ausgestanden sein, oder? Längstens.«

Bei dem Gedanken, Emma vielleicht noch vierzehn Tage ertragen zu müssen, packte Addie das Grauen. »Es muss etwas geschehen«, beschloss sie.

»Was schaust du mich dabei an?«, wollte er wissen.

»Es ist an der Zeit, dass du dir Kost und Logis verdienst«, erklärte sie.

»He – warum willst du etwas Schönes plötzlich kaputtmachen?«, fragte er befremdet.

»Für dich ist es schön«, gab sie in scharfem Ton zurück, sprach jedoch nicht weiter. Sie hatte Ned nie in Anspruch genommen, ihn nie gebeten, eine Wäscheleine zu spannen oder eine zerbrochene Angel am Kleiderschrank auszuwechseln. Das war einer der Gründe dafür, dass er sie liebte. Sie war anders als andere Frauen. Ned schätzte es nicht, gefordert zu werden. Wenn er etwas für sie tat, dann aus freien Stücken. Aber in diesem Fall war sie auf ihn angewiesen. In diesem Fall ging es nicht darum, einen Stacheldrahtzaun zu ziehen oder die Küchenwände zu tünchen. Was ihr vorschwebte, konnte nur Ned tun. »Schau sie dir an!«, forderte sie ihn auf. »Jetzt hält sie Welcome von der Arbeit ab. Sie stört einfach überall!« Addie holte tief Luft und verkündete: »Ich möchte, dass du sie tagsüber beschäftigst.«

Ned lachte leise.

»Es ist mir Ernst!«

»Also wirklich, Addie!«

»Ich will, dass du sie von hier wegbringst.«

Ned stand auf, trat hinter Addie, schlang die Arme um sie und küsste sie aufs Ohr. »Jetzt beruhige dich mal, Schatz. Ehe du dich's versiehst, wird sie fort sein, und abgesehen von den Rosen, die dir sehr gefallen werden, wenn sie blühen, und zweihundertfünfzig schönen Dollars extra, wird dich nichts daran erinnern, dass sie überhaupt hier war.« Addie lehnte sich an Neds Brust und genoss seine Nähe – aber nur für einen Moment. Dann setzte sie sich wieder gerade hin. »Versuche nicht, dich rauszureden«, sagte sie. »Ich habe ein Geschäft zu führen, und ich erwarte, dass du mir hilfst, indem du mir die Frau vom Hals schaffst, damit sie nicht noch mehr Männer vergrault.«

Ned begann, Addies Nacken und Schultern zu massieren. »Und wie stellst du dir das vor? Soll ich mit ihr in die Kirche gehen?«

»Wenn du willst. Aber bis Sonntag sind es noch drei Tage, und die müsst ihr euch eben anders vertreiben. Mach einen Ausflug mit ihr.«

»Drei Tage lang?« Ned kniff Addie in ihren drallen Oberarm, und sie schrie vor Schmerz leise auf.

»Jeden Tag, bis das Geld kommt.«

»Und wenn sie keine Lust dazu hat?«

»Ich denke, du weißt, wie du es ihr schmackhaft machen kannst.« Ned nahm die Hände von Addies Schultern und lehnte sich an einen Pfosten. Die beiden sprachen nicht weiter, denn Welcome kam mit ihrem großen Wäschekorb auf sie zu, stellte ihn auf der Veranda ab und setzte sich breitbeinig daneben. »Ich bin fertig mit der Wäsche – falls sie nicht noch was Schmutziges findet.« Welcome deutete mit einer Kopfbewegung auf Emma.

»Sie hat mich ganz schön auf Trab gehalten.«

»Sie ist ein richtiges Arbeitstier«, nickte Addie.

»Sie könnten noch mein Hemd waschen«, fiel Ned ein. Er stieß sich von dem Pfosten ab und fing an, es aufzuknöpfen. »Und polieren Sie die Knöpfe, das Messing ist matt geworden.«

»Das mach ich nicht – nicht für Sie«, erklärte Welcome. Ned runzelte die Stirn und wandte sich dann Addie zu, doch die lachte nur und sagte: »Ich tue das auch nicht für dich – weil du nichts für mich tust. Wenn du willst, dass deine Knöpfe wieder glänzen, dann misch dir Salz mit Essig und polier sie selbst.« Sie wandte sich Welcome zu: »Ned will sich schön machen – für eine Kutschfahrt mit Emma.«

Welcome sah ihn scharf an. »Wieso wollen Sie sich mit ihr abgeben?«

»Weil ich ihn darum gebeten habe«, nahm Addie ihm die Antwort ab. »Er muss sie mir vom Hals schaffen, bevor sie mir mein Geschäft gänzlich ruiniert.«

»Ich könnte bestimmt noch mehr Arbeit im Haus für sie finden – und vielleicht auch im Gemüsegarten«, erbot sich Welcome. Der Gemüsegarten war ihre Idee gewesen. Sie hatte ihn gleich am Tag nach ihrer Ankunft angelegt. Addie fand ihn zunächst ebenso unpassend für ein Bordell wie jetzt Emmas Rosensträucher, hatte ihre Meinung jedoch geändert, als Welcome die ersten Salatköpfe hereinbrachte. Addie fragte sich, ob Welcome vor der Abschaffung der Sklaverei Feldarbeiterin gewesen war. Sie hatte auf den kräftigen Armen Narben entdeckt, als ihr Hausmädchen über das Waschbrett gebeugt stand. Außerdem war ihr aufgefallen, dass Welcome immer ein wenig besorgt war, ob sie am nächsten Tag noch etwas zu essen bekäme, was Addie auch von anderen Schwarzen kannte. Aber ein-, zweimal hatte sich Addie schon Sorgen gemacht. »Emma hat den Garten bereits in Ordnung gebracht. Du hättest ihn nicht anlegen sollen, wenn du dich nicht darum kümmern kannst.«

Welcome zuckte mit den Schultern. »Ich tue, was getan werden muss.« Sie stand auf. »Geben Sie mir das Hemd. Ich werde dafür sorgen, dass die Knöpfe wieder glänzen.«

Ned zog es aus und gab es Welcome, die den Blick über ihn gleiten ließ und in Lachen ausbrach.

»Was ist so komisch?«, fragte er irritiert.

»Sie sehen teilweise wie ein Schwarzer aus. Die Brust ist weiß, und die Hände und der Hals sind so dunkel wie bei mir. Also sind Sie ein Mischling.«

Ned sagte nichts dazu, sondern machte sich auf den Weg zur Scheune, um sich ein frisches Hemd anzuziehen. Addie jedoch lachte: »Ich habe noch nie was gegen Mischlinge gehabt.«

Welcome, die Ned nachgeschaut hatte, wandte sich ihr zu und murmelte: »Mischlinge haben einen Haufen Probleme.«

»Du musst es ja wissen«, erwiderte Addie.

»Allerdings«, war alles, was Welcome antwortete. Sie setzte sich den Wäschekorb auf die Hüfte und ging ins Haus, dabei vor sich hin murmelnd: »Und ob ich das weiß.«

Als Ned wiederkam, trug er ein weißes Hemd und eine saubere Hose, und seine Stiefel sahen frisch geputzt aus. Er ging zum Brunnen, goss sich Wasser über den Kopf und kämmte die Haare dann mit den Fingern nach hinten. Anschließend schlenderte er zu Emma hinüber und sprach sie an. Sie schaute ihn verblüfft an, überlegte einen Moment und nickte dann lächelnd.

Als Emma auf das Haus zukam, strich sie ihr Haar zurück, krempelte dann die Ärmel herunter. Plötzlich stieg Eifersucht in Addie auf, und sie wünschte sich, dass sie es wäre, mit der Ned eine Kutschfahrt machte. Der Hintergedanke, dass Emma ihm gehörig auf die Nerven gehen und ihm dadurch bewusst würde, was er an ihr, Addie, hatte, konnte sich als Schlag ins Wasser erweisen. Bevor Emma das Haus erreichte, stand sie auf und ging hinein. »Gib mir das Hemd, ich putze die Knöpfe«, sagte sie zu Welcome.

* * *

»Die Füße tun mit weh«, verkündete Welcome anklagend, als Addie am nächsten Vormittag in die Küche herunterkam. Die Schwarze saß am Tisch und hatte die Beine hochgelegt.

»Mir geht's auch nicht gut«, erwiderte Addie unwirsch, »also erwarte kein Mitgefühl von mir.« Es wurmte sie über die Maßen, dass Ned heute schon wieder mit Emma unterwegs sein würde. Vor lauter Zorn hatte sie in der letzten Nacht kaum ein Auge zugemacht und dabei völlig vergessen, dass es doch ihr Einfall mit dieser Kutschfahrt gewesen war und nicht seiner. »Mach mir Frühstück.«

Welcome nahm langsam die Füße vom Stuhl und bedeckte sie mit ihrem langen gestreiften Kleiderrock, blieb jedoch sitzen. »Ich habe schon Frühstück für ihn und sie gemacht. Pfannkuchen. Und dann das Ganze noch mal von vorne für die Mädels. Gedankt haben sie mir nicht. Ich habe die Stelle hier nicht angenommen, um dreimal am Tag Frühstück zu machen, noch dazu, wenn ich dafür kein gutes Wort kriege.«

»Wo sind Ned und Emma?«

Welcome sah sie mürrisch an. »In aller Herrgottsfrühe losgezogen. Sie waren bester Stimmung. Er hatte schon wieder ein frisches Hemd an, und sie trug ein Reitkostüm wie Jenny Lind. Wenn Sie mich fragen, das riecht nach einer Teufelei.«

»Ich frage dich aber nicht«, erwiderte Addie in scharfem Ton. »Was kümmert es dich überhaupt?«

Welcome zuckte mit den Schultern.

»Machst du mir jetzt Frühstück?«, fragte Addie.

»Nein, Ma'am – mach ich nicht.«

Addie seufzte. »Wirst du jemals tun, was ich dir auftrage?«

»Ich kann jederzeit weiterziehen, wenn Sie nicht mit mir zufrieden sind. Sie brauchen es nur zu sagen.« Welcome legte gutmütig grinsend die Hände auf die Tischplatte und stemmte sich von ihrem Stuhl hoch. »Aber ich bringe Ihnen Brot und Marmelade. Die Frau gab mir vorhin eine Quittenmarmelade für Sie aus ihrem Koffer. Ich habe sie verräumt, damit die Mädels sie Ihnen nicht wegessen. Für die sollte ich Maisbrot mit Erbsen und Brühe mischen, in einen Trog schütten und sie ohne Löffel daraus essen lassen, wie es zur Zeit der Sklaverei mit den kleinen Kindern gemacht wurde.«

Addie beugte sich vor und legte die Fäuste aufeinander. »Bist du auch so aufgezogen worden?«

Welcomes Gesicht versteinerte. Sie rückte ihr leuchtend rotes Kopftuch zurecht, schlurfte zu dem Abtropfgestell hinüber und griff sich ein Schlachtermesser. Dann schnitt sie ein paar Scheiben von dem bereits angeschnittenen Laib ab, den sie aus dem Brotkasten genommen hatte, legte sie auf einen Teller und brachte ihn mit einem Stück Butter und der Marmelade an den Tisch.

»Du warst Sklavin, stimmt's?«, fragte Addie.

»Ich war noch jung, als die Schwarzen frei wurden«, erwiderte Welcome.

Das war zwar keine Antwort, aber Addie ließ es auf sich beruhen. Sie strich dick Marmelade auf eine Brotscheibe und aß sie, während sie nachdachte. Dann erkundigte sie sich, ob Emma ihren Koffer verschlossen halte.

Welcome antwortete auch diesmal nicht, sondern wechselte das Thema. »Sie wissen ja noch gar nicht das Schlimmste! Die beiden haben nicht die Kutsche genommen, sondern Pferde, weil sie unbedingt reiten wollte – und nicht etwa im Damensattel, sondern wie ein Mann. Das gehört sich doch nicht!«

Addie schaute sie verwundert an. »Ich frage dich noch mal – was kümmert's dich?«

»Und ich sage noch mal, dass es sich nicht gehört. Ganz gewiss nicht. Sie sah richtig gewöhnlich aus.«

»Die Chili Queen ist ein Bordell, nicht das Weiße Haus«, erwiderte Addie sarkastisch. »Bei uns geht es nicht so vornehm zu wie im Salon von Mrs Grover Cleveland.«

»Aber die Frau ist keine Hure.«

»Sie wohnt aus freien Stücken unter diesem Dach. Ich hätte weiß Gott nichts dagegen, wenn sie sich verabschiedete.«

Welcome setzte sich wieder an den Tisch und begann, ihren rechten Fuß zu massieren. »Es gefällt mir trotzdem nicht.«

»Das muss es ja nicht.« Addie machte sich ein zweites Marmeladenbrot. »Quittenmarmelade. Wie kommt jemand auf die Idee, Marmelade aus Quitten zu kochen? Warum hat sie keine Pflaumen oder Pfirsiche genommen?«

»Vielleicht waren die Pflaumen in Kansas noch nicht reif, als sie wegfuhr.«

»Kennst du dich mit Pflaumen aus?«

»Nein. Kennen Sie sich mit Quitten aus?«

Addie lachte und schüttelte den Kopf. Welcome hatte sie aufgeheitert. »Wenn wir das Rätsel lösen wollen, werden wir sie wohl fragen müssen.« Sie schob den letzten Bissen in den Mund, leckte ihre klebrigen Finger ab und verkündete, dass sie sich den Inhalt von Emmas Koffer ansehen werde. Welcome hatte Addies Teller abräumen wollen, hielt jetzt jedoch mitten in der Bewegung inne. »Sie wollen rumschnüffeln?«

»Ich schnüffle nicht rum«, erwiderte Addie gekränkt. »Es könnte doch sein, dass da was drin ist, was ich wissen sollte. Vielleicht ist sie morphiumsüchtig. Diese Leute sind unberechenbar. Ich habe keine Lust, im Schlaf ermordet zu werden. Du möchtest doch bestimmt auch kein solches Ende nehmen. Vielleicht raucht sie Opium. Ich möchte auch nicht, dass sie uns das Haus über dem Kopf anzündet und wir alle bei lebendigem Leib verbrennen. Immerhin bin ich für die Mädchen verantwortlich. So dürr, wie sie ist, wäre es gut möglich, dass sie irgendwas nimmt. Bei der klappern ja die Knochen wie trockene Maisstängel im Wind.«

Welcome hatte sich redliche Mühe gegeben, ernst zu bleiben, aber jetzt musste sie doch lachen.

»Es könnte sein. Ja, durchaus«, sagte Addie, doch auch sie lachte, von Welcome angesteckt, und fühlte sich ihr plötzlich seltsam nahe. »Es ist mein Haus, und in meinem Haus habe ich das Recht, mir anzusehen, was ich will, oder? Du kannst mitkommen, wenn du möchtest.«

Sie stand auf und wischte die Krümel von ihrem Schlafrock. Welcome folgte ihr ins Schlafzimmer.

Addie hatte den Raum noch nie, seit sie hier wohnte, so ordentlich gesehen. Emmas Haarbürste und Kamm, Nagelpolierer und Zahnbürste lagen schnurgerade ausgerichtet nebeneinander auf der Kommode, ebenso wie eine Reihe Haarnadeln, die an zum Appell angetretene Soldaten erinnerten. Der Fußboden war spiegelblank, und Emma musste heute früh bereits Staub gewischt haben, denn auf den Möbeln war kein Stäubchen zu sehen. Die Tagesdecke lag straff über der Matratze, die nicht durchhing wie sonst. Emma musste die Gurte angezogen haben. Unter dem Bett stand ein Paar Schuhe. Die Schuhe waren abgetragen und geflickt, aber sauber und poliert. Das schwarze Kleid hing an einem Wandhaken.

»Hast du hier aufgeräumt?«, fragte Addie.

Welcome schüttelte den Kopf.

»Das ist die reine Nervosität. Was hat die Frau für einen Grund, nervös zu sein?« Addie versuchte den Deckel des Koffers anzuheben, doch er war abgeschlossen. »Sie vertraut mir nicht. Benimmt man sich so als Gast? Ich bin tief gekränkt.« Welcome wandte sich zum Gehen, hielt jedoch inne, als Addie sagte: »Warum hast du's denn so eilig? Ich denke, das Schloss dürfte mir keine Schwierigkeiten bereiten.« Sie wählte eine Haarnadel aus der Reihe aus, wodurch eine Lücke zwischen den winzigen Soldaten entstand, und hielt sie hoch wie vor einem Zauberkunststück. Dann ging sie neben dem Koffer auf die Knie, steckte die Haarnadel in das Schloss und bewegte sie hin und her. Gleich darauf klickte es leise, und Addie schaute triumphierend zu Welcome auf. Dann klappte sie den Deckel auf.

Welcome hätte Addie fast umgestoßen, so eilig hatte sie es, in den Koffer zu sehen.

Addie kämpfte um ihr Gleichgewicht und fragte sich verwundert, warum Welcome eine solche Hektik entwickelte.

»Es ist nicht recht«, sagte Welcome.

»Ach was.« Addie begann auszupacken: Kleider, Unterröcke, Schlüpfer und ein Korsett landeten in wildem Durcheinander auf dem Fußboden. Es folgten Stoffstücke für Quilts, Bänder und weiche Stoffe für Hüte und mehrere Seidenrosetten. »Sieht so aus, als hätte Emma von vornherein geplant, eine Putzmacherei zu eröffnen«, staunte Addie.

»Vielleicht wollte sie sich auch selbst einen Hutvorrat anlegen«, meinte Welcome. »Ich werde sie fragen, ob sie mir einen Hut näht.« Sie grinste breit, als Addie ein Stück grünen Tafts zusammenknüllte und es versuchsweise über den Kopf des Hausmädchens hielt. »Das sieht besser aus als der alte Fetzen, den du da trägst«, fand sie. »Behalte den Stoff, wenn du willst. Sie hat so viel davon, sie wird das kleine Stück nicht vermissen.«

»Nein, Ma'am. Ich verkaufe doch dem Teufel meine Seele nicht für ein Stück grüne Seide.«

»Dann nicht.« Addie kramte weiter in dem Koffer herum, riss Schuhe und Strümpfe heraus und einen 1879er-Sammelband von *Peterson's Magazine*. Sie blätterte darin und hielt plötzlich inne, um eine Frau zu betrachten, die ein Saratoga-Kleid und einen Häubchenhut trug. »Vielleicht holt sie sich die Anregungen für ihre Hüte aus diesen Heften«, überlegte sie. »Meine Güte – der hier ist ja schon seit Jahren aus der Mode.« Aufgrund ihrer alljährlichen Ausflüge nach Kansas City betrachtete Addie sich als eine Expertin auf diesem Gebiet. Sie schaute wieder in den Koffer. »Das ist seltsam. Ich hatte erwartet, eine Bibel zu finden – und ein Kochbuch.«

»Kochen kann sie schon – und was die Bibel angeht … vielleicht gab es in ihrem Haushalt nur eine, und die hat ihr Bruder behalten. Oder sie hat sie ihm freiwillig dagelassen. Sie kommt mir nicht besonders fromm vor.«

Addie hatte auf dem Grund einen in Seide gewickelten Gegenstand entdeckt. Sie hob ihn heraus, entfernte die Umhüllung – und schaute in das Gesicht des Mannes, der Emma im Zug neben sie gesetzt hatte. »Da hast du ihren Bruder.« Addie reichte Welcome die gerahmte Fotografie.

»Ein gut aussehender Mann«, fand Welcome.

»Auf dem Bild schon«, erwiderte Addie. »Aber in Wirklichkeit hat er was Gemeines.«

»Scheint so.« Welcome betrachtete das Bild genauer und gab es Addie dann zurück.

Sie fragte sich, warum Emma wohl eine Fotografie von ihrem Bruder bei sich hatte, wenn sie ihn so hasste. Na ja – vielleicht hatte sie ein Foto von ihrem Mann in den Rahmen tun wollen und John Robys nun, da sie keinen Ehemann hatte, einfach dringelassen.

Addie legte die Fotografie in den Koffer zurück und begann, die anderen Sachen ebenfalls wieder einzupacken – allerdings auf ihre Art.

Welcome lachte. »Da weiß sie auf den ersten Blick, dass Sie rumgeschnüffelt haben – das sieht ja aus wie ein Eulennest.«

Addie hob die Hände. »Dann mach du es richtig.« Sie ging in die Küche, schnitt sich noch eine Scheibe Brot ab und aß sie trocken. Dann schaute sie von der Tür aus zu, wie Welcome jedes Kleidungsstück sorgfältig zusammenfaltete und in den Koffer legte. Als sie fertig war, klappte sie den Deckel zu und zog die Haarnadel heraus, bog sie gerade und legte sie an ihren Platz auf der Kommode. »Du wärst eine hervorragende Zofe«, bemerkte Addie.

»Möchten Sie jetzt frühstücken?«, frage Welcome.

»Ach nein – jetzt würdest du dich plötzlich herablassen, mir was zu machen, ja? Aber jetzt will ich kein Frühstück mehr – jetzt will ich einen Whiskey.« Addie steuerte auf den Salon zu. Auf halbem Weg drehte sie sich um und legte den Kopf schief.

»Leistest du mir Gesellschaft, oder fürchtest du auch in diesem Fall um deine Seele?«

»Der Herr verurteilt Trunksucht«, erwiderte Welcome ernst. Dann lächelte sie. »Doch ich denke, einen kleinen Schluck gegen meine Fußschmerzen wird Er mir nicht verübeln.«

Addie schmunzelte in sich hinein. Welcome musste in ihrer besten Zeit eine lebenslustige Person gewesen sein, dachte sie.

Aus dem einen Whiskey wurden zwei oder drei, vielleicht auch vier oder fünf, bis Addie schließlich auf dem Sofa einschlief. Es kam schon manchmal vor, dass sie zu viel trank, und als sie aufwachte, wusste sie nicht mehr, ob Welcome mitgehalten hatte oder – was noch wichtiger war – worüber sie beide gesprochen hatten. Inzwischen war es später Nachmittag und offenbar niemand außer ihr im Haus. Jedenfalls rührte sich nichts. Addie schlug die Decke zurück, die Welcome über sie gebreitet hatte, stieg die Treppe hinauf und schaute in die Zimmer der Mädchen. Sie waren noch nicht zurück. Vielleicht würden sie von ihrer Tour durch die Saloons ja Kundschaft mitbringen. Hoffentlich waren sie nicht zu betrunken, um ihren Pflichten nachzukommen. Addie schlug das Gewissen, weil sie die beiden in letzter Zeit vernachlässigt hatte. Immerhin betrachtete sie sich gewissermaßen als Mutter ihrer Mädchen. Wenn die Sache mit Emma erledigt wäre, würde sie ein Fest für die zwei veranstalten.

Addie ging in die Küche hinunter. Auch Welcome war nicht da. Vielleicht schlief sie im Hühnerstall ihren Rausch aus. Addie würde ihr das nicht übel nehmen. Sie hatte eine echte Zuneigung für die Frau entwickelt. In Miss Frankies Zimmer zurückgekehrt, goss sie lauwarmes Wasser aus dem Krug in die Schüssel, wusch sich gründlich mit Seife, bürstete ihre Haare und zog ein Baumwollkleid an. Wie sie anschließend feststellte, war Welcome immer noch nicht aufgetaucht. Also setzte sie sich auf die Veranda und hing ihren Gedanken nach.

Vielleicht hatte Ned Recht. Was sprach dagegen, Emma zu sagen, dass er und Addie keine Geschwister waren? Wo blieb er nur so lange? Welcome hatte gesagt, sie seien nach Westen geritten, wahrscheinlich, weil er nicht durch die Stadt wollte. Addie war dankbar dafür. Auf diese Weise würde sie sich keine scherzhaften Bemerkungen von Kunden darüber anhören müssen, dass Ned ihr offensichtlich eine Frau vorzöge, die alt genug sei, um seine Mutter sein zu können. Addie rutschte unruhig auf ihrem Stuhl hin und her. Für gewöhnlich genoss sie es, wenn die Mädchen unterwegs waren und sie nichts zu tun hatte, und träumte vor sich hin, doch heute fand sie keine Ruhe. Sie musterte ihre Hände. Sie zupfte einen Niednagel weg. Aus der Wunde quoll Blut, und sie steckte den Finger in den Mund und lutschte daran, während sie mit der anderen Hand ihre Augen beschattete und wieder auf die Prärie hinausschaute.

Eine Biene summte an ihrem Ohr vorbei und ließ sich auf einer wilden Aster nieder, die in der nackten Erde neben dem Haus Wurzel gefasst hatte. Als die Biene wegflog, stand Addie auf, pflückte die zartlila Blume, roch daran und steckte sie sich ins Knopfloch. Ihr Blick wanderte zur Scheune. Vielleicht waren Ned und Emma ja zurückgekommen, während sie schlief, und dorthin gegangen, um sie nicht zu stören. Nachdem sie noch einmal vergeblich Ausschau nach zwei Reitern gehalten hatte, ging Addie über das braune Gras zu dem großen Gebäude, öffnete die Tür und spähte hinein. Es dauerte einen Moment, bis ihre Augen sich auf das Dämmerlicht eingestellt hatten. Die Scheune hatte sie gebaut, nach dem sie die Chili Queen gekauft hatte.

Abgesehen von dem Platz für einen Buggy, eine leichte vierrädrige überdachte Kutsche zum Ausfahren, und einen Pferdewagen verfügte das Gebäude über vier Pferdeboxen, eine Sattelkammer und einen Heuboden. Addie mochte Pferde, auch wenn sie sich auf keines mehr setzen mochte. Pferde zu besitzen war ein Zeichen für Wohlstand. Sie waren gut fürs Geschäft. Oft putzte Addie die Mädchen heraus und fuhr dann mit ihnen durch die

Stadt, um Aufmerksamkeit zu erregen. Addie hatte sich von Currier und Ives in New York City für drei Dollar ein Bild von Lexington, einem Rennpferd, schicken und in Gold rahmen lassen und im Salon aufgehängt. Und in ihrem Nippesregal standen neben ihrer Sammlung von bunten Glaspantoffeln und Zahnstocherhaltern drei Porzellanpferdchen.

Zwei Boxen waren für ihre Pferde reserviert, eine für Neds Pferd, wenn er da war, und in der vierten waren die Utensilien aus der Sattelkammer untergebracht, nachdem Ned in sie eingezogen war. Für gewöhnlich schlief er ja bei Addie, aber sie hatte ihm ein Bett und eine Lampe in die Sattelkammer gestellt, damit er sich dorthin zurückziehen konnte, wenn es im Haus zu hoch herging.

Addie streichelte dem verbliebenen Pferd das samtweiche Maul. Der Junge, der die Pferde versorgte, hatte am Morgen ausgemistet. Es roch nach frischem Heu. Der Geruch erinnerte Addie an den Bauernhof, den sie, noch ein halbes Kind, verlassen hatte. Sie dachte nur selten an ihre Kindheit zurück. Meistens fiel sie ihr ein, wenn sie mit dem Zug durch Kleinbauernland fuhr. Sie tätschelte dem Pferd den Hals und wandte sich zum Gehen, hielt jedoch inne, als ihr Blick die Sattelkammer erfasste.

Der Raum war Neds Reich, und Addie hatte ihn noch nie in seiner Abwesenheit betreten. Emmas Koffer zu durchforsten hatte ihr keine Gewissensbisse bereitet, aber Neds Eigentum war heilig. Er mochte keine Schnüffler. Andererseits hatte sie das Recht, ihn auszuspionieren, oder? Schließlich war es ihr Gebäude, und alles, was sich darin befand, ging sie etwas an. Und was schadete es, sich umzusehen, wenn Ned es nicht merkte? Zur Sicherheit hielt sie am Tor noch einmal Ausschau, aber Ned und auch Emma waren nicht in Sicht. Sie holte den Schlüssel aus seinem Versteck hinter einem Pfosten, sperrte die Tür auf, betrat den Raum und zündete die Kerosinlaterne an, die an der Wand hing. Ned war nicht so ordentlich wie Emma, aber die Kammer war aufgeräumt. Das Bett war gemacht, und Neds Kleider hingen auf Nägeln an der Wand. Außer dem Bett war nur ein einfacher Holzstuhl da und Neds Koffer. Addie schaute den Koffer lange an. Dann trat sie entschlossen darauf zu und bückte sich. Der Koffer war nicht verschlossen. Sie öffnete ihn und schaute hinein. Er war nur drei viertel voll. Obenauf lag Kleidung – Hosen und Hemden und ein warmer Mantel, den er im Winter trug –, und darunter entdeckte Addie eine Fibel und drei Zeitungen, die auf der Titelseite über Banküberfälle berichteten. Zwei davon, das wusste Addie, hatte Ned verübt. Bei dem dritten war sie sich nicht sicher, nahm jedoch an, dass auch er Neds Werk war. Unter den Zeitungen befand sich ein Stück brauner Pappe, das Addie im ersten Moment für einen Teil des Koffers hielt. Doch es ließ sich herausheben, und als sie es umdrehte, sah sie eine sichtlich wohlhabende Farmerfamilie vor sich. Addie trug das Foto zu der Lampe, um es genauer zu betrachten. In der Mitte stand ein streng wirkendes Paar. Die Frau sah erschöpft aus, was angesichts der Kinderhorde um sie herum aber kein Wunder war. Der größte Junge hielt einen Hund auf dem Arm. Addie glaubte Ned vor sich zu haben, aber sie war sich nicht sicher, der Junge war noch sehr jung. Das einstöckige Holzhaus im Hintergrund besaß eine Veranda, war, wie ihr schien, mit einer

Klettertrompete berankt. Addie freute sich, dass Ned aus gutem Hause stammte, denn es wertete sie auf. »Vom Bauernhof der Foss' gibt es kein solches Bild«, murmelte sie in sich hinein. Wenn sie in einem Haus wie diesem aufgewachsen wäre, hätte sie ein Schlafzimmer gehabt, das man absperren konnte, und wäre vielleicht nicht fortgegangen. Addie betrachtete noch einmal den Jungen, um festzustellen, ob seine Ohren ein wenig abstanden wie Neds, konnte es aber nicht beurteilen. Sie wandte ihre Aufmerksamkeit den beiden Mädchen zu, von denen eines einen Quilt in Händen hielt. Die beiden mussten inzwischen erwachsen sein. Addie fragte sich, was sie wohl davon halten würden, wenn sie wüssten, dass ihr Bruder ein Krimineller war. Aber vielleicht wussten sie es ja. Was würden sie wohl davon halten, wenn sie wüssten, dass er sich mit einer Prostituierten zusammengetan hatte? Einer Bordellwirtin, korrigierte sie sich im Stillen, und der ehemals beliebtesten Chili Queen von San Antonio. Ned hätte es schlechter treffen können. Trotzdem hatte Addie das Gefühl, dass seiner Familie sehr viel wohler wäre, wenn sie wüsste, dass ihr Bruder mit einer Frau wie Emma verheiratet wäre. Addie merkte erst, dass sie weinte, als eine Träne auf das Foto tropfte. Sie wischte sie mit dem Ärmel weg und drehte das Bild wieder um. Dabei sah sie, dass etwas auf der Rückseite stand: »Old K. farm, Ft. Madison«. Sie fragte sich, wofür das »K« stehen mochte. Vielleicht war das ja gar kein Foto von Neds Familie, sondern ein im von ihm gebraucht gekauften Koffer vergessenes. Oder Ned hatte es gestohlen. Allerdings konnte sie sich nicht vorstellen, warum jemand ein Familienfoto stehlen sollte. Sie schaute sich zum dritten Mal den

Jungen an. Diesmal glaubte sie zu sehen, dass seine Nase etwas abgeflacht war wie Neds. Er hatte ihr erzählt, dass sie zu Bruch gegangen war, als sein Vater ihn gegen die Scheunenwand geschleudert hatte. Vielleicht hieß Ned ja gar nicht Partner, sondern irgendwas mit »K« am Anfang. Es war nicht ungewöhnlich, dass jemand seinen Namen änderte. Schließlich hatte sie es auch getan.

Addie betupfte noch einmal den Tränenfleck mit dem Ärmel und legte das Foto dann wieder mit dem Gesicht nach unten in den Koffer zurück. Sie tastete den Innenraum nach einem Versteck für Geld ab, fand jedoch keines. In Erinnerung daran, wie Welcome Emmas Koffer neu gepackt hatte, faltete Addie Neds Kleidung zusammen und legte sie sorgfältig aufeinander. Nachdem sie den Deckel geschlossen hatte, wollte sie sich gerade dranmachen, die Kammer zu durchsuchen, als sie das Pferd in seiner Box wiehern hörte. Hastig verließ sie den Raum, sperrte ab und legte den Schlüssel an seinen Platz. Sie streichelte das Pferd kurz, um es zu beruhigen, und verließ die Scheune. Welcome saß neben dem Hühnerstall und schaute ihr entgegen.

»Sie waren aber lang da drin«, bemerkte sie.

Addie öffnete den Mund, um ihr zu sagen, dass sie sich um ihren eigenen Kram kümmern sollte, überlegte es sich dann jedoch anders. Welcome war ihre Freundin, vielleicht ihre einzige Freundin, dachte sie mit einem Anflug von Selbstmitleid. Trotzdem war sie ihr keine Rechenschaft schuldig, und so verzichtete sie darauf, ihr überhaupt zu antworten.

»Sieht so aus, als hätten Sie vergessen, die Lampe auszumachen.« Addie fuhr herum und sah Licht durch die

Ritzen von Neds Kammer schimmern. Sie lief zurück, holte den Schlüssel, sperrte die Tür auf und blies die Flamme aus. Als sie wieder bei Welcome anlangte, sagte sie: »Es ist meine Sache, was ich in meiner Scheune tue.«

»Ja, das ist es wohl«, erwiderte die Schwarze. »Was möchten Sie zum Abendessen? Wie wär's mit Salbeitee und Hühnerklein?«, und sie lachte gutmütig.

»Was hältst du von einem Beefsteak?«, antwortete Addie mit einer Gegenfrage.

Welcome grinste breit. »Von Beefsteak halte ich immer viel. Da freut sich mein Magen. Ich backe Ihnen auch einen Kuchen. Kommen Sie mit, dann lasse ich Sie die Teigschüssel ausschlecken, wie in Ihrer Kinderzeit.«

»In meiner Kinderzeit hatte ich nichts zu schlecken«, sagte Addie.

Welcome stieß ein kurzes, bellendes Lachen aus. »In meiner auch nicht. Hölle und Verdammnis, bei Gott, in meiner auch nicht.«

Addie bekam Ned auch die nächsten zwei Tage nicht zu Gesicht. Emma sah sie ebenso wenig, aber wenn sie abends in die Küche kam, erkannte sie an der geschlossenen Schlafzimmertür, dass sie da war. Am Sonntagmittag sperrte sie nach einem schleppenden Samstagsgeschäft, für das sie Emmas Anwesenheit in der Chili Queen verantwortlich machte, die Haustür ab, schickte die Mädchen zu Bett und ging in die Küche, wo ihr vom Tisch Ned und Emma entgegenblickten.

»Lange nicht gesehen«, bemerkte Addie spitz.

»Ich weiß, dass ich eine Last für Sie bin«, erwiderte

Emma mit einem leicht gereizten Unterton. »Darum habe ich mich zurückgezogen. Ich gehe, sobald mein Geld eingetroffen ist.«

»Wir haben eine Idee«, verkündete Ned.

Addie musterte ihn kurz und sagte dann: »Reden wir im Salon darüber. Ich könnte einen Drink vertragen.«

Welcome folgte ihnen. »Sie sind nicht erwünscht«, wollte Ned sie wegschicken.

»Oh, ich habe keine Geheimnisse vor ihr«, widersprach Addie ihm. »Sie darf bleiben.«

Ned passte das sichtlich nicht, aber nachdem sein Blick ein paarmal zwischen Addie und Welcome hin- und hergewandert war, sagte er: »Ganz, wie du willst, Schatz.«

Addie setzte sich mitten auf das mit rotem Stoff bezogene, leicht angeschmutzte Sofa, sodass niemand mehr neben ihr Platz hatte. Ned und Emma ließen sich ihr gegenüber in Sesseln nieder, während Welcome mit dem Halbdunkel neben dem langen Samtvorhang verschmolz, der in weichen Falten über den Boden floss wie die Schleppe eines Kleides. Addie schenkte sich Whiskey ein und reichte Ned die Flasche hinüber, der sich ebenfalls bediente. Danach füllte Emma ein Glas und gab es Welcome, und anschließend füllte sie ein zweites. Bevor Addie ihres an die Lippen führen konnte, hatte Emma ihres bereits geleert.

»Für gewöhnlich schüttet eine Dame einen Drink nicht auf einmal hinunter«, bemerkte Addie.

»Für gewöhnlich trinkt eine Dame überhaupt keinen Whiskey«, erwiderte Emma und fügte leise hinzu: »Allerdings entspreche ich dieser Bezeichnung wohl nicht mehr. Das haben Sie selbst gesagt.«

»Was werden Sie mit dem Geld machen, wenn es kommt?«, erkundigte sich Addie.

Emma führte das Glas zum Mund, erinnerte sich, dass es leer war, stellte es auf den Tisch und schenkte sich nach. Diesmal nippte sie allerdings nur an der bernsteinfarbenen Flüssigkeit.

»Das habe ich noch nicht entschieden«, antwortete sie. »Aber ich wollte schon immer mal nach San Francisco.«

»Ich auch«, nickte Addie.

Ned räusperte sich, und die drei Frauen wandten sich ihm zu. Er schaute Addie an, und sie erkannte, dass er es kaum erwarten konnte, zum Thema zu kommen; doch sie beschloss, ihn noch ein wenig schmoren zu lassen. Das war nur recht und billig, nachdem er sich zwei Tage von ihr fern gehalten hatte. Scheinbar gedankenverloren spielte sie mit einer Haarsträhne, die sich aus ihrem Nackenknoten gelöst hatte. Nach einer Weile siegte ihre Neugier, sie steckte die Strähne an ihren Platz und fragte: »Also – was ist das für eine Idee?«

Ned hatte die Worte so lange zurückgehalten, dass sie wie ein Schwall hervorbrachen. »Emma und ich haben eine Idee bezüglich der Bank in Jasper, von der du mir erzählt hast.«

Addie hatte nicht nur über die Jasper-Bank gesprochen – sie hatte Ned regelrecht ans Herz gelegt, sie auszurauben, seit der Besitzer im Frühjahr in die Chili Queen gekommen war und Addie mit dem Versprechen eines zinsgünstigen Darlehens dazu bewegt hatte, ihm ein kostenloses Schäferstündchen mit Broken Nose Frankie zu gewähren. Addie hatte den Kredit für Renovierungsarbeiten am Haus verwenden wollen, und so gab sie Miss Frankie die fünfzig Prozent, die sie an einem Freier verdient hätte, aus eigener Tasche. Kurz darauf fuhr sie mit dem Zug nach Jasper, um sich den Kredit zu holen, doch der Banker leugnete, jemals in der Chili Queen gewesen zu sein, und warf sie hinaus. Natürlich hätte Addie ihn nicht in Anwesenheit seiner Frau um das Geld bitten sollen, aber woher hätte sie wissen sollen, dass die spitznasige Person in schwarzer Merinowolle seine Angetraute war? So unangenehm die Situation für ihn auch war – aber Addie als »Ausgeburt der Hölle« zu beschimpfen, dafür gab es keine Veranlassung.

Seit damals sann sie auf Rache und versuchte immer wieder, Ned zu einem Überfall auf die Bank zu überreden, aber er lehnte es jedes Mal mit der Begründung ab, dass er es aus Sicherheitsgründen vorzöge, sich auf weiter entfernt liegende Banken zu konzentrieren. Seinen plötzlichen Sinneswandel konnte Addie sich nur so erklären, dass Ned Emmas Gesellschaft überdrüssig war und er ein Entkommen suchte – indem er nach Jasper ging und die Bank ausraubte. Ein spöttisches Lächeln spielte um ihren Mund, als sie sich zurücklehnte und mit leicht schief gelegtem Kopf fragte: »Nämlich?«

»Emma und ich dachten, wir rauben die Bank aus.«

»Was?« Addie richtete sich kerzengerade auf und starrte ihn an. »Was soll das heißen – Emma und ich?« Welcome stieß einen Laut aus, der wie ein Knurren klang.

»Emma und ich werden die Bank ausrauben«, wiederholte Ned. Er schaute zu Emma hinüber, damit sie seine Aussage bestätigte, aber ihr Blick war auf Welcome gerichtet.

»Emma versteht so viel von Bankraub wie ein Hund vom Sonntagsgottesdienst!«, erregte sich Addie.

»Du hast gesagt, die Bank auszuräumen wäre ein Kinderspiel«, erinnerte Ned sie.

»Ja, ein Kinderspiel – mit ihr zusammen«, Addie deutete mit dem Kinn auf Emma, »das ist ja wirklich der dümmste Plan, von dem ich je gehört habe.« Sie stand auf, und da die Räume zwischen den Möbeln zu schmal, Turnüre und Schleppe zu ausladend waren, um auf und ab zu gehen, setzte sie sich wieder hin. »Haben Sie eine Ahnung, was es heißt, eine Bank zu überfallen? Sie denken wahrscheinlich, eine Bank zu überfallen ist so einfach, wie Geld abzuheben. Man geht einfach an den Schalter und sagt: ›Würden Sie so freundlich sein, mir Ihr Geld auszuhändigen?‹«

»Ned kümmert sich um das Geld«, sagte Emma unbeeindruckt, »ich begleite ihn nur, damit die Leute nicht neugierig werden. Ich werde mich als seine Schwester ausgeben. Wer würde auf die Idee kommen, dass ein Bankräuber seine Schwester mitnimmt? Ned sagt, es sei völlig ungefährlich. Völlig.« Addie öffnete den Mund, doch Emma kam ihr zuvor:

»Mein Entschluss steht fest. Ich bin bereits einmal vom Pfad der Tugend abgewichen, da fällt eine zweite Verfehlung nicht mehr groß ins Gewicht. Sie brauchen sich nicht um meine Seele zu sorgen.«

»Das tue ich sowieso nicht.«

Ned stellte sein Glas mit einem solchen Nachdruck auf den Tisch, dass der Inhalt überschwappte. Er hatte seinen Drink nicht angerührt. »Es ist alles genau überlegt. Wir werden uns als Farmer ausgeben, die in der Stadt einkaufen wollen. Wenn es uns zu riskant erscheint, blasen wir die Sache ab.«

»Ich bin nicht einverstanden«, erklärte Addie. »Ihr werdet bestimmt geschnappt.«

»Wir werden vorsichtig sein«, versicherte Emma. Mit einem stählernen Unterton, den Addie bei ihr noch nie gehört hatte, fügte sie hinzu: »Ich glaube, ich schaffe alles, was ich mir in den Kopf setze.«

»Ich mache mir keine Gedanken um Sie – ich mache mir Gedanken um Ned.«

Bevor Emma etwas darauf erwidern konnte, stieß Welcome hervor:

»Nein! Gott, mein Erlöser, nein!«

Die drei schauten sie überrascht an. »Ach, seien Sie still«, sagte Ned. »Das geht Sie nichts an.«

»Tut es doch!«, widersprach das Hausmädchen. »Wenn Sie geschnappt werden – wie komme ich dann an meine zweihundertfünfzig Dollar?«

»Wir werden nicht geschnappt«, beruhigte Emma sie. »Keiner von uns.«

Welcome trat an den Tisch. »Es wird schief gehen. Sie werden hierher kommen, und dann werden sie mich finden.«

»Was haben Sie denn verbrochen, dass Sie sich davor fürchten?«, erkundigte sich Ned.

Welcome hielt seinem Blick stand. »Die einzige echte Sünde, die ich je begangen habe, war, dass ich mal als Tänzerin auftrat.« Ihr trotziger Gesichtsausdruck zeigte, dass sie erwartete, verspottet zu werden. Ihre Eröffnung hatte zwar alle verblüfft, aber niemand machte eine Bemerkung oder lachte.

»Meinetwegen wird der Sheriff bestimmt nicht hierher kommen«, sagte Emma zu Welcome. »Ich habe zu Hause in einem Amateurtheater gespielt, und ich glaube, ich kann ganz ordentlich schauspielern. Nicht großartig, aber bestimmt gut genug.« Sie sah auf ihr Hände hinunter. »Ich … wir … werden nicht geschnappt. Das verspreche ich.«

»Was für ein Unsinn!«, schimpfte Addie. »Wie können Sie das nur versprechen? Ich wette, Sie haben doch in Ihrem ganzen Leben noch nie etwas Gesetzwidriges getan.«

Emma antwortete nicht.

»Sie wollen alles aufs Spiel setzen, um …«

»Ich setze überhaupt nichts aufs Spiel«, fiel Emma Welcome ins Wort und warf ihr einen Blick zu, den Addie nicht deuten konnte.

Tiefe Stille senkte sich über den Raum. Von oben war eine lautstarke Auseinandersetzung zwischen Miss Tillie und Miss Belle zu hören, und Addie wusste, dass sie eigentlich hinaufgehen und den Streit schlichten sollte, denn Miss Tillie konnte ausgesprochen gemein werden und hatte Miss Belle schon des Öfteren grün und blau geohrfeigt. Irgendetwas fiel krachend zu Boden, und Addie verdrehte die Augen und seufzte. Manchmal hatte sie ihr Geschäft bis obenhin.

»Ich denke, es ist alles geklärt«, riss Ned sie aus ihrem Selbstmitleid. »Emma und ich werden morgen früh aufbrechen.« Vor Schreck vergaß Addie ihre beiden Mädchen vorübergehend.

»Lass uns die Sache lieber noch mal überdenken«, versuchte sie einen Aufschub zu erreichen. »Sie zu überstürzen könnte fatal sein, und außerdem besteht doch kein Anlass zur Eile.«

»Ich brauche nichts mehr zu überdenken«, erwiderte Ned. »Wir wollen zurück sein, wenn Johns Brief eintrifft«, fügte Emma hinzu. »Ich möchte Ihnen nicht länger zur Last fallen als unbedingt nötig.«

Ehe Addie etwas erwidern konnte, krachte es über ihren Köpfen ein zweites Mal, und Addie wandte sich an Welcome: »Geh rauf und versohle ihnen den Hintern.« Die Schwarze strich ihre Schürze glatt. »Machen Sie keinen Mist«, sagte sie, doch es war nicht klar, ob ihre Worte an Ned oder an Emma gerichtet waren. Dann stieg sie die Treppe hinauf und brüllte dabei: »Wenn ihr nicht sofort aufhört, reiß ich euch die Ohren ab!«

Addie bedachte Ned und Emma mit einem feindseligen Blick. »Es wird schief gehen«, prophezeite sie. »Da bin ich ganz sicher.«

»Ich habe ein gutes Gefühl«, erklärte Ned unbekümmert.

»Ich nicht.« Addie spürte, wie ihr Magen sich vor Angst zusammenzog.

Ned

4

Ned liebte Sonnenaufgänge. Seit er, noch ein halbes Kind, von zu Hause fort- und in den Westen gegangen war, bereitete es ihm Freude, den Tag über der Prärie heraufdämmern zu sehen. Es beeindruckte ihn jedes Mal aufs Neue, wenn der nachtschwarze Himmel sich allmählich zu einem lichten Grau erhellte und dann zartgelb zu schimmern begann, bevor er sich in schneller Folge von einem blassen Rosa über ein mattes Dunkelrot zu einem leuchtenden Hellrot verfärbte, so weit das Auge reichte. Und jedes Mal raubte es ihm den Atem, wenn die Sonne am Horizont erschien wie eine riesige goldene Taschenuhr. Wenn er nachts unterwegs war, legte er sich grundsätzlich erst nach Sonnenaufgang zum Schlafen nieder, um das Schauspiel nicht zu verpassen, und wenn er Addie besuchte, stand er manchmal bei Tagesanbruch auf, um sich dieses Naturereignis anzusehen, und ging erst wieder ins Bett, wenn der Himmel die Farbe eines ausgewaschenen Hemdes angenommen hatte. Einmal, als sich der Himmel voller rosa- und orangefarbenen Streifen zeigte, als hätte jemand dort oben übermütig einen Pinsel geschwungen, weckte Ned Addie, um ihr dieses Wunder zu zeigen, aber sie murmelte nur, sie habe noch nie einen Sonnenaufgang gesehen, der es wert gewesen wäre, auch nur zwei Minuten Schlaf dafür zu opfern. Sie zog Sonnenuntergänge vor. Ned nicht. Der Sonnenuntergang verhieß Dunkelheit, der Sonnenaufgang den Beginn eines neuen, schönen Tages voller Überraschungen. Als Ned damals zum ersten Mal einen Sonnenaufgang im Westen erlebt und gesehen hatte, wie das Sonnenlicht das braune Gras der Prärie golden färbte, war sein Jungenherz plötzlich von Zuversicht erfüllt gewesen, und er hatte ein Gefühl von Freiheit empfunden, das er sich auf dem Hof seines Vaters am Mississippi nicht hätte träumen lassen.

An jenem Morgen betrachtete Ned den Sonnenaufgang in Etappen über seine Schulter, als er mit Emma an der Seite gen Westen fuhr. Er bedeutete ihr wortlos, sich umzudrehen. »Das Gestirn des Tages«, sagte sie, als die Sonne wie ein glutroter Ball am Horizont emporstieg und Ned fast geblendet wurde, als er sich das nächste Mal umsah.

»Wie war das?«, fragte er.

»So nennt der Dichter die Sonne«, erklärte Emma.

Es gefiel Ned, in der Gesellschaft einer Frau zu reisen, die Gedichte las. Er hatte zwar noch nie selbst eines gelesen, aber er wusste eine gebildete Frau zu schätzen.

»Das ist die schönste Zeit des Tages, finde ich«, fuhr Emma fort. »Niemand weit und breit – ich kann mir vormachen, der einzige Mensch auf der Welt zu sein.«

»Das sind Sie ja auch«, sagte Ned lächelnd. »Abgesehen von mir.« Er schaute zu ihr hinüber, aber sie blickte geradeaus den Weg entlang, auf dem sie sich immer weiter von Nalgitas entfernten.

Sie waren schon zwei Stunden unterwegs. Ned hatte auf einen zeitigen Aufbruch bestanden, da sie eine lange

Reise vor sich hätten. Das stimmte zwar, aber er hatte außerdem unterwegs sein wollen, bevor Addie aufwachte und ihnen einen weiteren Grund dafür nennen könnte, den Überfall auf die Bank in Jasper lieber aufzuschieben. Also war er um drei aufgestanden, hatte ein frisches Hemd angezogen und die Pferde angespannt und war zum Haus hinübergegangen, um Emma zu wecken. Die war aber offensichtlich schon reisebereit, wie er dem hitzig geflüsterten Wortwechsel zwischen Welcome und Emma entnahm, der ihn begrüßte, als er die Stufen zur Veranda und zur Küche hinaufstieg, und der plötzlich verstummte wohl ob seiner Schritte, und er fragte sich, ob sie über ihn gesprochen hatten.

»Ich bin nicht erfreut, Sie hier zu sehen«, erklärte Welcome ihm mürrisch, als er die Tür öffnete.

»Sie hat gehofft, Sie würden so lange schlafen, dass es dann zu spät für eine Reise sei«, meinte Emma lachend, »aber ich für meinen Teil freue mich sehr wohl, Sie zu sehen, und kann es kaum erwarten aufzubrechen.«

»Sie haben nicht das Recht, sie mitzunehmen«, sagte Welcome zu Ned.

»Sie wollen sie doch nur hier behalten, damit sie Ihre Arbeit macht«, erwiderte Ned. Er war noch fröhlicher als sonst.

Welcome schniefte beleidigt und packte den Proviantkorb fertig, den sie dann Emma reichte. Emmas Reisetasche drückte sie Ned in die Hand. »Wenn Sie zulassen, dass sie eingesperrt wird, mache ich Sie einen Kopf kürzer«, kündigte sie ihm an.

»Sie geht Sie doch gar nichts an«, erwiderte Ned. »Hören Sie auf, Ihre Nase in anderer Leute Angelegenheiten zu stecken. Sie sind hier nur das Hausmädchen, vergessen Sie das nicht.«

»Was Sie vorhaben, ist schrecklich gefährlich, und ich habe Geld von ihr zu kriegen«, verteidigte sich Welcome aufgebracht.

»Was ist, wenn sie nicht zurückkommt?«

»Welcome ist nur besorgt. Alleinstehende Frauen sind so. Sie kümmern sich umeinander«, erklärte Emma Welcomes Verhalten.

Sie trug wieder das schwarze Reisekomplet und den schwarzen Stoffhaubenhut, hatte zusätzlich ein Dreiecktuch umgelegt, da es in den frühen Morgenstunden in der Prärie empfindlich kalt war.

»Wieso das?«, erkundigte sich Ned und fragte sich, woher Emma so etwas wusste. Er ging auf die Tür zu.

»Eine Frau weiß das«, erwiderte Emma, als habe sie seine Gedanken gelesen, und wandte sich Welcome zu: »Machen Sie sich keine Sorgen. Wir werden gesund zurückkommen«.

»Und hoffentlich bald.« Sie folgte den beiden auf die Veranda hinaus und schaute ihnen, die Hände unter der Schürze ringend, zu, wie sie sich anschickten, zur Scheune zu gehen.

»Sagen Sie Addie, sie braucht sich auch keine Sorgen zu machen«, rief Ned ihr leise zu, um Addie nicht zu wecken. Zu guter Letzt hatte Addie sich mit seinem Plan einverstanden erklärt – vielleicht, weil sie einsah, dass sie ihn nicht aufhalten konnte –, aber ihre Pferde hatte sie ihm verweigert. Jemand könnte die Tiere erkennen, und was war dann mit ihr? Ned wusste, dass dieser Grund nur vorgeschoben war. Addie hoffte, wenn er sich Pferde beschaffen müsse, würde er sich das mit dem Bankraub noch mal überlegen. Aber erstens war er dickköpfig, und zweitens musste er sein Gesicht wahren – nicht nur Addie, sondern auch Emma gegenüber. Schließlich hatte er seinen Stolz, und was wäre er für ein Mann, wenn er sich von einer Puffmutter sagen ließe, was er zu tun und zu lassen hatte? Er wusste nicht, warum, aber er legte Wert darauf, dass Emma eine gute Meinung von ihm hatte. Also war er am Abend zuvor losgezogen und hatte in der Stadt zwei schwarze Klepper besorgt. Addie hatte bei ihrem Anblick geschaudert. Er wusste nicht, weshalb, fragte jedoch nicht. Den Pferdewagen zu nehmen hatte Addie ihm nicht verboten, und so spannte er die zwei Schwarzen ein. Draußen vor der Scheune half er Emma auf den Kasten. Sie drehte sich um und winkte Welcome zum Abschied, als sie losfuhren. Ob Welcome zurückwinkte, konnte Ned nicht sagen, denn in der Dunkelheit war nur die weiße Schürze von ihr zu sehen.

In den ersten Stunden ihrer Reise sprachen Ned und Emma kaum miteinander, und wenn, dann im Flüsterton, als fürchteten sie, belauscht zu werden. Als Ned merkte, dass Emma vor Kälte zitterte, reichte er ihr eine Decke hinüber. Sie nahm ihre Haube ab und legte die Decke über Kopf und Schultern. Als er sie mit einem Seitenblick streifte, fand Ned, dass sie wie eine waschechte Mexikanerin aussah. Es war von großem Vorteil, dass sie ihr Aussehen derart zu ändern vermochte. Wenn man sich auf Neds Seite des Gesetzes befand, konnte es lebensrettend sein, die Leute mit verschiedenen Erscheinungsbildern an der Nase herumzuführen. So gut Ned aussah, verstand er es doch, sein Äußeres unauffällig zu gestalten. Diese Fähigkeit hatte ihn schließlich auch dazu bewogen, es zu wagen, eine relativ nahe gelegene Bank auszurauben. Nach seinem Überfall auf die Bank von Santa Fé war er so töricht gewesen, sich mit seiner Tat zu brüsten. Diesmal würde er den Mund halten, und niemand würde ihn mit dem Raub in Verbindung bringen.

Die Pferde trotteten gemächlich dahin, und Ned bemerkte sarkastisch, dass es ihnen wahrscheinlich nicht einmal gelänge, einen Fußgänger zu überholen. Er entschuldigte seinen Kauf gegenüber Emma damit, dass er keine anderen Pferde bekommen habe. Der Schmied von Nalgitas hätte zwar gerade zwei schöne Tiere erworben, sie aber lieber erschossen, als sie Ned oder Addie zu überlassen, selbst wenn ihm ein beträchtlicher Profit gewinkt hätte.

Emma fragte nicht, warum. Stattdessen sagte sie: »Ich finde, dass diese Pferde genau richtig sind. Die Leute würden sich nur wundern, wenn kleine Bauern mit edlen Tieren wie die von Addie in die Stadt kämen. Ein Wagen mit einem solchen Gespann ist genau richtig.« Ned nickte und ließ die Zügel auf die Rücken der Pferde klatschen, aber die Tiere behielten ihre gemütliche Gangart bei.

»Sie können es sich jederzeit anders überlegen«, sagte Ned zu Emma. Seit sie übereingekommen waren, die Bank in Jasper auszurauben, hatte er das schon x-mal gesagt. »Ich meine, Sie können es sich auch noch anders überlegen, wenn wir schon vor dem Bankgebäude stehen. Ich würde es Ihnen nicht übel nehmen.«

Ned hatte damit gerechnet, dass Emma bereits vor der Abfahrt aus Nalgitas einen Rückzieher machen würde, doch sie hatte ihm erklärt: »Sie können auf mich zählen.«

Es hatte ihn überrascht, dass sie sofort Feuer und Flamme gewesen war, als er mit seinem Plan herausrückte, aber inzwischen war er zu dem Schluss gelangt, dass Emma in Wahrheit ganz anders war, als man ihrer Erscheinung nach glaubte. Ned hatte schon einige Wochen über die Bank in Jasper nachgedacht und das Thema schließlich zur Sprache gebracht, weil es ihm beim Denken half, über eine Sache zu reden. Für gewöhnlich ging er in einem solchen Fall zu Addie, aber seit ihrer Rückkehr aus Kansas City waren sie kaum allein gewesen. Er war regelrecht geschockt, als Emma, nachdem sie ihn zu Ende angehört hatte, erklärte, für die Durchführung seines Planes seien zwei Personen vonnöten, und niemand würde einen Mann und eine Frau verdächtigen. »Ich werde für den Betrug an meinem Bruder wahrscheinlich sowieso in die Hölle kommen«, sagte sie, »und der Teufel wird mich nur noch freudiger empfangen, wenn ich zwei Verbrechen verübt habe. Ich bin entschlossen, Sie ein Stück auf Ihrem Weg jenseits des Gesetzes zu begleiten.«

Ned machte sich wenig Gedanken über Himmel und Hölle, aber dafür umso mehr über das Gefängnis, und die Vorstellung, eine Frau als Partner zu haben, widersprach seinem Sicherheitsbestreben. Also antwortete er ihr mit einem klaren Nein. Wer hatte je davon gehört, dass eine Frau eine Bank überfallen hatte? Doch dann überdachte er die Sache noch einmal, und plötzlich erschien ihm Emmas Angebot gerade ob seiner Ungewöhnlichkeit interessant. »Was ist, wenn jemand auf Sie schießt?«, fragte er.

»Dann erwidere ich das Feuer«, antwortete sie gelassen. »Ich kann mit einer Waffe umgehen, wissen Sie. Ich bin nicht hilflos. Nein, das bin ich wirklich nicht.« Sie lachte. »Ich bin ausgesprochen abenteuerlustig. Wenn es nicht so wäre, hätte ich nie gewagt, Palestine in Kansas zu verlassen und mutterseelenallein nach New Mexico zu fahren. Ich glaube, ich verfüge über einen gesunden Menschenverstand und werde Sie nicht enttäuschen.«

Bei ihrem ersten gemeinsamen Ausflug hatte Ned die Bank in Jasper nicht erwähnt. Die Ausfahrt hatte so unerfreulich begonnen, dass Ned dachte, er würde nie wieder ein freundliches Wort mit Emma wechseln. Sie saß so weit wie möglich von ihm entfernt, und er brachte durch seine vorgebeugte Haltung zum Ausdruck, dass er nicht angesprochen werden wollte. Er trieb das Gespann unnötig an, und der Buggy hüpfte nur so auf dem schlechten Weg. Ned hoffte, Emma damit so viel Angst einzujagen, dass sie sich weigern würde, noch einmal mit ihm auszufahren. Dann würde er Addie erklären, er habe sein Bestes getan, und sie könne ihm keine Vorwürfe machen, wenn Emma seine Gesellschaft ablehnte. Offensichtlich hatte Emma ihr Tempo nicht richtig realisiert – bis die Kutsche schlingerte, und Ned, der nicht darauf vorbereitet war, die Zügel entglitten. Die Pferde spürten, dass sie frei waren, und preschten los. Ned angelte nach den Zügeln, doch Emma bekam sie vor ihm zu fassen. Aufrecht stehend, von der Sitzbank her abgestützt, brachte sie, während der Fahrtwind ihren Rock an ihre Beine presste, die Tiere mit viel Gefühl unter Kontrolle. Ihre Augen blitzten. Sie genoss sichtlich die Anstrengung, die das Manöver ihr abverlangte. Als die Pferde schließlich anhielten, reichte sie Ned, der sie ehrfurchtsvoll anstarrte, die Zügel. Noch nie hatte er eine Frau im Augenblick der Gefahr so besonnen reagieren sehen.

»Ich komme von einer Farm, und ich verstehe genauso viel von Pferden wie ein Mann«, sagte sie. »Wenn Sie mich das Fürchten lehren wollen, müssen Sie sich etwas anderes einfallen lassen.«

Ned spürte seine Wangen heiß werden und senkte verlegen den Blick.

Emma lachte herzlich. »Ich weiß, dass Sie mir nicht aus Liebenswürdigkeit die Gegend zeigen, sondern, weil Addie es Ihnen befohlen hat. Ich nehme es ihr nicht übel. Es ist mir durchaus klar, dass ich ihrem Geschäft hinderlich bin.« Ihren Worten zum Trotz klang Emma nicht im Mindesten zerknirscht. »Ich bin kein Dummkopf, und allein zu sein ist mir lieber als die Gesellschaft von Hohlköpfen. Sie können mich getrost hier draußen in der Prärie mir selbst überlassen und sich den Tag anderswo vertreiben.«

»Was war das mit den Hohlköpfen?«, wollte Ned wissen. »Halten Sie mich etwa für einen Hohlkopf?«

»Aber nein. Das ist nur ein Ausdruck, mit dem ich hoffte, Ihnen klar machen zu können, dass es mich nicht stört, allein zu sein. Sie sind beide keine Hohlköpfe – weder Sie noch Addie. Ich unterschätze Sie nicht.«

Während Ned darüber nachdachte, stieg Emma aus dem Buggy und klappte dann den Sprungdeckel der kleinen Uhr, die sie an ihrem Jackett trug, auf. »Tun Sie, was immer Sie möchten, und holen Sie mich um fünf Uhr wieder ab. Ich werde bis dahin die Gegend genießen, und niemand wird wissen, dass wir nicht gemeinsam unterwegs waren. Morgen werde ich meine Handarbeit mitnehmen.«

Sie ging auf einen Baum zu, der etwas abseits der Straße stand. Ned hatte den Tag nicht mit Emma verbringen wollen, doch jetzt, da sie ihm erklärt hatte, dass sie auf seine Gesellschaft verzichten könne, war er gekränkt. Frauen beteten ihn für gewöhnlich an. »Ha!«, rief er. »Kommen Sie zurück. Da draußen gibt es Schlangen.«

»In Kansas gibt es auch Schlangen.«

»Ich rede von Klapperschlangen. Mit denen ist nicht zu spaßen.«

»Dann werde ich mir einen dicken Stock suchen.«

»Es könnte regnen. Dann würden Sie nass.«

»Welcome sagt, es habe seit Wochen nicht geregnet.«

»Es ist gefährlich in der Prärie«, rief er, aber Emma ging ungerührt weiter. »Es treiben sich Banditen hier herum. Sie legen bestimmt keinen Wert darauf, mit einem von ihnen Bekanntschaft zu machen.«

»Das habe ich bereits.«

»He!«, rief er noch einmal.

Emma blieb stehen, drehte sich jedoch nicht um.

»Hier gibt's Cookies.«

Er fürchtete schon, sie damit auch nicht umstimmen zu können, als sie sich ihm schließlich doch zuwandte. »Das ist ein Argument«, lächelte sie.

Ned hob den Proviantkorb hoch. »Ich werde im Schatten essen, und da es in der näheren Umgebung nur diesen einen Baum gibt, werden Sie sich zu mir gesellen müssen, wenn Sie sich nicht der Sonne aussetzen wollen.« Emma lachte.

»Ich gebe mich geschlagen.«

Ned führte die Pferde zu dem Baum, schirrte sie ab und legte ihnen Fußfesseln an. Dann setzte er sich auf den Boden, während Emma sich auf einem Stein niederließ, und sie tranken Wasser aus Neds Feldflasche. Anschließend holte er eine Hand voll Cookies aus dem Korb und reichte Emma einen Keks hinüber.

»Morgen würde ich lieber reiten als mit dem Buggy ausfahren«, sagte sie. »Meinen Sie, Addie wäre schockiert darüber?« Sie brach ein Stück von dem Keks ab und steckte es in den Mund.

»Addie ist eine Hure.«

»Sie sollten nicht so hässlich über sie reden. Sie ist Ihre Schwester – jedenfalls sagt sie das – und meine Freundin.«

»Ich rede nicht hässlich über sie – ich sage nur, wie es ist«, erwiderte Ned. »Addie ist, was sie ist, und ich bin, was ich bin. Wir entschuldigen uns nicht dafür.«

Emma nickte. »Ich muss mich erst an diese neue Welt gewöhnen, die ich mir da ausgesucht habe.« Sie aß ihren Keks auf und fegte dann mit der Hand die Krümel von ihrem Kleiderrock. »Es würde sie also nicht schockieren, wenn ich reiten wollte?«

»Ich glaube nicht.«

»Im Herrensitz.«

»Im Herrensitz?«, echote Ned entgeistert.

»Ein Damensattel ist schrecklich unbequem. Ich bin zu Hause immer im Herrensitz geritten. Es ist mir sehr viel lieber.«

Ned schüttelte den Kopf. »Es könnte sein, dass Addie das nicht gefiele. In manchen Dingen ist sie eigen.« Er aß die Kekse auf, die er in der Hand hatte, und griff wieder in den Korb. Diesmal förderte er eine andere Sorte zutage, mit Rosinen darin. Er pulte die runzligen Beeren heraus. »Ich mag keine Rosinen.«

»Ich werde es mir merken«, versprach Emma. »Wenn wir losreiten, bevor Addie aufwacht, bekommt sie es gar nicht mit.«

»Nüsse schmecken mir besser«, sagte Ned.

Sie sprachen nicht mehr über den Sattel, aber am nächsten Morgen legte Ned Addies Pferd einen Herrensattel auf und führte es zu Emma hinaus, die die neumodischen knöchellangen Pumphosen trug. Emma hatte nicht übertrieben – sie konnte tatsächlich so gut mit einem Pferd umgehen wie ein Mann. Als sie von ihrem Ausritt zurückkamen, war Ned sogar erschöpfter als sie. An jenem zweiten Ausflugstag zeigte er Emma das Rinderland in der Umgebung von Nalgitas, und am folgenden ritt er mit ihr nach What Cheer, einer verlassenen Goldgräberstadt an der Strecke zwischen Nalgitas und Jasper.

Aufgrund viel versprechender Goldfunde in der Gegend war das nördlich gelegene What Cheer nachträglich an die Eisenbahnlinie angeschlossen worden, doch das Vorkommen hatte sich bald als mager erwiesen. Als es erschöpft war, zogen die Goldgräber weiter, aber die Gleise führten nach wie vor durch die Stadt und bogen dahinter nach Südwesten in Richtung Jasper ab.

Es war noch gar nicht so viel Zeit seit der Gründung von What Cheer vergangen, doch die Geisterstadt bot ein Bild des Verfalls. Das Bahnhofsgebäude, der Gemischtwarenladen und der Saloon, alles aus Brettern zusammengezimmert, ließen die Schultern hängen, die Fensterscheiben waren zerbrochen oder fehlten. Die

Blockhäuser entlang der einzigen Straße standen zwar noch aufrecht, aber auf ihren Dächern wucherte Unkraut. Sie waren hastig zusammengeschustert worden, ohne Fenster. Die Türen standen offen, als hätten die Bewohner sie in solcher Eile verlassen, dass sie sich nicht mehr die Zeit nahmen, sie zu schließen. Nur eines davon besaß an der Front eine Veranda, und dort machten Ned und Emma Halt und banden die Pferde an einen der Pfosten. Emma entdeckte einen dreibeinigen Stuhl, ließ sich vorsichtig darauf nieder, lehnte sich mit dem Kopf an die Hauswand und fuhr sich mit den Händen übers Gesicht. Dann beugte sie sich, gekonnt die Balance haltend, vor und schaute die Straße hinunter. Sie schien What Cheer interessant zu finden. »Goldgräberstädte haben mir schon immer gefallen«, sagte sie.

Ned setzte sich zu ihren Füßen auf die oberste Stufe und fragte: »Wann haben Sie denn schon mal eine besichtigt?«

Emmas Stuhl schwanke bedrohlich, als sie auf Ned hinunterblickte. »Oh, ich habe bisher nur Bilder davon gesehen. Goldgräberstädte wirken immer so ... provisorisch. Als ob es die Leute nicht kümmere, wie sie aussehen, als ob das Leben an sich ihnen viel wichtiger sei als der Ort, an dem sie es verbringen.« Sie gab ihren Kampf mit dem Stuhl auf und erhob sich. »Ich habe in zu großer Ordnung gelebt.«

»Mir hat es auch nie gefallen, Farmer zu sein.«

Emma nahm ihren Hut ab, löste ihre Haare und schüttelte sie aus. Dann teilte sie sie mit den Fingern in drei Stränge und begann sie zu einem dicken Zopf zu flechten. »Sie waren Farmer?«, fragte sie erstaunt.

»Na ja – nicht lange. Wie ich Ihnen schon erzählt habe, lief ich sehr früh von zu Hause weg. Das war während des Krieges. Ich wollte bei der Union als Trommler unterkommen, aber mein Vater kam dahinter und verabreichte mir eine Tracht Prügel mit dem Ochsenziemer. Also machte ich mich von Fort Madison in Iowa auf den weiten Weg nach Westen.«

»Und damals änderten Sie auch Ihren Namen, vermute ich. ›Ned Partner‹ erscheint mir einfach zu klangvoll, um echt zu sein.«

Ned grinste anerkennend. Addie war nie auf diese Idee gekommen.

»Sie vermuten richtig. Ich fand, dass ›Ned Partner‹ sich gut anhörte. Jedenfalls besser als ›Billy Keeler‹.« Ned hatte noch niemandem seinen wahren Namen verraten, aber nach all den Jahren spielte es wohl keine Rolle mehr, dachte er. Außerdem gab es keinen, dem Emma es hätte erzählen können, zumindest keinen, der ihm daraus einen Strick drehen könnte.

»Weiß Ihre Familie, wo Sie sind?« Emma zog ein Stück Schnur aus der Tasche und band es um das Ende ihres Zopfes.

»Nein. Ich schreibe meiner Schwester Alice zwar ab und zu, aber sie weiß bis heute nicht, wo ich zu erreichen bin.«

»Vielleicht lebt sie ja gar nicht mehr.«

Ned dachte darüber nach. Er zog einen vertrockneten Grashalm aus der Erde und riss ihn in kleine Stücke. »Das täte mir Leid«, sagte er leise.

»Entschuldigen Sie – ich wollte Ihnen nicht das Herz schwer machen«, bedauerte Emma ihre Äußerung. »Bestimmt ist sie wohlauf und freut sich über Ihre Briefe. Haben Sie vor, Ihre Leute irgendwann zu besuchen?«

Ned schüttelte den Kopf. »Ich halte nichts davon, in die Vergangenheit zurückzugehen. Addie ist da ganz anders. Sie redet immer davon, wieder nach San Antonio zu gehen. Sie liebt San Antonio.«

»Warum sollte es sie nach Iowa ziehen? Soviel ich weiß, war sie da nie.«

Ned überdachte, was er gerade gesagt hatte, und schaute Emma an, um zu sehen, ob sie es gemerkt hatte. Sie lächelte spöttisch, und er fragte sich, wie lange sie wohl schon wusste, dass er und Addie nicht Bruder und Schwester waren. Vielleicht hatte sie es von Anfang an nicht geglaubt. Er zog einen zweiten Grashalm aus dem Boden, diesmal mit den Wurzeln. »Ich wollte nie auf den Feldern arbeiten – wenigstens nicht am Mississippi. Da schwitzt man sich zu Tode. Aber auf einer Ranch in der Höhe – das wäre schon eher nach meinem Geschmack.«

Emma schien ihm nicht mehr zugehört zu haben. Sie beschattete ihre Augen mit der Hand und ließ ihren Blick über die Stadt wandern. Dann trat sie auf die Straße hinunter und ging sie langsam entlang, wobei sie in jedes Haus spähte. Ned folgte ihr. Am Bahnhof machten sie Halt. Es gab keinen Bahnsteig, und das Bahnhofsgebäude war lediglich eine Bretterbude mit einem Schild daran, auf dem »What Cheer« stand. Das Schild war genauso schief und krumm und ausgebleicht wie die Stadt.

»Es ist kein Stationsvorsteher da«, bemerkte Emma. »Hält der Zug denn noch?«

»Ich denke schon, wenn jemand darum bittet. Aber wer sollte in What Cheer aussteigen wollen?«

Emma zuckte mit den Schultern. »Vielleicht ein Cowboy.« Sie spähte in das dunkle Gebäude. »Wohnt noch jemand in der Stadt?«

»Nicht, dass ich wüsste. Ein alter Goldsucher kommt ab und zu her, weil er die Hauptader finden will, wie er sagt. Aber er bleibt nie lange.«

Emma ging in das Bahnhofsgebäude hinein. Ned folgte ihr auf dem Fuß. Bis auf eine an der Wand befestigte Bank und einen auf der Platte liegenden kaputten Tisch war der Raum leer. Zwischen den gebrochenen Dielen wuchs Unkraut. An einer über dem einzigen Fenster gespannten Schnur hing ein zerfetzter Musselinvorhang. Emma schrak zusammen, als es in einer Ecke raschelte. »Das ist nur eine Ratte«, sagte Ned. »Eine Packratte.«

»Ich hasse diese Tiere!« Emma trat einen Schritt zurück, prallte gegen Ned und verlor das Gleichgewicht. Er fing sie auf. Emmas Arme waren schlank und fest, nicht wabbelig wie Addies. Außer, um ihr aufs Pferd oder in den Buggy zu helfen, hatte Ned Emma nie berührt – und er spürte, wie ihn ein Schauer überlief.

»Es ist kalt hier drin«, stellte er fest, rührte sich aber nicht. Auch Emma verharrte regungslos. Und dann, so plötzlich, dass er jetzt beinahe das Gleichgewicht verlor, löste sie sich von ihm und ging, ohne ihn anzusehen, in den Sonnenschein hinaus. Ned kämpfte den Wunsch nieder, sie noch einmal anzufassen. Er wollte sie nicht packen, er wollte sie nicht einmal umarmen – er wollte nur wieder ihren Arm berühren.

Als sie durch die Stadt zurückwanderten, blieb Emma bei einem stacheligen Strauch stehen und zupfte eine vertrocknete Blüte ab. »Das ist eine Rose. Eine Kletterrose. Hier hat eine Frau gewohnt. Sie hat einen Rosenstrauch gepflanzt.« Sie setzten ihren Weg fort, und Emma ließ alle paar Schritte ein braunes Blütenblatt fallen, als wolle sie eine Spur legen. Bei den Pferden angekommen, nahm sie sich Neds Feldflasche, trank einen Schluck und gab sie an ihn weiter.

»Was gefällt Ihnen an einer Ranch denn besser als an einer Farm?«, fragte sie. »Für mich ist alles dasselbe.«

Das kam so überraschend, dass Ned verwirrt blinzelte. »Was?«

»Sie sagten, auf einer Ranch zu arbeiten sei eher nach Ihrem Geschmack.«

Und er hatte geglaubt, sie habe nicht zugehört! »Erstens muss man auf einer Ranch keine Schweine züchten. Ich hasse Schweine!«, antwortete er.

Emma lachte. Er mochte ihr Lachen. Es war nicht so schrill wie das der meisten Frauen, aber auch nicht so whiskey-tief und kehlig wie das von Addie.

»Und man muss nicht pflügen«, fuhr er fort. »Als ich damals von zu Hause wegging, schwor ich mir, nie mehr in meinem Leben eine Ackerfurche zu ziehen.«

»Also kommt eine Farm für Sie wirklich nicht mehr in Frage.«

»Nein.« Ned befestigte die Flasche wieder an ihrem Platz und begann seine Satteltaschen zu durchstöbern. Schließlich förderte er Schokolade zutage und gab ihr ein Stück. Sie wischte es an ihrem Hosenrock ab, steckte es in den Mund und setzte sich auf die Verandatreppe.

»Es gibt da eine Ranch, die ich kaufen könnte«, sagte Ned. »Sie sind der erste Mensch, dem ich davon erzähle.

Sie liegt in Colorado, in der Gegend von Telluride. Ich könnte Geschäfte mit den Goldgräbercamps machen. Die haben bestimmt Bedarf an Rindfleisch.«

Emma biss ein paarmal auf die Schokolade und legte dann den Kopf ein wenig schief. »Was hindert Sie daran, sie zu kaufen?«

Ned lehnte sich an einen der Verandapfosten und schaute auf sie hinunter. »Zum einen kostet sie zwölftausend Dollar. Wenn ich sie bar bezahlen würde, wäre der Preis niedriger, aber ich habe nicht genug.«

»Ich dachte, Sie haben fünftausend Dollar. Addie sagte, die hätten Sie bei einem Bankraub erbeutet.«

»Addie redet zu viel. Abgesehen davon wäre das weniger als die Hälfte der Summe, die ich bräuchte.« Nachdenklich schaute er in die Ferne. »Und zum anderen würde Addie nicht auf einer Ranch leben wollen, und allein würde mir das zu einsam.«

»Vielleicht finden Sie ja eine Frau, die dem Ranchleben etwas abgewinnen kann«, sagte Emma leise.

»Möglich«, nickte Ned. »Aber dann würde mir immer noch das Geld fehlen.«

»Sie könnten es sich leihen.«

Ned lachte schallend. »Bei einer Bank?«

»Dann müssen Sie eben noch eine ausrauben«, meinte Emma.

»So einfach ist das nicht.« Er band Emmas Pferd los. »Ich denke, wir sollten nach Hause reiten.«

Emma erhob sich und stieg auf. Ned band auch sein Pferd los. Als er auf den Boden schaute, entdeckte er eine rote Blume, die unter der Veranda hervorlugte. Er pflückte sie und hielt sie Emma wortlos hin. Sie starrte das Geschenk einen Moment lang überrascht an und streckte dann die Hand danach aus. Anstatt sie ihr zu geben, nahm Ned ihre Hand und hielt sie fest. Plötzlich ließ er sie so unvermittelt los, als habe er sich verbrannt. Verlegen grinsend, befestigte er die Blume an Emmas Zügel, saß hastig auf, rammte dem Tier die Fersen in die Seiten und preschte im Galopp davon.

Emma folgte ihm in langsamerem Tempo, und nach etwa einer Meile hielt Ned an, um sie aufholen zu lassen. »In Jasper gibt es eine Bank«, sagte er, als sie im Schritt nebeneinanderher ritten. »Addie liegt mir schon lange in den Ohren, dass ich sie mir vornehmen soll, aber die Bauern in der Gegend sind bettelarm, und es liegen wahrscheinlich nur ein paar Dollar im Tresor.«

Emma dachte darüber nach. »Wer weiß schon, wie viel Geld auf einer Bank liegt? Banken haben Bargeld, das steht fest. Und es muss doch Rancher und Kaufleute geben, die ihr Geld dort deponieren.«

Ned nickte und begann ihr zu erzählen, was er über die Bank wusste. Er war ein-, zweimal in Jasper gewesen, allerdings schon vor längerer Zeit, und damals hatte er den Eindruck gewonnen, dass die Stadt selbst recht wohlhabend war. Immerhin lag sie an der Eisenbahnstrecke. Als er geendet hatte, schwieg Emma eine Weile und meinte dann, dass niemand einen Mann und eine Frau verdächtigen würde, eine Bank ausrauben zu wollen. Ned zügelte sein Pferd und starrte sie an. »Eine Frau würde sich dabei zu Tode fürchten.«

»Ich habe mich auch nicht zu Tode gefürchtet, als das Gespann durchging, oder?«, erwiderte Emma. »Wenn Sie entschlossen sind, mache ich mit.«

»Ich würde mir niemals eine Frau als Partner nehmen«, erklärte Ned energisch.

»Würden Sie vielleicht lieber einen Mann nehmen, den Sie weniger gut kennen als mich?«

Ned überlegte und wiederholte dann: »Ich würde keine Frau nehmen.«

»Ich dachte, Sie wollten eine Ranch kaufen. Ich könnte Ihnen helfen, es möglich zu machen. Oder irre ich mich?«

Nein, sie irrte sich nicht, musste Ned insgeheim zugeben. Er dachte lange über ihren Vorschlag nach, bis er schließlich widerstrebend einräumte, dass es klappen könnte. Als sie zur Chili Queen zurückkamen, waren sie sich einig geworden, was allerdings zwischenzeitlich beinahe daran gescheitert wäre, dass sie verschiedene Ansichten bezüglich des Anteils hatten, den Emma bekommen sollte. Ned hielt sich für großzügig, als er ihr ein Drittel anbot, doch sie verlangte die Hälfte. Am Ende verständigten sie sich auf vierzig Prozent, und Ned fügte hinzu: »Bei unserem nächsten Überfall machen wir dann halbe-halbe.« Er hatte es scherzhaft gemeint, aber Emma nickte zustimmend. Schlussendlich war Ned sich nicht sicher, ob er wirklich Ernst machen würde, und Emma ebenfalls nicht, und vielleicht hätten sie die Sache abgeblasen, wenn Addie nicht so dagegen gewesen wäre. Ihr Protest bestärkte Ned in seinem Entschluss, und Emma schien es ebenso zu gehen. Frauen waren ihm ein Rätsel. Er hatte angenommen, Addie und Emma dächten gleich. Stattdessen wollten sie ihn in verschiedene Richtungen lenken.

»Ich werde keine Gnade kennen, wenn etwas passiert«, hatte Addie zum Abschluss gedroht. Ned wollte gerade erwidern, dass er schon dafür sorgen würde, dass seiner Partnerin nichts geschieht, als er begriff, dass Addies Worte nicht an ihn gerichtet waren, sondern an Emma.

Je höher die Sonne stieg, umso wärmer wurde es. Emma legte die Decke ab, kurz darauf das Tuch und zu guter Letzt auch ihr Schneiderjackett. In der Mittagshitze öffnete sie den obersten Knopf ihrer Bluse, krempelte die Ärmel hoch und tauschte ihren schwarzen Haubenhut gegen einen breitkrempigen weißen Sonnenhaubenhut. »Sehe ich jetzt wie eine Bäuerin aus?«, fragte sie. Am Abend zuvor hatte sie sich bei Addie ein Kleid leihen wollen, das zu ihrer Rolle passte, doch Addie hatte ihr von oben herab geantwortet, dass die Frauen in der Chili Queen so etwas nicht besäßen. Ned sagte, es spiele keine Rolle, wenn sie gut angezogen sei, denn die Farmersfrauen aus New Mexico legten ihren Sonntagsstaat an, wenn sie in die Stadt führen. Außerdem hatte er bei Emma noch nie ein Kleid gesehen, das auffallend gewesen wäre. Allerdings hütete er sich, das auszusprechen. Die unter dem Kinn gebundene Sonnenhaube mit der gerüschten Nackenschleppe war jedoch genau das Richtige. Nur eine Farmersfrau brachte es fertig, einen solchen Arbeitshut zu einem Komplet zu tragen. Hinzu kam, dass dieser Haubenhut Emmas Gesicht beschattete. Allerdings wäre auch das niemandem aufgefallen.

Ned störte die Sonne nicht. Er genoss es, auf die Prärie hinauszuschauen, wo Wolken dunkle Flecken auf die goldbraune Vegetation malten. Die Great Plains gefielen ihm im Frühling am besten, wenn die Wildblumen blühten und wie buntes Glas zwischen dem hellen Grund der jungen Grashalme leuchteten. Aber der Spätsommer war auch schön, wenn Inseln aus braunroten Astern auf dem zu Weizenfarbe gebleichten Meer aus vertrocknetem Gras schwammen. Ned deutete auf eine davon, und Emma lächelte.

»Ich glaube, ich habe noch nie eine Blume gesehen, die mir nicht gefiel«, sagte sie und runzelte dann die Stirn, als sei ihr etwas eingefallen.

»Sieht so aus, als gebe es da doch eine«, meinte Ned.

»Ja«, nickte Emma. »Lilien. Sie erinnern mich immer an die Toten.« Es schauderte sie, und Ned hob fragend die Brauen, doch sie ging nicht darauf ein, und er ließ es dabei bewenden. Vielleicht dachte Emma an ihren Vater – oder an ihre Mutter. Emma hatte sie noch nie erwähnt. Vielleicht war da aber auch etwas ganz tief drinnen in ihr, ein dunkles Geheimnis, das sie des Nachts ängstigte. Bei Addie war Ned sicher, dass es Dinge gab, die sie ihm nicht erzählt hatte. Er wusste, dass ihr Leben viele Schattenseiten gehabt hatte. Dass das Schicksal mit Emma besonders unsanft umgesprungen war, bezweifelte er.

Ned für seinen Teil war mit sich im Reinen. Das Einzige, was er bedauerte, war das Ende seiner Beziehung zu seinen Schwestern, zu Alice und Lizzie, der älteren. Wenn er jemals sesshaft werden wollte, würde er ihnen vielleicht schreiben, wo er zu finden war. Er wusste nicht einmal, ob sie den Krieg überlebt hatten, und der lag mehr als zwanzig Jahre zurück. Alices Mann war als Freiwilliger zur Union gegangen. Ned fragte sich, ob er den

Krieg wohl überstanden hatte. Lizzies Mann war für seinen Geschmack zu sehr von sich überzeugt gewesen, und um ihn machte Ned sich keine Gedanken. Er hatte auch noch andere Schwestern und auch Brüder, und er hätte gerne gewusst, ob seine Eltern noch lebten. Wenn er an seine Familie zurückdachte, spielte er manchmal mit dem Gedanken, nach Ft. Madison zurückzukehren und in Erfahrung zu bringen, ob sie noch alle dort wären. Er müsste sie ja nicht sehen, könnte unter falschem Namen in einem Hotel absteigen und sich nach den Keelers erkundigen. Doch dann verwarf er den Plan wieder. Er war von zu Hause weggegangen, und er bereute es nicht. Es gab überhaupt nicht viel, was er wirklich bereute. Er hatte ein paar Männer getötet – drei, um genau zu sein –, und das tat ihm Leid, aber es war nicht zu vermeiden gewesen, und so machte er sich nicht lange Gedanken darüber. Die Welt war ohne sie wesentlich friedlicher.

Eines stand fest: Wenn er zu Hause geblieben wäre, hätte er Addie nicht kennen gelernt. Ned hatte viele Frauen gekannt, aber er hatte keine so geliebt wie sie. Er mochte keine besitzergreifenden Frauen, und Addie hatte ihm auf den ersten Blick gefallen. Wie er, liebte auch sie ihre Freiheit. Sie hatte ihm unmissverständlich klar gemacht, dass die Chili Queen allein ihre Sache sei und sie keine Einmischung von ihm dulden würde. Und sie hatte ihm gesagt, wenn er eine Ehefrau suche, solle er am besten gleich weiterziehen, denn dann vergeude er bei ihr nur seine Zeit. Wollte er sesshaft werden? Nein – damals hatte er es nicht gewollt, aber seit kurzem ging ihm der Gedanke hin und wieder durch den Kopf. Wahrscheinlich lag es an der Ranch in Colorado, dass er plötzlich an die Gründung einer Familie dachte. Ab und zu tauchten vor seinem geistigen Auge Bilder auf, von einem Haus, einem Baby in einer Wiege, von einer Frau, die abends, über ihre Handarbeit gebeugt, in einem Schaukelstuhl saß. Addie konnte er sich in diesem Schaukelstuhl nicht vorstellen. Und neuerdings gefiel ihm auch einiges an ihr nicht mehr. Addie war kratzbürstig geworden. Trotzdem widerstrebte es ihm, sich von ihr zu trennen. Ned traf nicht gerne Entscheidungen.

Nach einer Weile holte Emma ihre Handarbeit heraus. Es war seltsam heimelig, neben ihr zu sitzen, während sie nähte. Es erinnerte Ned daran, wie seine Schwestern nachmittags an Quilts arbeiteten, nachdem sie ihre Pflichten erledigt hatten. Manchmal hatte er sich zu ihnen gesetzt und mit ihnen gelacht und gescherzt, während er ein Zaumzeug flickte oder einen Holzzapfen zurechtschnitzte, den sein Vater für ein landwirtschaftliches Gerät brauchte. Ned hatte geschickte Hände. Es war immer viel zu tun gewesen auf dem Hof, und Ned hatte die Arbeit nicht gescheut. Aber sein Vater hatte ihn zu hart rangenommen. Er kam sich immer vor wie ein Pferd, das bis zur Erschöpfung angetrieben und danach nicht einmal abgerieben wurde.

Ned fragte sich, wann er faul geworden war. Vielleicht lag es an Addie. Sie hatte ihn nie etwas in der Chili Queen tun lassen, und irgendwann hörte er auf, ihr seine Hilfe anzubieten. Wann immer er sich erbot, ein loses Brett anzunageln oder die Aufhängung einer Tür zu reparieren, die nicht mehr schloss, sagte Addie, er solle sich keine Mühe machen, und so gab er es eines Tages dran. Aber manchmal vermisste er das Vergnügen, das es ihm bereitete, handwerklich zu arbeiten, etwas zu richten oder etwas Neues zu schaffen. Dann dachte er, es wäre schön, etwas für eine Frau zu tun, eine Frau zu haben, die ihn brauchte.

»Meine Schwestern haben auch genäht«, sagte er mit einem Seitenblick zu der angefangenen Decke auf Emmas Schoß.

»Das tun die meisten Frauen«, erwiderte Emma.

»Sie waren richtig gut. Ich hatte in der Schule Schwierigkeiten mit Geometrie, und so erklärte meine Schwester Lizzie sie mir anhand ihrer Quiltteile. Das sind ja alles Quadrate und Dreiecke.«

Emma hob den Kopf und schaute ihn erstaunt an. »Sie sind der erste Mann, dem das aufgefallen ist«, sagte sie. »Ich meine, von den Männern, die ich kenne.«

Die Sonne schien ihr ins Gesicht, und Ned bemerkte zum ersten Mal die Falten um ihre Augen. Auch in den Mundwinkeln hatte sie Falten. Ned schoss die Überlegung durch den Kopf, ob sie wohl schon zu alt wäre, um Kinder zu bekommen. Und dann fragte er sich, wie er darauf gekommen war, diese Überlegung anzustellen.

»Meine Leute sagten immer, faule Menschen seien Spielzeuge des Teufels«, erzählte er.

»Ich bin zwar kein fauler Mensch, aber ich glaube, der Teufel treibt trotzdem sein Spiel mit mir«, erwiderte sie.

Für ihre Mittagsrast fanden sie einen lauschigen Platz an einem Bach. Ein halbes Dutzend riesige Pappeln ragten an einem Ufer in den Himmel. Es waren die einzigen Bäume weit und breit. Die Prärie erstreckte sich, mit

Farbflecken gesprenkelt, sonnenverbrannt bis zum Horizont, wo eine Herde Pronghornantilopen auf schlanken Beinen dahinflog.

»Sie bewegen sich so graziös, dass man denken könnte, sie schweben«, sagte Emma. Ned hatte gerade das Gleiche gedacht, und er freute sich, dass Emma die Prärie ebenfalls schön fand. Er spannte die Pferde aus, führte sie an das Rinnsal in der Mitte des Bachbettes. Legte ihnen, nachdem sie getrunken hatten, Fußfesseln an und ließ sie grasen. Emma holte den Proviantkorb aus dem Wagen, breitete eine Serviette auf dem Boden aus und legte einen Laib Brot, ein Stück Hartkäse und kleine Essiggurken darauf. »Welcome wollte wohl, dass wir uns schon beizeiten auf unsere Rolle als arme Farmer einstimmen«, meinte sie sarkastisch.

»Die Frau nimmt sich entschieden zu viel raus«, sagte Ned verärgert über die magere Mahlzeit. »Wenn sie nicht so fleißig wäre, hätte Addie sie längst vor die Tür gesetzt, so aufsässig, wie sie ist.« Er zog sein Messer heraus und schnitt das Brot in Scheiben. Dann hackte er Stücke von dem Käse ab. »Heute Abend im Hotel werden wir uns ein ordentliches Essen gönnen.«

»Es macht mir nicht aus, im Wagen zu schlafen. Würde es nicht auffallen, wenn wir Geld für ein Hotel ausgäben?«

»Oh, es ist kein besonders vornehmes, wenn es auch einen hübschen Speisesaal hat. Außerdem gehört das Hotel zu meinem Plan. Seine Hintertür geht auf die Bank hinaus. Die beiden Gebäude sind nicht mehr als ein Dutzend Schritte voneinander entfernt. Die Bank ist so leicht auszurauben – es überrascht mich, dass es bis jetzt noch niemand getan hat. Wir gehen die Treppe hinunter, zur Tür hinaus, in die Bank hinein und wieder ins Hotel zurück. Wie Addie sagte – es ist ein Kinderspiel.«

»Seien Sie da nicht zu sicher«, warnte Emma, ihre Stimme war plötzlich so hart, dass Ned erstaunt zu ihr aufschaute. Emma brach ein Stück von ihrer Scheibe Brot ab und schob es in den Mund. Nach einer Weile meinte sie: »Wenn man sich seiner Sache zu sicher ist, kommt irgendetwas daher, mit dem man nicht gerechnet hat«, sie schien mehr mit sich selbst zu sprechen als mit Ned. Als sie ihre Beine ausstreckte, verzog sie das Gesicht. »Ich bin ganz eingerostet vom langen Sitzen. Am besten wandere ich ein wenig herum, bis wir weiterfahren.«

»Tun Sie das«, nickte Ned. »Die Pferde müssen sich ausruhen, und ich werde ein Schläfchen machen. Schauen Sie auf Ihre Uhr, wenn ich in einer Stunde noch nicht wach bin, rütteln Sie mich.« Er ließ sich zurücksinken, legte seinen Hut auf sein Gesicht und war im nächsten Augenblick eingeschlafen.

Als Emma ihn weckte, hatte sie bereits die Reste ihres kärglichen Mahles weggepackt und die Pferde angeschirrt.

Jasper war eine respektablere Stadt als Nalgitas. Es gab weniger Saloons, dafür zwei Kirchen, deren Türme die Hütten und schindelgedeckten Häuser überragten. Im Zwielicht wirkte Jasper ausgesprochen heimelig – und es war sichtlich wohlhabender als Nalgitas. Das Bahnhofsgebäude war doppelt so groß wie das dortige und so neu, dass noch der Anstrich fehlte. Das »Jasper«-Schild lehnte an der den Gleisen zugewandten Front. Wohlstand bedeutete, dass mehr Kunden in der Bank sein würden, als Ned einkalkuliert hatte – und auch, dass der Safe größer wäre. Aber es bedeutete ebenfalls, dass mehr Geld zu holen wäre. Dieser Gesichtspunkt gefiel Ned. Er griff nach Emmas Hand. Sie war nicht knochig, wie er gedacht hatte, sondern weich wie Addies. Addie verdiente ihren Lebensunterhalt zwar nicht mehr mit Kartentricks, doch sie hielt ihre Hände nach wie vor geschmeidig.

Wie Nalgitas war auch Jasper mitten in die Prärie gesetzt worden. Die Hauptstraße, ein halbes Dutzend Häuserblocks lang, war von Ziegelbauten und einigen wenigen Steingebäuden gesäumt. Markisen beschatteten die Eingänge der Geschäfte, und entlang der Straßen hatte man Bäume gepflanzt, was dem Stadtbild etwas Vornehmes verlieh. Ned machte Emma auf das Union Hotel aufmerksam, als sie an dem einstöckigen Ziegelbau mit der Flügeltür vorbeifuhren, und erklärte ihr, dass sie Pferd und Wagen beim Mietstall lassen und dann zu Fuß zum Hotel gehen würden. Der Zug war gerade eingefahren, und es könnte nicht schaden, wenn der Hotelportier annahm, dass sie damit in die Stadt gekommen waren. Wenn irgendjemand nachfragte – der Sheriff Verdacht schöpfen und nachforschen sollte, zum Beispiel –, würde er die Wahrheit natürlich leicht herausfinden. Es würde aber ein paar Minuten dauern, und manchmal waren diese die einzigen Minuten, die darüber entschieden, ob ein Bankraub erfolgreich verlief oder man erwischt würde. All diese Gedanken wirkten auf Emma überzeugend.

Sie stellten den Wagen neben dem Stall ab, und Ned vereinbarte die Versorgung der Pferde. Dann griff er sich ihre Reisetaschen und machte sich mit Emma, die ebenso unscheinbar aussah wie die Bauern und Ladenbesitzer, an denen sie vorbeikamen, auf den Weg zum Hotel. Niemand nahm Notiz von ihr, und Ned in seinen abgetragenen Hosen, sein Hemd nach der Tagesreise in der Sonne schweißfleckig, passte perfekt dazu. Aufwändige Verkleidungen schätzte er nicht. Ein Dreitagebart, ein wenig Schmutz im Gesicht und ein wenig Fett in den Haaren genügten, um aus dem gut aussehenden jungen Mann einen Satteltramp zu machen. Es fiel den Leuten schwer, ihn zu beschreiben. Sogar Addie hatte Schwierigkeiten, ihn auf einem Fahndungsplakat zu erkennen.

»Wir brauchen ein Zimmer«, erklärte Ned dem Portier, wobei er den Blick auf das Meldebuch auf dem Tresen gesenkt hielt. Neds Augen waren das Einzige, was er nicht ändern konnte, und er wollte den Mann nicht sehen lassen, dass sie grün waren.

»Zwei Zimmer, Bruder«, korrigierte Emma.

»Was?« Ned starrte sie verständnislos an. Der Portier grinste. Emma zischte so leise, dass nur die beiden Männer es hören konnten: »Wir sind zivilisierte Menschen, und ich will ein eigenes Zimmer. Es ist wirklich peinlich, wie geizig du bist. Wenn ich schon von so weit herkomme, um dir den Haushalt zu führen, bestehe ich darauf, dass du die Regeln des Anstands wahrst. Zwei Zimmer, Sir. Sind zwei Zimmer frei?« Emma schaute den Portier missbilligend an. »Habe ich etwas Belustigendes gesagt?«

Das Grinsen erlosch, und der Mann erwiderte hastig:

»Aber nein, Ma'am. Ganz und gar nicht. Natürlich haben wir zwei Zimmer für Sie. Möchten Sie nebeneinander liegende?«

»Ich möchte eines im ersten Stock und nach hinten hinaus, wo ich nicht durch den Straßenlärm gestört werde. Mein Bruder kann für sich selbst sprechen.«

»Mich können Sie ihr gegenüber unterbringen«, sagte Ned. Er fand Emmas Darbietung so köstlich, das er am liebsten laut gelacht hätte. Stattdessen rieb er sich die Augen und schaute dann zur Seite, als sei er verlegen.

»Tragen Sie sich bitte ein«, forderte der Portier ihn auf und schob ihm das Meldebuch hin.

Sie hatten vergessen zu besprechen, welchen Namen sie benutzen wollten. Ned griff nach dem Buch und sprach den Namen aus, während er ihn hinschrieb: »William Smith.«

Der Portier wandte sich an Emma: »Und wie ist Ihr Name?«

»*Miss* Smith«, antwortete sie in so abweisendem Ton, dass der Mann nicht wagte, sie nach ihrem Vornamen zu fragen. Er reichte Ned zwei Schlüssel über den Tresen. Ned nahm die Taschen und stieg Emma voran die Treppe hinauf. Die Zimmer lagen am Ende eines langen Flurs, zu beiden Seiten der Hintertreppe. Ned schloss die Türen auf und überließ Emma die Wahl ihres Zimmers. Er trug ihre Tasche hinein, stellte sie ab und grinste Emma an. »Großer Gott, was war das für eine Vorstellung! Ich hätte es nicht besser gekonnt! Sie sind die geborene Schauspielerin.«

Emma errötete. »Es fiel mir einfach so ein.«

»Für dieses Bravourstück spendiere ich Ihnen das beste

Abendessen, das in Jasper zu bekommen ist. Ich bringe nur schnell meine Sachen in mein Zimmer, dann kann's losgehen.«

»Halt, halt – nicht so schnell. Ich muss mich erst noch waschen und ein frisches Kleid anziehen. Holen Sie mich in einer Stunde ab.«

Eine Stunde war eine lange Zeit und Neds Kehle wie ausgedörrt. Also ging er irgendwann hinunter in den Saloon, der an die Hotelhalle grenzte. Von den vier Tischen war nur einer besetzt, und lediglich ein einzelner Mann stand an dem einen Ende der Theke. Er sah wie viele der alten Schnorrer aus, die ihre Bäuche an die Bar drückten und darüber schwadronierten, wie viel Geld sie am Abend zuvor hätten springen lassen, ohne einen Stich zu machen, und jammerten, dass sie jetzt völlig abgebrannt seien, aber der Barkeeper schien nicht geneigt, ihm einen Drink umsonst zu geben. Ned für seinen Teil war nicht in der Stimmung für eine Unterhaltung mit einem Mann, der offenbar beschlossen hatte, sich zu betrinken, und dieses Ziel dann mit Neds Geld würde zu erreichen versuchen, und so stellte er sich ans andere Ende der Theke und bestellte einen Whiskey, einen Rye. Er wollte gerade den ersten Zug aus seinem Glas tun, als der Portier neben ihn trat und ebenfalls einen Whiskey orderte. »Wollen Sie sich in Jasper niederlassen, Mr Smith?«

Ned zuckte mit den Schultern. »In der Umgebung.«

»Ihre Schwester scheint davon nicht besonders angetan zu sein.«

Ned schaute auf sein Glas hinunter. »Meine Schwester

ist von kaum etwas angetan«, übernahm er die vorsichtige Ausdrucksweise des Mannes.

»Tut mir Leid, das zu hören«, sagte der Mann, doch seine Stimme klang nicht im Mindesten bedauernd.

»Ich will damit aber nicht sagen, dass sie keine brave Frau wäre. Das ist sie. Ja, Sir, das ist sie wirklich. Es ist nur schwierig, es ihr recht zu machen. Sie glaubt, von den meisten Dingen mehr zu verstehen als ich.« Ned stieß einen Seufzer aus. Auch er war ein schauspielerisches Naturtalent. Trotzdem auf der Hut, fragte er sich, warum der Portier sich so leutselig gab.

»Sie sind Farmer, stimmt's?«

Ned nickte.

»Woher stammen Sie?« Ned wurde ärgerlich. Weder in New Mexico noch in den anderen Staaten, die er kennen gelernt hatte, zeugte es von guten Manieren, einen Fremden derart auszufragen. »Aus einer Gegend, wo man nicht so viele Fragen stellt.« Er sagte es ganz ruhig, doch der Portier verstand die Rüge.

Er räusperte sich ein paarmal verlegen und meinte dann: »Ich glaube, es steht uns ein langer Winter bevor.«

»Kann sein.« Ned trank seinen Whiskey aus, erwog, einen zweiten zu bestellen, entschied sich jedoch dagegen.

»Ich hätte da einen Vorschlag, wie Sie sich die Winterabende vertreiben könnten.«

Ned entspannte sich. Der Mann war ein Aufreißer für ein Bordell.

»Nämlich?«, spielte er den Ahnungslosen.

»Nun ja«, der Portier lachte schleimig, »ein junger, kräftiger Mann wie Sie möchte bestimmt ab und zu mal Dampf ablassen, wenn Sie verstehen, was ich meine.«

Ned schaute auf sein leeres Glas hinunter und antwortete nicht.

»Ich wollte Ihnen nicht zu nahe treten«, entschuldigte sich der Mann.

»Worauf wollten Sie denn hinaus?«, fragte Ned.

Der Portier hatte sich bereits zum Gehen gewandt. Jetzt drehte er sich wieder um und versuchte, Neds Blick einzufangen, doch der wich aus. »Wir haben hier ein wirklich hübsches Etablissement namens Elsie Mae's, Sie finden es in der Maiden Lane, gleich hinter dem Bahnhof. Sie können es nicht verfehlen. Auf dem vorderen Fenster steht in goldenen Buchstaben ›Elsie Mae's‹. Es ist vornehm. Gepflegt.« Der Portier nickte ein paarmal, um seine Worte zu unterstreichen, und fügte dann hinzu: »Erstklassig. Sagen Sie, Lemuel habe Sie geschickt, wenn Sie hingehen. Es ist zwar noch nicht Winter, aber ich denke, es wird Ihnen dort auch zu dieser Jahreszeit gefallen.«

»Gibt es nur ein Bordell in dieser Stadt, Lemuel?«, fragte Ned und zwinkerte dem Mann in dem Spiegel zu, der hinter der Bar an der Wand hing. Es war so schummrig in dem Raum, dass der Portier die Farbe von Neds Augen nicht einmal hätte erkennen können, wenn sie leuchtend rot gewesen wären.

»Gibt es in der Stadt, aus der Sie stammen, nur ein Bordell?«, schoss der Portier zurück.

Ned antwortete nicht.

»Es gibt noch die French Brewery, aber um die sollten Sie einen Bogen machen. Die Mädchen dort sind von der derben Sorte. Aber vielleicht mögen Sie das ja gerade ...«

»Sie machen jedenfalls hier wie da Ihren Schnitt, stimmt's?«

Lemuel zuckte mit den Schultern.

Ned wollte ihn nicht gegen sich aufbringen und sich ihm auch nicht einprägen, was durch einen unvorteilhaften Eindruck leicht geschehen könnte, und so sagte er freundlich: »Falls ich eines der Häuser aufsuchen sollte, werde ich auf jeden Fall erwähnen, dass Sie es mir empfohlen haben.«

Die Flügeltür des Hotels sprang auf, und ein Mann mit einem Stern an seiner Weste kam durch die Halle in den Saloon. »Lemuel«, begrüßte er den Portier, schaute dabei aber Ned an. Die beiden Männer an ihrem Tisch standen auf und gingen. Der Mann am andern Ende des Tresens starrte scheinbar gedankenverloren in sein Glas, doch Ned war sicher, dass er sich kein Wort entgehen ließ.

»Sheriff«, erwiderte der Portier den Gruß.

»Sheriff Tate«, stellte dieser sich Ned vor. Er war klein und so fett, dass Ned sich fragte, wie seine Beine ihn zu tragen vermochten. Die Augen in dem roten Gesicht standen so dicht beieinander, dass sie sich berührt hätten, wenn die Nase nicht dazwischen gewesen wäre.

»Sheriff«, sagte Ned.

»Das ist Mr Smith«, erklärte Lemuel.

Der Sheriff musterte Ned mit zusammengekniffenen Augen, als versuchte er, ihn einzuordnen. »Smith, soso«, sagte er ironisch. »Ein ausgefallener Name. Waren Sie schon mal in Jasper?«

»Er ist neu hier«, nahm der Portier Ned die Antwort ab.

»Sie kommen mir bekannt vor.«

»Ich habe ein Allerweltsgesicht«, erwiderte Ned. »Damit kommt man allen möglichen Leuten bekannt vor.«

»Jaaa«, dehnte der Sheriff, ohne den Blick von ihm zu wenden.

»Was führt Sie nach Jasper, Mr Smith?« Der Barmann goss Whiskey in ein Glas und stellte es dem Sheriff hin.

Wieder übernahm Lemuel die Antwort. »Er ist Farmer. Hat seine Schwester dabei. Die geht wie ein Huhn im hohen Gras«, spöttelte er.

»He«, protestierte Ned, allerdings nur leise und halbherzig, denn er war froh, dass der Sheriff durch die Bemerkung wenigstens vorübergehend von ihm abgelenkt wurde. Die beiden Männer wechselten noch ein paar Sätze, während deren sich die Hoteltür erneut öffnete, ein Mann eintrat und, neugierig um sich blickend, auf die Rezeption zuging. Der Portier leerte sein Glas und eilte hinüber.

Ned hätte sich auch gerne verabschiedet, doch er wollte dem Sheriff nicht den Eindruck vermitteln, dass er es eilig hatte, wegzukommen. Also bedeutete er dem Barmann, ihm nachzuschenken, und spielte mit dem Gedanken, dem Sheriff einen Drink zu spendieren. Doch dann fiel ihm ein, dass er damit vielleicht das Misstrauen des Mannes wecken würde. Bauern machten so etwas nicht. »Auf Ihr Wohl«, prostete er ihm zu.

»Auf das Ihre«, erwiderte der Sheriff, hob sein Glas jedoch nicht.

Ned überlegte, was ein Farmer fragen würde.

»Gibt es einen Arzt in der Stadt?«, erkundigte er sich. »Meine Schwester hat Beschwerden. Frauliche, wenn Sie verstehen …«

Das rote Gesicht des Sheriffs wurde noch röter. »Ja, wir haben einen – aber zu dem würde ich sie nicht schicken, wenn Ihnen ihr Leben lieb ist. Ich zum Beispiel habe Hämorrhoiden, aber jedes Mittel, das er mir verordnet, macht die Sache noch schlimmer. Reiten ist die Hölle, und manchmal kann ich nicht mal auf einem Stuhl sitzen.« Er ließ sich über seine Symptome aus, und Ned brummte hin und wieder mitfühlend. »Im Moment ist es wieder besonders übel«, schloss der Sheriff seine Leidensgeschichte ab, »tut mir Leid.«

»Na ja – dann wird sie sich wohl oder übel selbst helfen müssen«, sagte Ned. Dann deutete er mit dem Daumen in Richtung Rezeption. »Er hat mir von Elsie Mae's erzählt.«

»Das war zu erwarten. Der Laden ist in Ordnung. Von der French Brewery dagegen würde ich Ihnen abraten – aber das hat er sicherlich auch schon getan.«

»Ja, Sir – das hat er.«

Draußen auf der Straße entstand ein Tumult, und der Sheriff schaute zur Tür und schnitt eine Grimasse. »Es ist kein schlechter Job – solange ich es nicht mit Outlaws zu tun kriege oder auf ein Pferd steigen muss.« Er seufzte und musterte Ned erneut mit zusammengekniffenen Augen, als versuchte er, ihn einzuordnen, zuckte schließlich mit den Schultern und setzte sich steifbeinig in Bewegung und rief über seine Schulter ein »Viel Glück, Mr Smith«.

Ned hatte seinen zweiten Whiskey nur zur Hälfte getrunken. Er hob das Glas an die Lippen, kam zu dem Schluss, dass er den Drink nicht mehr wollte, stellte es wieder hin und legte eine Hand voll Münzen auf den Tresen. Dann überlegte er es sich anders – ein Bauer würde nicht so großzügig sein. Also zählte er die Münzen und nahm zwei weg. Dann ging er nach oben und klopfte an Emmas Tür. Sie kam sofort heraus in den dunklen Korridor und folgte Ned die Treppe hinunter.

Der Speisesaal war eleganter als das übrige Hotel. Ein Kristalllüster mit Kerzen hing in der Mitte des großen Raumes, dessen dunkelgrün gestrichene Wände unterhalb der Decke eine umlaufende, gemalte Goldbordüre zierte. Der Holzfußboden, Eschen- und Walnussholzdielen abwechselnd verlegt, und die auf den ganz in Weiß – Leinen bis auf den Boden und zartes Porzellan – eingedeckten Tischen anstatt der üblichen Kerosinlampen stehenden Kerzenleuchter vervollkommneten die elegante Atmosphäre des Raumes. Ned ging Emma voran zu dem entlegensten Tisch und wollte sich gerade hinsetzen, als er sich der Manieren erinnerte, die ihm vor langer Zeit beigebracht worden waren, und so rückte er einen der zierlichen Korbstühle für sie zurecht. Sie ließ sich graziös darauf nieder, und Ned schaute sich kurz um, um zu prüfen, ob er unter den Gesichtern ein bekanntes entdeckte. Das war nicht der Fall. Zu der vorgerückten Stunde waren nur noch vier Tische besetzt, und Emma war die einzige Frau im Speisesaal.

Ned war eben im Begriff, seinerseits Platz zu nehmen, als Emma den sie mantelartig bedeckenden Schal abnahm und ihn auf den freien Stuhl neben sich legte. Ned erstarrte inmitten seiner Bewegung. Emma trug ein schwarzes ärmelloses Seidenkleid mit Taille und tiefem Dekolleté, das Ned einen atemberaubenden Blick auf ihren vom Korsett nach oben gedrängten Busen gewährte. Der zweireihige Rüschenbesatz am Ausschnitt verbarg nichts, sondern erregte im Gegenteil die Aufmerksamkeit. In der Mitte der oberen Besatzrüsche saß eine Brosche, ein gemalter Frauenkopf. Das kleine Porträt saß gerade so hoch, dass es einen halben Zentimeter des Tales zwischen ihren Brüsten zu verdecken vermochte, die glatt und fest waren, nicht voller Dellen wie Addies. Der Schimmer ihrer Haut erinnerte Ned an das Quecksilber, das die Chemiker in What Cheer benutzt hatten, um Gold von Erz zu trennen. Emma räusperte sich, und Ned hob, verlegen, weil ertappt, den Blick. Er glaubte, in Emmas Augen Belustigung zu lesen. Ein Kribbeln überlief ihn, als er Emmas Gesicht und ihre Frisur betrachtete. Sie trug ihr Haar nicht zum Zopf geflochten und auch nicht zum Knoten geschlungen, sondern kunstvoll in Locken und Löckchen hochgesteckt, die im Kerzenschein glänzten. Die Frisur, in der das Grau einen reizvollen Kontrast darstellte, betonte Emmas hohe Backenknochen und ließ ihre Augen größer erscheinen. Sie war nicht auf die sinnliche, üppige Art schön wie Addie, als er ihr zum ersten Mal begegnete. Nein – Emma war edel, dachte Ned. Sein Blick glitt von ihrem Gesicht abwärts. Ihr Körper war schlank und zartgliedrig. Emma war ein Rennpferd, Addie ein Ackergaul. Ned suchte nach einer passenden Beschreibung für sie, und dann fiel ihm ein, was der Portier über Elsie Mae's gesagt hatte. Emma war vornehm. Und gepflegt war sie auch.

Ned beugte sich vor und griff nach Emmas Hand: »Sie sehen heute Abend überhaupt nicht aus wie eine … eine …«, er stockte, »…alte Jungfer«, was ihm auf der Zunge lag, durfte er nicht sagen, denn ein Kompliment, das eine Beleidigung enthielt, hätte ihr wohl kaum gefallen. Zum ersten Mal in seinem Leben war Ned einer Frau gegenüber um Worte verlegen, und so beendete er den Satz lahm mit: »… eine Farmersfrau aus Kansas.« Das klang auch nicht besonders, aber immerhin besser.

Wenn Emma erraten hatte, was ihm beinahe herausgerutscht wäre, so ließ sie es sich nicht anmerken. Sie strahlte ihn an und neigte leicht den Kopf, als dankte sie ihm für eine galante Schmeichelei.

Ned zermarterte sich den Kopf, was er als Nächstes sagen könnte. In den vergangenen zwanzig Jahren hatte er so gut wie keine Frau gekannt, die keine Prostituierte war, und in seiner Not überlegte er, was er zu seinen Schwestern sagen würde, aber das half ihm auch nicht weiter, denn was er im Augenblick für Emma empfand, hatte nichts Brüderliches. Und so schenkte er ihr das träge Lächeln, bei dem Addie stets dahinschmolz, und sagte das Einzige, was ihm einfiel: »Die Bratensauce ist erstklassig hier.«

»Wie bitte?«, fragte Emma verdutzt.

»Sie machen sie mit Sahne – das ist das Geheimnis.«

»Mit Sahne«, wiederholte Emma und strahlte Ned ebenso beeindruckt an wie nach seinem verunglückten Kompliment.

»Sie kommen von einer Farm, und da ist das für Sie wahrscheinlich nichts Besonderes«, fuhr er fort. »Aber in New Mexico gibt es nicht viele Milchkühe, und Sahne ist etwas Seltenes.«

»Sahne«, sagte Emma mit ernstem Gesicht.

»Wollen Sie deshalb die Ranch in Colorado kaufen – damit Sie Sahne haben können, wenn Ihnen danach ist?«

Ned lachte. »O nein – dort wird Schlachtvieh gezüchtet. Eines dieser Rinder melken zu wollen wäre so gefährlich wie der Versuch, mit einer Klapperschlange Freundschaft zu schließen.« Ned wurde plötzlich bewusst, dass er noch nie in seinem Leben einen solchen Unsinn geredet hatte wie in diesem Moment. Seit er Emma kennen gelernt hatte, war er sich ihr stets überlegen vorgekommen, hatte sich welterfahren gefühlt, als er sich mit seinen Erfahrungen als Bankräuber brüstete. Doch auf einmal wirkte sie welterfahren, selbstsicher, ja sogar ein wenig rätselhaft. So, wie sie ihm jetzt gegenübersaß, hätte man wirklich keine Farmersfrau aus Kansas in ihr vermutet, und Ned war überzeugt, dass das auch nur die halbe Wahrheit war. Ihre Erziehung hatte sie irgendwo anders genossen. Vielleicht war sie sogar auf einer Schule an der Ostküste gewesen. Emma schaute ihn mit einem Ausdruck an, als genieße sie sein Unbehagen. Sie fuhr sich mit der Zungenspitze über die Lippen und beugte sich vor. »Gibt es hier auch noch etwas anderes als Bratensauce?«

Ned lachte leise. Ein Grund dafür, dass die Leute ihn sympathisch fanden, war seine Fähigkeit, sich über sich selbst amüsieren zu können. »Bratensauce müsste Ihnen doch genügen«, meinte er. »So, wie ich das sehe, ist in dem Kleid gar kein Platz für viel mehr. Meine Güte, Sie sehen so hübsch und fein aus.« Ned fühlte sich wie eine Fliege, die um einen Krug Melasse herumsummte.

Aber sein Selbstvertrauen wuchs wieder, als er sah, dass seine Bemerkung Emma beunruhigte. »Ist das Kleid zu gewagt?«, fragte sie ängstlich. »Ich hatte darin heiraten wollen und dachte, es wäre Verschwendung, es wegzuwerfen.« Sie griff nach ihrem Schal, doch Ned schüttelte den Kopf, und so ließ sie ihn auf dem Stuhl liegen und lachte ihrerseits. »Genau genommen hat Mr Withers mir einen Gefallen damit getan, dass er mich verschmähte. Wenn ich seine Frau geworden wäre, würde ich jetzt für ihn am Herd stehen und nicht in einem vornehmen Hotel speisen.« Sie hielt inne und sagte dann: »Die Frau ist meine Mutter.«

Ned hob den Blick. Er war wieder auf Emmas Busen geheftet gewesen, aber sie glaubte gottlob offenbar, dass er die Brosche betrachtet hatte. Das Erscheinen des Obers zwang ihn, sich am Riemen zu reißen. Es gelang ihm sogar, sich so weit zu sammeln, dass er bei der Aufgabe der Bestellung Emma ganz selbstverständlich als seine Schwester bezeichnete.

Nachdem der Kellner gegangen war, rückte Emma ihr Besteck zurecht. Dann stellte sie Salzstreuer und Zuckerschälchen nebeneinander. »Sie haben das Hotel gut gewählt«, lobte sie. »Bevor Sie mich abholten, nutzte ich die Zeit, um mich ein wenig umzusehen. Wie es scheint, wohnen wir als Einzige im ersten Stock. Da die Züge aus Osten und Westen bereits vor längerer Zeit durch sind, ist nicht zu erwarten, dass noch mehr Leute hier absteigen. Ein Gast, der ein Zimmer im Parterre hat, könnte natürlich die Hintertür benützen, aber sie befindet sich hinter einem Vorsprung, sodass man sie erst sieht, wenn man sie erreicht. Ich denke, wir können unbemerkt kommen und gehen.«

Ned legte grinsend den Kopf schief. »Sie hören sich an, als wären Sie schon seit einer Ewigkeit in diesem Geschäft.«

»Ich habe zugesagt, mit Ihnen gemeinsame Sache zu machen, und halte es für meine Pflicht, mich so umfassend wie möglich über die Dinge zu informieren, die für unsere Unternehmung von Bedeutung sind«, erwiderte Emma brüsk. »Sie haben mich doch als Ihre Partnerin mitgenommen – oder hatten Sie vielleicht etwas anderes im Sinn?«

»Wenn ich etwas anderes im Sinn gehabt hätte, wäre ich in Nalgitas geblieben«, antwortete er ebenso unfreundlich.

»Wohl wahr«, nickte Emma. »Wollen wir uns dann jetzt den Feinheiten zuwenden?«

Der Ober kam mit dem Essen. Nachdem er die Teller hingestellt hatte, nahm Emma zwar die Gabel in die Hand und schaute auf ihr Essen hinunter, rührte es jedoch nicht an. Ned hingegen aß erst ein paar Bissen, bevor er antwortete. »Es gibt keine Feinheiten zu besprechen«, erklärte er ihr. »Wenn man alles zu genau plant, wird man zu unbeweglich und kann nicht mehr reagieren, wenn etwas Unvorhergesehenes passiert. Wir gehen gleich morgens auf die Bank, wenn viel Betrieb dort ist, und wechseln einen Schein. Das gibt mir Gelegenheit, unauffällig festzustellen, wie viele Angestellte die Bank hat und was für eine Art Tresor.« Ned unterbrach sich für eine weitere Gabel und fuhr nach einer Weile fort: »Wir werden sie uns mittags vornehmen – wenn der Bankbesitzer zum Essen gegangen ist. Dann …« Er sprach nicht weiter, denn der Ober kam, um seinen Teller abzuräumen. »Du hast kaum etwas gegessen, Schwester!«, sagte Ned ernst.

»Es hat mir nicht geschmeckt«, erwiderte sie mürrisch

und lehnte sich zurück, damit der Ober auch ihren Teller abdecken konnte. »Abgesehen von der Bratensauce.« Ned sah, wie sich ihre Mundwinkel hoben.

Er bestellte Kaffee und Dessert für sie beide. »Egal was, außer Essigpie, Essigpie verursacht mir Übelkeit.« Er warf einen Blick zu Emma hinüber. »Entschuldige, Schwester.«

Der Ober brachte den Kaffee und zwei Schälchen. »Indian Pudding«, verkündete er und stellte die Schüsselchen vor sie hin.

»Was ist das?«, wollte Emma wissen.

»Maismehl und Melasse«, erklärte der Kellner.

Emma zog ein Gesicht. »Oh, Bruder – ich glaube nicht, dass ich so eine Mischung essen kann.«

»Du könntest wenigstens kosten«, meinte er. Als der Ober gegangen war, sagte Ned zu Emma: »Jeder hier muss Sie einfach für eine übellaunige alte Jungfer halten.«

»Sie meinen, für einen Klotz am Bein, eine unerträgliche Nervensäge?«, erwiderte sie spöttisch. »Was für ein Kompliment!«

»Es ist wirklich ein Kompliment! Niemand würde auf die Idee kommen, uns für etwas anderes zu halten als das, was wir zu sein vorgeben. Ich glaube, jeder Mann hier bemitleidet mich dafür, dass ich mit einer solchen Frau eine Farm werde bewirtschaften müssen.«

Emma konnte sich seiner Argumentation offenbar nicht gänzlich anschließen, denn sie schaute Ned eine ganze Weile mit einer Mischung aus Verärgerung und Zweifel an. Dann nahm sie ihren Löffel und kostete den Pudding. Ned wartete auf einen Kommentar, doch es kam keiner.

Stattdessen betrachtete Emma den Nachtisch sinnend und aß schließlich einen zweiten Löffel voll. »Passen Sie auf«, warnte sie, »es sind Rosinen drin. Sie sagten doch, Sie mögen keine – oder irre ich mich?«

»Sie haben ein gutes Gedächtnis.«

»Ich vergesse kaum etwas«, erwiderte sie. »Erzählen Sie mir von Ihrer Ranch.«

»Sie liegt in Telluride in Colorado, ich glaube, ich sagte es schon mal, sie ist nichts Besonderes«, erwiderte Ned, doch das stimmte nicht. Für ihn war sie etwas ganz Besonderes. Seit er sie das erste Mal gesehen hatte, wünschte er sich nichts sehnlicher, als sie zu besitzen. Und er wollte Emma davon erzählen. Als er sie ansah, erkannte er, dass sie nicht nur Konversation machen wollte – sie war wirklich interessiert. Mit leuchtenden Augen und halb geöffneten Lippen schaute sie ihn an. Ihre schönen schlanken Finger spielten mit ihrer Brosche.

Ned legte seinen Löffel hin, schob den Nachtisch weg, obwohl Indian Pudding eigentlich sein Lieblingsdessert war, beugte sich, so weit es ging, zu Emma hinüber, und begann ihr die Täler hoch oben in den Bergen zu beschreiben, aus denen das Ranchland bestand. Im Frühling, als er zum ersten Mal dort gewesen war, waren die Wiesen von einem Hellgrün, dem durchsichtigen Grün von Glas. Die sie umgebenden Berge waren scharfzackig wie die Alpen, die er aus einem Bilderbuch kannte, und in den tiefen Spalten nahe der Gipfel lag ewiger Schnee. Ein Bach floss durch die Wiesen, ein Bach, der im Sommer nicht austrocknete wie die Bäche in New Mexico. Das wusste Ned, weil er zwei Wochen zuvor dort gewesen war. Er hielt inne, um einen Schluck Kaffee zu trinken, und blickte Emma dann schüchtern an.

»Erzählen Sie weiter«, ermutigte sie ihn.

»Es gibt ein Haus mit einer Veranda, groß genug für zwei Schaukelstühle. Ich könnte mir vorstellen, dass es ein schönes Heim für eine Familie wäre, für einen Mann und eine Frau und vielleicht ein kleines Mädchen mit einem Gesicht wie diesem«, und er deutete mit einer Kopfbewegung auf die Brosche und spürte, wie er rot wurde. Der Hauch eines Lächelns huschte über Emmas Gesicht, aber sie sagte nichts. Neds Gewissen meldete sich, denn eigentlich hätte er sich Addie auf seiner Ranch vorstellen müssen. Doch in diesem Moment wurde ihm klar, dass Addie ihm nichts mehr bedeutete. Es war Emma, die er neben sich im Schaukelstuhl auf der Veranda sitzen sah. Als er sich das eingestand, begannen seine Wangen zu glühen.

Emma blickte ihm verträumt in die Augen, während er sprach, und murmelte: »Ich würde gerne an einem solchen Ort leben und ein Kind haben, ein kleines Mädchen.« Und dann, urplötzlich wurde ihr Gesicht hart und abweisend. »Nun, wie Sie ja schon sagten, haben Sie nicht das Geld, um die Ranch zu kaufen, und Sie werden es auch niemals haben«, sagte sie mit einer Stimme, die ihrem Ausdruck entsprach, und dann setzte sie, als habe sie seine Gedanken gelesen, hinzu: »Und ich habe nichts übrig für das Leben auf einer Ranch.«

Ihre Worte waren so kalt wie das klare Wasser des Baches auf »seinem« Besitz. Ned hatte Addie zwar erzählt, dass er sich eine Ranch angesehen habe, aber Emma war die Einzige, der er die Träume anvertraut hatte, die er damit verband, und sie hatte ihm gerade erklärt, dass er ein Narr sei.

»Vielleicht kriege ich ja morgen genug, um sie zu bezahlen.«

Emma schnaubte und griff nach ihrem Schal. »Ich habe inzwischen meine Zweifel daran, dass die Sache sich lohnen wird. Jasper erscheint mir nicht so wohlhabend, wie ich annahm.« Sie stand auf und legte sich das Tuch um. Ned warf einen Dollar und fünfzig Cent für ihr Abendessen auf den Tisch und folgte Emma, innerlich vor Zorn kochend, aus dem Speisesaal. Er begleitete sie zu ihrer Tür und ging dann, ohne ihr eine gute Nacht zu wünschen, zu seinem Zimmer hinüber.

Doch dann erschien ihm die Aussicht, die Nacht allein zu verbringen, so wenig erstrebenswert, dass er die Treppe wieder hinunter und in die Maiden Lane ging. Die goldenen Lettern auf dem Fenster von Elsie Mae's waren schwarz umrandet, und er dachte, eine solche Beschriftung würde sich auch gut bei der Chili Queen machen. Der Gedanke an Addie bereitete ihm Unbehagen. Er wollte nicht mit einer Frau zusammen sein, die ihn an sie erinnerte. Aber da er das Bedürfnis nach weiblicher Gesellschaft hatte, ging er die Maiden Lane weiter hinunter. Kehrte in einen Saloon ein, wo er einen Vierteldollar für zwei Gläser Whiskey zahlte, die ihn sofort trunken machten. Beim Spiel verlor er zehn Dollar. Und als ihn das Selbstmitleid überkam, erkundigte Ned sich nach der French Brewery.

5

Emma erschien Ned gealtert, als er sie am Morgen abholte. Am Abend zuvor auf dem Weg zur French Brewery im Cockney-Jack's Saloon hatte er sich voll laufen lassen, hatte sich dann im Freudenhaus für drei Dollar – das war ein Dollar mehr, als Addies Mädchen verlangten – eine dralle Blondine namens Carmel genommen und sie splitternackt ausgezogen, aber auch das hatte ihm keine Befriedigung verschafft. Danach hatte er eine Zwanzigcentzigarre geraucht, war ins Hotel zurückgegangen, hatte sich die Füße gewaschen und war ins Bett gefallen.

Die Schweinsfüße und die Äpfel aus Oregon zum Frühstück hatten weder seine körperliche noch seine seelische Verfassung gebessert. Er verzichtete auf eine Rasur, denn, so sagte er sich, glatt rasiert würde er unter den Farmern und Satteltramps nur auffallen, aber in Wahrheit hätte er das Geräusch nicht ertragen, mit dem die Klinge über seine Haut schabte. Das Einzige, was seine Stimmung hob, war die Erinnerung an Emma, wie sie ihm im Speisesaal gegenübergesessen hatte, und so fragte er sich, als er sie jetzt vor sich sah, im ersten Moment verwirrt, ob ihm seine Augen in seinem verkaterten Zustand vielleicht einen Streich spielten.

Emma trug ihr schwarzes Reisekomplet und den gerüschten Sonnenhäubchenhut, beides noch staubig von der Fahrt, und ihr Teint war so fahl, dass auch ihr Gesicht wirkte, als liege eine Staubschicht darauf. Ned konnte kaum fassen, dass das dieselbe Frau war, die ihn vor nur zwölf Stunden so verzaubert hatte.

Seine Enttäuschung war ihm offenbar anzusehen, denn Emma sagte: »Hatten Sie erwartet, dass ich mein Hochzeitskleid anziehen würde, um im General Store die Dinge zu besorgen, die wir angeblich für unsere Farm brauchen?«

Ned musste zugeben, dass das nicht klug gewesen wäre. Je unscheinbarer sie aussah, umso besser. Aber er hatte das Abendessen mit ihr genossen und erwartete, dass sie ihm zu verstehen gäbe, sich ihrerseits in seiner Gesellschaft wohl gefühlt zu haben. Er war es nicht gewohnt, keinen Eindruck bei Frauen zu hinterlassen, und so wartete er auf eine Bemerkung oder wenigstens einen viel sagenden Blick, doch Emma schloss ihre Zimmertür und ging ohne ein Wort an ihm vorbei. Er folgte ihr die Treppe hinunter und hinaus auf die Straße, holte sie ein, als sie sich nach links wandte. »Zum General Store geht es in die entgegengesetzte Richtung.«

»Ich dachte, Sie wollten zuerst die Bank in Augenschein nehmen. Meiner Ansicht nach wäre es nicht klug, das Geld erst kurz vor Mittag zu wechseln, denn dann bestände die Gefahr, dass sich bei unserem zweiten Besuch jemand daran erinnert, dass wir gerade schon einmal da waren.«

Das hätte Ned natürlich ebenfalls bedacht, wenn er nicht so verkatert gewesen wäre, und er gab Emma die Schuld an seinem Zustand. Dann steuerte er mit einem gereizten Knurren und mit so großen Schritten Richtung Bank, dass Emma Mühe hatte, ihn in ihrem langen, schmalen Rock einzuholen. Er bog in die Seitenstraße ein, wartete vor der Bank auf sie und betrat dann vor ihr das Gebäude. Vor der Kasse stand eine Schlange von einem halben Dutzend Leute, und sie sahen genau aus wie Ned und Emma. Der Bankbesitzer saß an einem Schreibtisch hinter einem Geländer und musterte die beiden Neuankömmlinge kurz. Ned tippte an seine Hutkrempe, wobei er sein Gesicht beschattete, doch der Banker wendete sich wieder seinen Papieren zu, ohne seinen Gruß zu erwidern. Er würde sich später nur sehr vage an sie erinnern, und genauso sollte es sein. Als Ned und Emma an der Reihe waren, ließ der Kassierer sie eine Weile warten und beendete auf Anordnung seines Chefs erst die Zählung der Einzahlungen, bevor er den Kopf hob und fragend die Brauen hochzog. Ned räusperte sich, als sei er verlegen, und fragte dann schüchtern: »Könnten Sie uns den wechseln?« Er schob einen Schein unter dem Metallgitter hindurch.

Der Kassierer nahm ihn, begutachtete ihn und legte dann, ohne Ned zu fragen, in welcher Form er das Wechselgeld wünsche, einige Münzen hin.

»Vielen Dank«, murmelte Ned und ließ bewundernd den Blick in die Runde wandern, als habe er noch nie ein so großartiges Geldinstitut gesehen, während Emma unauffällig hinter den Schalter schaute und dann den Safe betrachtete. Weder der Kassierer noch der Bankbesitzer achtete auf die beiden, und nachdem sie ihre Inspektion beendet hatten, verließen sie das Gebäude. Als sie dann die Hauptstraße erreichten, war Neds Kopf bedeutend klarer und seine Stimmung bedeutend besser. »Es ist ein Kinderspiel«, sagte er zu Emma. »Der Safe ist offen, und in der Geldkasse ist Geld. Wenn keine Kunden da gewesen wären, hätten wir uns gleich bedienen können, aber es wird von Vorteil sein, wenn der Banker nicht im Haus ist. Der Kassierer wird seinen Hals nicht riskieren. Wir müssen nur sichergehen, dass er allein ist.«

»Der Safe ist offen, in der Kasse scheint eine Menge Geld zu sein, die Gebäude zu beiden Seiten sind mit Brettern vernagelt, und die Eingangstür ist nur von der Hintertür des Hotels aus zu sehen. Es sieht alles zu einfach aus«, gab Emma zu bedenken. Als Ned die Stirn runzelte, setzte sie hastig hinzu: »Aber wie sollte ich das beurteilen können?«

»Sehr richtig«, stimmte Ned zu. »Wie sollten Sie?«

»Ob der Safe wohl den ganzen Tag offen ist?«

»Er ist ein fetter Kerl, und Addie sagt, er sei träge. Also denke ich, dass er sich nicht öfter von seinem Stuhl erhebt als unbedingt nötig. Dass er den Safe auch offen lässt, wenn er zum Essen geht, können wir allerdings nur hoffen.«

Nebeneinander gingen sie den Plankenweg hinunter auf ein Schild zu mit der Aufschrift »Spillman & Gottschalk, General Merchandise«. Wie in der Bank war auch hier viel Betrieb, was Ned jedoch nicht störte, da er es nicht eilig hatte. Emma mischte sich mit einer Einkaufsliste in der Hand unter die Frauen und studierte Spezialarzneien und ausgefallenen Lebensmittel – die Austern und Heringe und importierten Pfefferminzbonbons – in ihren glänzenden Dosen, die, in Augenhöhe platziert, um die Aufmerksamkeit der Kunden buhlten. Ned beobachtete, wie sie einen Stoffballen, der auf dem Tresen lag, befühlte, sorgfältig glatt strich und als sie ihre Prüfung beendet hatte und das ausgefranste Ende darunterstopfte. Dann hob sie den Kopf und betrachtete sehnsüchtig eine gelbweiß gepunktete Kaffeekanne, die zwischen Blechtassen und Steinguttellern in einem Regal stand. Anschließend wanderte sie in den rückwärtigen Teil des Ladens und sah sich die Schuhe und Pantoffeln, die Herrenausstattungen, Korsetts und Strumpfwaren entlang der Rückwand an. Eine Glasvitrine, in der eine Auswahl von Fächern – einige aus Federn, andere aus gefaltetem und mit exotischen Szenen bemaltem Papier – zu sehen war, entlockte ihr einen Laut der Verachtung.

Ned schlenderte durch den anderen Teil des Geschäftes, wo er eine Peitsche in die Hand nahm und an seiner Hand ausprobierte. Er ging an den Hundehalsbändern und Springrollos vorbei, den Lampen und den Messingbeschlägen, und blieb dann stehen, um sich eine Hacke anzusehen, die neben dem kalten Ofen an der Wand lehnte.

»Schau her, Schwester!«, rief er. »Ich habe eine schöne Hacke gefunden.«

Emma folgte seiner Aufforderung zwar, sagte jedoch in strengem Ton: »Wir haben eine Hacke. Bevor wir Geld für eine neue hinauswerfen, müssen wir erst einmal sehen, ob wir in dieser Gegend dem Boden überhaupt eine Ernte abringen können.«

Zwei hagere, sehr ähnlich wie Emma gekleidete Frauen blieben stehen, um sie zu mustern und dann zustimmend zu nicken. »New Mexico ist der schrecklichste Ort auf Erden«, sagte die eine. »Es kostet mich meine ganze

Kraft.« Und die andere murmelte: »Mich auch, weiß Gott.«

Ein Mann, der aussah, als habe er schon sechs oder sieben Körper mit immer demselben Gesicht aufgearbeitet, schaute die Frauen nachdenklich an und wandte sich dann mitfühlend Ned zu. »Die Landarbeit ist hier mühsamer, als eine Schubkarre mit Griffen aus Stricken zu schieben.«

»Ich denke, es ist immer noch besser, als in einer Fabrik Schuhe zu machen«, erwiderte Ned. Mit gesenkter Stimme fuhr er fort: »Ich dachte, meine Schwester würde vor Freude darüber, dass sie ein eigenes Haus bekommen wird, einen Luftsprung machen, aber sie ist übellaunig, seit wir hier sind.«

»Sind Sie neu in der Stadt?«

Ned nickte. »Wie lange sind Sie denn schon hier?«

»Seit einer Ewigkeit. Damals war Jasper noch ein verschlafenes Nest.« Er wandte den Frauen den Rücken zu und sagte leise: »Sie dürfen das Gejammer der beiden nicht ernst nehmen – es gefällt ihnen besser hier, als sie zugeben. Vor allem, wenn es geregnet hat und die Prärie grün ist. Dann wird es auch Ihrer Schwester gefallen, Sie werden sehen.«

»Es regnet hier auch?«, fragte Ned überrascht.

»Aber ja. Es schüttet wie aus Eimern – alle fünf Jahre.« Der Mann schlug Ned lachend auf die Schulter, und Ned fragte sich, wie es wohl wäre, wirklich ein Farmer zu sein und sich mit Männern wie diesem über Ernten und das Wetter zu unterhalten und sich über den kargen Boden und die Frauen zu beklagen. Dann fiel ihm ein, dass er Landwirtschaft hasste.

Der Mann wollte Ned gerade fragen, woher er komme, als der Verkäufer den Farmer bei Namen rief, worauf er zum Tresen hinüberging. Seine Frau trat zu ihm und begann die Lebensmittel von ihrer Einkaufsliste abzulesen.

Als das Paar bedient war, nickte der Verkäufer Ned und Emma zu.

»Wir haben schon fast alles beieinander, was wir brauchen«, erklärte Emma ihm. »Wir kaufen nur noch ein paar Kleinigkeiten. Ich hätte gerne eine Gallone Melasse, Natriumbikarbonat, eine Flasche Vanille – und was verlangen Sie für braunen Zucker?« Emma und Ned waren auf dem Herweg übereingekommen, Dinge zu kaufen, die Addie oder Welcome brauchen könnten.

»Fünf Cent für das Pfund.«

»Dann behalten Sie ihn. Ich bin nicht bereit, Wucherpreise zu bezahlen.« Mit einem Bleistiftstummel vom Tresen strich Emma diesen Artikel auf ihrer Liste durch. Nachdem sie Arbuckle's Coffee für zwölf Cent pro Pfund und eine Pfunddose Stickney-&-Poors-Zimt für fünfundzwanzig Cent geordert hatte, griff sie nach einem Päckchen Reseda-Samen und erkundigte sich nach dem Preis. Als der Verkäufer ihn mit zehn Cent angab, legte sie das Päckchen zurück und sagte, sie werde nach Hause schreiben und die Samen dann für den Preis einer Briefmarke bekommen. Sie kaufte zwei Wolldecken, nachdem sie den Verkäufer von zwei Dollar pro Stück auf drei Dollar fünfzig für beide heruntergehandelt hatte. Dann fragte sie nach einer runden Büchse Maillard's Caprices und erklärte Ned, dass das keine Extravaganz sei, da sie die kupferfarbene Dose, wenn die Bonbons aufgegessen wären, als Behältnis für ihre Stecknadeln benutzen könne. Zum Schluss deutete sie auf einen gelben Stoffballen im Regal. Der Verkäufer musste auf eine Leiter steigen, um ihn herunterzuholen. Er wickelte ein Stück des Stoffes ab, damit Emma sich einen Eindruck verschaffen konnte, und sie strich andächtig über das mit roten und blauen Blumen bestickte Material.

»Ich nehme an, du hättest gerne etwas davon für deinen Quilt«, sagte Ned.

»Ich fand Gelb schon immer besonders schön«, antwortete Emma.

»Nun – dann sollst du es haben.«

Emma orderte einen Viertelmeter. Der Verkäufer maß ihn ab und gab einen Zentimeter zu.

Ned ließ den Blick durch den Laden schweifen und stieß auf die Kaffeekanne, die Emma bewundert hatte. »Das Ding da oben nehmen wir auch mit.« Er deutete auf die Kanne. »Und ein paar von den Blechtassen.«

Emma runzelte die Stirn. »Das können wir uns doch nicht leisten.«

»Du magst Gelb, und ich spendiere sie dir. Also hör auf zu nörgeln.« Ned bezweifelte, dass eine Kaffeekanne das richtige Geschenk für Emma war, aber als armer Farmer hätte er ihr wohl kaum eine Kette oder ein Seidenkleid gekauft.

»Also, wirklich, Bruder, ich glaube, du bist nicht mehr bei Verstand.«

Während der Angestellte ihre Einkäufe zusammenrechnete, betrachtete Emma die ausgefallenen Lebensmittel und meinte dann: »Ich denke, es wird uns nicht an den Bettelstab bringen, wenn wir eine Dose Austern für dich kaufen und ein Glas Pfirsiche – als Erinnerung an zu Hause.« Ned legte noch Cracker und Sardinen dazu und eine kleine Schaufel, bezahlte alles und bat den Verkäufer, die Sachen aufzubewahren, bis sie sie nach dem Mittagessen abholen würden.

Da es noch früher Vormittag war, schlenderten Ned und Emma den Plankenweg entlang und schauten sich die Auslagen der Geschäfte an. Gemessen an der Hand voll Läden in Nalgitas war das Angebot überwältigend, fand Ned. Jasper wirkte wohlhabend und verführerisch auf ihn. Außer dem Hotel, in dem sie abgestiegen waren, gab es noch zwei weitere, und eine ganze Reihe von Restaurants, Saloons und Läden. Sie kamen an einer Schlachterei vorbei, in deren Schaufenster Schmalztöpfe standen. Dahinter hingen Schinken und Speckseiten an Haken von der Decke. Auf einem Stück Rindfleisch, das auf der Theke lag, saßen Fliegen, und Emma verzog angewidert das Gesicht, aber Ned lachte nur. »Ich habe schon viel unappetitlicheres Fleisch gegessen sagte er.

Emma blieb vor einem Juweliergeschäft stehen und bewunderte die Broschen und Ringe in den kleinen Schachteln. »Ich mag am liebsten Rubine«, sagte sie und beugte sich vor, um den Ring in der Mitte der Auslage genauer anzusehen. Sie schlenderten weiter, und als Emma kurz darauf die Hüte, Handschuhe und Parfümflakons im Schaufenster eines Hutateliers betrachtete, meinte sie im Flüsterton: »Falls ich feststellen sollte, dass Bankraub mir als Gelderwerb doch nicht zusagt, könnte ich mich vielleicht hier als Putzmacherin niederlassen. Die Frauen in Jasper sind offenbar für Mode aufgeschlossen.«

Ned, der von derlei Dingen nichts verstand, ging

weiter zu einem Fotostudio. Als Emma sich zu ihm gesellte, sagte er: »Wir sollten uns wohl besser nicht ablichten lassen.«

»Dem Sheriff käme es sicher zupass«, erwiderte sie.

Ned lachte schallend. Als er den Plankenweg hinunterschaute, traten gerade zwei Männer aus einem Saloon, und er erstarrte.

»Drehen Sie sich weg!«, zischte er, und Emma tat, ohne nachzufragen, wie geheißen, und sie setzte dabei ihren Häubchenhut so zurecht, dass er ihr Gesicht noch mehr verbarg. Ned zog die Schultern hoch und sah sich die Fotografien im Schaufenster an. Die beiden Männer kamen gemächlichen Schrittes auf sie zu. Als sie das Fotostudio erreichten, torkelte der kleinere der beiden und traf Ned am Ellbogen. »Hey, Jesse«, sagte er dann leise, »sieh mal, wen wir da haben!«

Jesse, ein Riese von einem Mann mit langen schwarzen Haaren, die ihm strähnig in sein dunkles Gesicht hingen, grinste Ned mit einem Mund voll kaputter Zähne an. »Wir hatten mal einen Freund, der aussah wie Sie. Es ist lange her, dass wir ihn zuletzt gesehen haben – stimmt's, Earlie?« Ned zuckte mit den Schultern. »Man hat zu tun.«

»Haben wir gehört«, nickte Earlie. »Wir haben auch gehört, dass du einen Hauptgewinn eingesackt hast.«

»Und ich habe gehört, dass einer von euch tot ist«, erwiderte Ned.

Als Earl lächelte, blitzten ebenmäßige weiße Zähne unter seinem Schnurrbart hervor. Er war ein hübscher Bursche. »Ja – das hab ich auch gehört. Aber ich habe nicht gehört, dass du für die Beerdigung gesorgt hättest.«

»Ich habe getrauert«, versicherte Ned ihm. »Seid ihr schon länger hier?«

»Seit gestern. Wir sind zum Hahnenkampfplatz, aber wir kamen zu spät«, antwortete Jesse und kratzte sich sein windpockennarbiges Gesicht. »Willst du uns nicht vorstellen?« Emma stand noch immer mit dem Rücken zu ihnen.

»Nein«, lachte Ned. »Warum sollte meine Schwester zwei Satteltramps kennen lernen wollen?«

Emma drehte sich trotzdem um. Ihr von der gerüschten Sonnenhaube beschattetes Gesicht wirkte jetzt noch grauer und älter als vorher.

Das Interesse der Männer erlosch. »Ja – dieses dürre alte Huhn kann nur deine Schwester sein«, spottete Jesse.

»Sie ist doch wohl eher deine Mutter«, setzte Earlie noch eins drauf.

»He!«, protestierte Ned. Es war das zweite Mal seit der Ankunft in Jasper, dass er Emma verteidigte.

»Nimm's Earlie nicht krumm«, sagte Jesse. »Er ist letzte Nacht im Suff der Länge nach hingeschlagen, und dabei hat sein Kopf was abgekriegt.« Earlie bedachte den lachenden Jesse mit einem finsteren Blick, lehnte sich dann an das Schaufenster des Fotostudios und musterte Ned eingehend. »Du bist wohl unter die Farmer gegangen«, meinte er schließlich. Ned nickte.

»Wie bist du denn darauf gekommen?«, wollte Jesse wissen.

»Ich sag's euch langsam, damit ihr es versteht: Ich habe noch nie jemanden gekannt, der als Bankräuber alt geworden wäre. Jeder muss irgendwann sesshaft werden.«

»Würde uns nicht im Traum einfallen«, erwiderte Earlie. Plötzlich sah Ned den Sheriff aus einem Zigarrenladen auf der anderen Straßenseite kommen. Er deutete mit einer Kopfbewegung in Tates Richtung, und Jessie und Earlie wechselten einen Blick.

»Komm, Jesse, lass uns gehen«, sagte Earlie zu seinem Freund, und an Ned gewandt: »Wir sehen uns.« Ohne ein weiteres Wort verschwanden sie in einer Gruppe von Männern, die gerade vorbeigingen.

Ned nahm Emmas Arm und führte sie, so schnell es möglich war, ohne Aufmerksamkeit zu erregen, in die entgegengesetzte Richtung auf das Hotel zu. Emma ließ es geschehen, ohne nach dem Grund für seine plötzliche Eile zu fragen. Und nach den beiden Männern erkundigte sie sich zunächst ebenso wenig. Im Hotel angekommen, holten sie ihre Zimmerschlüssel an der Rezeption und stiegen die Treppe hinauf. Ned sperrte Emmas Tür auf, trat hinter ihr ein und sperrte wieder ab, ging zum Fenster, zog den Vorhang ein wenig zur Seite und spähte auf die Straße hinunter. Keiner der Männer war zu sehen. Er stieß einen Seufzer der Erleichterung aus.

Und nun fragte Emma: »Wer sind die beiden?«

Ned zupfte den Vorhang zurecht und wandte sich ihr zu. »Die Minder-Brüder!« Sie hatte ihre Haube abgenommen, und er glaubte, sie zusammenzucken zu sehen. »Haben Sie von ihnen gehört?«

»Nein.«

»Earlie und Black Jesse Minder. Ich glaube, sie sind nur noch am Leben, weil nicht mal der Teufel sie haben will.« Er setzte sich mit gespreizten Beinen verkehrt herum auf einen Stuhl und verschränkte die Arme auf der Rückenlehne. »Black Jesse ist ein Aufschneider und dumm wie die Nacht finster, aber Earlie ist durchtrieben, er ist richtig übel.« Ned hob eine Ecke des Vorhangs an und schaute erneut aus dem Fenster. »Ich bin früher mit den Minders herumgezogen, aber habe mich wohl überlegt getrennt. Ich würde mich ihnen nicht mal mehr anschließen, wenn ich dadurch steinreich werden könnte.«

»Sie sind Bankräuber?«, fragte Emma.

»Nein. Dazu sind sie nicht clever genug. Hauptsächlich berauben und töten sie Leute, denen sie begegnen.«

»Dann sind sie also Straßenräuber.«

Ned stützte das Kinn auf seine Arme und schaute Emma an. »Wenn Sie es so hochtrabend nennen wollen – ja. Ich bezeichne sie als Vagabunden, Schurken – Mörder. Sie töten auch, wenn es gar nicht nötig ist. Es gefällt ihnen.« Er schüttelte heftig den Kopf, versuchte die Erinnerung loszuwerden.

»Was ist?« Emma hatte sich aufs Bett gesetzt und beugte sich vor.

»Das wollen Sie nicht hören«, sagte Ned und fuhr sich mit der Hand übers Gesicht. Emma schaute ihn unverwandt an, bis Ned sie ansah. »Ich sage Ihnen, Sie wollen es nicht hören«, wiederholte er.

»Doch, das will ich«, antwortete sie energisch. »Als wir übereinkamen, die hiesige Bank zu überfallen, betrachtete ich das als eine Art Schelmenstreich, aber inzwischen habe ich den Ernst der Sache erkannt. Falls Sie wegen der zwei Killer hier in der Stadt irritiert sind, sollten wir das Ganze vielleicht abblasen. Aber wie auch immer – als Ihre Partnerin habe ich Anspruch darauf, über Ihre Verbindung zu den beiden Bescheid zu wissen.«

Ned dachte darüber nach und nickte unglücklich. »Ich habe die beiden seinerzeit in Taos kennen gelernt und mich ihnen angeschlossen. Wir drehten ein paar Dinger zusammen, nichts Großes. Sie schienen ganz in Ordnung, keine Geistesriesen – aber die meisten Outlaws sind nicht besonders clever.« Ein Grinsen huschte über sein Gesicht.

»Manche schon.« Emma lächelte, aber es war ein blasses Lächeln.

»Ich merkte nicht gleich, wie hartgesotten sie waren – erst, als Earlie einen Mann erschoss, den wir überfallen hatten. Er hätte es nicht tun müssen, denn der Mann hatte uns sein Geld schon gegeben. Earlie tat es aus Spaß an der Freude. Ich dachte, irgendwann würden sie mich genauso über den Haufen schießen, und wäre am liebsten auf der Stelle abgehauen, aber das ging natürlich nicht, sonst wäre ich gleich dran gewesen.« Ned nickte in Erinnerung an sein damaliges Dilemma ein paarmal vor sich hin. »Dann, eines Tages, als wir von Colorado runterkamen, sahen wir vor uns zwei rothaarige, barfüßige Jungs hintereinander auf einem sattellosen Pferd reiten. Es müssen Zwillinge gewesen sein, denn sie glichen einander wie in Ei dem anderen. Die beiden können nicht älter als acht oder zehn gewesen sein. Sie sangen aus vollem Halse und winkten uns zu, als wir sie überholten, fröhlich wie zwei Schweine im Schlamm. Als wir sie ein Stück hinter uns gelassen hatten, wettete Earlie mit Jesse um zehn Dollar, dass er die zwei mit einem Schuss erledigen könnte. Er benutzte sein Gewehr dazu. Die Kugel drang glatt durch den Ersten in den Zweiten. Sie stürzten ohne einen Laut vom Pferd und blieben reglos liegen, und Earlie und Jessie ritten zurück, um nachzusehen, ob beide tot wären. Sie stritten sich eine Weile darüber. Jesse sagte, der eine habe sich noch bewegt, als sie ankamen, aber Earlie sagte, er sei gleich darauf gestorben, und das zähle.«

Emma sah aus, als würde sie jeden Moment in Tränen ausbrechen, und Ned war selbst zum Heulen zumute. Die Geschichte zu erzählen hatte die Situation wieder lebendig werden lassen, und der Mord an den unschuldigen Kindern ging ihm fast wieder so nahe wie damals. »Es ist Jahre her. Ich habe noch nie jemandem davon erzählt. Jedenfalls kam ich zu dem Schluss, dass ich schleunigst verschwinden musste, wenn mir mein Leben lieb war, und das tat ich dann auch. Ich habe die beiden bis heute nie wieder gesehen.«

»Warum haben Sie den Mord an den Jungen nicht verhindert?«, fragte Emma.

Das Fenster war offen, und plötzlich bewegte ein Lüftchen den Vorhang. Ned sprang erschrocken auf, setzte sich dann jedoch wieder hin und starrte niedergeschlagen auf den Boden.

»Warum?«, fragte Emma noch einmal.

Ned atmete hörbar aus. Er lehnte sich mit seinem Stuhl zurück, bis der nur noch auf zwei Beinen stand. »Zuerst dachte ich, sie würden bloß rumalbern. Als ich begriff, dass Earlie es ernst meinte, hielt Jesse seine Pistole auf mich gerichtet. Er hätte mich abgeknallt, wenn ich mich gerührt hätte. Also versuchte ich, ihnen die Sache auszureden, sagte, sie sollten keine Munition verschwenden. Earlie lächelte mich an, als stimmte er mir zu, und ich dachte, damit wären die Jungs gerettet, aber dann drehte er sich plötzlich um und erschoss sie. Ich hätte irgendwas tun müssen, das weiß ich, seinem Pferd einen Schlag versetzen oder so was …«

Emma dachte darüber nach. Dann beugte sie sich noch weiter vor, streckte die Hand aus und legte sie auf Neds Arm. Er hob den Blick.

»Manchmal müssen wir zwischen zwei Übeln wählen«, sagte sie. »Er hätte die Jungen auf jeden Fall erschossen – und Sie dann auch noch. Sie hätten Ihr Leben für nichts weggeworfen.«

»Black Jesse behauptete später, er hätte nur Spaß gemacht, aber ich wusste, er hätte mich durchlöchert, ohne mit einer Wimper zu zucken. Trotzdem hätte ich mir was einfallen lassen müssen.«

»Sie hätten nichts für die beiden tun können, wenn Sie tot gewesen wären, oder?«

Ned starrte auf die Wand, wo das einfallende Sonnenlicht das Muster des Spitzenvorhangs auf die Tapete zeichnete. Eine der Formen sah aus wie eine krumme Gurke, und er verspürte den Wunsch, mit der Fingerspitze an ihrem Umriss entlangzufahren, doch er blieb auf seinem Stuhl sitzen und überdachte Emmas Worte. »Es geht mir seit damals im Kopf herum«, sagte er. »Ich habe ihn mir schon tausendmal zermartert, aber es fällt mir nichts ein, was ich in dieser Situation hätte tun können.«

»Sie hätten nichts tun können«, wiederholte Emma. »Es war eine Lektion. Sie haben daraus gelernt, und das nächste Mal …« Sie brach ab, und Ned dachte, sie würde es dabei bewenden lassen, doch dann setzte sie plötzlich leise hinzu: »Ich habe selbst aus dem Übel gelernt.« Ned wollte sie gerade fragen, welchem Übel sie auf einer Farm in Kansas begegnet sei, als Emma aufstand, ans Fenster trat und durch ein Loch in der Vorhangspitze hinausschaute. »Ich glaube, da sind die beiden Männer, über die wir gesprochen haben«, sagte sie.

Ned zog den Vorhang eine Idee zur Seite und spähte hinaus. Die Minder-Brüder ritten gerade unter Emmas Zimmer vorbei. Die zusammengerollten Decken hinter ihren Sätteln ließen ihn aufatmen. »Sieht so aus, als ob sie die Stadt verlassen.« Er lächelte Emma erleichtert an, und sie erwiderte sein Lächeln. Ned legte den Zeigefinger unter ihr Kinn. »Vielleicht haben Sie sich die Sache doch nicht gründlich genug überlegt. Sie können immer noch Nein sagen.«

»Es wird doch keine Schießerei geben, oder?«

Ned schüttelte den Kopf. »Ich sage Ihnen was: Wenn außer dem Kassierer noch jemand in der Bank ist, machen wir's nicht. Der Kassierer wird nicht für anderer Leute Geld sein Leben aufs Spiel setzen, aber der Bankbesitzer könnte es. Wenn er zurückkommt, bevor wir die Chance haben abzuräumen, blasen wir die Sache ab.«

»Das wäre Welcome sehr recht.«

»Was hat die denn damit zu tun?«

»Es war nur ein Gedanke«, antwortete Emma. »Ich bin mit Ihren Bedingungen einverstanden.«

»Sind Sie sicher?«

»Ja.«

Ned strich mit dem Fingerrücken zart über ihre Wange, zog die Hand dann abrupt weg und sagte in fast schroffem Ton: »Ich gehe mich umziehen. In zehn Minuten bin ich zurück.«

»Ich werde fertig sein.«

Und das war sie. Als er ihr Zimmer, ohne anzuklopfen, betrat, stand sie in Männerhosen und Männerhemd und mit einem Tuch um den Hals und einem speckigen Hut auf dem Kopf, unter den sie ihre Haare gestopft hatte, vor ihm. Den Hut hatte Ned ihr gegeben, alles Übrige hatte sie sich selbst beschafft. Sie sah wie ein junger Mann aus. Obwohl sie ihre Gesichter unter den Halstüchern verbergen würden, wenn sie die Bank beträten, hatte sie sich etwas auf Kinn und Wangen geschmiert, was den Eindruck eines Dreitagebartes erweckte. Ned zog eine Waffe heraus und hielt sie ihr hin, doch Emma lehnte ab.

»Ich habe einen Revolver dabei«, erklärte sie. »Den hatte ich aus Kansas mitgebracht. Schließlich wäre es möglich gewesen, dass ich mich gegen Mr Withers hätte verteidigen müssen.«

»Sie sind ja eine ganz Ausgekochte.« Ned strich sich über seine Bartstoppeln. »Ich glaube, ich kenne nicht einmal einen Mann, der so nüchtern denkt wie Sie.« Er für seinen Teil war nervös, wie vor jedem Überfall, und er fragte sich, ob sie es ihm wohl anmerkte.

Sie gingen die Treppe hinunter und verließen das Hotel durch die Hintertür. Ned sah durch das Fenster der Bank, dass der Boss nicht auf seinem Stuhl saß, doch es sprach jemand mit dem Kassierer. »Verdammt!«, fluchte er unterdrückt. Um die Zeit zu überbrücken, drehte er sich eine Zigarette. Als er Tabak und Papier gerade wieder wegstecken wollte, nahm Emma ihm beides aus der Hand und drehte sich ihrerseits eine. Fasziniert beobachtete er, wie sie ein Streichholz aus der Tasche zog, es am Hosenbein anriss und ihre Zigarette damit anzündete.

Dann gab sie Ned Feuer. »Ich habe noch nie eine Lady rauchen sehen«, sagte er und inhalierte tief.

»Addie raucht doch.«

Ned lag auf der Zunge, dass Addie keine Lady sei, doch er schluckte die Bemerkung hinunter. Die Zigarette wirkte beruhigend auf ihn, und außerdem würde niemand auf zwei Männer achten, die vor der Bank stehen geblieben waren, um eine zu rauchen. Als Ned das nächste Mal in den Schalterraum schauen wollte, versperrte ihm ein breiter, dunkler Rücken die Sicht. »Beeil dich, Mann!«, murmelte er und warf den Stummel auf den Boden. Eigentlich war ihm gar nicht nach einer zweiten Zigarette, doch ihre Herstellung gäbe ihm etwas zu tun, und so drehte er sich noch eine. Während er mit Hilfe seiner Zähne das Lederband des Tabakbeutels zuzog, warf er erneut einen Blick zum Fenster, und jetzt tat sich etwas dahinter. »Er geht!«, flüsterte Ned Emma zu, die mit dem Rücken zum Gebäude und den Armen auf den Knien vorgebeugt auf der obersten Stufe saß. Ned ließ seine Zigarette fallen, zertrat sie mit der Schuhspitze und stopfte den Tabakbeutel in seine Hemdtasche. Dann schaute er mit zusammengekniffenen Augen in den Schalterraum. »Nein – sie gehen!«, korrigierte er sich. »Es sind zwei. Wahrscheinlich Farmer, die um einen Kredit gebeten haben.«

Plötzlich ging die Tür auf, und zwei Männer kamen heraus. Emma war aufgesprungen, doch ehe sie und Ned im Hotel verschwinden konnten, hatten die Minder-Brüder sich vor ihnen aufgebaut.

Earlie musterte sie mit schmalen Augen. Dann grinste er. »Der Kassierer da drin hat eine Sehschwäche –

er konnte sein Geld nicht von meinem unterscheiden.« Earlie richtete seine Waffe auf Ned, doch dem bereitete das blutverschmierte Messer, das in Earlies Gürtel steckte, größeres Kopfzerbrechen.

Black Jesse packte Earlie am Arm. »Wenn du ihn hier abknallst, wird es jemand mitkriegen. Komm!«

Nach kurzem Überlegen sagte Earlie zu Ned: »Schätze, heute ist dein Glückstag, Kleiner.« Black Jesse wandte sich zum Gehen, aber Earlie hielt seinen Revolver nach wie vor auf Ned gerichtet. Dann ließ er ihn langsam zu Emma hinüberschwenken. »Wolltet ihr in die Bank?«, fragte er. »Es ist kein Geld mehr da.«

»Ist er tot?«, erkundigte sich Emma.

Earlie zuckte mit den Schultern. »Er gibt Laute von sich wie ein Kalb, dem man die Gurgel durchgeschnitten hat.« Lachend drehte er sich um und folgte seinem Bruder. Die beiden bogen um die Ecke, und gleich darauf hörte man Pferde davongaloppieren.

Ned wollte Emma ins Hotel ziehen, doch sie ließ es nicht zu. »Wir sollten nach dem Kassierer sehen. Vielleicht ist er ja zu retten.«

»Und wenn er schon tot ist? Sollen wir uns dann für das hängen lassen, was die Minder-Brüder getan haben? Wie sollten wir dem Sheriff Ihre Aufmachung erklären?«

»Ich gehe jetzt da rein«, erwiderte sie starrköpfig, »ich kann keinen Mann sterben lassen, der es nicht verdient hat!«

»Sie können unmöglich in dieser Verkleidung bleiben!«, wandte Ned ein. Er sorgte sich zwar ebenfalls um den Kassierer, doch in erster Linie um ihrer beider Sicherheit.

Emma überlegte kurz und antwortete dann: »Also gut. Wir gehen jetzt gemeinsam hinauf, und während ich mich umziehe, laufen Sie die Vordertreppe hinunter und sagen an der Rezeption, dass Sie Schreie aus der Bank gehört hätten.« Es ärgerte Ned, dass ihm das nicht eingefallen war. Er drehte sich abrupt um und ging Emma voran nach oben. Kaum hatten sie ihr Zimmer betreten, als unten auf der Straße jemand schrie, und dann hörte man eilige Schritte. Emma ließ sich mit einem Seufzer auf die Bettkante sinken und schlug die Hände vors Gesicht. Ned setzte sich neben sie und legte den Arm um ihre Schulter.

»Es ist vorbei.«

»Wenn die Minder-Brüder nicht gewesen wären, hätten vielleicht wir den Mann verletzt! Vielleicht sogar erschossen!«

»Aber wir haben es nicht getan«, erwiderte Ned nüchtern. »Quälen Sie sich nicht mit etwas, das nicht passiert ist.«

Emma ließ die Hände sinken. »Fahren wir nach Nalgitas zurück.«

Ned hätte gerne noch länger so dicht neben ihr gesessen, doch es fiel ihm nichts ein, womit er es hätte rechtfertigen können.

Als sie zehn Minuten später, wieder als unverdächtige Farmer gekleidet, an die Rezeption kamen, erzählte ihnen der Portier, dass die Bank überfallen worden sei. »Es waren zwei Männer. Sie haben den armen alten Stingy Dan niedergestochen. Das war der Kassierer. Er schrieb vor seinem Tod noch mit Blut den Namen ›Minder‹ auf den Boden, aber soviel ich gehört habe, ist einer von denen tot. Ich denke, der andere hat sich mit Ned Partner zusammengetan – der treibt sich irgendwo hier in der Gegend herum. Doch Stingy hätten auch ein paar alte Ladys überwältigen können. Ihre Schwester hätte das sogar allein geschafft.« Er bedachte Emma mit einem viel sagenden Blick.

»Nun – wenn wir es als Farmer zu nichts bringen sollten, werde ich unsere Haushaltskasse vielleicht auf andere Weise füllen«, parierte sie die Beleidigung in freundlichem Ton. »Allerdings«, sie schaute den Portier ihrerseits viel sagend an, »würde ich mir Hotels vornehmen, die zu hohe Preise berechnen.«

Ned bezahlte vier Dollar für die beiden Zimmer, und dann ging er mit Emma zum Mietstall, wo sie die Pferde und den Wagen abholten. Anschließend machten sie bei Spillman & Gottschalk Halt, denn dort hätte es sicherlich Befremden ausgelöst, wenn sie die Einkäufe zurückgelassen hätten. Ned nahm den Weg nach Norden, anstatt ostwärts in Richtung Nalgitas zu fahren. Die Minders würden wahrscheinlich nach Südwesten reiten, dann es war bekannt, dass sie in Santa Fé Verwandte hatten. Also würde der Suchtrupp sich ebenfalls dorthin aufmachen, erklärte Ned Emma. Falls der Portier den Sheriff jedoch davon überzeugte, dass Ned Partner einer der Bankräuber gewesen sei, würde der Trupp ihn im Osten in der Gegend von Nalgitas suchen. Deshalb sei es besser, wenn sie für alle Fälle zunächst nach Norden führen und erst am folgenden Morgen in einem großen Bogen ihr Ziel ansteuerten. Ned ließ die Zügel auf die Rücken der Pferde klatschen, und ein paar Minuten lang galoppierten sie wie von Furien gehetzt dahin, doch dann waren ihre Kräfte aufgebraucht, und sie setzten ihren Weg in dem gewohnten Trott fort. Ned wünschte, er hätte die Peitsche in dem General Store gekauft – aber vielleicht hätte sie ja auch nichts genützt. Von Zeit zu Zeit drehte er sich nach etwaigen Verfolgern um, doch es war niemand zu sehen. Nach einer Stunde entspannte er sich und schlug Emma, ohne darüber nachzudenken, was er da tat, aufs Knie. »Ich schätze, wir sind davongekommen.«

Emma war ob der ebenso unvermuteten wie heftigen Berührung erschrocken zusammengezuckt. »Davongekommen?«, echote sie fragend. »Womit denn?«

Ned kam sich ausgesprochen dumm vor. Natürlich hatte sie Recht. Sie hatten ja nichts verbrochen. Im Nachhinein war er zutiefst erleichtert, dass ihr Vorhaben vereitelt worden war. Er hätte schwer daran getragen, wenn Emma ins Gefängnis gekommen wäre. Er hätte auch schwer daran getragen, wenn er selbst ins Gefängnis gekommen wäre. Emma war sichtlich bestürzt gewesen, als sie von dem Portier hörten, dass der Kassierer niedergestochen worden war. Wie hätte sie sich verhalten, wenn er, Ned, den Mann niedergeschossen hätte? Hätte sie darauf bestanden, einen Arzt zu holen? Hätte sie die Nerven verloren? Je länger er darüber nachdachte, umso froher wurde er, dass die Minder-Brüder ihnen zuvorgekommen waren. Aber dann fiel ihm ein, dass der Kauf seiner Traumranch dadurch zunächst einmal in weite Ferne rückte, und seine Laune verschlechterte sich abrupt. Wieder ließ er die Zügel auf die Pferderücken klatschen, diesmal jedoch nur, um seiner Enttäuschung Luft zu machen, denn er wusste ja, dass es nichts helfen würde. Er warf einen Blick zu Emma hinüber, die in die Ferne schaute. Wind war aufgekommen, und die Wellen, in denen sich das Präriegras bewegte, erinnerten ihn an den Mississippi. Der Wind war heiß, aber er fühlte sich gut an, und nach einer Weile kehrte Neds gute Laune zurück, und sie wurde noch besser, als ihm einfiel, dass er und Emma in dieser Nacht irgendwo ein Lager aufschlagen müssten. Ursprünglich hatten sie natürlich auf demselben Weg nach Nalgitas zurückfahren wollen, den sie gekommen waren, doch nachdem er beschlossen hatte, sich zunächst nach Norden zu wenden, würden sie unterwegs übernachten müssen.

»Wir werden uns heute Abend einen Platz zum Übernachten suchen müssen«, sagte Emma plötzlich, als habe sie seine Gedanken gelesen, und dann lachte sie. »Gut, dass wir Decken und Lebensmittel gekauft haben. Und wir haben sogar eine Kaffeekanne und Becher!«

»Tut es Ihnen Leid, dass es schief gegangen ist?«, fragte Ned. Sie schüttelte den Kopf. »Nein – ich bin sogar froh darüber. Allerdings haben wir nicht nur kein Geld erbeutet – wir zahlen sogar drauf. Für die Pferde bekommen Sie ja etwas wieder, wenn Sie sie verkaufen, aber auf den Kosten für das Hotel und die Einkäufe bleiben wir sitzen. Wenn Sie mich die Summe wissen lassen, gebe ich Ihnen die Hälfte, sobald mein Geld von John kommt.«

»Das müssen Sie nicht.«

»Dann gebe ich Ihnen eben vierzig Prozent. So viel wollten Sie mir ja von der Beute abgeben.«

»Das habe ich zwar gesagt – aber in Wirklichkeit wollte ich Ihnen die Hälfte geben.« Ned lachte auf. »Ich glaube, Sie würden sich besser zur Bankbesitzerin eignen als zur Bankräuberin.«

In den folgenden Stunden wechselten sie nur hin und wieder ein paar Worte. Ab und zu drehten sie sich um, doch die Prärie lag verlassen da. Als der Tag zur Neige ging und Ned nach einem Lagerplatz Ausschau zu halten begann, legte Emma plötzlich die Hand auf seinen Arm. »Hinter uns ist eine Staubwolke« sagte sie.

Ned sah sich um. Aus der Größe der Wolke war zu schließen, dass der Staub von mehr als einem Reiter aufgewirbelt wurde. Er versuchte die Pferde anzutreiben, doch es war sinnlos. Die beiden Klepper könnten nicht einmal einer Kuh davonlaufen, dachte er grimmig. Wer immer die Männer waren, sie würden sie in ein paar Minuten eingeholt haben. Er zog seinen Revolver aus dem Holster und legte ihn zwischen sich und Emma, die ihre Waffe neben sich auf dem Kasten deponierte und unter ihrem langen Kostümrock verbarg. Dann holte sie ihren Nähkorb nach vorne. Als die Reiter sie erreichten, schaute Emma scheinbar überrascht von ihrer Handarbeit auf.

Ned zügelte die Pferde. Der Sheriff hielt neben ihm an. Mit schmerzverzerrtem Gesicht rutschte er auf seinem Sattel herum.

»Habt Ihr Leutchen jemanden gesehen?«, erkundigte er sich.

»Keine Menschenseele, seit wir Jasper verließen«, antwortete Ned.

»Die Bank ist überfallen worden. Wir suchen zwei Männer.«

»Der Hotelportier hat uns von dem Überfall erzählt, als wir abreisten«, sagte Ned.

»Er hat uns auch erzählt, dass der Kassierer verletzt wurde.« Emma ließ ihre Handarbeit auf den Schoß sinken. »Wie geht es ihm?«

»Er verstarb. Er sagte die Minder-Brüder seien es gewesen. Sie hätten Stingy Dan nicht umbringen müssen – Gott sei seiner Seele gnädig –, er hat ihnen das Geld ja gegeben. Wenn es wirklich die Minders waren, dann seid auf der Hut, Leute. Die sind zu allem fähig.«

»Wie kommen Sie darauf, dass sie in dieser Richtung unterwegs sind?«, wollte Ned wissen.

Der Sheriff deutete mit dem Daumen auf einen der drei Deputys, die ihn begleiteten. »Wattie sagt, dass gleich nach dem Überfall zwei Männer die Stadt in dieser Richtung verlassen hätten. Das kann irgendwer gewesen sein, aber wir mussten uns für eine Richtung entscheiden, und die ist so gut wie jede andere. Unter anderem, weil Wattie sagt, es könnte auch Ned Partner dabei gewesen sein, und der lebt zwar irgendwo im Süden, aber er ist ein Fuchs und würde bestimmt nicht geradewegs nach Hause reiten.«

»Gibt es denn keine ehrlichen Menschen in diesem Land?«, fragte Emma spitz.

»Außer Ihnen keine, schätze ich«, scherzte der Sheriff.

»Sagen Sie – Sie haben nicht zufällig Buttermilch dabei? Diese Verfolgungsjagden machen Durst, und ein Glas Buttermilch wäre jetzt genau das Richtige.«

»Die würde mir auch schmecken«, sagte Ned, obwohl er Buttermilch verabscheute. »Aber wir haben leider keine.«

Der Sheriff machte keine Anstalten, sich zu verabschieden, und Ned wunderte sich über seine Saumseligkeit, doch dann fiel ihm das Leiden des Mannes wieder ein, und da wusste er, warum er sich so leutselig gab: Er suchte einen Grund, möglichst lange still sitzen zu können. Um die Unterhaltung abzukürzen, sagte Ned: »Ich glaube, wir sollten machen, dass wir heimkommen. Wir möchten den Schurken auf keinen Fall begegnen.«

»Wo müssen Sie denn hin?«, erkundigte sich der Sheriff.

Ned schluckte. »Zur Johnson-Farm«, antwortete er auf gut Glück.

Der Sheriff legte den Kopf schief und dachte nach.

Schließlich nickte er. Ned hatte zwar seinerseits nie von einer Johnson-Farm gehört und nahm an, dass es Tate ebenso ging, aber offenbar wollte der es nicht zugeben.

»Hören Sie«, meldete sich Emma unwirsch zu Wort. »Wir sind nicht unterwegs, um die Landschaft zu genießen. Wenn Sie uns nicht mehr brauchen, lassen Sie uns bitte weiterfahren.«

Ned verdrehte die Augen, um zu zeigen, dass seine Schwester eine Heimsuchung sei, und der Sheriff zwinkerte ihm zu, tippte an seine Hutkrempe und murmelte: »Ma'am.« Dann trieb er sein Pferd an und ritt, gefolgt von seinen Deputys, davon.

»Sheriff Tate ist ein einfältiger, harmloser Bursche, aber er hat meinen Namen im Kopf, und ich möchte nicht riskieren, dass er uns noch in dieser Gegend antrifft, falls er im Nachhinein eine Ähnlichkeit zwischen mir und einem meiner Steckbriefe feststellen und zurückkommen sollte.«

»Wir könnten den Wagen hier lassen und reiten«,

schlug Emma vor. Ned hatte den gleichen Gedanken gehabt, doch er bezweifelte, dass die Pferde unter Reitern schneller gehen würden als vor dem Wagen. Aber wo sollten sie jetzt andere herkriegen?

Plötzlich fiel ihm ein Mann ein, mit dem er früher geritten war und der auf Landwirt umgesattelt hatte. Seine Farm lag nicht weit entfernt, und er war dafür bekannt, alten Freunden in Notlagen gefällig zu sein. Ned wies Emma an, nach hinten zu klettern und sich wieder als Mann zu verkleiden. Sie gehorchte wortlos. Als sie fertig war, bat Ned sie, die Lebensmittel und alles, was sie sonst noch mitnehmen wollte und zwei Pferde tragen könnten, in zwei Decken zu wickeln. Während Emma ihre Sachen durchforstete, lenkte Ned den Wagen von der Straße auf einen Pfad, der sich durch eine Senke wand. An einer geschützten Stelle hielt er an und sagte zu Emma, sie solle hier auf ihn warten. Sie stieg vom Kasten, und er reichte ihr die zusammengerollten Decken und alles, was noch lose herumlag, hinunter. Dann gab er ihr die Schaufel, damit sie alles, was sie nicht eingepackt hatte, vergraben konnte, während er die Pferde versorgte. Er wollte seinen Freund nicht wissen lassen, dass er mit einer Frau unterwegs war.

Ned versprach, in etwa einer Stunde zurück zu sein, schnalzte mit der Zunge und fuhr, so schnell die Pferde ihre Füße trugen, davon, bevor Emma ihn fragen konnte, was er tun würde, wenn sein Freund nicht zu Hause wäre oder keine zwei Pferde übrig hätte.

Aber der Mann war zu Hause und auch gerne bereit, Ned zwei Pferde und Sättel zu überlassen, allerdings nicht umsonst. Er verlangte das Gespann und den Wagen dafür, die Lebensmittel, die sich noch darauf befanden, und fünfzig Dollar. Ned hatte keine Zeit, mit ihm zu handeln. Wie er es später Emma gegenüber rechtfertigte, habe es geheißen »Friss, Vogel, oder stirb!«, und er sei froh gewesen, die Pferde überhaupt zu kriegen.

Als Ned wiederkam, hatte der Himmel sich blutrot gefärbt, und Emma wartete neben einem Erdhügel auf ihn, den sie mit Steinen bedeckt hatte. Die Schaufel ragte aus einer der beiden dicken Rollen, die neben Emmas Reisetasche lagen.

Er hängte die Reisetasche über sein Sattelhorn und erklärte Emma, dass in westlicher Richtung eine Schlucht liege, in der sie kampieren würden. Er hob die eine Deckenrolle auf und sagte, es sei gut, dass sie beschlossen hätten zu reiten, denn der Weg nach unten sei zu schmal und zu steil für einen Wagen. Sie würden ihn wahrscheinlich erst nach Einbruch der Dunkelheit erreichen, aber er traue sich zu, den Eingang zu dem Canyon auch im Finstern zu finden. Der Abstieg wäre kein Zuckerschlecken, kündigte er an und forschte in Emmas Gesicht nach Furcht, doch sie nickte nur und machte sich daran, die zweite Deckenrolle hinter ihrem Sattel zu befestigen.

Fasziniert beobachtete er ihre Handbewegungen, die Übung verrieten, und fragte sich, woher sie das wohl konnte. Das war nichts, was ein Mädchen üblicherweise auf einer Farm lernte, aber da es nicht wichtig war, vergaß er es wieder, saß auf und galoppierte, von Emma gefolgt, davon.

Sie überquerten die Hauptstraße und preschten in westlicher Richtung über die Prärie, um dem Suchtrupp zu entgehen, falls er zurückkehrte, denn es wäre Ned schwer gefallen, dem Sheriff zu erklären, weshalb sie von ihrem Wagen auf Pferde umgestiegen waren und warum Emma Männerkleider trug. Hier gab es keinen Weg, und sie ritten durch das hohe, dürre Gras, bis es dämmerte. Wenn es sein müsste, könnten sie auch in der Prärie ihr Nachtlager aufschlagen, dachte Ned, aber wohl war ihm nicht bei dieser Vorstellung. Doch er hatte einen guten Orientierungssinn, und als er eine Felsformation entdeckte, die ihm bekannt vorkam, ritt er Emma voran darauf zu. Am Ziel angekommen, saß er ab und machte sich, sein Pferd am Zügel führend, auf die Suche nach dem Spalt zwischen den Felsen, der den Eingang zu der Schlucht bildete. Nach etwa einer halben Stunde hatte er die Stelle gefunden und sagte zu Emma, dass sie die Talsohle in ungefähr einer Stunde erreichen würden. Mit zusammengekniffenen Augen versuchte er zu erkennen, wie müde sie aussah, doch es war nicht mehr hell genug. Und wieder einmal schien es, als habe sie seine Gedanken gelesen, denn sie versicherte ihm mit fester Stimme: »Ich schaffe es.«

Als er in den Sattel stieg, klatschte ein Tropfen auf seine Hand und gleich darauf noch einer. »Verdammt!«, fluchte er. »Fünf Jahre hat es nicht geregnet, und ausgerechnet heute muss es uns erwischen! Jetzt werden wir eine Ewigkeit nach unten brauchen!«

»Aber der Regen wird unsere Spuren fortwaschen«, gab Emma zu bedenken. »Dann findet uns niemand.«

Die Felswand bot keinen Schutz vor dem einsetzenden Unwetter, und der Untergrund war denkbar schlecht. Der Pfad war schmal und steil, und Ned fürchtete, dass die Regenflut ihn ausspülen würde, und ließ sein Pferd nur ganz vorsichtig Fuß vor Fuß setzen. Nach einer Weile wurde der Regen von Hagel abgelöst. Die Körner waren so groß wie Perlhuhneier, und Ned hoffte inständig, dass die Pferde nicht in Panik geraten würden. Er überlegte, ob sie anhalten und warten sollten, bis der Hagelschauer vorüber war, entschied sich jedoch dagegen, denn wenn die Pferde im Stillstand von den eisigen Geschossen getroffen würden, bestünde genauso die Gefahr einer Panik. Also setzten sie ihren beschwerlichen Abstieg in der Dunkelheit fort. Irgendwann ging der Hagel in Nieselregen über. Als Neds Pferd einmal stolperte, brach Ned der Schweiß aus allen Poren, obwohl die Luft durch den Regen so kalt war wie in einer Novembernacht. Er zog, so fest er konnte, den Zügel an, und die Gefahr war gebannt. Auf einer Seite des Pfades, der direkt an der Felswand entlanglief, ging es senkrecht nach unten, und wenn das Pferd den Halt verloren hätte, wäre es mitsamt seinem Reiter in die Tiefe gestürzt. Ned fragte sich, was Emma dann wohl täte. Hinter ihm trat ihr Pferd einen Stein los, der an ihm vorbeirollte und dann über den Rand des Weges hinunter, so weit, dass er ihn nicht aufschlagen hörte. Plötzlich stieß Emma einen Schrei aus, und er fuhr im Sattel herum, konnte sie in der Dunkelheit jedoch nicht sehen. »Ein Zweig hat mich ins Gesicht getroffen!«, rief sie. Ned überlegte, ob sie vielleicht lieber zu Fuß gehen sollten, verwarf den Gedanken aber wieder. Erstens wusste er nicht, ob dafür überhaupt genügend Platz war, und außerdem war der Weg glitschig, und die Pferde verfügten über eine größere Trittsicherheit.

Lange Zeit später zuckte ein Blitz durch die Nacht, in

dessen Licht Ned sah, dass sie eine breite Stelle des Weges erreicht hatten. Ned wartete, bis Emma aufgeholt hatte, und fragte dann: »Geht's noch?«

»Sie können sich auf mich verlassen«, antwortete sie, »aber ich wünschte, ich hätte einen warmen Mantel dabei. Er wäre mir ein sehr viel angenehmerer Begleiter als der Regen.« Ned hätte sich eine ganze Reihe angenehmerer Begleiter vorstellen können, verzichtete jedoch darauf, sie zu erwähnen. »Es ist bald geschafft«, sagte er, obwohl er wusste, dass sie noch nicht einmal die Hälfte der Strecke hinter sich hatten. Er ritt wieder voraus und hielt sich so dicht an der Felswand wie möglich. Der Regen ließ nicht nach, aber nach einer Weile hörte der Wind auf, durch den Canyon zu fegen. Ein zweiter Blitz erhellte den Pfad und die steil abfallende Wand daneben.

Ned fragte sich, ob Emma wohl Angst in großer Höhe hätte, aber da er nichts für sie hätte tun können, wenn es so gewesen wäre, sprach er sie nicht darauf an.

Als der Weg schließlich flacher und breiter wurde, waren Neds Schätzung nach etwa vier Stunden vergangen, seit sie ihren Abstieg begonnen hatten. Er hielt an und wartete auf Emma, die weiter zurückgeblieben war, als er gedacht hatte.

Als sie ihr Pferd neben ihm zügelte, fragte sie schwer atmend: »Sind wir da?«

»Ein Stückchen müssen wir noch weiter. Irgendwo hier steht ein kleines Haus aus Adobeziegeln – das bietet besseren Schutz als ein Baum.«

»Können Sie es finden?«

Ihre Stimme zitterte. Ned wusste, dass sie fror und müde war, aber sie beklagte sich nicht. Er war versucht, sich allein auf die Suche nach der Hütte zu machen, doch er befürchtete, dass er Emma dann nicht wiederfinden würde. Also sagte er, sie würden gemeinsam danach suchen, doch etwa eine halbe Stunde später bat Emma ihn, das Lager aufzuschlagen, wo sie sich gerade befanden. Er wählte einen Platz unter einem überhängenden Felsen aus, und sie sattelten die Pferde ab. Da es zu nass war, um ein Feuer anzünden zu können, wickelten sie sich in ihre Decken, und dann öffnete Ned die Büchse Sardinen, die Emma eingepackt hatte, und sie aßen sie mit feuchten Crackern. Als Ned die anderen Dinge wegräumte, stellte er zu seiner Freude fest, dass Emma auch die Kaffeekanne und ein Pfund Kaffee mitgenommen hatte. Am Morgen würde sie der Duft frischen Kaffees wecken, versprach er ihr, als er den Deckel von der Kanne nahm und sie so an einen Stein lehnte, dass sich Regenwasser in ihr sammeln konnte. Er wünschte, sie hätten auch Würstchen und Schweinerippen gekauft, damit sie ordentlich frühstücken könnten. »Meinen Sie, die Schaufel wäre als Bratpfanne zu gebrauchen?«, fragte er Emma. Sie antwortete nicht, und als er sich zu ihr hinunterbeugte, merkte er, dass er sie in den Schlaf geredet hatte. Vorsichtig zog er ihr die Decke bis zum Kinn hinauf und ließ den Blick über ihre Silhouette gleiten, bevor er sich, ein paar Meter von ihr entfernt, ebenfalls niederlegte. Sein Kopf hatte den Untergrund kaum berührt, als er auch schon tief und fest schlief.

Emma wurde nicht von Kaffeeduft geweckt, sondern von einer Stiefelspitze, die sich in ihre Seite bohrte. Auch

Ned weckte eine Stiefelspitze, doch in seinem Fall mit einem tückischen Tritt. Im ersten Moment glaubte er, der Suchtrupp sei ihnen in die Schlucht gefolgt, doch als er langsam den Kopf hob, erkannte er voll Abscheu Earlies Gesicht. Der Gestank und der Alkoholdunst, den er verströmte, drehte Ned den Magen um. Und die auf ihn gerichtete Waffe tat ein Übriges, um ihm den Tagesbeginn gründlich zu verleiden. »Zuerst sehen wir uns vier Jahre gar nicht, und dann gleich zweimal an einem Tag«, sagte Black Jesse.

Ned sparte es sich, ihn zu korrigieren – es war zweimal in zwei Tagen –, und schaute zu Emma hinüber, die auf der Seite lag. Als er ihre Lider flattern sah, wusste er, dass sie nur so tat, als ob sie schliefe. Black Jesse schubste sie mit seinem Stiefel an und grinste: »He! Jemand zu Hause?«

Emma setzte sich auf. Wenn sie Angst hatte, so überspielte sie sie meisterhaft, denn sie streckte sich ausgiebig und versteckte dann wohlerzogen ein Gähnen hinter einer Hand.

»Eddie und ich haben es uns in dem kleinen Haus gemütlich gemacht. Erinnerst du dich an das Haus, Nedboy? Es ist so groß, dass wir alle darin Platz haben. Ihr hättet auch da schlafen können – im Trockenen.«

Ned erinnerte sich mit Schaudern daran.

»Also«, fuhr Black Jesse fort, »wir hatten keinen Whiskey mehr und wollten uns was zum Frühstück suchen, und da sahen wir die Hufspuren. Weil man an der Spur einer Schlange nicht erkennen kann, ob sie gekommen oder gegangen ist, hat es uns ein bisschen Zeit gekostet, aber jetzt haben wir euch.«

»Wir können Ihnen nicht viel bieten, aber Sie sind herzlich eingeladen«, sagte Emma und griff in den Berg Lebensmittel, doch Earlie setzte den Fuß auf ihren Unterarm. Sie verzog das Gesicht, gab jedoch keinen Ton von sich.

»Ich schätze, ich werde erst mal eure Waffen einkassieren«, sagte Earlie und grinste hässlich. Er hob Neds Revolver auf, der neben seinem Sattel lag, und Black Jesse schob mit der Stiefelspitze Emmas Decken beiseite und fand ihren. Earlie hielt Ned mit seiner Waffe in Schach, während Black Jesse Feuerholz aufschichtete. Emma stand langsam und bedächtig auf, holte den Kaffee, schüttete eine Hand voll davon in die mit Regenwasser gefüllte Kanne, machte Feuer und platzierte die Kanne in den Flammen. Dann stellte sie die Blechtassen, die sie in Jasper gekauft hatten, und die Konservendosen daneben und forderte die Minders auf, sich zu bedienen. Sie war so ruhig, dass Ned sich fragte, ob sie sich überhaupt darüber klar war, in welcher Gefahr sie schwebten.

Er wollte nach einer der Büchsen greifen, aber Earlie richtete seine Waffe auf Neds Kopf. »Erst wir!«

Ned lächelte freundlich zu ihm hoch, lehnte sich scheinbar entspannt an seinen Sattel und überkreuzte die Beine. »Ich kann warten – so hungrig bin ich nicht.«

Earlies Blick glitt zu Emma hinüber. Ned gefiel nicht, was sein Gesicht dabei ausdrückte, und er versuchte ihn abzulenken, aber Earlie schnitt ihm mit einem »Halt's Maul!« das Wort ab. »So hungrig bin ich auch nicht«, sagte er dann und leckte sich die Lippen. Emma hielt seinem Blick zwar stand, doch Ned glaubte ihren Körper leicht zittern zu sehen. »Du bist doch nicht wirklich Neds Schwester, oder?«, fragte Earlie.

»Mein Name ist Emma«, erwiderte sie statt einer Antwort. Sie war aufgestanden und ans Feuer getreten. Ihre Hände waren schützend vor der Brust gekreuzt, doch ihre Fußstellung wirkte, als sei sie drauf und dran zu springen. Ned hoffte, dass sie es nicht tun würde. Sie hatten keine Chance, die Minders zu überwältigen. Nicht ohne Waffen. Wenn Emma nur nicht in Panik geriet!

Earlie fixierte Emma mit einem lüsternen Grinsen. »Nein, ich bin im Moment überhaupt nicht hungrig.«

Emma warf Ned einen Hilfe suchenden Blick zu, und er sah sich nach etwas um, was er als Waffe benützen konnte, doch Earlie war zu schlau für ihn. Er kickte einen Stein aus Neds Reichweite.

»Komm her!«, sagte Earlie im Befehlston zu Emma.

Sie blieb, wo sie war.

»Tu, was ich dir sage!«, schnauzte er sie an. »Du glaubst doch nicht etwa, dass ich nicht gut genug für dich bin, oder?«

Emma schüttelte den Kopf. »Nein«, antwortete sie kaum hörbar. Sie schien wie gelähmt.

Plötzlich packte Earlie sie und riss derart an ihrem Arm, dass sie vor Schmerz aufschrie. Ned wollte aufspringen, doch Earlie richtete erneut die Waffe auf ihn. »Wenn du dich noch einmal bewegst, bring ich dich um – und sie auch«, kündigte er an, und Ned wusste, dass er meinte, was er sagte. Aber er durfte nicht zulassen, dass Earlie Emma Gewalt antat. »Komm mit nach Nalgitas«, versuchte Ned ihn zu locken. »Dort verschaffe ich dir so viele Mädels, wie du willst, Junge. Die wissen, wie man einen Mann verwöhnt.«

»Einverstanden«, nickte Earlie. »Wenn ich hier fertig bin.«

Ned machte sich bereit, Earlie anzuspringen, doch er zögerte. Der Angriff würde ihm höchstwahrscheinlich das Leben kosten, und dann wäre Emma auf sich allein gestellt. Sie wandte sich ihm zu und formte mit den Lippen lautlos die Worte »zwei Übel«. Im ersten Moment wusste er nicht, was er damit anfangen sollte, aber dann erinnerte er sich daran, was sie zu ihm gesagt hatte, nachdem er ihr die Geschichte von den Minders und den beiden rothaarigen Jungen erzählt hatte. Sie hatte gesagt, dass man manchmal zwischen zwei Übeln wählen müsse. Vielleicht war sie zu dem gleichen Schluss gelangt wie er, dass er sich jetzt nicht umbringen lassen sollte, weil er vielleicht in den nächsten Minuten eine Möglichkeit fände, sie zu retten. Was Earlie vorhatte, war entsetzlich, aber es war nicht so schlimm, wie wenn sie beide getötet würden. Und Ned war sicher, dass die Minders, wenn sie ihn ermordet hätten, auch Emma ermorden würden. Trotzdem konnte er nicht zulassen, dass Earlie sie vergewaltigte. »Tu's nicht«, sagte er drohend. Earlie lachte nur. »Wenn er sich bewegt, schieß ihn über den Haufen, Jesse. Nach mir bist du dran.« Er zerrte Emma mit sich. »Jetzt komm friedlich mit. Du wirst sehen – es wird dir gefallen.« Nach einem letzten Blick zu Ned gab Emma nach.

»Halt ihn auf. Es wird dein Schaden nicht sein«, wandte Ned sich mit leiser Stimme an Jesse, doch der hob nur seine Waffe ein Stückchen höher. »Earlie ist da eigen«, meinte er grinsend. »Hat was dagegen, dass man ihm zusieht. Ich hoffe nur, dass er nicht an ihr rumschnippelt. Sie sind nicht nett zu mir, wenn er an ihnen rumgeschnippelt hat.« Er schüttelte den Kopf. »Aber vielleicht hat sie ja gar nichts dagegen. Manchen Frauen gefällt es, wenn man sie quält – umso ärger, desto besser.« Er runzelte die Stirn und setzte hinzu: »Earlie ist noch schlimmer geworden, als du ihn kanntest.«

Earlie war mit Emma hinter einem Felsen verschwunden. Ned hörte ein Handgemenge. Dann flehte Emma mit zitternder Stimme: »Nein! Bitte, nicht!«, und danach klatschte es dumpf.

Black Jesse achtete nicht darauf. Er griff sich eine der Blechtassen und warf sie zu Ned hinüber. »Mir ist nach Kaffee.« Ned schluckte ein paarmal, um nicht die Beherrschung zu verlieren. »Ich hätte auch gerne einen. Einverstanden?«

Jesse dachte darüber nach. »Ich denke, Earlie hätte nichts dagegen«, meinte er dann.

Ned bewegte sich langsam und bedächtig wie Emma, als sie den Kaffee gemacht hatte, um Jesse nicht zu reizen. Er stellte einen der Becher neben ihn und holte dann die Kanne aus dem Feuer, indem er zum Schutz gegen die Hitze seinen Hemdzipfel um den Henkel wickelte. »Wollen mal sehen, ob er schon fertig ist.« Er nahm den Deckel ab und spähte in die Kanne.

In diesem Augenblick zerriss ein schriller Schrei die Luft. Im ersten Moment dachte Ned, ein Raubvogel, der sich auf Earlie und Emma gestürzt habe, hätte ihn ausgestoßen, doch dann begriff er, dass er aus Emmas Kehle gekommen war. Er war so durchdringend, dass sogar

Black Jesse irritiert den Kopf hob und lauschte. Ned nutzte diese Sekunde der Unaufmerksamkeit und schüttete Black Jesse mit Schwung den kochend heißen Kaffee ins Gesicht. Jesse ließ seine Waffe fallen und presste die Hände auf seine verbrühte Haut. Anstatt sich den Revolver zu schnappen, hob Ned mit beiden Händen einen riesigen Stein hoch und ließ ihn auf Black Jesses Kopf hinuntersausen. Jesse schrie nicht. Er gab lediglich einen erstickten Laut von sich, und das war alles. Durch seine Wut zu übermenschlichen Kräften gelangt, ließ Ned den Stein wieder und wieder auf Jesses Kopf hinuntersausen, bis der Schädel und das Gesicht nur noch eine breiige Masse waren.

Jesse fiel vornüber, sein Arm ins Feuer.

Ned schaute nicht nach, ob Jesse tot war – er wusste es. Jetzt griff er sich die Waffe und schlich zu dem Felsen hinüber, hinter dem sich Earlie und Emma befanden. Es wäre klüger gewesen, einen Bogen zu schlagen und sich von rückwärts zu nähern, denn es konnte ja sein, dass Earlie gehört hatte, wie der Schädel seines Bruders zu Bruch ging, aber für ein solches Manöver fehlte Ned die Zeit. Er hoffte nur, dass er nicht zu spät käme. Als er den Felsen umrundet hatte, blickte er in die Mündung von Earlies Revolver.

Blind vor Wut riss er Jesses Waffe hoch. Er würde sterben, aber Earlie auch. Er musste nur schnell genug schießen, um ihn zu treffen, bevor er ihn traf. Sein Finger krümmte sich um den Abzug, und in diesem Moment drang Emmas Stimme zu seinem vernebelten Verstand durch. »Ned!«, schrie sie gellend, und als er den Blick hob, sah er, dass er Emma gegenüberstand und ihrer beider Waffen aufeinander gerichtet waren. Als habe das eine Wort sie ihrer letzten Kraft beraubt, ließ sie den Revolver fallen, und im selben Augenblick gaben ihre Beine nach. Ned fing sie ab und setzte sie sanft auf den Boden.

»Er ist tot«, stammelte Emma und deutete mit einem zitternden Finger auf die hinter ihr liegende Gestalt.

»Black Jesse auch, ich habe ihm den Schädel zu Brei geschlagen.«

»Ich habe Earlie erstochen. Ich habe einen Menschen getötet.«

»Er war kein Mensch. Er war ein Ungeheuer.« Ned nahm Emma in die Arme. Er fragte nicht, was geschehen war – er wollte sie nicht drängen.

Ned hatte erwartet, dass sie anfangen würde zu weinen, doch sie ließ sich nur still an seine Brust sinken. Er wiegte sie wie ein Kind, bis sie sich schließlich fasste und sagte: »Ich hatte ein Messer in meinem Stiefel. Damit rechnete er natürlich nicht. Als er mir für einen Moment den Rücken kehrte, stach ich zu. Haben Sie ihn nicht schreien hören?«

»Ich dachte, das wären Sie.«

Emma, die noch immer an Neds Brust lag, schüttelte den Kopf. »Ich muss ihn schon mit dem ersten Stich getötet haben, aber ich stach weiter zu, wieder und wieder und wieder. Es gab kein Halten.«

Erst jetzt bemerkte Ned das Blut auf ihrem Hemd und sah, dass es aufgerissen war, und er fragte: »Hat er …?«

»Nein«, erwiderte Emma. »Nein. Er hat nur – was Sie sehen.«

Ein paar Minuten später zog Ned Emma auf die Füße. »Ich muss die Kerle begraben, damit sie niemand findet«, erklärte er ihr. »Sie gehören ins Wasser wie die Hunde, aber hier gibt's keines. Setzen Sie sich so lange ans Feuer.« Er führte sie zu ihrem Lagerplatz zurück, legte ihr eine Decke um und fachte das Feuer an, obwohl es bereits heiß im Canyon war. Während Emma leise vor sich hin weinte, schaufelte er in dem weichen Boden ein Grab. Bevor er die beiden Männer begrub, suchte er ihre Pferde, durchforstete ihre Satteltaschen, entdeckte den Segeltuchsack, zog ihn heraus, deponierte die Beute neben Emma auf der Erde. Dann warf er Satteltaschen und Sättel in die Grube, nahm den Pferden das Zaumzeug ab und warf auch das hinein, zum Schluss schleifte er die beiden Körper heran und beerdigte sie mit dem Gesicht nach unten. Ned bedeckte sie mit Erde, glättete den Hügel und belegte ihn mit Steinen und Zweigen. Die Sonne stand schon hoch am Himmel, als er fertig war. »Die Minder-Pferde sind zwar besser als unsere, aber es könnte sein, dass sie jemand erkennt. Das gilt auch für die Sättel und Zaumzeuge. Aber das Geld – nun, ich glaube, wir haben es uns verdient«, sagte er, als er sich neben sie setzte.

»Was für Geld?«, fragte Emma verständnislos, und er begriff, dass sie gar nicht gemerkt hatte, was da neben ihr lag. Er rutschte rüber, öffnete den Sack und begann zu zählen. »Mehr als eintausenddreihundert Dollar«, erklärte er Emma, die ihm mit großen Augen zugesehen hatte. Er zählte das Geld ein zweites Mal, wobei er es diesmal in zwei Stapel aufteilte, von denen er einen am Schluss Emma in den Schoß legte. »Halbe-halbe.« Emma starrte ihn nur regungslos an, und so steckte er ihren Anteil in ihre eine Satteltasche. »Wir sollten machen, dass wir wegkommen«, meinte er. »Können Sie schon wieder reiten?«

Emma nickte.

»Wenn wir uns beeilen, schaffen wir es bis heute Abend nach Nalgitas. Aber das müssen wir nicht. Wir können auch noch einmal übernachten, wenn Ihnen das lieber ist.«

»Nein«, erwiderte sie. »Ich will so schnell wie möglich zurück.« Während Ned ihre Pferde sattelte, durchforstete Emma ihre Kleidungsstücke und wählte eine Hemdbluse aus. Sie streifte das aufgerissene Hemd ab, zerfetzte es, verscharrte die kleinen Lumpen, suchte nach einer Möglichkeit, sich zu reinigen. Sie entdeckte eine Vertiefung in einem Felsbrocken, in dem sich Regenwasser gesammelt hatte, wusch sich Earlies Blut ab und zog die frische Bluse an. Inzwischen hatte Ned die Pferde gesattelt und die Deckenrollen festgegurtet. Er hatte sogar ihren Lagerplatz in Ordnung gebracht, sodass niemand, der vorbeikäme, bemerken würde, dass hier kürzlich jemand kampiert hatte.

Ned half Emma beim Aufsitzen. Er blieb einen Augenblick neben ihr stehen, die Hand auf ihren Schenkel gelegt. »Wir werden keinem von diesem Zwischenfall erzählen«, sagte er. »Addie wird natürlich wissen wollen, wie es gelaufen ist, wir werden ihr aber nur sagen, dass uns die Minders zuvorgekommen sind und dass wir sie gesehen haben.«

»Und wie werden wir das Geld erklären?«

»Überhaupt nicht. Davon erzählen wir auch nichts.«

Emma dachte darüber nach und meinte dann: »Einverstanden. Ihren Spott würde ich leichter ertragen, als diesen Morgen noch einmal für jemanden ablaufen zu lassen.«

»Earlie und Black Jesse waren Unmenschen. Sogar die Hölle ist zu gut für sie. Und außerdem hatten wir keine Wahl – vergessen Sie das nicht.« Ned schaute ihr beschwörend in die Augen.

»Keine Wahl«, wiederholte sie wie in Trance.

Er ging zu seinem Pferd, drehte sich aber um, ging zu Emma zurück und griff nach ihrer Hand. »Dieses Leben gefällt mir nicht mehr. Wenn ich die Ranch kaufe … glauben Sie … könnten Sie sich vorstellen, auf einer Ranch zu leben?« Einen Moment lang überkam ihn Angst vor seiner eigenen Courage, doch dann war er froh, dass er es ausgesprochen hatte. Er spürte, wie sich die Haut um seine grünen Augen in Fältchen legte, als er lächelnd fortfuhr: »Mit dem Geld, das von Ihrem Bruder kommt … könnten wir unser Geld aufstocken. Ich denke, Sie verstehen, worauf ich hinauswill.« Emma legte vor Überraschung ihre Hand auf den Mund. Ihre Unterlippe war aufgesprungen, sie hatte einen Bluterguss auf der Wange – wahrscheinlich von Earlies Ohrfeige, und ihre Augen waren rot geweint, aber Ned fand sie wunderschön. Es war richtig gewesen, sie zu fragen, ob sie ihn heiraten wolle.

»Ich weiß nicht, was ich antworten soll«, wich Emma schließlich aus. »Lassen Sie mir Zeit. Ich kann jetzt nicht darüber nachdenken.«

Er hatte sie überrumpelt, okay, sich selbst auch. Er hätte warten sollen, bis sie den Ort des Schreckens und die Minders weit hinter sich gelassen hatten. Es war nicht der richtige Zeitpunkt gewesen; er war ganz und gar nicht entmutigt, dazu gab es jetzt noch keinen Grund. Er saß auf, dann lehnte er sich zu ihr hinüber und küsste sie auf den Mund.

Als er sich von ihr löste, schaute Emma ihn ernst an. »Ich kann im Moment keine Entscheidung treffen. Erst muss die Sache mit John erledigt sein.« Sie sah traurig aus, als sie das sagte. Tief traurig.

6

Es war kurz vor Mitternacht, als Ned und Emma in der Scheune der Chili Queen ihre Pferde absattelten. Ned begleitete Emma zum Hintereingang des Haupthauses. Durchs Küchenfenster konnte Ned Addie und Welcome im trüben Schein einer Kerosinlampe am Tisch sitzen sehen. Er hatte erwartet, dass Addie noch arbeiten würde, so wie es aussah, war heute nicht viel los gewesen. Eigentlich hatte er kein Bedürfnis hineinzugehen, wagte es aber nicht, Emma in dieser Situation allein zu lassen. Sie würden sie mit Fragen bestürmen, und dann bräche sie vielleicht zusammen und würde sich alles von der Seele reden. Für Ned bedeutete es Schwierigkeiten und für sie Schmerz. Also folgte er Emma in die Küche.

»Na, so was!«, rief Addie. »Wen haben wir denn da?« Sie war leicht betrunken. »Wir konnten den Kundenansturm nicht bewältigen, und so haben wir einfach zugemacht.«

Ned grinste sie an. »Wir sind geritten wie der Teufel, um schnell wieder hier zu sein. Ich nehme an, du hast dir Sorgen gemacht.«

Addie nahm ihr Glas vom Tisch, verschüttete die Hälfte, bevor sie einen guten Zug tat. »Ich doch nicht«, und sie rieb die Flüssigkeit in den Stoff ihres Kleides.

»Ich mir verdammt viele«, gab Welcome zur Antwort.

»Ich war mir sicher, dass einer von beiden getötet wird. Er oder sie«, sagte Welcome dann an Addie gerichtet. Welcome hatte auch einen sitzen und beäugte Emma sonderbar. »Sie sind verletzt«, sagte sie dann und schaute sie von ganz nah an.

»Mich hat niemand verletzt, das Pferd hat mich abgeworfen.«

»Das Pferd?«, echote Addie. »Ihr wart doch mit dem Fuhrwerk unterwegs.«

Ned beschloss, die Berichterstattung zu übernehmen. »Wir hatten keine Gelegenheit, die Bank auszurauben, weil uns jemand zuvorkam.« Dann erzählte er die Geschichte, die sie besprochen hatten. »Wir kampierten in der Prärie. Als wir morgens aufwachten, hatte ein Pferd sich von seinen Fußfesseln befreit, und wir verbrachten den Vormittag damit, es zu suchen. Der Ausflug war nicht erfolgreich, der Ritt aber dafür äußerst anstrengend, mir tut alles weh«, endete er.

Addie schien sich für seine Geschichte nicht zu interessieren, warf Welcome einen Blick zu, als hätten die beiden ein Geheimnis. Sie musste eine Menge getrunken haben, sonst hätte sie ihm die Hölle heiß gemacht, weil er ohne den Wagen nach Hause gekommen war.

»Da ist ein Brief für Sie«, sagte sie zu Emma und deutete mit einer Kopfbewegung auf einen Umschlag, der am Fuß der Lampe lehnte. Ned schaute von Addie zu Emma und weiter zu Welcome, die seinen Blick finster erwiderte. Addie mochte ihm verziehen haben, dass er mit Emma nach Jasper gefahren war, aber Welcome verübelte es ihm offensichtlich noch immer. Er konnte sich ihre Feindseligkeit nicht erklären. Vielleicht benahm sie sich auch nur so seltsam, weil sie um ihre zweihundertfünfzig Dollar fürchtete.

Ned griff nach dem Brief, doch Addie schnappte ihn ihm vor der Nase weg und reichte ihn Emma. Er steckte in einem richtigen Kuvert. Emma drehte es um. Die Runzeln in dem Papier zeigten, dass der Umschlag über Dampf geöffnet worden war. Sie strich mit dem Finger über die notdürftig mit klumpiger Klebepaste wieder verschlossene Klappe, verlor jedoch kein Wort darüber.

»Der Brief ist von John«, sagte sie und setzte sich an den Tisch. »Hat er das Geld geschickt?« Sie schaute zu Ned auf, der dachte, dass es eine feine Sache wäre, wenn sie zu der Beute aus dem Bankraub heute auch noch das Geld ihres Bruders bekämen.

Addie zuckte mit den Schultern. »Woher sollen wir das wissen? Das müssen Sie schon selbst rausfinden.« Sie zwinkerte Welcome zu.

Emma schlitzte das Kuvert mit den Fingern auf und zog ein zusammengefaltetes Blatt Papier heraus. Verdutzt schaute sie in dem Umschlag nach, doch es war sonst nichts darin. Emma faltete das Papier auseinander und las die Nachricht leise für sich. Danach schloss sie die Augen – ob vor Müdigkeit oder aus Enttäuschung, das vermochte Ned nicht zu sagen –, öffnete sie wieder und murmelte: »Mein Bruder kommt hierher.« Sie stand auf, holte sich ein Glas aus dem Küchenschrank, setzte sich wieder hin und schenkte sich einen großen Whiskey ein.

»Was?«, fragte Ned entgeistert.

»Zweifellos hat er das Gefühl, dass Ihrem Ehemann nicht zu trauen ist – und Ihnen auch nicht«, sagte Addie zu Emma.

»Jedenfalls schreibt er das«, verriet sie sich.

»Ja, genau das schreibt er«, nickte Emma, als habe sie es nicht bemerkt. »Ich hätte wissen müssen, dass es nicht so einfach sein würde, ihn hinters Licht zu führen. Er verlangt allen Ernstes, meinen Mann kennen zu lernen und unter die Lupe nehmen zu dürfen.« Emma trank einen Schluck.

»Ist nicht Ihr Glückstag. O nein.« Welcome betastete eine Narbe auf ihrem Arm. Es war nicht die einzige. Ned hatte die Peitschenmale nie zuvor bemerkt und fragte sich, was Welcome wohl getan haben mochte, um diese Bestrafung zu verdienen. Sie sah seinen Blick und krempelte den Ärmel herunter. Dann wandte sie sich wieder Emma zu und forderte sie im Befehlston auf: »Lesen Sie den Brief vor!«

Emma legte ihn auf den Tisch und strich ihn mit der Hand glatt. Ned entdeckte, dass manche der mit Tinte geschriebenen Buchstaben zerlaufen waren – wahrscheinlich durch den Wasserdampf, über dem Addie den Umschlag geöffnet hatte. Emma beugte sich über das Blatt Papier und las, die Stirn in die Hände gestützt, ohne Pause laut:

»Schwester,
es ist bemerkenswert, dass du schon so kurz nach deiner Heirat eine Gewinn bringende Geldanlage gefunden zu haben glaubst. Da ich aber gehört habe, dass es im Westen zwar viele Möglichkeiten gibt, die Einheimischen sie aus Trägheit jedoch nicht angemessen nutzen, möchte ich mir selbst ein Bild davon machen, ob dein Vorschlag

tatsächlich den Erfolg verspricht, den du mir in Aussicht gestellt hast. Ich bin nicht so töricht, dir das Geld zu geben, ehe ich mich umfassend informiert habe. Doch falls mir Mr Withers vertrauenswürdig erscheinen sollte, kommen wir ins Geschäft. Ich werde am nächsten Freitag mit dem gleichen Zug, den du genommen hast, in Nalgitas eintreffen. Hol mich ab.
Dein Bruder John Roby.«

»Das ist wirklich ein allerliebster Brief«, kicherte Addie.

»Lustig genug, um einen Pfarrer zum Tanzen zu animieren«, setzte Welcome noch eins drauf, und die beiden brachen in lautes Lachen aus. Ned fragte sich, seit wann sie wohl schon trinken mochten.

Emma leerte ihr Glas, verschränkte die Arme auf dem Tisch und legte den Kopf darauf. »Ich werde morgen in den Zug steigen und verschwinden. Sobald ich Arbeit gefunden habe, schicke ich das Geld, das ich Ihnen für Kost und Logis schulde, Addie.« Ihre Stimme klang erschöpft, und ihre Worte waren nur undeutlich zu verstehen.

Ned wollte etwas sagen, aber Addie kam ihm zuvor. »Warum in aller Welt wollen Sie das tun?«

»Weil ich meinem Bruder nicht gegenübertreten und ihm gestehen will, dass ich ihn betrügen wollte.« Emma stand auf. »Ich gehe packen.«

Addie wedelte mit ihrem rechten Arm. »Oh, setzen Sie sich wieder hin! Ich und Welcome haben uns schon den Kopf deswegen zerbrochen, und Welcome hat die Lösung gefunden: Ned muss sich als Ihr Mann ausgeben.«

Ned hielt das für eine gute Idee und sagte es auch.

Aber Emma war nicht damit einverstanden. Anstatt sich wieder hinzusetzen, umfasste sie die Rückenlehne des Stuhles und sagte: »Ich glaube nicht, dass das klappen würde. Dafür ist John zu klug.«

Ned schüttelte seine Müdigkeit ab. Seine Pläne – die Hochzeit mit Emma, der Kauf der Ranch – standen und fielen mit diesem Geld. Das schien ihr nicht klar zu sein. »Ich finde die Idee großartig«, versuchte er, sie zu überreden. »Ihm ein Ehepaar vorzuspielen dürfte doch kein Problem sein. Lass es uns wenigstens versuchen. Wenn es schief geht, verlässt du Nalgitas ohne Geld, aber wenn es gut geht, verlässt du es mit dem, was dir zusteht.«

Erst jetzt fiel ihm auf, dass er Emma geduzt hatte. Weder Addie noch Welcome äußerten sich dazu. Wahrscheinlich nahmen sie an, dass er und Emma sich auf ihrer Fahrt nach Jasper darauf geeinigt hätten, da sie dort ja als Geschwister auftreten wollten. Emma schloss die Augen, und Ned fragte sich, ob sie wohl im Stehen einschlafen würde, so erschöpft, wie sie war, und nach dem großen Whiskey. Er hätte in seinem Zustand keinen Alkohol trinken dürfen, es sei denn, er hätte dabei schon im Bett gelegen.

Plötzlich öffneten sich Emmas Augen wieder. Sie machte eine wegwerfende Handbewegung. »Ich bin todmüde und kann nicht mehr klar denken. Entscheiden wir morgen früh, was geschehen soll.«

»Sie haben nichts zu verlieren, wenn Sie es versuchen«, sagte Addie, doch Emma hob die Hand und wandte sich zum Gehen.

Nachdem Emma die Tür hinter sich geschlossen hatte, griff Addie nach der Flasche und schenkte zuerst sich nach und dann Welcome. Ned bot sie nichts zu trinken an. Sie schaute nicht einmal auf, als er sich umdrehte und die Küche verließ. Er schaute durchs Fenster und sah Addie und Welcome die Köpfe zusammenstecken, sodass Addies Locken fast Welcomes Kopftuch berührten; und er hörte Addie Emmas Tonfall nachäffen, als sie sagte: »Ich bin selber todmüde. Wenn sie morgen früh keine Entscheidung trifft, dann treffen wir sie für sie.«

* * *

Welcome und Emma stritten sich unweit der Wäscheleine, als Ned am nächsten Morgen aus der Scheune trat, und sein erster Gedanke war, dass Emma sich offenbar entschieden hatte, Nalgitas vor der Ankunft ihres Bruders zu verlassen. Traurigkeit erfasste ihn, denn das bedeutete, dass Emma auch ihn verlassen würde.

Dann erkannte er, dass es um ihn ging, denn Welcome schimpfte gerade: »Was ist Ihnen nur eingefallen, Ihr Leben in die Hand dieses grünäugigen Rumtreibers zu legen? Haben Sie vergessen, wozu Kerle wie er fähig sind?« Ned verstand nicht, was Addies Hausmädchen damit meinte, und hätte gerne mehr gehört, doch Welcome hatte offenbar über ihre eigene laute Stimme hinweg seine Schritte wahrgenommen, denn sie fuhr herum.

»Warum sind Sie denn so aufgebracht?«, fragte Ned sie.

Welcome schnaubte. »Wird ja wohl kein Wunder sein! Miss Addie war ganz verrückt vor Sorge um Sie!«

»Das glaube ich nicht«, erwiderte Ned. Addie sorgte sich ebenso wenig um ihn wie er sich um sie. Aber vielleicht bezog sich die Bemerkung der Schwarzen ja gar nicht auf den Bankraub, sondern darauf, dass er zwei Nächte mit Emma verbracht hatte. Vielleicht hatten Addie und Welcome seine Gefühle für Emma erraten. Ned hoffte, dass das nicht der Fall wäre. Natürlich würde er Addie reinen Wein einschenken müssen, was seine und Emmas gemeinsame Pläne betraf, aber er würde das lieber erst tun, nachdem Emma das Geld von ihrem Bruder bekommen hätte. Die Begegnung mit ihm würde schwierig genug – da könnte er jetzt keine unnötigen Komplikationen brauchen. Ned überlegte, wie er es Addie beibringen sollte, aber es fiel ihm keine schonende Methode ein. Vielleicht würde sie es ja gar nicht so schwer nehmen. Sie hatten sich gut verstanden und waren länger zusammen gewesen, als sie es mit irgendjemand anderem ausgehalten hatten, aber es war ihnen beiden von vornherein klar gewesen, dass es eines Tages zu Ende wäre. Sie hatten gleich zu Beginn vereinbart, dass keiner von ihnen den anderen für sich beanspruchen würde. Addie hatte ihn nie gedrängt, sie zu heiraten, und so war ihre Beziehung erfreulich entspannt verlaufen. Er mochte Addie noch immer, aber seine Gefühle für Emma waren gänzlich anderer Natur. Zum ersten Mal verspürte er den Wunsch, mit einer Frau den Rest seines Lebens zu verbringen. Er wünschte Addie, dass sie einen Menschen finden würde, der die gleiche Empfindung in ihr weckte.

Welcome durchbohrte ihn mit einem feindseligen Blick. Er ging nicht darauf ein, sondern wandte sich Emma zu, die die Veranda herunterkam, und fragte lächelnd: »Also, was ist? Wirst du mich heiraten?«

Emma riss die Augen auf, und sie schlug ihre Hände auf den Mund, und Ned hätte sich am liebsten geohrfeigt. Emma dachte an seinen ernst gemeinten Antrag. Jetzt hatte er nur wissen wollen, ob sie zustimme, ihn ihrem Bruder gegenüber als ihren Ehemann auszugeben. »Nur für heute«, setzte er hastig hinzu. »Bis dein Bruder wieder im Zug sitzt.«

»Vielleicht findet ihr Bruder, dass Sie nicht gut genug für sie sind«, warf Welcome giftig ein.

»Ich bin gut genug für jede Frau«, gab Ned empört zurück.

Emma hatte sich gefasst und sagte: »Ich habe darüber nachgedacht und schließe mich Addies Ansicht an, dass ich nichts zu verlieren habe. Ich bekomme das Geld von John nur, wenn ich ihm einen Ehemann präsentiere. Der Plan ist gut. Außerdem werde ich Johns Verblüffung genießen, wenn er feststellt, was für einen gut aussehenden Mann ich geheiratet habe.«

Ned errötete und suchte den Schatten der Scheune. »Ich glaube, du hast dich schon davon überzeugen können, dass ich als Schauspieler nicht ganz unbegabt bin. Ich werde deinem Bruder eine glaubhafte Vorstellung geben.«

Emmas Lächeln zeigte ihm, dass sie nicht daran zweifelte. »Johns Besuch wird uns beiden einiges abverlangen. Er wird deine Beweggründe in Frage stellen, aber ich glaube nicht, dass er auf den Gedanken kommen wird, wir seien nicht verheiratet. Er hält sich für einen großen Menschenkenner, und wir müssen alles tun, um dich in einem vorteilhaften Licht erscheinen zu lassen.«

»Es ist also abgemacht?«, fragte Ned.

Emma nickte. »Wir müssen John klar machen, dass er das fragliche Stück Land nicht besichtigen kann, weil der Verkäufer, wenn er erführe, dass wir einen Partner in das Geschäft hineinnehmen wollen, einen Rückzieher machen könnte. Das wird John vielleicht schlucken, denn manchmal ist seine Geldgier so groß, dass sein gesunder Menschenverstand aussetzt.«

Welcome hatte aufmerksam zugehört, wobei ihre Augen ständig zwischen Ned und Emma hin- und hergewandert waren. Jetzt wandte sie sich an Emma. »Mir scheint, hier geht es um mehr als nur darum, einen Mann um sein Geld zu betrügen.« Die beiden sahen sie an. »Oh – das Geld ist wichtig«, sagte sie. »Sehr wichtig. Aber Geld wird ausgegeben. Klein bei klein geht es zur Neige, und irgendwann ist nichts mehr da. Was bleibt, woran Sie sich immer erinnern werden, ist die Genugtuung, dass Sie es geschafft haben, Ihren Bruder an der Nase herumzuführen.« Welcome brach in dröhnendes Gelächter aus. »Ich weiß, wovon ich rede«, setzte sie hinzu. »Es ist ein gutes Gefühl.«

»Was haben Sie denn getan, das Ihnen Genugtuung verschafft hat?«, erkundigte sich Ned.

Welcome verschränkte die Hände über ihrer Schürze. »Oh, nichts Großes. Ich tat nur, was ich tun musste. Ich arbeitete für das Ende der Drangsal und das Ende der Prügel und für Schuhe, die mir passten.«

»Nun – Sie werden bald genug Geld bekommen, um sich die schönsten Schuhe zu kaufen«, meinte Ned lächelnd. Er dachte über das nach, was Welcome zuvor gesagt hatte, und er stimmte ihr zu: Das Geld war nicht der einzige Grund für Emma, ihren Bruder über den Tisch ziehen zu wollen. Es steckte mehr dahinter. Vielleicht würde sie es ihm irgendwann erzählen. Er sah, wie sie die Hand ausstreckte und den Arm der Schwarzen tätschelte. Welcome zog ihn weg. »Es gibt keinen Grund, mich zu bedauern«, sagte sie.

* * *

Je näher Johns Ankunft rückte, umso nervöser wurde Emma, und Ned fragte sich, wie sie so seelenruhig einen Bankraub ins Auge gefasst haben konnte, wenn eine Begegnung mit ihrem Bruder sie in Panik versetzte. Nicht einmal der dramatische Ausgang ihres Zusammentreffens mit den Minders in dem Canyon hatte sie aus dem Gleichgewicht gebracht. Seit ihrer Rückkehr nach Nalgitas hatte sie die Ereignisse jenes Morgens mit keinem Wort erwähnt. Als Ned sie einmal fragte, ob es ihr gut gehe, hatte sie durch ihn hindurchgesehen und nicht geantwortet. Wenn sie darüber reden wollte, würde sie es schon zur Sprache bringen. Vielleicht würde sie es schneller vergessen, wenn sie nicht darüber sprächen.

Emmas Zustand verschlimmerte sich zusehends, und Ned rätselte, was es mit John Roby auf sich haben mochte, dass sie sich derart erregte. Addie hatte gesagt, der Mann habe etwas Gemeines an sich, etwas Gemeines von der Art, die es für sie alle zu einem Genuss machen würde, ihn zu betrügen. Vielleicht hatte Emma Angst vor ihm, fürchtete sich vor dem, was er tun würde, wenn er herausfände, dass sie ihn hinters Licht geführt hatte. Vielleicht schlug auch ihr Gewissen, weil sie vorhatte, ihren Bruder zu bestehlen, doch das glaubte Ned eigentlich nicht. Wie er sie kennen gelernt hatte, hätte das nicht zu ihr gepasst. Das war irgendwie seltsam.

Emma trat auf dem Bahnsteig unruhig von einem Fuß auf den anderen, als sie am Freitagnachmittag dort auf die Ankunft des Zuges warteten. Ned hingegen war die Ruhe selbst. Was ihm heute bevorstand, war die leichteste Aufgabe seines Lebens. Und die ungefährlichste. John Roby würde wohl kaum so töricht sein, einen Mann dafür zu töten, dass er vorgegeben hatte, mit seiner Schwester verheiratet zu sein. Außerdem trugen Farmer keine Waffen.

Das einzige Problem, das er hatte, war der Anzug, den er angezogen hatte, um John zu beeindrucken. Er schwitzte in der Hitze dermaßen, dass er das Gefühl hatte, sich aufzulösen. Er setzte sich auf eine Bank in den Schatten, während Emma auf dem Plankensteg auf und ab ging.

Emma stand der Schweiß auf der Stirn, ob das an der Hitze lag oder ihrem Hin- und Hergelaufe oder an ihrer inneren Unruhe, das wusste er nicht. Auf der Reise nach Jasper hatte sie jedenfalls nicht einmal in der Mittagshitze so geschwitzt. Zigmal kam sie zu ihm, um zu fragen, ob der Zug Verspätung habe. Schließlich setzte sie sich neben ihn auf die Kante der Bank, beugte sich vor und schaute die Gleise hinauf.

Ned versuchte sie abzulenken: »Hast du inzwischen über meine Frage nachgedacht?«

»Was meinst du?«, fragte sie zerstreut, doch dann hörte sie auf, auf der Bank hin und her zu rutschen, und schaute ihn an. »Ach so – deine Ranch.« Sie atmete tief ein, doch bevor sie weitersprechen konnten, ertönte von weit her der Pfiff einer Lokomotive, und Emma sprang auf. Sie wirkte plötzlich erleichtert, doch Ned wusste nicht, ob das daran lag, dass sie ihm nicht hatte antworten müssen, oder daran, dass das Warten auf ihren Bruder dem Ende zuging. Er gab der zweiten Erklärung den Vorzug, und in der Tat, als der Zug in den Bahnhof einfuhr, kam ihm Emma vor wie ein anderer Mensch. Sie machte einen völlig ruhigen Eindruck. Fünf Reisende stiegen aus. Als er Emma nach Luft schnappen hörte, drehte er sich um und sah einen drahtigen Mann mit Knopfaugen vor sich, der ihm auf Anhieb missfiel. Aber es war nicht John Roby, denn Emma tippte Ned an den Ellbogen und ging auf einen dunkelhaarigen Mann zu, der etwa fünf Zentimeter größer war als er, breitschultrig und ungewöhnlich gut aussehend. Ned war überrascht, hatte er doch einen Mann mit einem bösartigen Gesichtsausdruck erwartet, doch John Roby hatte ausgesprochen angenehme Züge, ein Frauen anziehendes Gesicht, dachte er. Aber das hieß gar nichts. Earlie Minder war auch ein gut aussehender Mann gewesen.

John nahm Emmas Hände in die seinen und betrachtete sie lange. Schließlich befreite sie sich und sagte: »John – ich möchte dir meinen Ehemann vorstellen, Mr Walter Withers.«

Ned merkte, dass sie bei dem Wort »Ehemann« kurz ins Stocken geriet, aber John schien es nicht aufgefallen zu sein. Er musterte Ned von Kopf bis Fuß. Als sein Blick bei den Stiefeln angelangt war, ließ er ihn langsam wieder aufwärts wandern, bis er auf Neds ausgestreckten Arm traf, und gab ihm die Hand. Sein Händedruck war fest und vermittelte keine Feindseligkeit, aber etwas in John

Robys Augen ließ Ned innerlich frösteln. Es waren kalte Augen. Ausdruckslose Augen. Ned hatte solche Augen schon gesehen. Bei Revolverhelden.

»Er wird Ned genannt«, sagte Emma zu John.

Die beiden gingen wirklich seltsam miteinander um, fand Ned. Es gab keine Nettigkeiten. Weder fragte einer den anderen nach seinem Befinden oder bemühte sich, mit Nichtigkeiten eine Unterhaltung in Gang zu bringen. Sie standen einfach nur da, bis alle anderen Reisenden gegangen oder zugestiegen waren und der Schaffner sein obligatorisches »Alles einsteigen!« gerufen hatte.

»Nun – ich nehme an, Sie würden gerne etwas trinken«, versuchte Ned die gespannte Atmosphäre zu lockern. »Es gibt in Nalgitas mehr Saloons als anständige Frauen.«

»Ich bespreche Geschäfte nicht in Saloons, und ich bin hier, um ein Geschäft zu besprechen«, erwiderte John brüsk und wandte sich Emma zu: »Hat deine Ehe dich etwa in solche Etablissements geführt, Schwester?«

Ned war drauf und dran zu erwidern, dass Emma sich regelmäßig voll laufen lasse, doch er schluckte es hinunter und ließ Emma antworten. »Es besteht kein Anlass, mich zu beleidigen, Bruder. Ich habe ein lohnendes Geschäft für dich aufgetan, und ich denke, dafür habe ich deine Anerkennung verdient.« Wenn sie in Anwesenheit eines Dritten so miteinander sprachen, wie giftig mochte ihr Umgangston dann sein, wenn sie allein waren?

John stelle seine Tasche ab, trat vom Plankensteg, hob eine Hand voll Erde auf, roch daran und ließ sie dann durch die Finger rinnen. Das hatte Ned Farmer schon öfter tun sehen. Als Junge hatte er es selbst getan. »Nicht besonders fruchtbar«, urteilte John.

»Nein – aber gut für die Viehzucht«, sagte Ned.

»Mit Viehzucht kenne ich mich nicht aus«, erwiderte John.

»Ich schon – und darum weiß ich, dass der Kauf des fraglichen Landes eine gute Geldanlage ist. Ich würde es selbst kaufen, wenn ich das Geld hätte.«

»Das sagen Sie. Ich würde mir lieber ein eigenes Urteil bilden.«

»Wie könntest du das?«, mischte Emma sich ein. »Du hast doch gerade gesagt, dass du nichts von Viehzucht verstehst.«

»Außerdem hat Ihnen Emma ja bereits geschrieben, dass wir es Ihnen nicht zeigen können. Sie müssen uns schon vertrauen. Wenn Sie das nicht tun, ist die Sache erledigt.«

»Wie sollte ich Ihnen trauen?«, gab John zurück. »Ich kenne Sie doch überhaupt nicht.«

»Du kennst mich«, mischte Emma sich erneut ein. »Du weißt, dass ich eine Ader für Geldanlagen besitze. Das hat Vater gesagt, und du selbst hast es auch gesagt. Und Ned ist ein begnadeter Viehzüchter. Er hat seine Ranch«, Emma hielt inne und lächelte Ned schelmisch an, »*unsere* Ranch aus dem Nichts aufgebaut.«

John musterte Ned so lange und eingehend, dass Ned unbehaglich zumute wurde, doch er wagte nicht, den Blick zu senken. »Sie stammen woher?«

»Ich stamme aus Iowa.«

»Dann haben Sie für den Norden gekämpft, stimmt's?« Johns Gesicht verschloss sich, und Ned fragte sich, ob die

Härte des Mannes vielleicht von etwas herrührte, was ihm während des Krieges widerfahren war. Emma hatte allerdings nie erwähnt, dass er Soldat gewesen war.

»Ich wollte als Trommler in die Armee, aber mein Vater erlaubte es nicht. Und so lief ich weg und ging stattdessen in den Westen«, antwortete Ned.

»Das muss vor mehr als zwanzig Jahren gewesen sein. Was haben Sie seitdem getan?«, wollte John wissen.

Ned fragte sich, wie Emmas Bruder wohl reagieren würde, wenn er ihm erzählte, dass er sich die Zeit damit vertrieben hatte, Banken zu überfallen, stattdessen erwiderte er: »Ich habe als Cowboy gearbeitet, zuerst in Texas und dann in Colorado. Und lange Zeit verschwendete ich meinen Verdienst an Alkohol und Frauen.« Ned beherrschte die Kunst, auf Kommando zu erröten, doch er konnte sich nicht erinnern, sie schon einmal für einen Mann bemüht zu haben. »Irgendwann kam ich zu dem Schluss, dass ich mein Leben ändern müsste, wenn ich nicht als Herumtreiber enden wollte. Also fing ich an zu sparen, und vor fünf Jahren kaufte ich dann mein Land, und es prosperiert.«

»Trinken Sie?«

»Hin und wieder, aber nie viel.«

John nickte. »Sind Sie religiös?«

Ned wusste nicht, was er darauf sagen sollte – Emma hatte nicht erwähnt, ob ihr Bruder zur Kirche ging –, und so entschloss er sich zur Ehrlichkeit. »Nicht im üblichen Sinn – aber ich versuche, ein guter Mensch zu sein. Einmal im Monat kommt ein katholischer Priester hierher und liest die Messe, doch mir gibt das nichts, weil ich kein Papist bin.« Das Thema brachte Ned auf eine Idee.

»Aber der Priester hat mich und Emma getraut. Er ist der einzige Geistliche, der nach Nalgitas kommt, und ich dachte, meine Frau wollte kirchlich heiraten, selbst wenn's nicht die richtige Kirche ist.« Er zwinkerte Emma zu, und sie senkte errötend den Blick.

John schaute sie an, als warte er darauf, dass sie den Blick wieder heben und etwas dazu sagen würde. Sie tat es aber nicht, und so wandte er sich wieder Ned zu. »Was ist das für eine Geschichte mit diesen Goldfunden?«, fragte er.

Ned nahm seinen Hut ab und kratzte sich am Kopf. »Es geht irgendetwas vor da draußen, aber da ich nicht dort war, weiß ich nicht, was. Der Preis, den der Verkäufer für sein Land haben will, ist so niedrig, dass ich denke, der Mann hat noch gar nichts von den angeblichen Funden gehört – und es wäre unklug, ihn mit der Nase darauf zu stoßen, denn dann würde er natürlich sofort mehr verlangen. Außerdem gebe ich nichts auf Gerüchte.« Emmas Lächeln zeigte ihm, dass er das Richtige gesagt hatte – und so, wie Emma ihren Bruder beschrieben hatte, würde die bloße Möglichkeit, Gold zu finden, ihm den Landkauf schmackhaft machen.

Wind kam auf und wirbelte den Staub auf. John setzte sich auf die Kante der Planken des Bahnsteigs und presste die Handwurzeln auf die Augen. Emma setzte sich sofort neben ihn und begann seinen Nacken zu massieren. Es verblüffte Ned, dass sie sich trotz des gespannten Verhältnisses zu ihrem Bruder so fürsorglich zeigte. »Die Kopfschmerzen fangen wieder an, stimmt's?«, sagte sie. John nickte, und sie fuhr fort: »Wir bringen dich ins Hotel und fragen, ob sie dir einen Umschlag aus rohen Kartoffeln für dein Auge zurechtmachen. Ned und ich logieren in einer Pension, aber da dort kein Zimmer mehr frei ist, haben wir dir woanders eins bestellt.« Sie richtete ihren Blick auf Ned. »John bekommt hin und wieder schreckliche Kopfschmerzen, und dann ist Sonne das reine Gift für ihn. Er braucht Dunkelheit.« Lautlos formte sie mit den Lippen die Worte »Der Krieg!«

Johns Kopfschmerzen interessierten Ned herzlich wenig – er hoffte nur, sie würden John nicht daran hindern, das Geld rauszurücken. Vielleicht waren die Kopfschmerzen ja sogar ein Glücksfall, dachte Ned, denn er konnte sich vorstellen, dass sie Johns Urteilsvermögen beeinträchtigten. »Wir haben nicht viel Zeit«, sagte er. »Am besten wickeln wir das Geschäft hier und jetzt ab.«

Die Schmerzen standen John ins Gesicht geschrieben, als er die Hände senkte und zu Ned aufschaute. »Einverstanden.«

»Dann geben Sie mir Ihr Geld«, forderte Ned ihn auf. »Wir müssen bar bezahlen. Ich erledige das, während Emma sich um Sie kümmert.«

John drückte wieder die Handwurzeln auf die Augen und wiegte sich eine Weile schweigend vor und zurück. Dann stand er auf und blickte Ned in die Augen. »Zuerst will ich Ihr Geld sehen.«

»Was?«, fragte Ned verdattert.

»Ihre fünftausendsiebenhundertfünfzig. Wenn jeder von uns die Hälfte aufbringen soll, dann möchte ich Ihre Hälfte sehen, bevor ich Ihnen meine aushändige.«

»Ich habe das Geld nicht dabei.« In Neds Kopf überschlugen sich die Gedanken. »Sie können doch nicht erwartet haben, dass ich eine solche Summe spazieren trage.«

»Doch, ich konnte.«

Emma warf Ned einen panischen Blick zu und sagte in der nächsten Sekunde mit völlig ruhiger Stimme zu John: »Er hat das Geld, das kann ich dir versichern. Ich habe es gesehen«, und sie legte ihrem Bruder die Hand auf den Arm.

Er schüttelte Emmas Hand ab und starrte Ned mit Augen an, die so kalt und farblos waren wie das Wasser eines Gebirgsbaches, und machte einen Schritt auf Ned zu. »Halten Sie mich für einen Trottel?« In Emmas Augen, die einen Schritt hinter und neben ihrem Bruder stand, las Ned verzweifelte Aufgeregtheit.

»Wir werden es dir später zeigen, John. Ned und ich werden den Vormittagszug nach Jasper nehmen, wo wir die Transaktion erledigen. Der Verkäufer hat einen Narren an mir gefressen und möchte das Geschäft mit mir abschließen. Gib mir das Geld jetzt, ich werde es zu Neds tun, und wir zeigen dir morgen das Ganze.«

»Okay, dann werde ich es dir morgen früh hier kurz vor der Abreise geben.«

Emma atmete tief durch: »O nein. Bei der Übergabe können wir keine Zuschauer gebrauchen, willst du, dass wir ausgeraubt werden? Übergib es jetzt, ich werde es sicher verwahren, und die Gefahr, dass Ned und ich überfallen werden könnten, ist vermieden.«

»Ich weiß nicht, was dir im Zug widerfährt, aber ich weiß, dass ich, noch bevor ihr einsteigt, beraubt werden soll«, erwiderte John mit einer Stimme, die so kalt war wie seine Augen.

»Von deiner eigenen Schwester?« Emmas Stimme klang ebenso eisig wie die ihres Bruders.

»Von einem Mann, den ich vor ein paar Minuten noch gar nicht kannte. Ich habe zugestimmt, eine Partnerschaft mit ihm einzugehen, aber es ist wirklich zu viel verlangt zu erwarten, dass ich ihm mein Geld auf Treu und Glauben aushändige. Morgen früh, nachdem ich seine Dollars gezählt habe und er meine gezählt hat, werden dein Mann und ich dir gemeinsam die gesamte Summe übergeben. Dann wirst du allein nach Jasper fahren, denn wie du gesagt hast, will der Verkäufer das Geschäft mit dir machen, und Ned und ich werden hier auf deine Rückkehr warten. Wenn dein Mann mit dir führe, wäre er mir gegenüber im Vorteil.« John verzog das Gesicht vor Schmerz und drückte eine Hand auf sein rechtes Auge. Dann nahm er seine Tasche und fragte nach dem Weg zum Hotel. »Ich schlage vor, wir treffen uns morgen ein paar Minuten vor Ankunft des Zuges an dieser Stelle. Wenn ihr nicht erscheint, nehme ich den nächsten Zug nach Kansas.« Ohne ein Abschiedswort setzte er sich in Bewegung und ging die Straße hinunter, in die Stadt, ging an der Chili Queen vorbei, ohne sie eines Blickes zu würdigen.

Als John außer Sicht war, setzte Ned sich auf die Kante der Planken. »Mann!«, sagte er. »Ich habe noch nie jemanden kennen gelernt, der mir auf Anhieb so unsympathisch war.« Emma ließ sich neben ihn sinken und stopfte ihren Rock unter ihre Beine, damit der Wind ihn nicht hochwehen konnte. »Es war eine dumme Idee. Ich hätte wissen müssen, dass John sich nicht so leicht reinlegen lassen würde. Wenn jetzt ein Zug abführe, würde ich einsteigen, und es wäre mir auch gleichgültig, wohin er mich brächte.«

Ned schaute sie überrascht an. »Du gibst auf?«

»Was bleibt mir anderes übrig?«

Statt einer Antwort beugte Ned sich vor, legte die Hände zwischen den Knien aneinander und sagte: »Was ist, wenn dein Bruder in der Stadt Fragen stellt?«

»Das würde er nie tun«, erwiderte Emma. »Dazu ist er zu zurückhaltend. Außerdem werden die Kopfschmerzen ihn bis morgen früh an sein Hotelzimmer fesseln. Er wird den Kartoffelumschlag auf sein Auge legen und Senfpflaster um seine Handgelenke und auf den Nacken, und er wird heiße Fußbäder machen. Danach muss er ins Bett und bei Dunkelheit ganz still liegen. Er isst und trinkt kaum etwas, wenn er diese Anfälle hat, und manchmal sind die Schmerzen so stark, dass er nicht einmal sprechen kann. Außerdem würde er sich auch niemals nach uns erkundigen, weil er Angst hätte, dass ihn jemand auslachen könnte. John hasst es wie die Pest, sich lächerlich zu machen.« Emma stand auf und rückte ihren Hut zurecht. »Vielleicht ist Addie so nett, mich noch eine Nacht unter ihrem Dach zu beherbergen. Wenn John mit dem Zug nach Kansas unterwegs ist, werde ich weitersehen.«

»Du gibst tatsächlich auf?« Ned konnte es nicht fassen.

»Du hast doch gehört, was John gesagt hat«, erwiderte sie. »Er gibt uns sein Geld nur, wenn wir ihm fünftausendsiebenhundertfünfzig Dollar vorweisen, und wenn wir uns diese Summe nicht bis morgen früh durch einen Bankraub beschaffen können, sind wir erledigt.«

Ned starrte nachdenklich vor sich hin. Plötzlich spürte er Emmas Hand auf seinem Arm. »Es war töricht, mit dem Geld zu rechnen«, sagte sie, »obwohl ich es schön fand, mir auszumalen, was wir damit tun würden.« Er hörte sie lächeln, als sie fortfuhr: »Es wird mir immer warm ums Herz werden, wenn ich daran denke, dass wir zusammen auf der Veranda der Ranch in Colorado hätten sitzen können.«

Ned richtete sich auf, atmete tief durch und schaute Emma fest an. »Was wäre, wenn ich das Geld hätte? Wenn ich die gesamte Summe aufbringen könnte? Wenn ich die Ranch kaufen könnte – würdest du dann dort mit mir leben?« Er errötete, aber diesmal unbeabsichtigt. »Würdest du mich heiraten?«

Emma blickte lange schweigend in die Ferne. Die Berge im Westen zeichneten sich dunkelblau gegen den Abendhimmel ab. Emma band die Schleife ihres Häubchenhutes auf, nahm ihn ab und fächelte sich damit Kühlung zu.

»Ich habe es noch nie zuvor gewagt, mich so weit auf eine Frau einzulassen«, fuhr Ned fort, als sie nicht antwortete. »Ich will diese Ranch so sehr, dass ich jeden umbringen würde, der sie mir wegnehmen wollte – sogar deinen Bruder –, und ich bitte dich, diese Ranch mit mir zu teilen.« Er grinste. »Nachdem wir bei einem Geistlichen waren, natürlich.«

Jetzt wandte Emma sich ihm zu. »Lass mir Zeit«, bat sie ernst.

Ned packte sie am Arm. »Nein! Ich will deine Antwort jetzt!«

»Wieso die Eile?«, fragte Emma verständnislos.

»Weil davon abhängt, wie die Geschichte mit deinem Bruder weitergeht.«

Emma schaute wieder in die Ferne und dachte nach. Schließlich sagte sie: »Ja – ich glaube, wenn wir die Ranch kaufen könnten, würde ich mit dir gehen.« Sie lächelte traurig. »Ich danke dir für deinen Antrag. Ich hoffe, du wirst nicht vergessen, dass mir viel an dir liegt – und dass du mir eines Tages verzeihen wirst.«

Ned verstand nicht, was sie damit meinte, aber er war zu aufgeregt, um nachzufragen oder sich den Kopf darüber zu zerbrechen. »Trockne deine Tränen, mein Mädchen!«, sagte er lachend. »Ich habe das Geld!« Erschrocken schaute er sich um, doch es war niemand in der Nähe. Trotzdem senkte er die Stimme, als er fortfuhr. »Wirklich! Es ist in der Scheune versteckt. Mehr als fünftausend Dollar! Sie stammen aus einem Bankraub, und mit dem, was wir von den Minders … hm … geerbt haben«, er lachte wieder, diesmal jedoch leise, »haben wir mehr als genug.« Schwindlig vor Glück nahm er Emmas Hände in seine. Er hatte ihr einen Heiratsantrag gemacht, und sie hatte Ja gesagt, und sie würden bis ans Ende ihrer Tage auf der Ranch in den Bergen von Colorado zusammen sein. Er zog sie an sich und küsste sie auf den Mund. Sie erwiderte den Kuss. Dann warf sie einen Blick um sich. Sie waren noch immer allein. Emma beugte sich vor und küsste ihn noch einmal.

* * *

Auf dem Rückweg zur Chili Queen erläuterte Ned Emma seinen Plan, wobei er immer wieder lachen musste, weil

John in seinem Bestreben, sich zu schützen, die idealen Voraussetzungen für sie geschaffen hatte, Nalgitas mit dem Geld zu verlassen. Er und John würden Emma ihr Geld am nächsten Morgen auf dem Bahnhof übergeben, und Emma würde allein in den Zug nach Jasper steigen, wie John es verlangt hatte. Aber anstatt in Nalgitas auf ihre Rückkehr zu warten, würde Ned zu ihr nach Jasper reiten, sobald er sich von John loseisen konnte. Da der Zug nicht direkt nach Jasper fuhr, sondern den Umweg über What Cheer machte, würde Ned vielleicht sogar rechtzeitig ankommen, um Emma am Bahnhof abzuholen. John würde Emmas Rückkunft erst für den nächsten Tag erwarten, und dann würde es ihn einen weiteren Tag kosten, ihr nach Jasper zu folgen, und damit wären sie ihm zwei Tage voraus, die sie wahrscheinlich gar nicht brauchen würden. John würde annehmen, sie wären mit dem Zug weiter in Richtung Westen gefahren – wie sollte er auch auf den Gedanken kommen, dass sie zu Pferde auf dem Weg nach Colorado waren? »Nimm nur mit, was dir wichtig ist, denn ich glaube kaum, dass Addie in der Stimmung sein wird, dir deinen Koffer nachzuschicken.«

»Wirst du Addie sagen, dass wir zusammen fortgehen?«, fragte Emma, als sie zur Chili Queen abbogen und ihre Schritte verlangsamten, um ihr Gespräch zu beenden, bevor sie die Tür erreichten.

»Das werde ich anstandshalber wohl tun müssen – aber jetzt noch nicht. Erst bevor ich losreite.« Er wollte nicht riskieren, dass Addie ihm seine Hochstimmung verdürbe, indem sie ihm eine Szene machte. Das sähe ihr zwar nicht ähnlich, aber man konnte nie wissen, wie eine Frau reagierte, wenn sie verlassen wurde.

Addie war nicht in der Küche, als Ned und Emma hereinkamen, und das kam ihm sehr gelegen. Aus dem Salon schallte das Gelächter der beiden Prostituierten herüber und dann Addies laute Stimme. Emma wirkte angespannt, aber das verwunderte ihn nicht. Immerhin war sie drauf und dran, ihren Bruder zu berauben und dann Ned Partner zu heiraten. Da wäre wohl jede Frau angespannt gewesen. Sie erklärte Ned, sie müsse packen, ging in ihr Schlafzimmer, Addies Zimmer, und schloss die Tür hinter sich. Ned hatte ebenfalls zu packen. Auf dem Weg zu seinem Quartier begegnete ihm Welcome.

»Haben Sie mein Geld?«, fragte sie erwartungsvoll.

»Morgen«, erwiderte er gereizt. »Morgen bekommen wir's, auf dem Bahnhof. Und dann bekommen Sie Ihren Anteil so schnell wie möglich.«

»Seien Sie doch nicht so giftig«, rügte ihn die Schwarze.

»Ich habe das Geld genauso verdient wie Sie – nämlich gar nicht.«

»Ohne mich gäbe es überhaupt kein Geld.« Welcome machte eine wegwerfende Handbewegung. »Sie hören sich wie ein weißer Prediger an.« Ohne ein weiteres Wort ging sie an ihm vorbei ins Haus.

Ned betrat die Scheune und sperrte die Tür zu seiner Schlafkammer auf. Auch er konnte nicht damit rechnen, dass Addie ihm seinen Koffer nachschicken würde, und so öffnete er den Deckel, um zu entscheiden, was er daraus mitnehmen wollte. Die Fotografie seiner Familie fiel ihm in die Hände. Während er sie betrachtete, beschloss er, seiner Schwester Alice zu schreiben, sobald er und Emma sich auf der Ranch eingerichtet hätten. Vielleicht würde er sie sogar nach Colorado einladen. Der Gedanke machte ihn lächeln. Nach zwanzig Jahren als Einzelgänger würde er wieder eine Familie haben. Vielleicht würde er ja sogar eine eigene Familie haben! Bis er Emma kennen lernte, hatte er nie an so etwas gedacht. Er fragte sich, ob sie wohl noch Kinder bekommen könnte. Sie hatte ihm erzählt, sie sei älter als fünfunddreißig, aber das müsste noch jung genug sein. Seine Mutter hatte noch mit über vierzig Kinder zur Welt gebracht – ›geworfen‹, wie sein Vater es ausdrückte –, und sogar zwei Töchter. Aber wenn Emma nicht schwanger würde – nun, davon ginge die Welt auch nicht unter.

Ned wickelte seine Kleidung und das Foto in zwei Decken und machte eine Rolle daraus, die er mit Stricken zusammenband, damit er sie hinter seinem Sattel festgurten konnte. Dann verstaute er, was er sonst noch mitnehmen wollte, in den Satteltaschen, wobei er Platz für Proviant ließ. Nachdem er den Rest seiner Habseligkeiten wieder in den Koffer gepackt hatte, holte er hinter einem Brett einen Lederbeutel hervor, zog ihn auf, schüttete das Geld auf sein Bett, tat die Minder-Beute dazu und machte sich daran, fünftausendsiebenhundertfünfzig Dollar abzuzählen, die er in den Beutel zurücklegte. Den Rest – fast fünfhundert Dollar – steckte er in die Tasche. Der Beutel verschwand in seinem Versteck.

Als Ned die Vorbereitungen beendet hatte, war es dunkel geworden und ihm knurrte der Magen. Er ging in die Küche hinüber, wo Welcome einen Hackfleischeintopf und zwei Teller auf den Tisch gestellt hatte, und aß eine große Portion. Er überlegte, ob er Emma etwas bringen sollte, doch als er die leere Whiskeyflasche entdeckte, dachte er, dass sie dem Eintopf vielleicht einen kräftigen Schluck vorgezogen hatte. Er hätte gerne an ihre Tür geklopft, beschloss jedoch, sie lieber nicht zu stören. Sie hatten einen schwierigen Tag vor sich, und vielleicht schlief sie ja schon. Ned stellte sich vor, wie sie in einem hochgeschlossenen weißen Nachthemd im Bett lag, und musste lächeln. Er drehte sich eine Zigarette und lauschte, während er sie rauchte, den Geräuschen, die aus dem Salon nach hinten drangen. Eine Frau kreischte und lachte dann schrill, worauf dröhnendes Männergelächter folgte. Er glaubte, Addies Stimme zu hören und das Klimpern von Gläsern. Addie sollte ein Klavier kaufen und einen Pianisten engagieren, dachte er und nahm sich vor, ihr das zu sagen. Dann fiel ihm ein, dass er sie am nächsten Morgen nicht sehen würde, sie vielleicht nie mehr in seinem Leben sehen würde. Er überlegte, ob er das bequeme Leben vermissen würde, das er in der Chili Queen geführt hatte, und kam zu dem Schluss, dass er ihm keine Träne nachweinen würde. Nicht, wenn er Emma bei sich hatte. Auf seiner Ranch in Colorado.

Er drehte sich noch eine Zigarette, stand auf, ging zum Fenster und schaute zum Himmel hinauf. Er war mit funkelnden Sternen übersät, und dazwischen hing ein Halbmond. Er würde ihm und Emma in der nächsten Nacht auf ihrem Weg nach Colorado leuchten. Sein Blick schwenkte nach unten, und er nahm eine Bewegung beim Hühnerstall wahr, in dem Welcome wohnte. Mit zusammengekniffenen Augen versuchte er auszumachen, was es war – vielleicht ein Hund oder ein Kojote –, und sah plötzlich Welcome aus dem Schatten auftauchen und mit großen Schritten in Richtung Stadt gehen. Ned fragte sich, wohin sie wohl so eilig unterwegs sein mochte, doch als er ins Freie hinaustrat, vergaß er die Schwarze. Er atmete genießerisch die mit Salbeiduft geschwängerte Luft ein, warf seine Zigarette weg und machte sich auf den Weg zur Scheune. Ned Partner fühlte sich großartig.

Am nächsten Morgen fühlte er sich immer noch gut, obwohl er nicht viel geschlafen hatte und wenn, dann von Albträumen geplagt. Er gab den Minders die Schuld daran und hoffte, dass Emma besser geschlafen hätte. Als Ned die Küche betrat, empfing ihn dort zu seinem Leidwesen Addie. Offenbar war sie gar nicht im Bett gewesen, denn sie trug ein mit Federn und allerlei Tand geschmücktes Kleid. Welcome stand am Herd und briet Eier und Hammelkoteletts.

»Welcome sagt, ihr habt das Geld noch nicht.« Addie sah irgendwie traurig aus.

»Oh, das kommt schon«, beruhigte Ned sie. »Emmas Bruder hat versprochen, es uns auf dem Bahnhof zu geben. Emma wird damit nach Jasper fahren. Wir haben ihm erzählt, dass das Geschäft dort abgeschlossen wird.«

Welcome brachte Addie ihr Frühstück, doch die schob es Ned hin und beugte sich zu ihm vor. Ihr üppiger Busen ruhte auf dem Tisch. »Fährst du mit ihr?«, fragte sie.

Ned verneinte und zog den Teller zu sich heran.

»Du lässt sie ganz allein mit dem vielen Geld?« Addie war fassungslos.

Ned warf einen Blick zu der geschlossenen Schlafzimmertür hinüber und antwortete dann: »Ihr Bruder hat darauf bestanden, dass ich hier bleibe. Ich vertraue ihr. Sie wird uns unseren Anteil zurückschicken. Wenn nicht, zahle ich euren aus meiner Tasche.«

Addie stieß einen undefinierbaren Laut aus und bedeutete Welcome, ihr nun doch einen Teller zu bringen. »Ich bin irgendwann nüchtern ins Bett gegangen, und ich merke, dass ich Appetit habe.« Sie wandte sich wieder Ned zu. »Und der Mann gibt euch einfach so sein Geld?«

In diesem Augenblick öffnete sich die Schlafzimmertür, und Emma trat in ihrem Reisekomplet heraus. Sie schien auch nicht viel geschlafen zu haben. Offenbar hatte sie den letzten Satz noch gehört, denn sie sagte: »Ned wird ihm zuerst sein Geld zeigen müssen. Wissen Sie noch, dass ich John schrieb, Ned würde die Hälfte des Kaufpreises aufbringen?« Addie nickte.

»Nun – John will den Beweis haben. Ned sagt, er habe die Summe in einem Versteck liegen.«

Ned war nicht begeistert, dass sie die Sprache darauf gebracht hatte. Er schaute zu Addie hinüber, die stirnrunzelnd auf die vor ihr stehende Kaffeetasse starrte. Plötzlich erhellte sich ihre Miene. »Das Geld würde ich auch gerne sehen«, erklärte sie und drehte sich zu Welcome um. »Würdest du es nicht gerne sehen?«

Welcomes Blick glitt von Addie zu Emma, und dann fragte sie sie, anstatt Addie zu antworten, ob sie frühstücken wolle. Emma schüttelte den Kopf.

»Was könnten wir auf dem Bahnhof tun, außer stören?« fragte Welcome Addie.

»Das werden wir sehen, wenn es so weit ist«, erwiderte sie. »Ja, das werden wir sehen.«

Ned war entsetzt. Hier bot sich ihm die Chance seines

Lebens, und nun drohte Addie alles zu verderben. Also sagte er ihr geradeheraus, dass sie wegbleiben solle. Auch Emma protestierte, hielt Addie und Welcome vor Augen, dass ihr Erscheinen Johns Misstrauen wecken würde. Außerdem, setze sie hinzu, würde John sich vielleicht an Addie erinnern, denn er habe sie gesehen, ihr, Emma, ja in Palestine den Platz neben ihr zugewiesen. John habe ein gutes Gedächtnis für Gesichter, sagte sie. Und auch Welcome war gegen Addies Idee, denn sie sah, wie sie erklärte, ihre zweihundertfünfzig Dollar gefährdet.

Aber Addie wischte mit einer Handbewegung alle Einwände beiseite und verbat sich, dass die drei ihr Vorschriften machen wollten. Sie habe das Recht, zum Bahnhof zu gehen, wenn sie Lust dazu verspüre. Und außerdem würde sie sich so unauffällig kleiden wie Emma, und nicht einmal die Kunden von letzter Nacht würden sie erkennen. Sosehr sich Ned, Emma und Welcome auch bemühten, Addie ließ sich nicht umstimmen. Als Ned nicht mehr ein noch aus wusste, hatte Emma den rettenden Einfall: Sie würden Addie einfach in ihren Plan einbeziehen. John bekäme eben noch ein weiteres Märchen zu hören. Sie würden ihm erzählen, dass Addie die Pension führe, in der sie logierten, und zufällig mitbekommen habe, wie sie darüber sprachen, über fünftausend Dollar zum Bahnhof zu bringen. Sie habe, sosehr sie sich auch bemüht hätten, es ihr auszureden, darauf bestanden, sie zu begleiten, um dafür zu sorgen, dass sie nicht überfallen und ausgeraubt würden. Sie sei nicht ganz richtig im Kopf, und sie hätten befürchtet, dass sie die Sache herumposaunen würde, wenn sie ihr nicht ihren Willen ließen. Daraufhin ging Addie in ihr Schlafzimmer und rief Welcome zu, sie solle ihr heißes Wasser bringen. Welcome goss den Inhalt des Teekessels in die Waschschüssel und schloss die Tür hinter sich, als sie wieder herauskam. Addie blieb so lange in ihrem Schlafzimmer, dass Ned schließlich mit der Faust an die Tür schlug und drohte, ohne sie zu gehen. Sekunden später erschien Addie in einem langen, formlosen, zweiteiligen Kleid aus dunkler Baumwolle, das sie wie einen Sack aussehen ließ. Ihr kupferrotes Haar hatte sie unter einem weißen Sonnenhäubchenhut verborgen, und eine hässliche Handtasche, wie ein Picknickkorb, vervollständigte das Bild. Addie hatte Recht gehabt: So würde sie keiner ihrer Kunden erkennen. Nicht einmal Ned hätte sie in dieser Aufmachung erkannt, wenn er ihr auf der Straße begegnet wäre.

John saß auf einer Bank vor dem Bahnhof, als Ned mit Emmas schwerer Reisetasche und den drei Frauen ankam. John stand auf, ließ den Blick von Ned und Emma zu Addie und Welcome wandern, und es war deutlich zu sehen, dass die Konstellation nicht seinen Beifall fand. »Wer sind die beiden?«, wollte er wissen.

»Guten Morgen, John«, begrüßte Emma ihren Bruder. »Ich hoffe, deine Kopfschmerzen haben sich gebessert.«

»Einigermaßen«, erwiderte er knapp.

»John ist am Tag nach einer solchen Attacke immer sehr angeschlagen«, erklärte Emma den Anwesenden. »Er kann dann kaum etwas anderes zu sich nehmen als Brandy und Zucker. Hast du gefrühstückt?«

»Ein Brot mit Honig und ein weiches Ei.« Mit einer ungeduldigen Handbewegung beendete er die Fragen nach seiner Gesundheit.

»Darf ich vielleicht erfahren, wer diese Frauen sind?«

»Natürlich«, antwortete Emma eingeschüchtert. »Das sind Mrs French, die Inhaberin der Pension, in der wir logieren, und ihre Haushaltshilfe Welcome.«

Addie schenkte John einen schelmischen Blick – sie konnte nichts dafür, dachte Ned, das war eben ihre Natur –, und Welcome strahlte ihn an. Ned bemerkte, dass sie sich eine frische Schürze umgebunden hatte.

Er wollte Addies und Welcomes Anwesenheit erklären, doch Emma hob die Hand, nahm John beiseite und sprach mit ernstem Gesicht auf ihn ein. Als sie geendet hatte, bedachte John die Frauen mit einem finsteren Blick, aber Emma sagte, sie würden doch nicht wirklich stören, und daraufhin ignorierte er sie einfach.

»Ich habe das Geld mitgebracht«, sagte Ned leise, obwohl außer ihnen niemand auf dem Bahnsteig stand. Er zog den Beutel heraus, den er am Morgen aus seinem Versteck geholt hatte. Im gleichen Moment zog John eine Brieftasche aus seinem Jackett und reichte sie Ned. Die beiden Männer wandten sich ab, um das Geld des jeweils anderen zu zählen, während Emma nervös von einem zum anderen schaute.

»Es ist korrekt«, sagte John schließlich.

»Natürlich. Dachten Sie, ich würde den Bruder meiner Frau betrügen?«, spielte Ned die gekränkte Unschuld. Seine innere Unruhe war verflogen – wie jedes Mal, wenn es zur Sache ging. »Welcher Mann bestiehlt seine Verwandten?« John antwortete nicht. Er nahm Ned die Brieftasche aus der Hand und gab sie und Neds Geldbeutel an Emma weiter. Emma wollte beides in ihren Beutel tun, aber Addie, die die Vorgänge beobachtete, runzelte die Stirn. Sie setzte zum Sprechen an, machte den Mund wieder zu, konnte ihn dann aber doch nicht halten. »Ich möchte mich ja nicht einmischen – aber da drin wäre das Geld leichte Beute«, wandte sie sich an Emma. »In Zügen fahren immer Taschendiebe mit. Mir sind in dem Zug, den Sie heute nehmen werden, das letzte Mal zwanzig Dollar gestohlen worden. Sie müssen es einwickeln und am Körper tragen.«

»Wie bitte?«, fragte Emma verdutzt.

Addie holte ein schwarzes, quadratisches Seidentuch aus ihrer Tasche und reichte es Emma, die das Geld darin einschlug, aber Addie war mit dem Resultat nicht zufrieden, nahm ihr das Päckchen ab, wickelte das Geld richtig fest ein und verknotete die Ecken. Dann zog sie den langen Seidenschal von ihrem Hals. »Ich werde Ihnen das Paket auf den Leib pappen«, sagte sie, hob das Mieder ihres Kleides an und hielt das Geldpäckchen in Höhe ihrer Taille, um Emma verständlich zu machen, was sie meinte. Dann wies sie Emma an, die Arme zu heben, damit sie ihr das Päckchen anlegen konnte. Als sie Ned beim Zuschauen ertappte, räusperte sie sich. »Auch wenn sie Ihre Frau ist, so ist sie doch eine Lady«, rügte sie ihn in strengem Ton, und Ned senkte verlegen den Blick. John musste sich ebenfalls betroffen fühlen, denn er wandte sich ebenfalls ab.

Addie fixierte das Päckchen mit dem langen Schal über dem Korsett, doch die Seide war rutschig, und so kramte sie eine Geldbörse, eine schlanke, wie ein Briefkuvert gearbeitete Ledertasche aus ihrem picknickkorbartigen Beutel. Sie schüttete die Münzen in ein Taschentuch, steckte das Geldpäckchen hinein und schloss die Börse.

Dann legte sie die Geldtasche um Emmas Wespentaille, schlang den Seidenschal zweimal um sie herum und machte einen so festen Knoten, dass Emma diese Befestigung mit einem Messer würde durchtrennen müssen, um die Geldtasche abzunehmen. Aber Ned war sicher, dass Addies Eifer nicht allein der Sicherheit des Geldes galt, sie wünschte Emma auch eine möglichst unbequeme Reise. Die Geldtasche würde sie bestimmt drücken. Allerdings nahm Ned an, dass Emma sich nicht daran stören würde. Nach allem, was sie durchgemacht hatte, könnten ein paar blaue Flecken sie wohl kaum erschüttern. Und sich auszumalen, daran zu denken, was sie mit dem Geld vorhatten, würde genügen, um sie über die Unbequemlichkeit hinwegzutrösten.

»Sie sehen nur etwas unförmig aus«, sagte Addie, nahm ihren Worten aber mit einem Lächeln die Unfreundlichkeit. »Ich wünsche Ihnen eine gute Reise, meine Liebe.« Sie stellte sich auf die Zehenspitzen und küsste Emma auf die Wange. »Wenn Sie zurückkommen, spendiere ich Ihnen eine Sahnetorte.«

Der Zug fuhr in den Bahnhof ein. John zeigte eine einfache Fahrkarte nach Jasper vor, Emma und Ned konnten die Rückfahrt bezahlen, und die fünf steuerten auf die Wagen zu. Emma versprach, am nächsten Tag zurück zu sein. »Pass auf dich auf, Schatz«, spielte Ned den fürsorglichen Ehemann. Er überlegte, ob er ihr einen Abschiedskuss geben sollte, doch als er Johns feindseligen und Addies gespannten Blick sah, entschied er sich dagegen. Emma stieg ein, suchte sich einen Platz und beugte sich aus dem Fenster, um zu winken, als der Zug anrollte.

Sie schauten ihm nach, bis Emma nicht mehr zu erkennen war, und dann wandte John sich an Ned: »Meine Kopfschmerzen werden wieder stärker. Ich brauche Laudanum. Gibt es einen Apotheker in der Stadt?«

»Ich zeige Ihnen, wo«, erbot sich Welcome. »Ich muss sowieso zum Einkaufen.«

Ned hatte Mühe, seine Freude über die Rückkehr von Johns Leiden zu verbergen. Er hatte damit gerechnet, dass Emmas Bruder ihm den ganzen Tag nicht von der Seite weichen würde, doch wenn er so starke Kopfschmerzen hatte, dass er dagegen ein Rauschmittel einnehmen müsste, würde er sich wahrscheinlich wieder ins Bett legen. Das bedeutete, das Ned umgehend nach Jasper aufbrechen könnte. »Ich habe einiges zu erledigen«, sagte er. »Wenn ich es rechtzeitig schaffe, komme ich nach Sonnenuntergang zu Ihnen. Vielleicht geht es Ihnen dann ja gut genug, dass Sie sich ein wenig die Beine vertreten und etwas essen möchten.« Er lächelte in sich hinein, als er daran dachte, dass er die Sonne viele Meilen von Nalgitas entfernt untergehen sehen würde. Als John nicht antwortete, setzte er hinzu: »Wenn Sie aber noch nicht aufstehen könnten, werde ich Mrs French bitten, Ihnen von Welcome eine Portion Hühnerbrühe bringen zu lassen.«

»Ich komme allein zurecht«, erwiderte John abweisend. »Wir treffen uns morgen früh wieder hier auf dem Bahnhof. Wenn Emma zurück ist, werden wir uns über die Rinder unterhalten – nur wir drei.« Er bedachte Addie mit einem Blick, der unmissverständlich ausdrückte, dass sie dabei nichts verloren hätte. »Lassen Sie uns gehen«, sagte er zu Welcome.

»Ich bin bereit«, antwortete sie, und die beiden machten sich eiligen Schrittes auf den Weg.

Ned und Addie folgten in gemäßigterem Tempo. Schweigend gingen sie nebeneinander her. »Ich reite dann mal los«, sagte er, als sie die Chili Queen erreichten.

Addie stieg die Vordertreppe hinauf, band die Schleife unter ihrem Kinn auf und nahm die Sonnenhaube ab. »Kommst du wieder, Ned?«, fragte sie.

Ned lächelte sie an. »Natürlich. Warum sollte ich nicht?«

»Ich will eine ehrliche Antwort.« Addies Stimme zitterte leicht. Ned trat zu ihr. Da sie auf der Treppe stand, befanden sich ihrer beider Augen auf gleicher Höhe. Addies waren feucht. Neds Gefühl für Anstand veranlasste ihn, ihr die Wahrheit zu sagen, doch ansehen konnte er sie dabei nicht. »Nein. Ich denke, wir werden uns nicht wiedersehen.«

»Das hatte ich mir schon gedacht.« Addies Stimme brach. Ned wollte verhindern, dass sie ihm aus Enttäuschung irgendwelche Bösartigkeiten an den Kopf warf, und so fügte er besänftigend hinzu: »Wir hatten eine schöne Zeit miteinander, Addie. Für mich war es die schönste Zeit. Ich habe dich wirklich geliebt, und ich danke dir. Aber wir waren uns von Anfang an einig, dass es nicht für die Ewigkeit sein würde. Ich dachte zwischendurch, es wäre vielleicht doch nett zusammenzubleiben, aber du sagtest immer wieder, du wolltest nichts Dauerhaftes, und so gab ich den Gedanken auf.« Er hob den Blick. »Ich werde dir dein Geld schicken. Du kannst dich darauf verlassen.«

Addie nickte und schaute ihn lange an, während

Tränen über ihre runden Wangen rollten. Sie setzte zum Sprechen an, überlegte es sich jedoch anders, machte auf dem Absatz kehrt und verschwand im Haus. Ned starrte die ins Schloss gefallene Tür an und fand, dass der Knall ein passendes Symbol für das abrupte Ende ihrer Beziehung darstellte. Die Tür hatte sich hinter vier gemeinsamen Jahren geschlossen, und er hatte nicht den Wunsch, sie wieder zu öffnen. Aber er nahm sich vor, Addie noch eine Freude zu machen. Er würde ihr die zweihundertfünfzig Dollar für Welcome schicken und fünfhundert für sie selbst, das Doppelte des Betrages, den sie erwartete.

»Mach's gut, Addie«, sagte Ned leise, drehte sich um und eilte zur Scheune, wo er die Deckenrolle und die Satteltaschen holte. Dann versorgte er sich in der Küche mit Proviant, sattelte sein Pferd, saß auf und ritt davon, ohne sich noch einmal nach der Chili Queen umzublicken.

Als Ned in Jasper eintraf, war der Zug noch nicht angekommen. Vielleicht habe er eine Panne oder die Lokomotive sei mit einer Kuh zusammengestoßen, meinte der Stationsvorsteher. Der Mann schien Lust auf einen Schwatz zu haben, doch Ned war nervös und ließ ihn stehen. Er überlegte, ob er einen Geistlichen ausfindig machen sollte, entschied sich jedoch dagegen. Zu heiraten würde wertvolle Zeit kosten, und außerdem bestand die Gefahr, dass sich jemand erinnerte, dass er und Emma erst vor ein paar Tagen als Geschwister in der Stadt aufgetreten waren. Vielleicht würde Emma sich, da sie schließlich bei nächster Gelegenheit Mann und Frau würden, bereit finden, die Decke mit ihm zu teilen, wenn sie in der kommenden Nacht in der Prärie kampierten, aber wenn sie Nein sagte, wäre es auch kein Unglück. Er würde es ihr nicht übel nehmen, wenn sie bis nach der Hochzeit warten wollte.

Dann überlegte er, ob er Lebensmittel einkaufen sollte, entschied sich jedoch auch dagegen, denn er hatte so viel Proviant aus der Küche der Chili Queen mitgenommen, dass sie damit auskommen würden, bis sie Taos erreichten. Er wanderte zum Mietstall und sah sich die Pferde an, die dort zum Verkauf standen. Zwei davon gefielen ihm, doch er wollte Emma ihres selbst aussuchen lassen. Anschließend schlenderte er die Straße hinunter und hatte bereits einen Fuß auf die Schwelle eines Saloons gesetzt, als ihm einfiel, dass Emma sicher nicht begeistert wäre, wenn ihr bei der Begrüßung Alkoholgeruch entgegenschlüge, und so ging er stattdessen zu einem Herrenausstatter und kaufte sich für zwei Dollar fünfzig einen Hut.

Als er danach am Juwelier vorbeikam, erinnerte er sich daran, dass Emma etwas in der Auslage bewundert hatte. Da noch immer keine Zugpfeife zu hören war, betrat er das Geschäft und sagte, er wolle den Rubinring aus dem Schaufenster haben. Nach dem Preis fragte er gar nicht. Schließlich hatte er fünfhundert Dollar in der Tasche. Er bezahlte den Ring, steckte ihn ein und kehrte zum Bahnhof zurück. Als der Zug eine halbe Stunde später kam, stand Ned, in einer Hand seinen neuen Hut haltend und mit der anderen die kleine Schachtel mit dem Ring in seiner Tasche umklammernd, strahlend auf den Planken des Bahnsteigs. Jetzt wünschte er, er hätte sich doch nach einem Geistlichen umgesehen, denn dann könnte er Emma sein Geschenk noch heute bei der Zeremonie über den Finger streifen. In seiner Vorfreude hätte Ned am liebsten getanzt, als der Schaffner endlich aus dem Zug sprang und das Treppchen unter die Tür stellte. Eine große Frau in Braun stieg als Erste aus, und sie ließ sich Zeit dabei. Dann folgte ein Mann in einem Leinenanzug. Der Schaffner beugte sich in den Wagen vor und warf einen prüfenden Blick hinein, schaute dann auf seine Uhr und machte sich auf den Weg zum Bahnhofsgebäude.

»Einen Moment«, hielt Ned ihn auf. »Es muss noch jemand aussteigen.«

»Nein«, erwiderte der Mann. »Das waren alle für Jasper.«

Ned schüttelte den Kopf. »Das kann nicht sein. Wir sind hier verabredet. Die Lady muss mit diesem Zug gekommen sein.«

»Offenbar hat sie ihn verpasst.«

»Bitte sehen Sie noch mal nach«, bat Ned. »Ich habe sie doch in Nalgitas einsteigen sehen. Sie trägt ein schwarzes Komplet und eine schwarze Haube.«

»Ach, die meinen Sie.« Wieder schüttelte der Schaffner den Kopf.

»Die Lady ist in What Cheer ausgestiegen. Normalerweise hält der Zug dort gar nicht mehr, aber sie bestand darauf. Es war das erste Mal seit drei oder sogar vier Monaten, dass jemand dort aussteigen wollte. Ich sagte ihr, dass da niemand wohne, aber sie antwortete, sie wisse genau, was sie tue, und wurde ausgesprochen unfreundlich. Von mir aus kann sie die ganze Nacht in dem gottverlassenen Nest rumhocken.« Er kratzte sich am Ohr. »Vielleicht holt sie ja jemand ab. Ich fragte sie, aber da fuhr sie mir noch mal über den Mund.«

Ned wollte nicht glauben, was er da hörte. Der Mann musste sich irren. »Das kann sie nicht gewesen sein«, sagte er. »Ich warte auf eine große Schwarzhaarige mit einer roten Reisetasche.«

»Dann reden wir von derselben. Wenn Sie sie treffen wollen, sollten Sie zusehen, dass Sie nach What Cheer kommen. Falls sie nicht schon weg ist.« Lachend und kopfschüttelnd setzte er seinen Weg fort. Mit zwei Schritten war Ned am Zug und sprang hinein. Emma musste eingeschlafen sein. Sie hatte in der Nacht zuvor kaum ein Auge zugetan, und gleich würden sie gemeinsam darüber lachen, dass sie beinahe das Aussteigen verschlafen hätte. Der Zug hatte nur zwei Personenwagen, und Ned durchsuchte beide, aber Emma befand sich weder in dem einen noch in dem anderen. Er stieg wieder aus und starrte an den Gleisen entlang nach Osten. Nein, dachte er, das kann nicht sein. Er und Emma wollten heiraten. Sie hatten vereinbart, die Ranch in Colorado zu kaufen. Er hatte ihr sein Geld gegeben. Es musste ein Missverständnis sein. Vielleicht hatte sie geglaubt, Ned wollte sich in What Cheer mit ihr treffen. Ja, ganz bestimmt war es so.

Nein – es war nicht so. Langsam dämmerte Ned, dass tatsächlich ein Missverständnis vorlag, aber *er* war derjenige, der etwas missverstanden hatte. Er wusste nicht, warum, aber Emma hatte ihn reingelegt. Seine Verblüffung war so groß, dass er einen Moment lang wie erstarrt dastand. Dann machte er einen Schritt und noch einen, und dann rannte er los in Richtung Mietstall. Nach dem stundenlangen scharfen Ritt war sein Pferd erschöpft. Für den Weg nach What Cheer brauchte er ein frisches. Da er es eilig hatte, handelte Ned nicht lange und zahlte mehr, als das Tier wert war, aber was spielte das für eine Rolle, wenn die Verwirklichung seines Lebenstraumes gefährdet war? Als der Zug bei Sonnenuntergang weiter nach Westen fuhr, ritt Ned bereits nach Nordosten, auf What Cheer zu.

Während der ersten Stunden trieb er das Pferd in seinem Zorn unerbittlich an, doch dann erwachte seine Vernunft. Das Tier war zwar keine Schönheit, aber zäh und trittsicher und würde ihm für mehrere Tage gute Dienste erweisen, wenn es mit seinen Kräften haushalten durfte. Außerdem brauchte er sich nicht zu hetzen – in What Cheer wäre Emma längst nicht mehr, und bei Nacht ihre Spur zu suchen, das wäre ebenso töricht, wie ein Wasserfass mit einem Fingerhut zu füllen. Er würde wohl oder übel warten müssen, bis der Tag anbrach.

Also gestattete er dem Pferd eine langsamere Gangart, zähmte seinen Zorn und dachte über Emma nach. Was sie getan hatte, war klug. Sogar brillant. Sie war keine Amateurin, so viel stand fest. Sie war eine berufsmäßige Betrügerin, ausgebildet in der Hölle. Aber weshalb hatte sie sich ihn ausgesucht? Wieso war sie nach Nalgitas gekommen, um ausgerechnet ihn zu bestehlen, der für sie doch ein kleiner Fisch sein musste? Es ergab keinen Sinn. Und wer war sie? Ned hatte noch nie von einem Geschwisterpaar gehört, das auf diesem Gebiet zusammenarbeitete. Vielleicht waren sie und John ja aus dem Osten rübergekommen.

Obwohl Ned den Weg nach What Cheer auch bei Dunkelheit gefunden hätte, war er dankbar für die sternklare Nacht. Und er war froh, dass das Wetter so ganz anders war als in der Nacht, als er und Emma sich in den Canyon hinuntergekämpft hatten. Bei dem Gedanken daran kochte Neds Zorn wieder hoch. Er war versucht, sein Pferd erneut anzutreiben, doch er beherrschte sich und saß sogar für ein paar Minuten ab, um ihnen beiden etwas Ruhe zu gönnen. Ned hatte keine Uhr, aber er schätzte, dass es schon weit nach Mitternacht war, als er in What Cheer eintraf. Er nahm dem Pferd den Sattel ab, band ihm die Vorderbeine zusammen und breitete auf dem Gras neben dem alten Bahnhofsgebäude seine Decke aus. Als er sich hinlegte, entdeckte er unter den Planken des Bahnsteigs eine rote Tasche und zog sie heraus. Es war Emmas Reisetasche, und darin fand er ihr schwarzes Komplet mit Korsett, den Hut, achtlos zusammengeknüllt, und die gelb gepunktete Kaffeekanne, die er ihr in Jasper gekauft hatte. Zweifellos hatte sie sein Geschenk hier gelassen, um ihn zu ärgern. Er würde die Kanne mitnehmen und sie ihr bei ihrer nächsten Begegnung zurückgeben. Ned lächelte grimmig, als er sich ausmalte, was für ein Gesicht sie dabei machen würde. Er wünschte, er hätte sich die Zeit genommen, eine Flasche Rye-Whiskey zu kaufen. Dann hätte er sich jetzt so richtig voll laufen lassen können. Aber genau betrachtet, war es gut, dass er keine Gelegenheit dazu hatte, denn es wäre unangenehm geworden, den ganzen nächsten Tag mit dickem Kopf im Sattel zu sitzen.

Er wickelte sich in eine Decke und schlief mit der Frage ein, wo Emma wohl stecken mochte. Bei Tagesanbruch fiel ein wütender Schwarm Kriebelmücken über ihn her, doch sein erster Gedanke, als er zu sich kam, galt nicht den Stichen, mit denen er übersät war, sondern der niederschmetternden Tatsache, dass er sich hatte zum Narren halten lassen. Während die Ereignisse des vergangenen Tages wieder lebendig wurden, überlegte Ned, wer Emma sein könnte. Die meisten Frauen, die er kannte, waren Prostituierte. Es gab auch weibliche Falschspieler. Addie war so eine Falschspielerin gewesen. Vielleicht war Emma eine Bankräuberin. Dass sie dazu fähig war, eine Bank zu überfallen, hatte sie ihm ja bewiesen. Nein – Emma war keine einfache Räuberin. Sie war eine Betrugskünstlerin. Eine vage Erinnerung tauchte aus den Tiefen seines Gedächtnisses auf. Er hatte schon von einer Frau gehört, die Männer um ihr Geld brachte. Verzweifelt bemühte Ned sich, auf ihren Namen zu kommen. Emma. Emma irgendwas. Nein – Emma war nicht richtig. Nicht ganz. Vielleicht hieß sie Em. Er spielte im Geiste mit dem Namen – Em, Em-ma, Ma. Und dann hatte er ihn plötzlich: Ma. Ma Sarpy.

Er setze sich auf und suchte, während er einen der vielen Stiche auf seinem Arm geistesabwesend blutig kratzte, zusammen, was er über sie wusste. Viel war es nicht. Irgendwo hatte er vor ein, zwei Monaten gehört, dass sie gefasst und ins Gefängnis von Breckenridge gebracht worden sei. Damals hatte er sich gefragt, welche Strafe man der alten Lady wohl aufgebrummt haben mochte. Er war davon ausgegangen, dass sie alt war, weil sie »Ma« genannt wurde. Ihre Opfer waren für gewöhnlich Männer, die es wert waren, in der Hölle zu schmoren. Sie schien für irgendetwas Rache zu nehmen, und in gewisser Weise bewunderten die Leute Ma Sarpy sogar.

Für Ned war sie immer nichts anderes gewesen als eine clevere Gaunerin, deren Opfer Gesetzesbrecher oder Verräter waren. Und Ma Sarpy nahm ihren Opfern gewöhnlich gerade so viel ab, dass sie ihre Verluste mit einem Schulterzucken abtaten, statt sie zu verfolgen. Vielleicht hatte sie anfänglich etwas anderes im Sinn, aber jetzt war sie nichts anderes als eine einfache Diebin.

Hatte sie einen Bruder? Gehört hatte er nie davon. Ned schlug sich an die Stirn. Wo hatte er seinen Verstand gehabt? John Roby war nicht Emmas Bruder. Er war ihr Geliebter, vielleicht ihr Ehemann. Dieser Gedanke brachte ihn fast um.

Emma

7

Emma schaute dem Zug nach, bis er außer Sicht war. Dann zog sie ihr Kleid aus, zuerst das Oberteil, und warf es auf die Planken des Bahnsteigs. Sie wollte die Geldtasche heruntertun, die Addie ihr umgebunden hatte, doch der Knoten ließ sich nicht aufmachen, und so beschloss sie, das Geldpäckchen zu lassen, wo es war. Addies Methode, es zu transportieren, war schließlich gar nicht dumm. Emma zog das Unterhemd aus, hakte dann die vier Haken des Korsetts, zwei oberhalb der Taille, zwei unterhalb, auf und zerrte es unter dem Seidenschal hervor. Dann schlüpfte sie in Reithosen und eine Hemdbluse, ließ die oberen Knöpfe offen, da es brütend heiß war, sie würde sie später schließen. Nachdem sie ihre Stiefel angezogen hatte, räumte sie die restlichen Sachen aus ihrer Reisetasche aus – einen Mantel, die gerahmte Fotografie von John, die Brosche ihrer Mutter, ihre kleine Uhr, einen Gedichtband, ihre Reithandschuhe, die Quiltteile und das Nähzeug sowie die Taschenuhr, die sie immer bei sich trug. Und ja, die Kaffeekanne: Emma neigte nicht zu Sentimentalität, und sie fragte sich, was sie geritten hatte, sie einzupacken, anstatt sie in der Chili Queen zurückzulassen. John würde sich auch wundern, und vielleicht würde er sie damit necken, und das wollte sie verhindern. Also packte sie die Kanne wieder ein, zusammen mit dem Komplet und dem Korsett, dem schwarzen Haubenhut oben drauf, und schob die Reisetasche unter die Planken, wo sie verrotten würde. Die anderen Dinge reihte sie ordentlich neben sich auf.

Welcome hatte ihr Proviant mitgegeben, und Emma breitete ihn auf der Leinenserviette aus, in der er eingewickelt gewesen war. Sie hatte keinen Hunger, nicht einmal Appetit, aber es lag ein anstrengender Ritt vor ihr, den sie nicht für eine Essenspause würde unterbrechen wollen, und so kaute sie lustlos auf einem Hühnersandwich herum und nagte hinterher an einem Apfel. Den Gewürzkuchen hob sie für später auf, Welcome wusste, dass es ihr Lieblingskuchen war, und hatte ihn eigens für sie gebacken. Welcome war überhaupt sehr fürsorglich gewesen, hatte die zwei Wochen in der Chili Queen angenehmer für sie gemacht, als sie es sonst gewesen wären, wenn Emma auch das Gefühl gehabt hatte, dass Welcome die Rolle als Schutzengel ein wenig übertrieb. Sie fühlte sich sogar im Schlaf überwacht. Auch Addie und Ned waren freundlich zu ihr gewesen, und darum bereitete ihr Betrug ihr Gewissensbisse. Es war nicht recht, Menschen zu bestehlen, die sie gut behandelt hatten. Addie war nicht die grausame Frau, mit der sie gerechnet hatte, und Ned – Ned war mehr als gut zu ihr gewesen. Er hatte ihr ein Heim und die Ehe angeboten. Sie hatte das nicht gewollt, es nicht einmal kommen sehen. Und sie hatte ihn nicht verletzen wollen, aber es war nicht möglich gewesen, die Sache abzublasen. Der Gedanke an Ned und die Ranch, auf der sie gemeinsam hätten leben können, wenn die Umstände anders gewesen wären, machte sie traurig.

Sich eingehender mit dieser Vorstellung zu beschäftigen, das würde ihr das Herz schwer machen, und so konzentrierte sie sich stattdessen auf den vor ihr liegenden Ritt. Sie schleuderte das Kernhaus des Apfels so weit weg, wie sie konnte, und stand auf. Da sie den Rest des Tages und einen Teil der Nacht im Sattel verbringen würde, war es angeraten, dass sie sich die Beine vertrat, während sie wartete.

Sie wanderte die Straße von What Cheer hinunter, blieb einmal stehen, um einen Blick in den Saloon zu werfen, und ein zweites Mal vor dem Haus, wo sie und Ned ihre Pferde angebunden hatten. An jenem Tag hatte Ned ihr eine Blume gepflückt, eine rote Aster, und sie ertappte sich dabei, dass sie nach einer wie dieser Ausschau hielt, um sie an ihr Hemd zu stecken. Sie schalt sich eine Närrin, aber eigentlich war diese törichte Anwandlung nicht verwunderlich. Ned hatte etwas tief in ihr Begrabenes an die Oberfläche geholt. Zum ersten Mal seit einer Ewigkeit hatte sie wieder Freude verspürt, und das verdankte sie ihm. An ihn zu denken tat ihr weh, und doch konnte sie es nicht lassen. Sie sah ihn vor sich, sein träges Lächeln, seine leuchtend grünen Augen, die Haare, die sich im Wind zu Locken kräuselten, seine kräftigen Hände, die sie an Toms erinnerten. Sie hatte Toms Hände schon fast vergessen gehabt. Tom war viele Jahre ein Teil ihres Lebens gewesen, bevor sie John kennen lernte.

Sie musste Ned in eine Schublade ganz hinten in ihrem Gedächtnis stecken und sie absperren, so wie sie es mit Tom gemacht hatte. Ihr früheres Leben war weggeschlossen, und außer in ihren Träumen, über die sie keine

Kontrolle hatte, gestattete sie sich nur sehr selten, es hervorzuholen. In ein paar Tagen würde sie Ned vergessen haben. Er war nicht wichtiger als all die anderen, die sie und John zusammen betrogen hatten. Sie waren schlechte Menschen gewesen. Sie hatten verdient, was sie bekamen. Ned war kein schlechter Mensch. Das hatte sie nicht gewusst. Aber jetzt war es nicht mehr zu ändern. Ihre Loyalität gehörte John, und Loyalität, das hatte Emma schon vor langer Zeit entschieden, war wichtiger als Liebe. Ohne John wäre sie wahrscheinlich tot. Oder – schlimmer: Sie wäre noch immer die rachsüchtige Kreatur, zwischen Leben und Tod schwebend, als die John sie kennen gelernt hatte. Manchmal kam sie sich uralt vor.

Die Frage schoss ihr durch den Kopf, ob Addie sich manchmal auch so fühlte. Sie erinnerte sich an Addie, wie sie gezittert hatte, als sie mit dem Zug an dem armseligen Bauernhof vorbeigefahren waren. Sie war so sicher gewesen, dass Addie ihr unsympathisch sein würde – obwohl sie Bordellwirtinnen nicht hasste, wie John es tat, und dann hatte die Frau sie damit beeindruckt, dass sie eine hohe Meinung von sich und ihrer Profession hatte. Von Ned wusste Emma, dass Addie in San Antonio einmal wegen Prostitution verhaftet und dem Richter vorgeführt worden war. Anstatt zu behaupten, es liege ein Missverständnis vor, hatte Addie mit hoch erhobenem Kopf und fester Stimme gesagt: »Ich arbeite in der Tat in diesem Gewerbe, aber wenn das ungesetzlich ist, warum waren Sie dann am Samstagabend bei mir, Euer Ehren?« Unter anderen Umständen hätten Addie und sie Freundinnen werden können, dachte Emma.

Sie wollte nicht darüber nachdenken, was sie Addie angetan hatte – oder was Addie ihr antun würde, wenn sie die Möglichkeit dazu bekäme –, und so verbannte sie die Gedanken aus ihrem Kopf und machte sich schnellen Schrittes auf den Rückweg zum Bahnhof. Es war inzwischen noch heißer geworden, und als sie ankam, war sie außer Atem und verschwitzt. Sie schaute nach Süden, wo sich die sonnenverbrannte Prärie bis zum Horizont erstreckte. Es war nicht abzusehen, wann John kommen würde. Das hing davon ab, wie schnell es ihm gelänge, sich Ned mit einer einleuchtenden Begründung vom Halse zu schaffen – oder umgekehrt. Ursprünglich hatten sie und John geplant, dass er sich fortstehlen würde, während Ned in Nalgitas bliebe, um auf Emmas Rückkehr zu warten. Dann hatten sie in letzter Minute erfahren, dass Ned vorhatte, sich in Jasper mit ihr zu treffen. Dadurch würde ihr Vorsprung sich dramatisch verringern, und Emma konnte es kaum erwarten zu verschwinden. Sie war nervös, schon seit Johns Brief gekommen war, und sie wusste, dass sie und John und Ned zusammen sein würden. Sie hatte befürchtet, einen Fehler zu machen, alles zu verderben, oder – noch schlimmer –, dass Ned dahinterkäme, was vorging, und John in Gefahr geriete. Das würde sie sich nie verzeihen.

Emma setzte sich im Schatten des Bahnhofsgebäudes neben ihre Sachen. Jetzt wäre ein Schläfchen schön, dachte sie. Als sie in ihrer letzten Nacht unter Addies Dach nicht schlafen konnte, war sie in die Küche gegangen, um sich Tee zu machen. Doch dann hatte sie Angst bekommen, dass Addie oder die Mädchen wach würden, wenn sie am Herd herumhantierte, oder dass Welcome den Lichtschein bemerken und herüberkommen würde, um nach dem Rechten zu sehen. Da sie nicht in der Verfassung war, sich Welcomes Fragen und dem Blick der dunklen Augen auszusetzen, die bis auf den Grund ihrer Seele schauten, war Emma auf die Veranda vor der Küche hinausgegangen und hatte ein, zwei Stunden dort gesessen.

Sie lehnte sich an die Wand des Bahnhofsgebäudes, atmete den Salbeiduft ein, der in der Luft hing, und lauschte dem Summen der Insekten, die an ihr vorbeiflogen. Als es nicht weit von ihr im hohen Gras raschelte, fragte sie sich, ob es hier wohl Klapperschlangen gab. Aber es waren nicht Schlangen, wovor sie sich fürchtete. Sie fürchtete sich vor Ned. Wenn er sie einholte, könnte sie keine Gnade von ihm erwarten. Emma zwang sich erneut, ihn aus ihren Gedanken zu verbannen, und nahm sich ihre Näharbeit vor, doch ihre Finger waren feucht, und davon wurde die Nadel klebrig. Sie quietschte jedes Mal, wenn Emma sie durch den Stoff trieb. Außerdem stammte das gelbe Segment, an dem sie arbeitete, von dem Stoff, den Ned ihr in Jasper gekauft hatte. Sie legte es beiseite und schaute wieder auf die Prärie hinaus. Obwohl sie die Augen mit der Hand beschattete, musste sie sie zusammenkneifen, und das machte sie so müde, dass sie sich schließlich wieder an die Wand des Bahnhofsgebäudes lehnte und trotz ihrer inneren Unruhe einschlief.

Als sie aufwachte, fühlte sie sich ein wenig frischer. Sie hätte gerne gewusst, wie lange sie geschlafen hatte, aber ihre Uhr war stehen geblieben, und Toms Taschenuhr hatte sie nicht mehr aufgezogen, seit sie Georgetown verlassen hatte, weil sie fürchtete, dass Addie sie sonst in ihrem Satinbeutel hätte ticken hören, und garantiert hätte sie gefragt, ob sie sie anschauen dürfte. Emma klappte den Sprungdeckel auf und las die Gravur: Tom. Auf ewig. 20. April 1868. Em. Es war ein teures Stück, aus Gold und kaum benutzt. Bauern trugen keinen wertvollen Schmuck, wie eine Taschenuhr, in ihren Arbeitshosen mit sich herum. Natürlich hätte sie sie zu Hause lassen sollen, doch sie brachte es nicht fertig, sich von ihr zu trennen.

Emma legte sie wieder zu den anderen aufgereihten Dingen, rückte das Buch zurecht und faltete ihre Näharbeit neu zusammen. John neckte sie oft wegen ihres Ordnungsfimmels, doch ihrer beider Erfolg war zu einem nicht unwesentlichen Teil Emmas Ordnungssinn und ihrer Beachtung selbst des kleinsten Details zu verdanken. Die symmetrische Anordnung ihrer Habseligkeiten gefiel ihr. Es würde nur ein Minimum an Zeit kosten, alles in ihren Satteltaschen zu verstauen und den Mantel hinter ihrem Sattel festzugurten. Emma aß den Gewürzkuchen, faltete die Serviette zusammen und legte sie in die Tasche unter die Planken. Dann nahm sie wieder ihre Näharbeit zur Hand, begutachtete die winzigen Stiche und entfernte einen losen Faden von einer Seite des Quadrats. Im Schatten des Bahnhofsgebäudes war die Hitze zu ertragen, und Emma hoffte, das Nähen würde ihre Nervosität mildern. Nach acht Stichen blickte sie hoch und sah einen Reiter durch die Goldastern kommen, deren Blätter im Sonnenlicht beinahe weiß wirkten. Sie steckte die Nadel in den Stoff und stand auf, um zu winken, aber da ließ sie den Arm vorsichtshalber doch lieber unten, denn vielleicht war es ja gar nicht John. Es konnte genauso gut ein Goldsucher sein oder ein Cowboy – oder Ned. Vielleicht war etwas schief gegangen, und jetzt machte Ned Jagd auf sie! Panik stieg in ihr auf, aber dann beruhigte sie sich wieder. Ned war auf dem Weg nach Jasper. Er konnte noch gar nicht wissen, dass sie in What Cheer aus dem Zug gestiegen war. Doch sie packte zur Sicherheit ihre Sachen in ihren Mantel – außer der Waffe, die sie in ihren Gürtel schob. Dann versteckte sie sich im Bahnhof und spähte, während sie ihr Hemd zuknöpfte, aus dem Fenster. Der Reiter war von ihrem Standort aus nicht zu sehen. Sie überprüfte ihren Revolver und überlegte, was sie tun sollte, wenn der Mann sich doch als Ned entpuppte. Mit der Waffe in der Hand schob sie sich an der Wand entlang und schaute durch eine Öffnung, die durch ein weggebrochenes Brett entstanden war. Jetzt sah sie den Reiter, erkannte ihn und stürmte ins Freie hinaus und winkte mit beiden Armen. John, der auf einem schönen Rappen saß und ein zweites Pferd am Zügel führte, hielt dicht vor ihr an, saß ab und schloss Emma in die Arme. Dann hielt er sie von sich weg, betrachtete sie und lächelte: »Endlich kenne ich dich wieder! In dem trostlosen Gewand sahst du überhaupt nicht aus wie meine Emmie! Mein Gott, waren das zwei einsame Wochen!«

»Du hast mir auch gefehlt.« Emma legte den Kopf an seine Schulter. Wie stets gab ihr seine Nähe ein Gefühl von Geborgenheit und Sicherheit.

»Wenn wir wieder zu Hause sind, ziehst du dein rotes Samtkleid an, und dann führe ich dich zu Frenchman's zu einem gepflegten Essen aus. Die Zeit in Nalgitas war eine Qual für dich, und wir werden es uns gut gehen lassen.« Er deutete auf das zweite Pferd; und Emma löste sich von ihm. »Du wirst mit ihm zufrieden sein. Charley versteht etwas von Pferden, das muss ich ihm lassen. Er sagte, Ned Partner hätte die beiden vor kurzem kaufen wollen, aber er habe sie ihm nicht gegeben.« John lachte leise.

»Lass uns später weiterreden – wir müssen aufbrechen«, drängte Emma. »Wir haben einen weiten Weg vor uns, und es ist schon spät.« Sie entrollte ihren Mantel und verstaute ihre Sachen in den Satteltaschen. Den Mantel befestigte John am Sattel ihres Pferdes, wo schon eine Decke und ein Jagdgewehr festgezurrt waren.

»Du glaubst, er wird uns verfolgen?«

»Natürlich«, nickte sie. »Würdest du das nicht tun, wenn jemand dich um fünftausendsiebenhundertundfünfzig Dollar erleichtert und einen Narren aus dir gemacht hätte?« Ihre Stimme hatte schärfer als beabsichtigt geklungen, und sie lächelte John an, um es wieder gutzumachen.

»Ja, das haben wir getan, nicht wahr?« Er hielt das Pferd fest, während sie aufstieg, und reichte ihr dann die Zügel. »Er wird außer sich sein vor Wut und Addie die Schuld geben und sie verlassen, und damit hat dann Charley, was er wollte. Und mit Mr Partners Geld haben auch wir, was wir wollten.«

»Das schon – aber Ned wird nichts unversucht lassen, um es sich zurückzuholen«, warnte Emma. John saß auf und lenkte seinen Rappen nordwärts. Emma setzte sich neben ihn. »Er wird uns kalt lächelnd umbringen, wenn er die Chance dazu bekommt.«

John wandte sich ihr zu. »Dann warst du in Gefahr, während du auf mich gewartet hast?«

Seine Worte waren eher eine Frage als eine Feststellung.

»Nein«, erwiderte Emma. »Zumindest glaube ich es nicht.«

»Nun – jetzt bist du jedenfalls in Sicherheit.«

Emma wusste nicht, ob er glaubte, was er sagte. Sie glaubte es nicht. Wenn es hart auf hart käme, könnte auch er nicht für ihre Sicherheit garantieren.

Als die Dämmerung hereinbrach, wollte John eine Pause einlegen, doch Emma lehnte ab, obwohl sie nach dem stundenlangen Ritt in der prallen Sonne Kopfschmerzen hatte und todmüde war.

»Wir haben doch einen ganzen Tag Vorsprung. Er wird nicht vor morgen früh aufbrechen«, versuchte John sie zu überreden.

Sie wusste, dass er nicht im Vollbesitz seiner Kräfte war – die Kopfschmerzattacken schwächten ihn jedes Mal erheblich –, aber sie gab nicht nach. »Du kennst ihn nicht. Ned hat alles verloren, was er hatte.« Sie schüttelte unwillig den Kopf, um die Traurigkeit zu verscheuchen, die bei ihren Worten in ihr aufgestiegen war. Ned hatte mehr verloren als sein Geld, aber das sagte sie John natürlich nicht. »Das Beste wäre, wenn er erst nach der Weiterfahrt des Zuges in Jasper einträfe und sich in dem Glauben, ich sei dort, in der Stadt auf die Suche nach mir machte. Irgendwann würde er aufgeben und annehmen, ich sei im Zug sitzen geblieben und hätte euch beide um das Geld betrogen. Du hättest ihn länger in Nalgitas festhalten müssen.«

»Jetzt ist es zu spät, sich darüber Gedanken zu machen. Wenn er vor dem Zug in Jasper angekommen sein sollte, hat er sein Pferd müde geritten.«

»Er kann sich dort doch ein anderes besorgen.«

»Das schon – aber gute Pferde sind Mangelware. Höchstwahrscheinlich muss er mit einem Klepper wie damals in Nalgitas vorlieb nehmen. Ich habe von eurem Vorhaben gewusst«, John schoss ihr einen Blick hinüber, »das dürfte dich eigentlich nicht überraschen. Aber das ist deine Sache. Außerdem wäre mir, wenn ich mehr als einen Tag in Nalgitas hätte verbringen müssen, auch jede Möglichkeit recht gewesen, diesem Nest wenigstens für kurze Zeit den Rücken kehren zu können.«

Emma schaute auf die Goldastern hinaus, deren Blüten einen gelben Teppich bildeten, so weit man sehen konnte. Als sie nicht antwortete, fuhr John fort: »Du hast doch gesagt, dass er nicht so gut reitet wie wir. Selbst mit einem schnellen Pferd kann er What Cheer nicht vor heute Abend erreichen, und bei Dunkelheit findet er unsere Spur niemals.« Ihre Pferde waren kräftig und ausdauernd, und sie wussten, wo sie frische bekämen, falls es nötig würde. »Außerdem sagte Charley, Ned habe Rührei im Kopf statt eines Gehirns.«

»Das ist nicht wahr!«, hörte Emma sich Ned verteidigen. »Wenn er dumm wäre, hätte man ihn schon längst verhaftet und eingesperrt. Ich hatte sogar Angst, dass er unser Spiel durchschauen würde.«

»Glaubst du, dass er darauf kommen wird, wer du bist?«, fragte John, als sie Halt machten, um die Pferde saufen und verschnaufen zu lassen.

Emma zuckte mit den Schultern. »Addie hat von mir gehört – sie erwähnte einmal meinen Namen. Auf der Zugfahrt versuchte sie mir Angst vor Banditen zu machen und erzählte, einige von ihnen seien Frauen. Sie zählte einige Namen auf, die mir sehr nach Prostituierten klangen, und sagte, dass Ma Sarpy im Gefängnis von Breckenridge säße.«

In Johns eisblauen Augen blitzte Belustigung auf. »Dann sollten wir Breckenridge meiden. Georgetown wurde nicht erwähnt?«

Emma schüttelte den Kopf. »Zu Hause dürfte uns keine Gefahr drohen. Ich kann es kaum erwarten, endlich wieder dort zu sein.«

»Nichtsdestoweniger sollten wir uns hinter Pueblo nach Westen wenden und den Weg über Leadville nehmen. Wenn Ned uns bis nach Pueblo folgen sollte, wird er denken, wir wollen nach Denver. Wer glaubt schon, dass wir die Hauptroute verlassen und durch die Berge reiten?«

Emma überlegte noch, ob sie Denver, Leadville oder Georgetown auch wirklich niemals erwähnt hätte. Die Idee, die Bergroute zu wählen, gefiel ihr gar nicht, denn das bedeutete zusätzliche Tage im Sattel, aber sie wusste, dass John Recht hatte. Dennoch schauderte es sie bei dem Gedanken, saß ihr doch die Müdigkeit schon in allen Gliedern.

John sah sie prüfend an. »Wirst du es schaffen?«

Ned hatte ihr die gleiche Frage gestellt, und sie gab

John die gleiche Antwort: »Du kannst dich auf mich verlassen.«

Als sie an ein Bachbett kamen, in dem ein Rinnsal floss, aus dem die Pferde saufen konnten, bestand John darauf, dort ihr Nachtlager aufzuschlagen. Emma wäre lieber weitergeritten. Sie fühlte sich in der Prärie, auf die ein buttergelber Mond herunterschien, wie auf dem Präsentierteller, und untersagte John, Feuer zu machen. Bei dieser Nacht könnte Ned, falls er ihnen folgte, den Rauch sehen. Also gab es ein kaltes Abendessen, und anschließend wickelten sie sich in ihre Decken, um durch ein paar Stunden Schlaf wieder zu Kräften zu kommen. Irgendwann wurde Emma wachgeschüttelt. Im ersten Moment dachte sie, Ned habe sie gefunden, und verfluchte sich dafür, nicht darauf gedrungen zu haben, dass sie und John abwechselnd Wache hielten. Doch es war John, der sie geweckt hatte, und wie er sagte, habe er es tun müssen, da sie im Schlaf wirres Zeug geredet und dann aufgeschrien habe.

»Hattest du einen Albtraum?« Er drückte sie so fest an sich, dass sie kaum noch atmen konnte.

»Ja«, flüsterte Emma erstickt, als sie sich zu erinnern begann. Im Laufe der Jahre waren die Träume, vor denen sie sich in der ersten Zeit derart fürchtete, dass sie Angst vor dem Einschlafen hatte, seltener geworden, aber sie suchten sie immer noch gelegentlich heim. Für gewöhnlich, nachdem sie und John einen Coup zu Ende gebracht hatten.

Wahrscheinlich wurde sie durch den Nervenkitzel,

den kurzen Moment der Furcht und die Entspannung, wenn er geglückt war, ausgelöst.

»Ich bleibe bei dir sitzen«, sagte John, doch Emma lehnte ab. Natürlich hätte sie es genossen, wenn er sie die ganze Nacht in den Armen gehalten und ihr das Gefühl vermittelt hätte, in Sicherheit zu sein, doch nach seiner Kopfschmerzattacke und den Ereignissen des Tages war er erschöpft. Zumindest einer von ihnen sollte schlafen, und Emma wusste, dass sie es heute Nacht nicht mehr wagen würde. Außerdem brauchte sie grundsätzlich weniger Schlaf als John. Er streckte die Hand aus, holte aus einer seiner Satteltaschen eine Flasche Whiskey und gab sie Emma. »Vielleicht hilft dir das. Aber trink nicht zu viel – wir haben morgen einen langen Ritt vor uns, wie du weißt.«

Es hatte eine Zeit gegeben, da war Whiskey das Einzige gewesen, was Emma half. Sie trank einen Schluck, fand den Whiskey jedoch widerlich bitter und gab John die Flasche zurück.

»Addie und Ned haben es verdient – und all die anderen auch«, sagte John.

»Die anderen vielleicht – aber Addie und Ned nicht«, erwiderte Emma. »Wir haben sie falsch beurteilt. Sie sind nicht so schlecht, wie Charley sagte. Ich glaube, Addie hättest sogar du gemocht.« Sie beugte sich über ihn. »Wir haben die Minder-Brüder umgebracht! Ned und ich, meine ich. Ich habe Earlie erstochen, und Ned hat Black Jesse erschossen. Sie waren wirklich so entsetzlich, wie alle sagten, Unmenschen, ohne jede Moral. Earlie war genau wie Yank Markham. Ned hat sie mit dem Gesicht nach unten begraben. Ich wünschte, Yank wäre auch so begraben worden – mit dem Gesicht zur Hölle.«

Emma war nicht sicher gewesen, ob sie John von den Minders erzählen sollte, doch nachdem sie einmal angefangen hatte, erzählte sie ihm alles. Wie Ned und sie die Bank von Jasper hatten ausrauben wollen und wie ihnen die Minders zuvorgekommen waren, wie sie bei strömendem Regen in die Schlucht hinuntergeritten waren und dort kampiert hatten und wie sie am Morgen von den Minders geweckt worden waren. Wie Earlie sie gezwungen hatte, mit ihr hinter den Felsen zu gehen, und wie sie, als er sich für einen Moment wegdrehte, zustach und dann wieder und wieder und wieder, so wie sie Yank Markham gerne erstochen hätte. Sie sagte, es wäre plötzlich so gewesen, als sei es Yank Markham, auf den sie da einstach. Emma weinte nicht, während sie sprach, und ihre Stimme zitterte nicht. Man hätte denken können, sie schildere etwas, das einer anderen Frau widerfahren war. Erst als sie geendet hatte, merkte Emma, dass John ihr die Decke um die Schultern gelegt hatte und ihren Rücken und ihre Arme streichelte. »Ich bin froh, dass wir es getan haben. Dass wir sie getötet haben. Ned erzählte mir von zwei Jungen, die die Minders so mir nichts dir nichts erschossen. Sie waren durch und durch böse, und sie verdienten es zu sterben. Jetzt werden sie niemandem mehr etwas antun. Ich bin froh, dass sie tot sind.« Plötzlich begann Emma zu zittern. »Aber Earlie … als ich ihn auf mich zukommen sah und in seine Augen schaute, fiel mir alles wieder ein, wie das damals war mit Yank und den anderen, alle Einzelheiten, die ich vergessen hatte. Als wir am Abend zuvor in die Schlucht hinuntergeritten waren, regnete es nicht nur – es tobte ein richtiges Unwetter mit Blitz und Donner. Donner macht mir immer das Herz schwer – weil er mich an Cora Nellie erinnert. Sie fürchtete sich so davor. In der Nacht, bevor Yank kam, war auch ein Gewitter, und wir nahmen Cora Nellie zu uns ins Bett, um sie zu beruhigen.«

»Ich weiß«, John wiegte sie in seinen Armen.

»Es ist gut«, murmelte er mit sanfter Stimme, »es ist alles gut«, bis sie sich gefasst hatte und ihm sagte, er solle sich wieder schlafen legen, sie würde nach den Pferden sehen und noch ein Weilchen im Sternenschein sitzen, bis sie schläfrig würde.

»Ich glaube, du wirst niemals darüber hinwegkommen«, meinte John, und Emma wusste, dass er Recht hatte.

Kurz darauf legte John sich wieder zum Schlafen nieder. Emma saß, in die Decke gewickelt, unter dem sternenübersäten Himmel, und in ihrer Erinnerung wurde das Grauen jenes Tages so lebendig, als sei das alles gerade erst geschehen. In Wirklichkeit lag es acht Jahre zurück.

* * *

Emma war neunzehn, als sie Tom Sarpy heiratete. Sie lernte ihn an dem Morgen seiner Ankunft in Galena in Illinois kennen, wohin er gekommen war, um sein Glück zu machen. Er hatte in der Armee der Union unter Ulysses S. Grant gekämpft und dachte, dass die Geburtsstadt des Generals ein guter Platz wäre, um sich eine Existenz aufzubauen. Emma war hinter der Pension, in der sie als Hausmädchen arbeitete, beim Wäscheaufhängen und bemerkte Tom aus dem Augenwinkel, als er den Hügel heraufkam.

»Sir«, murmelte sie, denn sie hatte den Mund voller Wäscheklammern. Tom legte den Kopf ein wenig schief und grinste, und plötzlich wurde ihr bewusst, wie albern sie mit ihren hölzernen Hasenzähnen aussehen musste, und sie spürte ihre Wangen heiß werden. »Ist hier ein Zimmer frei?«, fragte er. Später erzählte er ihr, dass er gar kein Zimmer gesucht habe, da er knapp bei Kasse war und sein Geld zusammenhalten musste, doch es sei ihm keine andere Möglichkeit eingefallen, mit Emma ins Gespräch zu kommen, und sie habe ihm doch so gefallen.

Emma nahm die Wäscheklammern aus dem Mund und nickte nur, da sie fürchtete, ihre Stimme würde sie verraten, denn sie fragte sich gerade, ob es möglich war, sich auf den ersten Blick zu verlieben. Sie führte Tom in die Pension und zeigte ihm die Zimmer im ersten Stock. Sie wohnte direkt darüber unterm Dach. Emma arbeitete in der Pension, seit sie mit sechzehn zur Vollwaise geworden war. Ihre Mutter hatte zwei Jahre zuvor die Augen geschlossen, und ihr Vater hatte ihren Tod nie verwunden und war ihr schließlich aus Gram nachgefolgt. Emmas Eltern waren kultivierte Menschen gewesen. Die Mutter stammte aus New Jersey, wo sie ein Mädchenpensionat besucht hatte, genau wie Emma es Addie erzählt hatte. Emma lernte in ihrer sorglosen Kindheit die Poesie zu lieben, zu nähen und sich gewählt auszudrücken. Ihr Vater war ein wohlhabender Farmer, doch nach dem Tod von Emmas Mutter ließ er die Dinge schleifen, und so erbte sie schließlich anstatt des beträchtlichen Vermögens, das die Eltern ihrem einzigen Kind zu hinterlassen geplant hatten, nur Schulden. Darum verließ Emma, anstatt auf ein College zu gehen, was ihre Eltern für sie vorgesehen hatten, die höhere Schule und verdingte sich als Hausmädchen in der Pension. Mehrere Männer wollten sie heiraten, denn sie war damals ein ausnehmend hübsches Ding, doch keiner brachte ihr Herz zum Klingen, bis Tom Sarpy pfeifend den steilen Weg zu der Pension heraufgewandert kam.

»Sie müssen das Zimmer für einen Monat mieten – so lautet die Regel«, sagte sie, als sie sicher war, dass ihre Stimme nicht mehr zittern würde. Es existierte keine solche Regel, aber Emma hätte es nicht ertragen, Tom Sarpy gehen zu sehen, bevor sie ihn richtig kennen gelernt hätte.

Später gestand Tom ihr, dass er auch ein Jahr geblieben wäre, wenn sie es verlangt hätte. Aber wie sich zeigte, genügte der eine Monat, um sie in den Hafen der Ehe zu führen. Toms Form, ihr den Hof zu machen, gestaltete sich wegen seiner begrenzten finanziellen Mittel sehr bescheiden. Anstatt sie mit Geschenken zu verwöhnen oder sie auszuführen, half Tom Emma in der Küche und unterhielt sich mit ihr, während er Erbsen palte und Trauben entkernte. Er hackte Holz, während sie auf dem Waschbrett Hemden und Laken schrubbte. Wenn Emma Feierabend hatte, schlenderten sie an den vornehmen Villen und prächtigen Herrenhäusern von Galena vorbei zum Fluß hinunter, oder Tom saß bei Emma auf der Veranda, während sie an einem Quilt arbeitete.

»Ich bin noch nie einer Frau wie dir begegnet«, sagte Tom eines Abends zu ihr, als sie auf ihrem Spaziergang vor einem vornehmen Backsteinhaus stehen blieben, von dessen Dachrinnen kunstvoll geschnitzte weiße Holzverzierungen herabhingen wie Eiszapfen. »Du jammerst nicht über das Unglück, das dir widerfahren ist, sondern machst das Beste aus dem Leben, zu dem es dich gezwungen hat. Ich brauche eine Frau, die sich nicht scheut, hart zu arbeiten, und du würdest gut zu mir passen.« Flammende Röte überzog sein Gesicht, denn das war nicht die Form des Antrags, die ihm vorgeschwebt hatte. Es war auch nicht die Form des Antrags, die Emma vorgeschwebt hatte. Sie hob den Blick und betrachtete angelegentlich das Schrägdach des eleganten Hauses, auf dem die in verschiedenenfarbigen Rauten angeordneten Schindeln im Licht der untergehenden Sonne leuchteten. Sie war enttäuscht, obwohl ihr jeder Antrag von Tom lieber gewesen wäre als keiner, denn er hatte Glück und Freude in ihr Leben zurückgebracht. Er war fröhlich und unbekümmert und beliebt bei jedermann. Emma bewunderte ihn dafür, denn sie war zeitweise mürrisch und begegnete Menschen mit Vorsicht. Aber sie wollte mehr von Tom hören, als dass sie ein Arbeitstier war und sie gut zusammenpassen würden. Sie wollte Worte der Liebe und nie endender Hingabe hören, auch wenn sie vielleicht töricht klängen. Emma war praktisch veranlagt, doch tief in ihrem Herzen sehnte sie sich nach Romantik. Bei dem Antrag aus ihren Träumen sank ein junger Mann vor ihr auf die Knie und streckte ihr ein Bouquet aus Treibhausrosen entgegen, während er mit der anderen Hand auf seinem Herzen sie um die ihre bat.

Plötzlich ergriff Tom ihre Hände und schaute ihr ernst in die Augen. »Du bist das liebste Mädchen, dem ich je begegnet bin, und ich liebe dich mehr als mein Leben. Wenn du nicht zustimmst, mich zu heiraten, werde ich auf der Stelle zu den Goldminen im Westen aufbrechen, und du wirst alle meine Habseligkeiten aus meinem Zimmer räumen und auf den Abfallhaufen werfen müssen.« Und dann sank er, obwohl die Straße staubig war und zwei Frauen aus der Laube im Garten herübersahen, mit einem flehenden Ausdruck vor ihr auf die Knie.

In diesem Moment liebte sie ihn so sehr, dass es ihr fast das Herz zerriss. Mit Tränen in den Augen beugte sie sich hinunter, küsste Tom auf den Mund und sagte dann: »Ich gehe mit dir, wohin du willst. Es wäre mir zwar lieber, ich täte es als deine Ehefrau, aber«, spielte sie die Verruchte, »zur Bedingung mache ich es nicht.« Sie errötete tief, und Tom begriff, dass sie nur gescherzt hatte.

Die beiden hätten gerne Land in den fruchtbaren Hügeln rund um Galena gekauft, doch was ihnen dort angeboten wurde, konnten sie sich nicht leisten, denn Geld hatten sie beide nicht. Emmas reichte gerade dafür, die goldene Uhr zu bezahlen, die sie Tom zur Hochzeit schenkte. Aber sie waren abenteuerlustig, und so beschlossen sie kurz nach ihrer Eheschließung, das neue landwirtschaftliche Dorado im Westen zu erkunden. Sie packten ihre Habseligkeiten auf einen Wagen und machten sich von Galena nach Colorado auf, wo sie sich in der Nähe der primitiven kleinen Stadt Mingo niederließen.

Der Boden ihres Hofs gab bei weitem nicht so viel her, wie sie gehofft hatten, aber sie kamen zurecht, und weder Tom noch Emma bereuten, nach Colorado gezogen zu sein. Die beiden passten wirklich gut zusammen. Emma arbeitete bei der Saat und der Ernte Seite an Seite mit ihrem Mann, und baute er ihr das hübscheste Haus, das er aus den Bäumen, die er auf ihrem Land fällte, zusammenzuzimmern vermochte. Er baute sogar ein Glasfenster ein. Sie freundeten sich mit anderen Kleinbauern an und gingen sonntags in die kleine Kirche, die die Siedler errichtet hatten. Emma besaß eine schöne Stimme und schauspielerische Begabung, und so wirkte sie in den Theateraufführungen und lebenden Bildern mit, die in Mingo als kulturelle Darbietungen galten.

Zwei Jahre nachdem Tom und Emma geheiratet hatten, kam Cora Nellie zur Welt. Sie war ein Siebenmonatskind und sehr klein. Als sich nach gar nicht langer Zeit herausstellte, dass Cora Nellie ihr kindliches Gemüt ein Leben lang behalten würde, war Emma verzweifelt. »Ich habe dich enttäuscht«, sagte sie zu Tom.

»Aber nein«, tröstete er sie. »Cora Nellie ist gesegnet, denn sie wird niemals mit der Schlechtigkeit der Welt in Berührung kommen.« Und Emma glaubte ihm.

Die beiden hofften auf ein zweites Kind, damit sich jemand um Cora Nellie kümmern könnte, wenn sie einmal nicht mehr wären, doch ihr Wunsch erfüllte sich nicht. Und so schenkten sie all ihre Liebe dem kleinen Mädchen.

Als sollte sie für ihre Einfältigkeit entschädigt werden, wurde aus Cora Nellie ein wunderschönes Kind mit blauschwarzen Haaren, milchweißer Haut und Augen, die so blau leuchteten wie Emmas – wie der Himmel über der Prärie. »Sie sieht aus wie meine Puppe«, sagte Lorena Spenser, ein Mädchen aus der Nachbarschaft, zu Emma, und ihre kleine Tochter war tatsächlich so hübsch und zerbrechlich wie ein Porzellanpüppchen.

Cora Nellie war sieben, als Yank Markham mit drei anderen Männern auf den Sarpy-Hof geritten kam. Mingo war eine Stadt ohne Gesetz, in der sich allerlei Gelichter ein Stelldichein gab, und Yank Markham war nicht der erste unangenehme Mensch, der auf der Farm der Sarpys Halt machte, um nach etwas zu essen und einem frischen Pferd zu fragen. Aber Tom hieß jedermann herzlich willkommen, bereit, von dem Wenigen abzugeben, das sie hatten, und die kleine Familie wurde nie belästigt.

Auch Emma begegnete Vorbeikommenden freundlich, doch Yank und seine Begleiter missfielen ihr auf den ersten Blick. Sie war froh, dass Tom gerade in der Scheune arbeitete und nicht auf dem Feld. Als sie nach ihm rief, kam er heraus und streckte Yank mit einem entwaffnenden Lächeln die Hand hin. »Steigt ab, Fremde, und erfrischt euch mit einem Schluck Wasser. Drüben am Brunnen hängt eine Kelle für euch, und eure Pferde können aus dem Trog saufen. Meine Frau hat Doughnuts gebacken. Wie es scheint, ist heute euer Glückstag.«

»Sieht ganz so aus.« Yank saß ab.

Emma, die beim Brunnen stand, rief: »Komm her, Cora Nellie«, denn es beunruhigte sie, wie einer der Männer ihr kleines Mädchen anstarrte. Cora Nellie lief los, doch als sie bei dem Mann vorbeikam, beugte er sich seitlich von seinem Pferd herunter und packte sie am Arm. »Hallo, du kleines Ding«, sagte er.

Cora Nellie fürchtete sich nicht. Sie hatte in ihrem Leben noch keine schlechte Erfahrung gemacht, und so lächelte sie zu dem Fremden auf. Aber Tom rief alarmiert: »He – lass sie los!«, und rannte auf den Mann zu.

Yank zog seine Waffe und schoss Tom ohne Vorwarnung ins Bein. Tom fiel hin und schaute mehr überrascht als furchtsam zu ihm auf. Yank jagte ihm eine Kugel in die Schulter, und nun dämmerte Tom, welches Schicksal ihn erwartete.

»Emma!«, rief er. »Ich …«

Yank ließ ihn den Satz nicht beenden. Grinsend zertrümmerte er mit einer Patrone Toms Schädel. Emma hörte einen schrillen Schrei, aber sie wusste später nicht zu sagen, ob Cora Nellie ihn ausgestoßen hatte oder sie selbst. Sie stürzte zu ihrer Tochter, um sie dem Outlaw zu entreißen und mit ihr ins Haus zu laufen. Sie würde die Tür verriegeln und durch das Fenster auf die Männer schießen. Sie konnte mit einem Gewehr umgehen. Aber Yank packte ihre Haare und wickelte sie sich um die Hand, und der zweite Bandit riss Cora Nellie so brutal herum, dass Emma wusste, dass er dem Kind den Arm aus dem Schultergelenk gerissen hatte. Mit einem Ruck fetzte er dem kleinen Mädchen das Kleid und die Unterwäsche herunter und warf alles auf den Boden. Cora Nellie weinte und plapperte in ihrem Kauderwelsch. Der Mann, der dabei war, seine Hose aufzuknöpfen, hielt inne und drehte sich zu seinen Kumpanen um. »Sie ist dumm wie ein Eselhase«, sagte er und wandte sich Cora Nellie wieder zu. »Sei still, kleiner Dummkopf, und tu so, als wäre ich dein Papa.« Er schlug Cora Nellie hart auf den Mund, um sie zum Schweigen zu bringen. Dann ließ er sich auf sie fallen.

Yank drehte Emma den Arm auf den Rücken und grinste gemein. »Er mag die kleinen Mädchen am liebsten. Ich nicht. Mir sind Ladys wie du lieber.« Emma versetzte ihm einen Tritt. Er umfasste mit seinen riesigen, schwieligen Händen ihr Gesicht und zwang sie, mitanzusehen, wie sein Spießgeselle Cora Nellie vergewaltigte. Die Szene brannte sich unauslöschlich in Emmas Gedächtnis ein.

Das Getreide stand gelb und hoch auf dem Feld, und auf dem Grasdach des Hauses wuchs Unkraut, das nach dem Regen in die Höhe geschossen war. Der Boden war nach dem Unwetter der vergangenen Nacht schlammig, und Cora Nellies gelbes Kleid lag zerfetzt und besudelt in einer Pfütze wie zertrampelte gelbe Tulpen. Auch das Gesicht und die Haare des Kindes waren voller Schlamm. Als Emma ihren Kopf losriss, um Gnade von Yank zu erflehen, sah sie Tabakkrümel in seinem Bart hängen, und das speckige rote Tuch um seinen Hals. Yank atmete mit offenem Mund, und Emma erinnerte sich an die verfaulten Zähne hinter den wulstigen Lippen und den stinkenden Lufthauch, der ihr entgegenschlug. Da waren auch noch andere Gerüche – von Stechapfel und … und … von Lilien, dachte sie, obwohl sie gar keine Lilien auf dem Hof hatten.

»Sagen Sie ihm, dass er aufhören soll! Bitte!«, bettelte sie. »Nehmen Sie sich, was Sie wollen, aber lassen Sie sie in Ruhe. Sie ist doch noch ein kleines Kind!«

Yank lachte bösartig. »Wir können uns auch ohne deine Erlaubnis nehmen, was wir wollen, Lady.«

In diesem Moment schrie Cora Nellie auf, ihre Augäpfel rutschten nach hinten weg, sodass nur noch das Weiße zu sehen war, und ihr Körper erschlaffte. Der Bandit brachte zu Ende, was er begonnen hatte, stemmte sich hoch, stand langsam auf und setzte seinen Stiefelabsatz auf Cora Nellies Gesicht. Die zarten Kinderknochen brachen mit einem Geräusch, das Emma in den Ohren dröhnte. Dann versetzte der Mann dem Kind Tritt um Tritt mit der Stiefelspitze, bis es bäuchlings im Schlamm lag, sah Emma mit gelben Wolfsaugen an und sagte höhnisch: »Schätze, ich hab ihr gezeigt, was ein richtiger Mann ist.«

»Jetzt bist du dran«, verkündete Yank. Speichel rann aus seinen Mundwinkeln. »Zeig mir deine Fotze, Lady.« Als sie sich nicht rührte, riss er so heftig an ihrem Rock, dass sie hintenüberfiel. Als Yank fertig war, blutete Emma, und ihr linker Arm war gebrochen. Doch ihre Qualen hatten noch kein Ende. Auch die anderen nahmen sie sich vor, sogar der Mann, der eben erst Cora Nellie vergewaltigt und ermordet hatte. Während sich der Letzte an ihr verging, verlor sie das Bewusstsein, und das rettete ihr das Leben, denn die Männer dachten offenbar, sie sei tot, und erschossen sie deshalb nicht.

Als Emma zu sich kam, lag beißender Rauchgeruch in der Luft. Sie schlug die Augen auf und blickte in das Gesicht von Ben Bondurant, einem der ersten Siedler in dieser Gegend und alten Indianerkämpfer. »Ich sah von meiner Farm aus eine schwarze Qualmwolke bei euch und kam, um nach dem Rechten zu sehen«, erklärte er seine Anwesenheit. Stockend und mit zitternder Stimme berichtete Emma ihm, was geschehen war. »Am Ende haben sie dann offensichtlich noch die Scheune in Brand gesteckt«, endete sie.

»Ich bringe Sie zu den Nachbarn«, beschloss Ben. »Bleiben Sie liegen – ich hole eine Decke.« Als er aus dem Haus kam, rief er schon von weitem: »Da drin ist alles kurz und klein geschlagen!« Er bettete Emma vorsichtig auf seinen Wagen und machte sich mit ihr auf den Weg zu den Spensers. »In meinem ganzen, langen Leben habe ich noch keine so brutal misshandelte Frau gesehen«, sagte Ben, als er Emma über die Schwelle trug.

»Wir kriegen die Kerle!«, versprach Mr Spenser Emma, nachdem er die furchtbare Geschichte gehört hatte, grimmig entschlossen, doch Emma bat ihn, keinen Suchtrupp zusammenzustellen. Yank und seine Bande seien inzwischen längst über alle Berge, sagte sie, doch in Wahrheit wollte sie verhindern, dass ihre Freunde, die Farmer waren und keine Mörder, ebenfalls von Yank Markham und seinen Spießgesellen umgebracht würden. Und so begruben die Männer Tom und Cora Nellie und brachten das Haus in Ordnung, und die Frauen kümmerten sich um Emma.

Ihr Körper genas, aber ihre Seele nicht. Mit dem Tod ihrer Eltern hatte sie sich abgefunden – mit dem Verlust ihres Mannes und ihrer Tochter würde sie sich niemals abfinden können. Sie suchte Trost in der Religion, aber die half ihr nicht. Was ihr schließlich half, war die Idee, Rache zu üben. Sie verkaufte die Farm an die Spensers und fuhr nach Denver, weil es hieß, dass Yank sich häufig in dieser Stadt aufhielt. Im Palace, einer Spielhölle, von der sie annahm, dass Yank und seine Kumpane sie besuchen würden, wurde sie als Sängerin engagiert. Abend für Abend hielt sie während ihrer Auftritte Ausschau nach Yank und seinen Männern. Sie kannte ihre Namen nicht, doch ihre Gesichter würde sie sofort wiedererkennen. Wenn sie nachts aus einem ihrer Albträume erwachte, malte sie sich aus, wie sie die Todesangst der Männer verlängern, sie langsam zu Tode quälen würde, aber sie wusste, dass sie in Wirklichkeit nicht den Mut dazu aufbrächte, weil sie zu viel Angst hatte, dass etwas schief gehen würde, und sie fliehen könnten. Sobald sie einen von ihnen entdeckte, würde sie ihn über den Haufen schießen. Was spielte es für eine Rolle, wenn sie dafür hängen müsste? Sie war so unglücklich und einsam, dass sie dankbar wäre, sterben zu dürfen.

Yank ließ sich niemals im Palace sehen, doch zwei Jahre nach Emmas Ankunft in Denver wurde er verhaftet, weil er in einem Saloon einen Mann erschossen hatte, vor Gericht gestellt und zum Tode verurteilt. Emma wohnte der Hinrichtung bei. Als Yank auf dem Weg zum Galgen an ihr vorbeikam, spuckte sie ihn an und schrie: »Abschaum!« Er blieb stehen und musterte sie mit zusammengekniffenen Augen, als versuchte er, sie einzuordnen. Dann grinste er: »Ich würd's dir ja gerne besorgen, Hure, aber ich habe grad was anderes vor.« Da wusste sie, dass diese Bestie, die ihren Mann und ihre kleine Tochter ermordet, die ihr Leben zerstört hatte, sie nicht einmal erkannte. Yank sterben zu sehen bereitete ihr zwar eine gewisse Genugtuung, aber es gab noch drei Männer, die den Tod verdient hatten.

Einige Zeit später sprach John Roby Emma im Palace an. Er hatte ihren Auftritt gesehen und wollte herausfinden, warum eine Frau aus offensichtlich gutem Hause in einem solchen Etablissement arbeitete. »Es wäre mir ein Vergnügen, Sie zu einem Drink einzuladen«, sagte er, als sie allein an einem Tisch saß. Mit Kunden trinken gehörte ebenfalls zu Emmas Aufgaben. Die Mädchen verdienten an jedem verkauften Getränk. Aber Emma machte sich nicht an die Gäste heran, und sie wollte auch nicht mit ihnen trinken. Sie zog es vor, allein zu trinken, und sie trank viel.

Mit einer müden Geste deutete sie auf einen Stuhl, und John nahm Platz. »Sie dürfen mir Whiskey spendieren, wenn Sie nicht verlangen, dass ich mich mit Ihnen unterhalte«, erwiderte sie.

»Einverstanden.« John spendierte ihr an diesem Abend Whiskey und am nächsten Abend und an vielen folgenden Abenden. Und eines Abends, als die Flasche leer war, brach die Geschichte von Tom und Cora Nellie aus Emma heraus. Als sie geendet hatte, nahm John ihre Hand in seine Hände, und als Emma aufschaute, glaubte sie, Tränen in seinen Augen zu sehen.

»Sie warten auf Sie, wo alle Toten auf die Lebenden warten«, sagte er, und das tröstete sie. In dieser Nacht wurden sie ein Liebespaar.

John war ein komplizierter Mensch. »Ich bin kalt wie eine Hundeschnauze«, sagte er von sich, und das stimmte – aber nicht, was Emma anging. Sie behandelte er stets liebevoll, und hin und wieder überraschte er sie damit, dass er sich Fremden gegenüber freundlich zeigte. Emma fragte sich, ob er damit ein früher begangenes Unrecht wieder gutmachen sollte. Einmal zum Beispiel sahen sie auf einem nächtlichen Spaziergang, wie drei Maultiertreiber einen Schwarzen misshandelten. Zwei hielten ihn an den Armen fest, während der Dritte ihn mit einer Peitsche traktierte. Das Hemd des Mannes hing in Fetzen, sein Rücken war mit blutenden Striemen bedeckt. Emma dachte, der Schwarze müsse etwas Schreckliches verbrochen haben, doch wie sich herausstellte, war er lediglich nicht vom Bürgersteig in den Schlamm hinuntergetreten, um die Rüpel vorbeizulassen. Einige der Männer, die ebenfalls stehen geblieben waren, erregten sich wohl über die ungerechtfertigt brutale Bestrafung, doch nur John kam dem Schwarzen zu Hilfe. Er riss dem Schläger die Peitsche aus der Hand und schlug damit auf ihn und seine beiden Kumpane ein, und die drei nahmen die Beine in die Hand. Emma und John gingen mit dem Verletzten zu einem Apotheker und kauften eine Salbe für seine Wunden. Später überredete John den Besitzer des Palace, den Mann als Alleinunterhalter einzustellen.

Wenn John so ohne weiteres seine Gesundheit für einen Wildfremden aufs Spiel setzte, was würde er dann nicht alles für sie tun, dachte Emma, und zum ersten Mal seit Toms Tod fühlte sie sich wirklich sicher. In den Jahren, die folgten, gewann sie John sehr lieb, aber eine tiefe, hingebungsvolle Liebe, wie sie sie für Tom empfunden hatte, wurde nie daraus. Was sie für John empfand, war eher Dankbarkeit. Als sie ihn kennen gelernt hatte, war sie körperlich und seelisch am Ende gewesen und unendlich einsam. John hatte ihr ein Stück Lebensfreude zurückgebracht, und Emma revanchierte sich dafür, indem sie die Dämonen, die ihn quälten, besänftigte.

»Ich war auch einmal verheiratet«, erzählte er ihr eines Abends, nicht lange nachdem er den Schwarzen gerettet hatte. »In Cairo. Ich besaß dort eine gut gehende Kurzwarenhandlung.« Sie dinierten im Charpiot's. John ging gerne in vornehme Restaurants, und er genoss es, sich mit Emma zu zeigen.

»Wir hatten keine Kinder, und so hielt ich es für meine

Pflicht, mich als Freiwilliger zu melden. Bevor ich ging, nahm ich mir einen Bankbesitzer als Partner, der sich in meiner Abwesenheit um das Geschäft kümmern sollte.« Seine Augen wurden hart. »Ich blieb bis Kriegsende bei der Army. Als ich nach Hause kam, musste ich feststellen, dass mein Partner das Geschäft ein paar Wochen zuvor verkauft und sich mit meiner Frau aus dem Staub gemacht hatte. Ich war so verzweifelt, dass ich mich mit dem Gedanken trug, mir die Kugel zu geben.«

John verblieb noch zwei Jahre in Cairo in der Hoffnung, dass seine Frau zu ihm zurückkommen würde. Dann erfuhr er, dass sie und der Banker dem Ruf des Goldes nach Colorado gefolgt waren. John verfolgte sie bis Breckenridge, verlor dann aber ihre Spur. Bei der Army hatte er das Kartenspielen gelernt, und zwar so gut, das er sich eine Zeit lang als Spieler über Wasser halten konnte. Das Spielen brachte ihn von einem Goldgräbercamp ins nächste, und wie Emma war er voll der Rache gewesen.

Als John aufgehört hatte zu sprechen, lag eine so tiefe Traurigkeit, wie sie Emma noch bei keinem Menschen gesehen hatte, auf seinem Gesicht. Emma legte ihre Hand auf seine. Sie spürte, dass er die Geschichte noch niemandem erzählt hatte, und sie sah, dass die Erinnerung daran qualvoll für ihn war.

John nahm Emmas Hand und drückte sie so fest, dass es wehtat, aber sie zog sie nicht weg. »Jahre später, als ich die Hoffnung, sie zu finden, schon aufgegeben hatte«, fuhr er fort, »saß ich in einer der Tiger-Alley-Spielhöllen in Leadville am Pokertisch. Eine Frau trat zu mir. Ich hielt sie für eine Bettlerin, so alt und zerlumpt und abgemagert war sie. Dann sprach sie mich mit meinem Namen an.«

»Deine Frau«, sagte Emma.

John nickte stumm. Er grub seine Fingernägel in Emmas Hand, doch sie zuckte nicht einmal. »Sie hatte Schwindsucht«, fuhr John schließlich mit tonloser Stimme fort. »Der Banker hatte sich mit dem Geld davongemacht und sie bei einer Bordellwirtin in der Stillborn Alley abgeliefert, die sie zu unaussprechlichen Dingen zwang. Als sie krank wurde, setzte dieses Ungeheuer von einer Frau sie vor die Tür.« John brauchte einen Moment, um seinen Zorn so weit zu zügeln, dass er weitersprechen konnte. Dann erzählte er, dass er seine Frau bis zu ihrem Tod gepflegt habe. »Ich hatte ihr verziehen, denn ich liebte sie noch immer – und ich schwor mir, sie zu rächen«, sagte er. Jetzt wusste Emma, woher der Zorn rührte, der in John Roby wie ein Feuer loderte. Sie hatte ihn nie zu spüren bekommen, zu ihr war John stets liebevoll und freundlich, aber sie hatte erlebt, wie er ihn gegen andere Menschen richtete. Sie hatte gesehen, wie hart und kalt Johns Augen wurden, wann immer er in einer Frau die Betreiberin eines Freudenhauses erkannte.

»Ich empfinde einen tödlichen Hass gegen Bordellwirtinnen und Banker«, sagte John, als sie später an diesem Abend nach Emmas Auftritt an einem Tisch im Palace saßen, und Emma nickte zustimmend. Sie mochte keine Frauen, die ihren Lebensunterhalt mit dem Verkauf der Körper anderer Frauen verdienten, und sie verabscheute die großtuerischen selbstgefälligen Bankbesitzer, die zu den Stammgästen des Palace zählten. Einen ganz besonders. Eine Prostituierte, deren Zuhälter ihr eine beträchtliche Geldsumme gegeben hatte, damit sie sie für ihn verwahrte, hatte das Geld dem besagten Banker anvertraut. Als sie das Geld eine Woche später zurückverlangte, bestritt er, auch nur einen Cent von ihr erhalten zu haben, und der Zuhälter schlug die Frau halb tot.

»Es ist zu schade, dass ihm niemand Geld abnehmen kann und die Arme auf diese Weise rächen«, sagte Emma.

»Vielleicht kann es ja doch jemand«, erwiderte John. Das war der Beginn ihrer Partnerschaft. Als der Bankbesitzer das nächste Mal in den Saloon kam, bat Emma ihn um ein Darlehen von zweihundert Dollar. Sie zeigte auf John und sagte, er habe Aktien von Mineral King in der Tasche, die er am Abend zuvor hätte verkaufen wollen. »Er ist seitdem betrunken und weiß nicht, dass die Mine heute einen großen Fund bekannt gegeben hat, wodurch sich der Wert der Aktien verdreifachte.« Emma lächelte den Banker mit halb geöffneten Lippen betörend an.

»Wenn Sie mir zweihundert Dollar leihen, kaufe ich die Aktien und zahle Ihnen dreihundert zurück.« Der Bankbesitzer ging nicht darauf ein, sondern kaufte John, sobald sie gegangen war, die Aktien selbst ab, wie Emma und John es vorausgesehen hatten.

Aber die Aktien waren nicht um das Dreifache im Wert gestiegen, denn die Bergbaugesellschaft hatte keinen Fund bekannt gegeben. In Wahrheit hatte sie verkündet, dass das Vorkommen erschöpft sei, und damit waren die Aktien wertlos. Der Bankbesitzer hatte keine Möglichkeit, das Geschäft rückgängig zu machen.

Schließlich hatte er Emmas Information zu seinem eigenen Vorteil nutzen wollen. Und wenn er sich beschwert hätte, hätte er zugeben müssen, dass er versucht hatte, John über den Tisch zu ziehen.

Die zweihundert Dollar, die John und Emma erbeuteten – abzüglich der paar Dollar, die sie für die Mineral-King-Aktien bezahlt hatten –, waren keine große Summe, doch sie zeigte ihnen, dass sie Talent als Betrüger hatten. Die Pläne erforderten all ihre Fähigkeiten – Intelligenz, Kaltschnäuzigkeit, schauspielerisches Können und nüchternes Denken –, und sie gaben ihnen die Möglichkeit, ihre Dämonen zu befriedigen. Emma brauchte etwas, das sie vom Grübeln abhielt, und Johns dunkle Seite verlangte, dass andere für die Schmerzen bezahlten, die ihm zugefügt worden waren. Und er schien eine Frau zu brauchen, die er beschützen konnte, da er nicht in der Lage gewesen war, seine Ehefrau zu beschützen.

Sowohl John als auch Emma waren das Spielhöllenleben leid und froh darüber, eine so einträgliche Erwerbsquelle gefunden zu haben. Die neue Profession gestattete ihnen, nur ein paar Wochen im Jahr arbeiten zu müssen, und den Rest der Zeit hatten sie für sich. Sie waren ein gutes Gespann, was, so dachte Emma, ebenso auf ihrem Verständnis füreinander als auch auf ihrer gegenseitigen Zuneigung und der Loyalität beruhte, die sie einander entgegenbrachten.

Mit Überfällen auf Banken oder Postkutschen hätten sie noch mehr Geld gemacht, aber Überfälle reizten sie nicht. Es war viel aufregender und auch eine viel größere Herausforderung, sich die Gier ihrer Opfer zunutze zu machen, um sie zu betrügen. Für gewöhnlich arbeiteten sie nur in eigener Sache, doch es gab Ausnahmen. Eine davon war Charley Pea, der alte Schmied aus Mingo, der geholfen hatte, Tom und Cora Nellie zu begraben, und der nach Toms Tod die Sarpy-Felder bestellt hatte. Eines Tages sah sie ihn in Denver wieder, wo er ihr erzählte, dass Addie French in Nalgitas herumgetratscht hätte, dass seine Frau Mayme eine Prostituierte gewesen sei. »Das ging sie überhaupt nichts an«, schimpfte Charley. »Sie hatte kein Recht dazu, meine Mayme herabzusetzen.«

Mayme sei damals im vierten Monat gewesen, und Addies Gerede habe ihr schwer zu schaffen gemacht, fuhr er fort, und es sei Addie Frenchs Schuld, dass seine Frau das Kind verloren hatte. Mayme sei danach nicht mehr schwanger geworden. Wie es aussehe, würde er niemals einen Sohn bekommen. Auch dafür gab er der French die Schuld und kochte: »Ich hasse dieses Weib, Addie French ist so ekelhaft wie Fußpilz.«

Da Emma in Charleys Schuld stand, trug sie John den Fall vor, wobei sie betonte, dass Addie eine Bordellwirtin war, eine Frau, die er, wie Emma wusste, ohne sie zu kennen, verabscheuen würde. Außerdem wäre dieser Betrug wie gemacht für John und sie. Er wäre kompliziert und gefährlich, und genau das gefiel ihnen beiden. Sie kamen überein, Ned Partner das Geld abzuluchsen, das er bei einem Bankraub erbeutet hatte, denn Charley meinte, dass der Verlust Ned so wütend machen würde, dass er nicht mehr klar denken könnte, Addie dafür verantwortlich machen und sich von ihr trennen und Nalgitas verlassen würde. Dann hätte Charley seine Rache, und John und Emma hätten ein gutes Geschäft gemacht. Der Plan war gut durchdacht, doch seine Durchführung gestaltete sich zu Beginn unangenehm holprig, denn John und Emma wussten nicht, dass Addie French ihren Besuch in Kansas City verlängert hatte. Die beiden durchsuchten in Palestina fünf Züge nach ihr und erregten damit das Misstrauen des Bahnhofsvorstehers, der sie nach ihrem Begehr fragte. Gottlob ließ er sich davon überzeugen, dass sie wegen einer dringenden Angelegenheit hier mit einer Verwandten verabredet und bereits in großer Sorge um sie waren. Emma und John kamen überein, ihr Glück noch bei einem Zug zu versuchen, bevor sie die Sache abbliesen. Und in dem Zug hatte Addie French dann gesessen. John entdeckte sie durchs Fenster und schob Emma vor sich in den Wagen und den Gang hinunter, bis sie bei der Sitzbank anlangten, wo Addie French saß – natürlich allein.

Irgendwann fielen Emma die Augen zu, doch sie wachte vor Tagesanbruch wieder auf, und als John munter wurde, hatte sie bereits die Pferde gesattelt und drängte zum Aufbruch. John sagte, das Land sei groß und Ned könne in eine ganz andere Richtung geritten sein, aber Emma befürchtete, ihn jeden Moment am Horizont auftauchen zu sehen. Trotzdem glaubte sie John, als er sagte, dass sie Ned abhängen könnten, indem sie sich hinter Pueblo nach Westen wendeten. Er würde nach Denver weiterreiten, und wenn er sie dort nicht fände, vielleicht sogar weiter nach Cheyenne. Und selbst wenn er sie westlich der Hauptstadt in einer der Goldgräberstädte suchen würde, könnte er ihnen nicht gefährlich werden. Dort gab es Hunderte von Goldgräbercamps, und Emma war überzeugt, dass er sich in den größeren, verrufeneren umsehen würde, die Schlupfwinkel für Outlaws waren. Er würde niemals auf die Idee kommen, dass sie sich in Georgetown versteckten, das eine ebenso respektable Stadt war wie Galena. Emmas Wahl war dann auch auf Georgetown gefallen, weil die gepflegten Häuser sie an Galena erinnerten. Seit vier Jahren lebten Emma und John nun schon dort in der Rose Street in einem kleinen Haus mit grünen Fensterläden und einem weiß gestrichenen Zaun und einem Fliederbusch unter dem Vorderfenster, zurückgezogen, mit wenig Kontakt zu den Nachbarn. John trat als Bergbauaktionär auf, Emma als seine Frau. John hatte sie zwar einmal gefragt, ob sie ihn heiraten wolle, doch Emma hatte Nein gesagt. Sie liebte ihn nicht auf diese Weise, und sie wusste, dass John sie niemals so sehr lieben würde, wie er seine Frau geliebt hatte.

John aß das Frühstück, das sie ihm zurechtgelegt hatte – Cracker, Käse und Dörrfleisch –, und Emma packte die Geldtasche, die Addie ihr umgeschnürt und die sie nun abgebunden hatte, in eine ihrer Satteltaschen. Sie hatte sie öffnen wollen, aber als der Verschluss sich beim ersten Versuch widersetzte, hatte sie es gut sein lassen. Ihre Rippen schmerzten, wo das Leder gedrückt hatte, und Emma fragte sich, ob Addie sie wohl mit Vorbedacht an dieser Stelle platziert hatte. Vielleicht hatte Addie geahnt, dass Ned sich von ihr trennen wollte und dass Emma der Grund dafür war. Sie stellte sich vor, wie Addie im Schein der Kerosinlampe im offenen Schlafrock am Küchentisch saß und ihr üppiger Busen auf der Platte ruhte, während sie über Neds Hinterlistigkeit schimpfte. Welcome würde in einer dunklen Ecke stehen und etwas von »Teufelei« murmeln – oder Addie verspotten. Nein – das glaubte sie eigentlich nicht. Welcome war bestimmt nicht grausam. Oder doch? Wer wusste schon, was in einem menschlichen Wesen vorging, das immer wieder gefesselt und ausgepeitscht worden war?

»Was hältst du davon, in Trinidad in einem erstklassigen Restaurant zu dinieren?«, fragte John, als er ein Stück von dem zähen Rindfleisch abriss. »Wir müssten heute Abend dort sein.«

»Wir dürfen uns nicht in Trinidad aufhalten«, wandte sie ein. »Das wäre unklug. Ned könnte uns dort finden.«

Und so machten sie nur kurz Halt in Trinidad. John besorgte frische Pferde, Emma Pfirsiche und Sardinen in Büchsen, und für fünfzehn Cent kauften sie ein Stück Wassermelone. Dann ritten sie weiter. Nach Einbruch der Dunkelheit schlugen sie im Schutz einiger Pyramidenpappeln ihr Lager auf.

Am übernächsten Tag lockte ein Schild mit der Aufschrift »Brod zu vakaufen« sie zu einer Farm, wo sie warme Brötchen und frische Milch erstanden. Der Preis war gesalzen – dreißig Cent für sechs Teigklumpen –, doch sie feilschten nicht, da sie selbst auch keine Skrupel hatten, Leuten das Geld aus der Tasche zu ziehen. Am dritten Tag kamen sie schließlich in Pueblo an. Emma war erschöpft, und so stellten sie die Pferde im Mietstall unter und nahmen sich ein Hotelzimmer. Emma streckte sich, ohne ihre Kleidung abzulegen, auf dem Bett aus und schlief zwölf Stunden durch.

8

Als Emma, zum ersten Mal seit zwei Wochen, wirklich erholt erwachte, war sie zugedeckt. Die Delle im Kopfkissen neben ihr zeigte, dass John dort gelegen hatte, aber er war nicht da. Ihre Stiefel standen vor dem Bett, und ihre Hose hing über einem Stuhl. Offenbar hatte John ihr beides ausgezogen, damit sie bequemer schlief. Sie stand auf und streckte sich ausgiebig. Wie spät es war, konnte sie nicht genau feststellen, denn sie hatte weder ihre kleine Broschenuhr noch Toms Taschenuhr inzwischen aufgezogen, doch es drang Tageslicht durch den Vorhang. Als sie ihn beiseite zog und den frühmorgendlichen Himmel betrachtete, fiel ihr der Sonnenaufgang über der Prärie ein, den sie vor etwas mehr als einer Woche bewundert hatte, als sie mit Ned von Nalgitas nach Jasper gefahren war. Das heutige Farbenspiel war nur ein blasser Abglanz dessen, was sie vom Kasten des Wagens aus gesehen hatte. Emma kaute auf ihrer Unterlippe herum, während sie auf die Santa Fé Avenue hinausschaute. Pueblo war eine wohlhabende junge Stadt mit Backsteingebäuden und schönen neuen Häusern. Einen Block weit entfernt stand ein zweistöckiges Gebäude mit einem hoch in den Himmel ragenden Backsteinturm. Dem Hotel gegenüber stand ein Büroklotz, und daneben wurde die falsche Front eines Hauses entfernt, wahrscheinlich, um sie durch eine beeindruckendere zu ersetzen. Telefon- und Telegrafenleitungen liefen entlang der Straße von Mast zu Mast. Emma und John hatten unter einem halben Dutzend Hotels dieses ausgesucht, weil es das unauffälligste war, und sie fühlte sich hier sehr viel sicherer als in der Prärie.

Emma ließ den Vorhang los. Er fiel wieder an seinen Platz, und die Stadt wurde ihrem Blick entzogen. Als sie sich an den kleinen Tisch setzte, drängte sich Ned in ihre Gedanken. Liebte sie ihn? Ärgerlich über sich schüttelte sie den Kopf. Was spielte es für eine Rolle, ob sie es tat, oder nicht? Es war müßig, darüber nachzudenken, ob sie ein harmonisches Leben hätten miteinander führen können. Und es war sogar gefährlich gewesen, dass sie sich bei ihrem gemeinsamen Abendessen in dem vornehmen Speisesaal dazu hatte hinreißen lassen, das Luftschloss zu betreten, das Ned für sie gebaut hatte, denn es hätte sie beinahe vergessen lassen, dass sie nicht zu ihrem Vergnügen mit Ned zusammen war. Sie hatte das Leben auf dem Land immer geliebt, zuerst in Galena und dann im Osten von Colorado mit Tom. John hätte gerne in einem Hotel gewohnt, aber Emma hatte darauf bestanden, dass sie das Haus in Georgetown kauften, wo sie sich, nach der Vergewaltigung körperlich nicht mehr in der Lage, ein Kind zu bekommen, damit tröstete, Pflanzen wachsen und gedeihen zu sehen. Sie brachte Stunden um Stunden in ihrem Garten zu, säte Salat und Mais und Bohnen, obwohl sie nicht immer da war, um die Früchte ihrer Mühen zu ernten, und hegte und pflegte Schwertlilien und Stiefmütterchen und Rosensträucher. Sie hatte sich stets am liebsten im Freien aufgehalten, auch bei schlechtem Wetter, und sie wusste, dass sie es genossen hätte, auf einer Ranch die Fohlen und Kälbchen heranwachsen zu sehen. Das von Ned an jenem Abend entworfene Zukunftsbild war verführerisch gewesen, und es hatte sie große Überwindung gekostet, in die Wirklichkeit zurückzufinden. Darum war sie sehr viel unfreundlicher gewesen als beabsichtigt, aber rückblickend bedauerte sie es nicht. Sie hatte das Richtige getan – für sich und auch für Ned.

Vielleicht würde er ja zu Addie zurückkehren. Emma schob die Eifersucht weg, die bei diesem Gedanken in ihr aufstieg. Sie hatte kein Recht, eifersüchtig zu sein. Eine Szene aus ihrer Zeit in der Chili Queen fiel ihr ein. Sie hatte in der Küche gesessen und Welcome beim Herdschwärzen zugesehen. Irgendwann war ihr Blick zur Tür hinausgewandert, und sie hatte gesehen, wie Addie mit gespreizten Fingern durch Neds Haare fuhr. Er lächelte Addie an, und beim Anblick der beiden war Emma von einer Sehnsucht erfasst worden, die so stark war, dass sie sich offenbar auf ihrem Gesicht malte, denn Welcome hatte plötzlich in drohendem Ton gesagt: »Machen Sie ja keine Dummheiten, sonst bekommen Sie es mit mir zu tun!« Manchmal flößten die dunklen Augen Emma Angst ein. Sie hätte gerne gewusst, was in Welcome vorging.

John spürte offenbar, dass da etwas zwischen ihr und Ned gewesen war. Als sie tags zuvor an einem Bach mit schönem, klarem Wasser Halt gemacht hatten, hatte er zugeschaut, wie sie mit den Händen etwas davon zum Trinken herausschöpfte, und gesagt: »Ich glaube, er mochte dich.«

Es war ihr Glück, dass sie Männern gefiel – es erleichterte die Arbeit. Verliebte Männer waren nicht misstrauisch. John neckte sie oft deswegen. Bisher hatte sie stets lachend abgewinkt, aber diesmal ließ sie das Wasser an ihrem Hemd hinunterrinnen, legte die nassen, kalten Hände an ihre Wangen, die verräterisch zu glühen begonnen hatten, und antwortete nicht.

»Vielleicht mochtest du ihn ja auch ein wenig. Das war keine leichte Aufgabe für dich«, setzte John hinzu, doch dann ließ er das Thema fallen, denn er hätte ihr niemals etwas vorgeworfen, dessen er selbst schuldig war. Emma war sicher, dass er von Zeit zu Zeit die Gesellschaft anderer Frauen suchte, denn sein Appetit musste gestillt werden, und sie war nicht oft in Stimmung dazu.

Wieder drängte sich Ned in ihren Gedanken nach vorne. Ja, sie liebte Ned, gestand sie sich ein – und nicht nur ein wenig. Er hatte sie fröhlich gemacht und ein Gefühl in ihr geweckt, von dem sie geglaubt hatte, es sei mit Tom gestorben. Aber das spielte keine Rolle – sie würde es ein zweites Mal begraben. Es war heller im Zimmer geworden, und Emma versuchte die Uhrzeit zu schätzen. Noch nicht sechs, entschied sie. John musste frühstücken gegangen sein – oder er erkundigte sich, wo sie frische Pferde bekommen könnten, denn die, die sie in Trinidad erstanden hatten, würden eine Weile brauchen, um wieder zu Kräften zu kommen. Vielleicht würde er ihr Badewasser heraufbringen lassen. Er war immer um ihre Bequemlichkeit besorgt. Die Vorstellung, sich in einer Wanne endlich wieder einmal gründlich waschen zu können, war verlockend. Vielleicht bliebe ja sogar noch Zeit, etwas zum Anziehen für sie zu kaufen. Sie hatte nur das Hemd und die Hose, und beides starrte vor Schmutz. Emma spielte mit dem Gedanken, John bei seiner Rückkehr noch unbekleidet zu empfangen, denn sie war seltsam erregt. Sie hatten einander seit der Begrüßungsumarmung in What Cheer kaum berührt. Es würde ihm gefallen, und ihr wäre es eine Freude, ihm zu Gefallen zu sein. Nein – verwarf sie die Idee. Dazu wäre später auch noch Zeit. Sie sollten sich nicht unnötig in Pueblo aufhalten, denn sie waren Ned nur einen Tag voraus. Wenn sie wieder zu Hause in Georgetown wären, würden sie im Hotel de Paris feiern. Sie würde John die Freude machen, ihr schönstes Kleid anzuziehen, und dann würden sie sich an ihrem Erfolg und an Champagner berauschen. Der Gedanke an zu Hause erfüllte Emma mit Zuversicht. Georgetown war keine Großstadt, wenn auch von einiger Bedeutung, jedoch groß genug, dass ihr Kommen und Gehen kein Aufsehen erregte. Sie waren in diesem Jahr viel zu lange weg gewesen, und Emma hatte das Herumzigeunern gründlich satt. Sie entdeckte einen Riss in ihrer Hose und überlegte, ob sie ihn flicken sollte, entschied sich aber dagegen. Es wäre besser, aufbruchbereit zu sein, wenn John zurückkäme. Auf der Kommode stand ein Krug mit Wasser. Sie nahm einen Mund voll, spülte ihre Zähne damit und schluckte es hinunter. Dann goss sie den Rest in die Schüssel und wusch sich, so gut es ging. Danach war das Wasser braun. Sie zog die Hose und das Hemd an und kämmte ihre Haare mit den Fingern durch, wonach sie sie wieder zu einem Zopf flocht, den sie wie eine Krone auf ihrem Kopf feststeckte. Sie war gerade dabei, ihre Stiefel anzuziehen, als John, ohne angeklopft zu haben, eintrat und die Tür hastig hinter sich schloss. Er ging zum Fenster und zog den Vorhang beiseite, wie Emma es kurz zuvor getan hatte.

»Ned ist hier«, sagte er. Als er sich Emma zuwandte, sah sie eine Kälte in seinen Augen, die sie frösteln machte, und fragte sich, ob er auf eine Auseinandersetzung hoffte.

»Und wo?«, erkundigte sie sich.

John schüttelte den Kopf. »Das weiß ich nicht. Er hat im Mietstall gefragt, ob jemand einen Mann und eine Frau in Männerkleidern gesehen habe. Wir seien alte Freunde, mit denen er sich eigentlich in Trinidad habe treffen wollen, doch dort hätten wir ihm die Nachricht hinterlassen, dass wir nach Pueblo weitergeritten seien. Der Besitzer des Mietstalls muss Ned schnell zurückerwartet haben, denn er redete mir ein Loch in den Bauch, um mich festzuhalten.«

»Bist du sicher, dass es Ned ist?«, fragte Emma, doch sie wusste, dass die Frage müßig war.

»Ja«, nickte John. »Die Beschreibung passt. Er hat dem Stallmeister versprochen, ihm fünf Dollar zu zahlen, wenn er uns fände. Ich schwindelte dem Mann vor, Ned sei ein säumiger Zahler, und gab ihm zehn für sein Schweigen.«

»Meinst du, er wird den Mund halten?«

John zuckte mit den Schultern. »Wir können nur hoffen, dass Ned ebenso unwissend weiterreitet, wie er gekommen ist. Der Mietstallbesitzer ist ein Feigling, und wenn Ned ihn bedroht, singt er bestimmt wie ein Vögelchen. Ich bin mit unseren neuen Pferden zwar in Richtung der Straße nach Denver geritten, aber ich weiß natürlich nicht, ob der Mann darauf reingefallen ist.«

»Wir könnten die Pferde stehen lassen und den Zug nehmen.«

John breitete seine Decke auf dem Bett aus. »Auf dem Bahnhof wären wir zu leicht zu entdecken – und wenn Ned unterwegs zusteigen würde, säßen wir in der Falle. Außerdem sind wir mit Pferden beweglicher. Wir kommen zwar langsamer voran, aber dafür sicherer.«

Sie wickelten ihre Habseligkeiten in ihre Decken, und dann gingen sie, John voran, mit ihren Deckenrollen, Jagdgewehren und den Satteltaschen die Treppe hinunter. »Bezahlt habe ich schon«, sagte John, als Emma auf die Rezeption zusteuerte, und so folgte sie ihm auf die Straße hinaus. »Er wird erwarten, dass wir die Stadt auf Nebenstraßen verlassen – und deshalb werden wir ganz frech die Santa Fé Avenue hinunterreiten«, erklärte John ihr. Emma wäre am liebsten im gestreckten Galopp aus der Stadt geflüchtet, doch John hielt ihr vor Augen, wie unklug das wäre, denn damit würden sie Aufmerksamkeit erregen. Also lenkten sie ihre Pferde im Schritttempo zwischen baumaterialienbeladenen Ochsenkarren und maultiergezogenen Wagen hindurch und an einer Straßenbahn vorbei, die an einer Haltestelle stand. Als sie endlich die Stadt hinter sich und die Route nach Westen erreicht hatten, trieben sie ihre Pferde an. In der Ferne ragten majestätisch die Berge mit dem ewigen Schnee empor. Sie ritten am Arkansas River entlang, ohne viel zu reden. Der Weg war trocken und staubig und die Landschaft um sie herum langweilig, wenn man von den gelben Wildasternbüschen absah, die vereinzelt in der Eintönigkeit leuchteten. Nach einer Weile ordnete John eine Pause an. Er füllte ihre Feldflaschen mit Wasser aus dem Fluss und tauchte sie dann kurz unter, damit der Filz sich voll saugen konnte und den Inhalt kühl hielt. Danach machte er die Pferde an einer Stelle fest, wo es reichlich Gras gab – und noch mehr Moskitos. Anschließend rief er »Frühstück!« und zog einen Laib Brot aus einer seiner Satteltaschen. Die Frau des Mietstallbesitzers hatte ihn gerade aus dem Ofen geholt, und er hatte ihr einen Dollar dafür gegeben, erklärte John, und Emma lobte ihn für seine Weitsicht, während sie einen Moskito auf ihrer Hand erschlug. Doch als John den Laib aufbrach, war er innen schwarz und verströmte einen widerlichen Geruch, da er aus ungesiebtem mexikanischem Mehl und ohne Treibmittel gebacken war. Trotz ihres Hungers brachten sie es nicht über sich, das Zeug zu essen, und warfen es in den Fluss. Emma knurrte der Magen, denn sie hatte weder tags zuvor zu Abend gegessen noch gefrühstückt, doch sie beklagte sich nicht. John war ebenfalls hungrig. Er hatte zwar abends, während sie schlief, einen späten Imbiss genommen, aber gefrühstückt hatte auch er nicht.

»Lass uns nach einem Schneehuhn Ausschau halten. Wenn wir eines schießen können, braten wir es uns zum Mittagessen«, sagte John.

Sie bekamen kein einziges Schneehuhn zu Gesicht, und so watete John, als die Sonne hoch am Himmel stand und sie Halt machen, um den Pferden eine Rast zu gönnen, in den Fluss. Er wollte versuchen, mit bloßen Händen eine Forelle zu fangen, was ihm aber nicht gelang, und zum Beerensuchen fehlte ihnen die Zeit. Also schälte Emma eine stachelige Kaktusfrucht und kratzte das rosa Fruchtfleisch heraus. Satt wurden sie davon allerdings nicht. Immer wieder kamen andere Reisende auf der Straße an ihnen vorbei, aber John und Emma baten sie nicht um etwas zu essen, weil sie keine Aufmerksamkeit erregen wollten. Als sie Cañon City erreichten, war es über vierundzwanzig Stunden her, dass Emma etwas Ordentliches gegessen hatte.

Sie war todmüde und hätte gerne dort übernachtet, doch sie stimmte John zu, dass es unklug wäre, in der kleinen Stadt Station zu machen. Sie konnten die Möglichkeit nicht ausschließen, dass Ned auf jemanden stieß, der sie nach Westen hatte reiten sehen. Und da er sie schon in Pueblo City aufgestöbert hatte, würde er sie in Cañon City garantiert finden. In einer Kleinstadt wie dieser würden sie viel eher auffallen, und da Ned sich natürlich nach einem Mann und einer Frau, die gemeinsam reiten, erkundigen würde, schlug John vor, getrennt durch Cañon City zu reiten und sich jenseits der Stadt zu treffen. Er werde Hafer für die Pferde kaufen, und Emma solle Proviant besorgen.

Sie fand einen General Store und erstand Verpflegung für drei Tage, denn länger würden sie für den Weg über die Berge nach Salinas nicht brauchen. Außerdem erwarb sie noch ein Flanellhemd, und dann wartete sie ungeduldig, während der Verkäufer alles in braunes Papier einschlug und das Paket verschnürte. Emma sagte ihm, dass das alles nicht nötig sei, worauf er seine Arbeit nur unterbrach und antwortete: »Bei uns wird das immer so gemacht.« Und als er endlich fertig war und es ans Abrechnen ging, brauchte er so lange, um das Wechselgeld zusammenzusuchen, dass Emma drauf und dran war, ihm zu sagen, er solle es behalten, doch dann wäre sie dem Mann mit Sicherheit in Erinnerung geblieben, und so trat sie von einem Bein aufs andere, während der

Verkäufer den Wert jeder Münze nannte, die er auf den Ladentisch zählte.

Obwohl John bestimmt längst auf sie wartete, verließ sie die Stadt, für den Fall, dass Ned auf der Durchgangsstraße nach einer Frau fragen sollte, die im Herrensitz ritt, auf dem Umweg über ein Wohnviertel. Als sie am westlichen Stadtrand zu John stieß, gab sie ihm Cracker, Käse, einen Apfel und ein paar Bonbons, und sie aßen unterwegs.

Die Eisenbahnlinie lief entlang einem Flusstal, und so nahmen sie den Höhenweg, auf dem sie ebenso schnell voranzukommen hofften und nicht Gefahr liefen, von einem Zug aus entdeckt zu werden. Der Fluss wand sich nicht um die Berge, sondern durchbrach die Felsriegel, und so waren seine Talwände steil und hoch. Die Szenerie war zwar atemberaubend, aber die Hänge kahl. Emma war froh, dass John Hafer gekauft hatte, denn die Pferde würden in dieser Nacht kaum einen Grashalm finden. Das Relief war unruhig, der Weg oft sehr steil und voller Felsbrocken.

Sie hatten gehofft, vor Einbruch der Nacht den Gipfel zu erreichen, aber da sie mit der Gegend nicht vertraut waren, beschlossen sie, dort zu kampieren, wo sie gerade waren, wenn es dunkel würde. Und so wechselten sie, als es dämmerte, vom Hauptweg auf einen Pfad, der so schmal und holprig war, dass Emma nicht wusste, ob er von Tieren oder Christenmenschen getrampelt war. Er führte am Talrand entlang, dass Emma sich schaudernd an den nächtlichen Abstieg in den Canyon mit Ned erinnerte. Als es zu dunkel wurde, wählte John eine Mulde zwischen dem Talrand und einer Felsnase, wo sie selbst von dem Pfad aus nicht zu sehen waren, fürs Nachtlager.

Sie sattelten die Pferde ab, und Emma streichelte die Tiere, die ebenso erschöpft waren wie ihre Reiter. Morgen dürften sie sie nicht mehr so strapazieren, wenn sie bis nach Hause durchhalten sollten. Während John ein kleines Feuer machte, denn es war kalt hier oben in den Bergen, und es hatte leicht geregnet, ging Emma an den Rand der Wand und spähte in die Finsternis. Obwohl sie nicht auf den Grund des Tales schauen konnte, kein Mondlicht erhellte es, wurde ihr schwindlig und übel davon, und sie kehrte zu John zurück. Er hatte inzwischen ein Essen gerichtet, und sie stürzten sich auf den Käse, die Essiggurken und das Dörrfleisch und schlossen das Mahl mit Kirschen und teigigen Cookies ab, die in Emma Sehnsucht nach Welcomes herrlichem Gewürzkuchen weckten. Aber John war zufrieden mit Emmas Wahl des Proviants – wie mit den meisten Dingen, die sie tat. »Es hat mir besser geschmeckt als im teuersten Restaurant«, sagte er.

Wieder einmal dachte Emma, was für ein genügsamer Gefährte er doch war. Sie griff nach seiner Hand und drückte sie, und plötzlich fühlte sie sich nicht mehr so zerschlagen. »Mir wäre Dosenschildkröte mit Erbsen lieber gewesen«, erwiderte sie. »Obwohl ich so hungrig war, dass ich auch einen in der Erde gegarten Rindskopf gegessen hätte.« Die Vorstellung machte sie schaudern. John zog das Flanellhemd, das sie gekauft hatte, aus der neben ihm liegenden Satteltasche und reichte es ihr. »Zieh das an, sonst bist du morgen früh steif gefroren.« Der Wind hatte aufgefrischt und rauschte wie ein reißender Wildbach in den Bäumen. Der Duft von Tannennadeln wehte durch die Luft. Emma zog das neue Hemd über ihr schmutziges und knöpfte es zu. Obwohl gegen Morgen sicherlich Frost einsetzen würde, gefiel es ihr hier oben besser als unten in der Prärie. Sie fragte sich, ob Neds Ranch wohl auch in solcher Höhe liegen mochte. Sosehr sie ihre Farm im Flachland auch geliebt hatte – manchmal hatte sie in der Hitze auf dem Hof gestanden und gen Westen geblickt und sich gefragt, wie es wohl gewesen wäre, wenn sie und Tom weiter in Richtung Berge gezogen wären und sich dort eine Landwirtschaft aufgebaut hätten. Sicher wusste sie nur, dass Yank Markham und seine Kumpane dann keine Chance gehabt hätten, ihren Mann und ihre Tochter zu ermorden. Emma schüttelte den Kopf, um die quälende Erinnerung und auch Ned daraus zu verscheuchen. Zum Glück stocherte John gerade im Feuer – sonst hätte er ihr angesehen, dass sie litt. Als er das Holz so arrangiert hatte, dass das Feuer noch eine Weile langsam brennen würde, holte John Emmas Deckenrolle und sagte: »Es tut mit Leid, dass die Decken so dünn sind – aber wir müssen uns noch ein, zwei Nächte damit begnügen. Möchtest du einen Whiskey, damit dir wenigstens inwendig warm wird?«

»Nein, danke«, lehnte Emma ab. »Ich werde vielleicht frierend schlafen gehen, aber nüchtern.«

»In Nalgitas hast du getrunken.« Es war eher eine Feststellung als eine Frage, und sie schwieg dazu. »Ich glaube, Addie hatte einen schlechten Einfluss auf dich. Frauen wie sie haben immer einen schlechten Einfluss.«

»Ich habe nicht viel getrunken. Weil ich keine Lust hatte, mich aus lauter Langeweile zu betrinken, machte ich mich im Haus und im Garten nützlich – und außerdem lag mir Welcome ständig damit in den Ohren, dass ich mich anständig benehmen sollte, damit mich nicht der Teufel hole. Addie und Welcome kamen ganz gut miteinander aus – besser, als ich mit den beiden. Das war seltsam.« Johns Antwort erschöpfte sich in einem Brummen, und er forderte sie nicht auf, näher auf das Thema einzugehen. Als Emma ihn genauer ansah, stellte sie fest, dass er eingeschlafen war. Sie deckte ihn zu, und dann saß sie da und schaute ins Feuer und genoss die Abgeschiedenheit ihres Lagerplatzes. Es war, als wären sie allein auf der Welt. Nach einer Weile begann sie zu frieren. Sie wickelte sich fest ein und legte sich so dicht ans Feuer, dass die Decke am Morgen versengt war.

Als Emma bei Tagesanbruch erwachte, hingen graue Wolken in den Bergen, versperrten die Sicht, und die Luft war klamm. Emma schälte sich aus ihrer Decke und stand auf. Sie war müde und traurig, und als sie die Decke ausschüttelte, hoffte sie, damit auch ihre Gedanken abschütteln zu können. Es hatte offenbar wieder etwas geregnet, denn der Boden um sie herum war nass. Das Feuer war erloschen, und Emma fachte es mit einer Hand voll Reisig von dem Haufen, den sie am Abend zusammengetragen hatten, wieder an. John, der davon aufgewacht war, holte den Proviant, den sie in Cañon City gekauft hatte.

»Wenn wir weiterreiten, können wir nach Traubenkirschen und wilden Johannisbeeren Ausschau halten«, meinte Emma und schlug ihre Decke um sich, »die sind um diese Zeit reif. Es kann aber sein, dass die Bären sie schon gefressen haben, und in diesem Fall sollten wir nach Bären Ausschau halten.« Als sie John nicht lachen hörte, hob sie den Blick, weil sie dachte, er habe sich, ohne dass sie es merkte, entfernt, um nach den Pferden zu sehen, doch er saß ihr gegenüber und schaute an ihr vorbei, und so fuhr sie fort: »Ich hoffe, es macht dir nichts aus, dass es nur kaltes Frühstück gibt. Ich habe vergessen, eine Pfanne zu kaufen. Aber vielleicht können wir das Brot auf Holz spießen und rösten?« Auch darauf reagierte John nicht, und so redete sie weiter: »Mir macht es nichts aus, kalt zu essen – aber ein Kaffee wäre schon schön.« Als John noch immer nichts sagte, warf sie wieder einen Blick zu ihm hinüber – und erschrak. Er wirkte wie versteinert, und seine Augen waren ganz hell geworden. Sie wusste aus Erfahrung, was das bedeutete, und sah sich verstohlen nach ihrem Revolver um. Dann fiel ihr ein, dass sie in der vergangenen Nacht beide nicht auf ihren Revolvern geschlafen hatten. Sie befanden sich in den Satteltaschen.

Das Scheppern kam so unerwartet, dass Emma vor Schreck aufschrie. Die gelb gepunktete Kaffeekanne, die Ned ihr in Jasper gekauft hatte, rollte über den Boden und landete im Feuer. Emma ließ ihre Decke fallen und fuhr herum. »Versuch's damit«, sagte Ned mit einer Stimme, die ihr das Blut in den Adern gefrieren ließ. »Ein Picknick, schau an, genau das Richtige für zwei tote Betrüger.« Er stand auf einer zutage liegenden Schieferplatte oberhalb ihres Lagerplatzes. Emma durchfuhr der Gedanke, dass er sie die ganze Zeit, auch schon nachts, beobachtet hatte; und er sah aus, als habe er, seit er Nalgitas verlassen hatte, nicht geschlafen. Seine Kleider waren zerknittert und verdreckt, und sein neuer

Hut starrte vor Staub und Schweiß. Sein unrasiertes Gesicht war ausdruckslos. Emma wusste nicht, was von ihrem Gesicht abzulesen war, doch was sie empfand, waren Angst – und Freude darüber, Ned wiederzusehen.

»Danke für die Kanne«, hörte sie sich in beinahe freundlichem Ton sagen. »Sie nützt uns nur leider nichts, denn wir haben keinen Kaffee dabei.«

Emma nahm eine Bewegung hinter sich wahr und sah Ned im selben Moment seinen Revolver ziehen. »Schön sitzen bleiben«, sagte er drohend an Emma vorbei. Dann schwenkte sein Blick zu ihr zurück. »Du hast mir mal versprochen, ich könne mich auf dich verlassen.«

»Ach, weißt du – man verspricht so manches«, gab sie scheinbar ungerührt zurück. »Das dürftest du ja von dir selbst kennen. Wir haben ein Spiel gespielt, und du hast verloren.«

»Das ist noch nicht raus – Ma Sarpy!«

Er hatte also richtig kombiniert, dachte sie. Es überraschte sie nicht, denn sie hatte ihn nicht unterschätzt, wie es Charley Pea getan hatte. Allerdings kannte der Schmied Ned auch nicht so gut wie sie. Hinter ihr fragte John mit ruhiger Stimme: »Was wollen Sie hier?«

»Was werde ich wohl wollen?«, fuhr Ned auf. »Ich will mir holen, was mir gehört. Rücken Sie es raus. Dann reite ich nach Telluride, und Sie beide können sich zum Teufel scheren.«

»Oh, wir haben das Geld nicht hier. Wir haben es in Trinidad zurückgelassen.« John lachte leise.

»Und ich bin Grover Clevelands Pferd!« Ned lachte seinerseits, doch sein Lachen war unnatürlich schrill, hysterisch. Emma hätte gerne noch einmal sein träges

Lächeln gesehen, doch sie wusste, dass ihr das nicht vergönnt sein würde. »Sie sind ein verdammter Hurensohn«, setzte Ned hinzu. Ohne John aus den Augen zu lassen, stieg er von der Platte zu ihnen herunter und näherte sich ihnen bis auf wenige Meter. »Und jetzt stehen Sie auf und lassen Sie sich wie ein Mann erschießen. Oder wollen Sie beide vielleicht gemeinsam sterben?«

»Du würdest uns mit einer Kugel ermorden, wie die Minders es mit den zwei Jungen getan haben?«, fragte Emma. Ein Schatten huschte über Neds Gesicht, so schnell, dass Emma nicht sicher war, ob sie es sich vielleicht nur eingebildet hatte, und er antwortete: »Das war was ganz anderes. Die Jungen hatten keinem was getan.« So leise, dass Emma ihn kaum noch verstehen konnte, fuhr er fort: »Was du getan hast, war nicht recht, Emma. Es ist nicht recht, einem Mann seinen Traum zu stehlen. Du hast Dinge zu mir gesagt ...« Er brach ab, sammelte sich und sprach in normaler Lautstärke weiter. »Ihr habt mir gestohlen, was mir gehört, und jetzt werdet ihr dafür bezahlen.«

Der Hass, der in seinen Augen loderte, ließ Emma innerlich erzittern, doch sie erwiderte scheinbar kühl: »Wir haben dir nur gestohlen, was du selbst gestohlen hast. Wir sind nicht schäbiger als du.«

»O doch – das seid ihr!«, widersprach Ned. »Ich habe das Geld ehrlich gestohlen, und jetzt hole ich es mir zurück.«

Emma und John hatten bei jedem Coup die Möglichkeit einkalkuliert, ertappt zu werden, vielleicht ins Gefängnis zu kommen. Einmal wäre Emma beinahe zusammengeschlagen worden. Aber sie hatte nie damit gerechnet, um ihr Leben fürchten zu müssen. Die Situation war denkbar dramatisch, und dennoch registrierte Emma in diesem Moment, dass die Pferde scharrten, dass der Geruch faulen Laubes in der Luft hing und dass der Himmel heller geworden war. Bald würde er blau sein. Sie fragte sich, wer von ihnen dann noch leben würde, um es zu sehen.

Das war ein müßiger Gedanke. Sie musste sich konzentrieren. Ned mochte sie hassen, und er würde sie vielleicht umbringen, aber angesichts dessen, was zwischen ihnen gewesen war, würde es ihm nicht leicht fallen. Also würde er John zuerst erschießen. Sie musste sich bereit machen, John beiseite zu stoßen, die Kugel abzufangen, wenn es sein müsste.

»Wir haben das Geld wirklich nicht hier«, sagte John. Als Emma sich ihm zuwandte, bemerkte sie, dass seine Hand auf einem Stein lag, der gerade so groß war, dass er ihn umfassen konnte. Eine Welle der Erleichterung durchflutete Emma. Ned hatte einen Revolver, aber sie waren zu zweit, und John konnte gut werfen. Jetzt müsste sie Ned nur noch ablenken, damit John ihn töten konnte. Emmas Herz begehrte dagegen auf, aber sie hatte keine Wahl. Wenn sie Ned nicht umbrächten, würde er sie umbringen. Nein, sie hatte wirklich keine Wahl.

Vielleicht doch, dachte sie plötzlich. Vielleicht müsste keiner von ihnen sterben. »Wir werden dir dein Geld geben«, sagte sie. »Es ist in einer meiner Satteltaschen. Ich hole es dir.« Emma deutete auf die Stelle in den Felsen, wo John und sie ihre Sachen verstaut hatten.

Neds Blick wanderte von Emma zu John und wieder zu Emma zurück. »In Ordnung«, nickte er. »Aber du holst es mit der linken Hand raus. Halt die rechte so, dass ich sie sehen kann. Wenn du versuchst, mich reinzulegen, erschieß ich dich, da kannst du sicher sein.«

Mit zitternden Beinen bewegte sich Emma, Ned zugewandt, seitwärts auf die Satteltaschen zu. Ein kleiner Stein sprang unter ihrem Fuß davon und über den Talrand. Auf dem Weg in die Tiefe prallte er immer wieder von Felsvorsprüngen ab, und jedes Mal klang das Klacken hohler. Es machte Emma wieder bewusst, in welcher Höhe sie sich befanden, und sie biss die Zähne zusammen, um nicht in Panik zu verfallen. Ein Blick zu John zeigte ihr, dass seine Finger sich um den Stein geschlossen hatten, aber noch war der Augenblick nicht gekommen, ihn zu werfen.

Emma öffnete langsam die Satteltasche und holte die kuvertgleiche Geldtasche heraus. »Es ist alles so, wie Addie es mir gegeben hat. Sie hat die Tasche abgeschlossen.« Emma drückte mit dem Daumen gegen den Verschluss, um Ned zu zeigen, dass sie die Wahrheit sagte. »Ich habe keinen Schlüssel, und um den Verschluss auseinander zu brechen, hatten wir noch keine Zeit.« Ihr schlug das Herz bis zum Hals, sie bezweifelte, dass Ned ihr glauben würde. Aber es war die Wahrheit.

»Gib sie mir«, befahl Ned.

»Nein!«, protestierte John. »Ich werde das Schloss mit Gewalt öffnen. Die Hälfte des Geldes gehört uns.«

Ned lachte wieder. Diesmal klang sein Lachen boshaft. »Irrtum, mein Bester. Ihr hab euer Spiel gespielt – jetzt spiele ich meins. Zuerst blieb mir nichts, jetzt bleibt euch nichts. Ich werde nicht nur das Geld mitnehmen, sondern auch eure Pferde.« Er bedachte Emma mit einem verächtlichen Blick. »Aber dich nehme ich nicht mit. Ich will dich nicht mehr.« Das war ihr zwar klar gewesen, aber es ausgesprochen zu hören verursachte ihr Gänsehaut.

»Ich sage es noch mal«, fuhr Ned fort. »Wenn ihr mich reinlegen wollt, erschieß ich euch. Ich töte nicht zum Vergnügen, das weißt du ja, aber wenn es sein muss, dann tue ich es, und es bereitet mir keine schlaflosen Nächte. Da bin ich wie du. Aber genug geredet – leg die Tasche auf den Boden und schieb sie mit dem Fuß zu mir rüber.«

Emma legte die Geldtasche auf den Boden und warf dabei einen Blick zu John, um ihm zu bedeuten, dass er es gut sein lassen solle, dass es keine Rolle spiele, wenn sie diesmal den Kürzeren zögen, aber Johns Gesichtsausdruck und die vor Wut fast weißen Augen zeigten ihr, dass er nicht bereit war, sich geschlagen zu geben. »Unser Freund hat sich in den Kopf gesetzt, uns zu berauben«, sagte John in süffisantem Ton zu ihr, »aber wie ich von dir weiß, gibt's nicht viel Verstand in diesem Kopf.« Sie begriff, dass John Ned reizen wollte, um ihn in Rage zu bringen, sodass dieser unaufmerksam würde und er den Stein werfen könnte, und die Chancen standen gut dafür, denn Ned war ein stolzer Mann und würde diese Beleidigung nicht einfach hinnehmen.

Aber Emma wollte nicht, dass die beiden Männer aufeinander losgingen. Sie musste sie beruhigen. Zuerst müsste sie Neds Selbstachtung wiederherstellen und dann Johns Zorn besänftigen. Das Erste sollte einfach sein. »In Ordnung«, sagte sie. »Nimm das Geld. Nimm alles. Du hast das Spiel besser gespielt als wir und gewonnen.« Sie wandte sich John zu. »Es sind keine Reichtümer in der Tasche, und dein Leben ist mir mehr wert als das Geld. Lass es ihn haben – mir zuliebe.« Sie versetzte der Geldtasche einen Tritt in Neds Richtung.

Auf seinem Gesicht malte sich zunächst Verblüffung und dann Misstrauen. Offenbar konnte er sich nicht vorstellen, dass sie so mir nichts dir nichts nachgab. Doch dann bückte er sich, um die Tasche aufzuheben. Emma, die ihn beobachtete, sah den Stein erst, als er an ihr vorbeiflog. Ned richtete sich gerade wieder auf, und so traf er ihn nicht am Kopf, sondern an der Brust. Der Aufprall brachte ihn aus dem Gleichgewicht, und er schoss zweimal, bevor die Waffe seiner Hand entglitt, während er darum kämpfte, nicht hintenüberzufallen. »Ihr habt mich reingelegt«, sagte er mit eiskalter Stimme. »Dafür werdet ihr sterben.« Sein Gesicht war vor Hass zu einer erschreckenden Grimasse geworden. Er sah sich nach seinem Revolver um, doch der befand sich außerhalb seiner Reichweite, und so stürzte er sich mit einem wilden Schrei auf John.

Wie ein Hammer traf seine Faust Johns Gesicht. »Du bist ein toter Mann!«, schrie Ned. John ging nicht zu Boden, und er lachte Ned ins Gesicht. »Ich hoffe für Sie, dass Sie mit dem Revolver besser umgehen können – als Faustkämpfer taugen Sie nichts. Meine Nase blutet ja nicht einmal«, sagte er und stieß sich von dem Felsen ab, gegen den der Schlag ihn geworfen hatte. Er prallte mit solcher Wucht gegen Ned, dass es diesen von den Füßen riss. In der nächsten Sekunde kniete John über ihm, umfasste mit beiden Händen seinen Hals und drückte ihm mit den Daumen die Kehle zu. »Die

Waffe!«, rief er Emma über seine Schulter zu. »Hol die Waffe!«

Doch Emma hatte sie bereits in der Hand. Sie zielte auf die beiden Männer, doch die rollten inzwischen eng umschlungen hin und her, und sie wagte nicht zu schießen, weil sie Angst hatte, John zu treffen. Dann gelang es ihm plötzlich, sich loszureißen. Er stand auf und rief Emma zu: »Schieß!« Sie zielte auf Ned, aber sie brachte es nicht über sich, den Abzug durchzudrücken. Sie konnte Ned ebenso wenig töten, wie sie John hätte töten können. Im nächsten Moment war auch Ned wieder auf den Füßen, und die beiden Männer bewegten sich, auf eine Chance zum Zuschlagen wartend, im Kreis. Ned hatte lange Kratzer im Gesicht, und auf Johns Rücken schimmerte Blut durch das zerfetzte Hemd. Von den Kräften her waren die beiden Kampfhähne einander ebenbürtig, doch Ned war schneller und raffinierter. Er landete Schlag um Schlag auf Johns Brust, doch dann traf ihn ein solcher Hieb ins Gesicht, dass sein Kopf nach hinten kippte. Er taumelte rückwärts, und John setzte ihm nach, um ihm den Rest zu geben, aber es war ein Trick gewesen. Ned wich zur Seite aus, und John schlug, den Arm noch ausgestreckt, der Länge nach hin. Emma, die während des erbitterten Kampfes immer wieder versucht hatte, die beiden mit Worten zum Aufhören zu bewegen, war inzwischen heiser, und so geriet ihr verzweifelter Appell an Ned: »Lass ihn! Nimm das Geld und lass ihn!« zu einem kaum hörbaren Krächzen.

Ned trat nach Johns Kopf und traf sein Ohr, und John stieß einen dumpfen Schmerzenslaut aus. Emma glaubte Furcht in seinem Gesicht zu lesen, aber sicher war sie nicht, denn sie hatte noch nie erlebt, dass John sich fürchtete. Ned trat ein zweites Mal zu, und diesmal packte John ihn am Bein und riss ihn zu sich herunter. Sie rollten in einer erbitterten Umarmung auf den Talrand zu, hielten jedoch, John unten und Ned oben, kurz davor an. Ned klemmte sich John zwischen die Knie und streckte mit hassverzerrtem Gesicht die Daumen nach seinen Augen aus.«

»Nein, Ned!«, schrie Emma im höchsten Diskant. »Nicht! Nimm das Geld! Hier hast du es!« Sie hob die Geldtasche auf und schleuderte sie dicht über dem Boden auf die beiden Männer zu. Jetzt hatten sie sie endlich gehört und drehten die Köpfe in ihre Richtung. Die Tasche schlitterte auf sie zu, erreichte den glatten Felsboden, gewann an Schwung und schoss an ihnen vorbei. Ned warf sich nach vorne, um sie zu packen, und riss John mit, und beide Männer folgten der Tasche in den Abgrund. Emma hörte ein Geräusch, als habe jemand einen Mehlsack fallen lassen, und dann einen lang gezogenen Schrei wie von einem Tier, der leiser und leiser wurde und schließlich verstummte.

Im ersten Moment war Emma nicht fähig, sich zu bewegen, doch schließlich zwang sie sich, einen Fuß vor den anderen zu setzen. Es herrschte Grabesstille, als sie am Talrand ankam. Die Höhe machte sie schwindlig, aber sie wusste, dass sie sich überwinden müsste, in den Abgrund hinunterzuschauen. Langsam sank sie auf die Knie und beugte sich Zentimeter um Zentimeter vor. Das Erste, was sie sah, war ein Stofffetzen, der an einem spitzen Felsvorsprung hing, und dann wurde sie, dicht an der Steilwand, eine Hand gewahr, die knapp einen halben

Meter unter ihr nach einem Halt tastete. Mit wild klopfendem Herzen legte Emma sich auf den Bauch, hakte ihren linken Fuß um den dünnen Stamm eines Baumes neben ihr, streckte ihren Arm, bis er schmerzte, und umfasste das Handgelenk des Mannes. Schweiß brach ihr aus allen Poren, und bunte Kreise tanzten vor ihren Augen, als der Mann sich an ihrem Arm entlang aus dem Abgrund emporzog. Und sie wusste nicht, wem sie da das Leben rettete – John oder Ned.

Welcome

9

Der gut aussehende Schwarze mit der Melone und der blumengemusterten Weste zu dunklem Gehrock und gestreifter Hose war der letzte Fahrgast, der in Golden, kurz hinter Denver, den Colorado Central bestieg. Er schaute sich nach einem angemessenen Platz um, auf dem er neben einem Mann oder aber allein hätte sitzen können, und da es einen solchen nicht gab, nahm er den einzig verfügbaren neben einer älteren Frau, sorgsam darauf bedacht, sie nicht zu berühren. Er setzte seinen Hut ab und zog die gelben Handschuhe aus. Seine Nachbarin musterte die Fingerhandschuhe amüsiert, sagte jedoch nichts, und die Spöttelei zweier Männer jenseits des Gangs ignorierte er ebenso wie den Jungen, der laut zu seiner Mutter sagte: »Schau dir diesen etepetete Schwarzen an!« Er hätte den Jungen mit einem Schlag seiner kräftigen Hand quer durch den Wagen schleudern können, doch die Beleidigung war nichts im Vergleich zu dem, was er früher hatte erdulden müssen. Schon in seiner Kindheit, in den Zeiten der Sklaverei, hatte er, als er durch Verkauf von seiner Mutter getrennt worden war wie ein Kalb von der Kuh, gelernt, Beleidigungen von sich abprallen zu lassen. Das hatte ihn vor Verbitterung bewahrt. Er war kein unglücklicher Mensch. Ganz und gar nicht. Er war ein sehr gefühlvoller Mann und genoss das Leben ungemein. Es erheiterte ihn, andere zu irritieren. Aus welch anderem Grund sonst würde er auch das Risiko eingehen, verhöhnt zu werden, weil er gelbe Handschuhe trug, was seine Hände wie riesige Zitronen aussehen ließ?

Nachdem seine Nachbarin ihn kurz von oben bis unten gemustert hatte, richtete sie ihren Blick wieder nach vorne und begann sich Luft zuzufächeln, denn es war stickig im Zug. Als sie sich dann erhob, um das Fenster zu öffnen, sagte er freundlich: »Gestatten Sie, Madam?«, und schob es für sie nach oben. Sie neigte den Kopf anerkennend, bedankte sich aber nicht.

Als der Zug anruckte, stieg noch eine Frau ein und hielt Ausschau nach einem Sitzplatz. Die Männer im Wagen blickten aus dem Fenster oder vergruben sich in ihren Zeitungen, aber der Schwarze stand auf und bot ihr mit einer Verbeugung seinen Platz an. Die Frau setzte sich hin, ohne ihn eines Wortes zu würdigen. Während der Zug langsam aus dem Bahnhof fuhr, ging der Schwarze auf die Aussichtsplattform hinaus und zündete sich eine Zigarre an. Obwohl es viele Haltestellen an der Strecke gab, würde die Fahrt nicht lange dauern, und es war ihm ohnehin lieber, sich hier draußen aufzuhalten, wo er die frische Bergluft atmen konnte statt der verbrauchten Luft im Wagen. Es ging auf den Herbst zu, aber das Wetter war noch immer schön. Das Laub der Espen schimmerte wie flüssiges Gold in den Schluchten, so intensiv, dass ihm fast die Augen davon schmerzten. Er hatte gehofft, dass die frische Luft ihn beruhigen würde, und für eine Weile tat sie das auch, doch als der Zug in der Ebene kurz vor Georgetown sein Tempo drosselte, begann das Herz in der breiten Brust des Schwarzen wieder zu flattern.

Er kehrte in den Wagen zurück, um Hut und Reisetasche von der Ablage über seinem alten Platz zu holen, und wartete dann, bis alle anderen Reisenden ausgestiegen waren, bevor er wieder auf die Plattform hinaustrat. Er sah die beiden sofort, denn sie waren die Einzigen, die noch jemanden zu erwarten schienen. Emma trat auf ihn zu und ergriff seine Hände, und er las in ihren strahlenden Augen, wie sehr sie sich freute. Ob sie das Wiedersehen so glücklich machte oder etwas anderes, vermochte er nicht zu sagen. Sie schien sich erholt zu haben, und er wusste nicht, ob er froh darüber war.

»Mein Freund«, sagte sie und drückte seine Hände.

»Wie geht's Ihnen, Emmie?«

»Gut.« Ein Schatten legte sich über ihre Augen, und ihr Lächeln erlosch. »Den Umständen entsprechend.« Sie schaute auf seine Hände hinunter, drückte sie noch einmal und ließ sie dann los – widerstrebend, wie er glaubte, aber er war sich bei ihr nie sicher. Sie hatte früher viele Rollen gespielt, genau wie er, und er tat es noch immer, genau wie sie, dachte er. »Ned kennen Sie ja«, sagte sie in seine Gedanken hinein.

»Und du bist mit Jubel Welcome auch bekannt, Ned.«

Ned, der dicht hinter ihr stand, ließ den Blick von den gelben Handschuhen zu Welcomes dunklen Augen wandern. »Nicht als Mann, verdammt noch mal«, erwiderte er.

In Welcomes Gesicht zuckte kein Muskel, und auch Ned lächelte nicht, stattdessen beäugten die beiden Männer sich misstrauisch. Obwohl Welcome wusste, dass es

Emma peinlich war, peinlich für alle, würde er nicht den ersten Schritt tun. Er hatte Ned gemocht, mehr, als er erwartet hatte, aber das war davor gewesen – vor dem, was seit ihrem letzten Zusammentreffen geschehen war. Er gab Ned die Schuld, und der nahm es ihm bestimmt übel, dass er dabei mitgespielt hatte, ihn um sein Geld zu betrügen. Also würde Ned wahrscheinlich auch nicht den ersten Schritt tun. Doch gerade als die Spannung unerträglich zu werden drohte, streckte Ned ihm die Hand hin und lächelte: »Ich nehme es Ihnen nicht übel.«

Welcome nahm die Hand und schüttelte sie, aber er nahm es ihm übel. Und mit Recht. John Roby war sein bester Freund gewesen, hatte ihn davor bewahrt, totgepeitscht zu werden, und ihn immer mit Respekt behandelt. Welcome hätte sein Leben für John hingegeben, wenn er die Chance dazu gehabt hätte. Er fragte sich, ob Emma wohl die Chance dazu gehabt hatte, doch das war unfair. Sie hatte John stets die gleiche Loyalität entgegengebracht wie er. Aber jetzt war John tot, und Welcome wusste, dass Emma ihm niemals in dieser Art ergeben sein würde, ebenso wenig wie er ihr. Er mochte Emma, bewunderte sie, und sie hatte sich ihm gegenüber immer anständig verhalten, doch sie hatten beide stets einen gewissen Abstand gewahrt. In Nalgitas war es zu einer Auseinandersetzung zwischen ihnen gekommen, als Welcome glaubte, dass sie eine unangebrachte Zuneigung für Ned entwickelt hatte. Dabei war es ihm weniger um ein mögliches Misslingen ihres Coups gegangen als vielmehr um eine mögliche Verletzung von Johns Gefühlen.

Plötzlich wurde ihm bewusst, dass Ned und Emma ihn in der Erwartung einer Antwort anstarrten, und so erwiderte er: »Okay, ich nehme es Ihnen nicht übel.«

»Haben Sie die Nachricht erhalten, die ich Ihnen durch Charley Pea schickte?«, fragte Emma.

»Ja.«

»Dann sehen Sie sicher ein, dass wir nichts tun konnten. John ließ sich einfach nicht besänftigen. Er wollte den Kampf, und nachdem er den Stein geworfen hatte, bekam er seinen Willen. Sie wissen, dass mit ihm nicht zu reden war, wenn ihn etwas in Wut gebracht hatte.« Welcome bestätigte das mit einem kurzen Nicken.

»Ned und ich suchten ihn stundenlang, und schließlich entdeckten wir seine Leiche auf einem flachen Felsvorsprung auf der halben Höhe der Talwand. Wir wollten sie bergen, aber der Hang war zu steil, es war ein unmögliches Unterfangen.« Emma schauderte es.

Welcome konnte sich vorstellen, was für eine Qual die Suche für Emma gewesen sein musste, denn er wusste um ihre Höhenangst. Es bereitete ihm keinen Kummer, dass Johns Leichnam in den Bergen geblieben war – nur, dass John tot war. »Und was ist mit dem Geld?«, fragte er.

Emma schaute sich um, sie waren noch immer allein, doch sie war vorsichtig.

»Nicht hier. Reden wir lieber zu Hause. Ich habe Ihnen ein Zimmer im Frenchman's bestellt. Ich dachte, das wäre Ihnen angenehmer.«

Ihr wäre es angenehmer, wenn er dort übernachtete, dachte Welcome, musste sich aber eingestehen, dass er sich bei Emma nicht wohl gefühlt hätte – nicht, nachdem Ned jetzt in dem kleinen Haus mit ihr lebte. Er fragte sich, wie Emma das wohl den Nachbarn erklärt haben mochte, aber die Nachbarn wechselten häufig, und so war es gut möglich, dass sie nicht wussten, dass John durch Ned ersetzt worden war. Der Gedanke machte ihn traurig.

Schweigend wanderten die drei die Straße zur Stadt hinunter, an den weißen Häusern mit ihren kunstvollen Verzierungen und verblühten gelben Rosen und Eisenzäunen entlang, die Welcome an Emmas auf Addies Kommode aufgereihte Haarnadeln erinnerten. Wehmut schnürte ihm die Kehle zu, als er daran dachte, wie er diese Straße mit John entlanggeschlendert war und sie über einen gelungenen Coup gelacht hatten. Zu Anfang waren Welcomes Rollen in Johns und Emmas Gaunerstücken nur klein gewesen, hatte er hier einen Gepäckträger und da einen Rollkutscher abgegeben, doch sehr schnell machte sein schauspielerisches Talent ihn zu einem tragenden Element der jeweiligen Betrugsgebäude. Welcome war mit Begeisterung bei der Sache. Niemand kam auf die Idee, ihn zu verdächtigen, und wenn den Opfern schließlich ein Licht aufging, wäre er gar zu gerne dabei gewesen, denn von einem Schwarzen überlistet worden zu sein musste sie ganz besonders erbosen. Als der Schmied Emma telegrafierte, dass Addie wieder einmal ein Hausmädchen verloren hatte und Welcome nach Nalgitas reiste und an der Hintertür der Chili Queen anklopfte und nach Arbeit fragte, hatte Addie das für ein Geschenk des Himmels gehalten. Und so hatten die drei sich das vorgestellt. Welcome hatte reichlich Zeit, die Lage der Dinge zu überprüfen, bevor Emma eintraf. Wäre die Situation anders gewesen als von dem

Schmied geschildert, hätte Welcome sich aus dem Staub gemacht, und die Sache wäre abgeblasen worden. Und John würde noch leben, dachte Welcome. Aber was geschehen war, konnte nicht mehr ungeschehen gemacht werden. Sie hatten das kleine Haus mit den grünen Fensterläden in der Rose Street erreicht, und Welcome folgte Emma und Ned den kurzen Weg hinauf.

»Bei Kneisel und Anderson gab es heute Zitronen, und ich habe Limonade gemacht.« Emma zog die Schleife unter ihrem Kinn auf, nahm ihre Haube ab und hängte sie an einen Haken neben der Tür.

Welcome wäre ein Whiskey lieber gewesen, doch er hütete sich, es auszusprechen. Emma hatte in Nalgitas wieder Geschmack am Alkohol gefunden, und er wollte sie nicht auf dumme Gedanken bringen. Das hätte John ihm übel genommen. Er stellte seine Reisetasche ab, zog sein Jackett und die Weste aus und schaute sich nach einem sichtbaren Beweis für Emmas Trauer um, doch über keinen Spiegel war schwarzer Tüll drapiert, und kein schwarzes Band schmückte das gerahmte Stichtuch, das Emma so kostbar war. Aber Emma hielt auch nicht viel von Sentimentalität. Alles war wie immer – abgesehen von einer gelb gepunkteten Kaffeekanne, die auf dem Herd stand. Welcome hätte gerne gewusst, woher das stellenweise angeschlagene Stück stammte, doch er fragte nicht.

Emma hackte Eis in drei Gläser und stellte sie mit einem Krug aus dem Kühlschrank und einem Teller Hafercookies auf ein Tablett, das Ned in den Garten hinaustrug und dort auf einen Tisch stellte. Emma nahm ihren Handarbeitskorb und folgte ihm, doch Welcome blieb in der Tür stehen und schaute an der Schule, die wie ein Berg hinter dem Garten in den Himmel ragte, vorbei zu dem eckigen Steinturm der Presbyterian Church hinüber. Er mochte die Kirche. Emma war keine Kirchgängerin, aber aus irgendeinem Grund – vielleicht aus Furcht vor der Hölle, dachte Welcome, denn er wusste Dinge über ihn, die er Emma verschwiegen hatte – war John dort häufig zu finden. Und er hatte Welcome mitgenommen, zu dessen Überraschung der Geistliche darauf bestanden hatte, dass Welcome neben John in der ersten Reihe saß, anstatt in der letzten. Als einer der Gemeindemitglieder nörgelte, die Bibel billige keine Vermischung der Rassen, hatte der Geistliche geantwortet: »Man kann das Buch der Bücher auf die verschiedensten Weisen lesen.«

Als Emma sich umdrehte und Welcomes Blick sah, sagte sie: »Ich habe Pastor Darnell mitgeteilt, dass John gestorben ist, und er bot an, nur für uns einen Gedenkgottesdienst abzuhalten. Ich sagte, das sei nicht nötig, aber er meinte, Ihnen würde es bestimmt helfen, den Verlust zu bewältigen. Möchten Sie diese Zeremonie?«

Welcome nickte. Er war nicht viel religiöser als Emma, doch er fand, dass John, wenn er schon nicht beerdigt werden konnte, wenigstens auf diese Weise die letzte Ehre erwiesen werden sollte. »Möchten Sie auch einen Stein? Wir können einen kaufen.«

»Ohne Grab?«

»Sie haben Recht«, nickte Emma.

Welcome setzte sich zu ihnen an den kleinen Tisch unter den Bäumen und nahm dankend ein Glas Limonade entgegen. »Kommen wir auf das Geld zurück«, sagte er. »Erzählen Sie mir genau, was passiert ist.«

Emma wechselte einen Blick mit Ned und reichte Welcome dann die Cookies. Er nahm sich einen Keks und biss hinein. Sie waren nach dem gleichen Rezept gebacken wie seine in der Chili Queen, nur hatte Emma die Rosinen durch Nüsse ersetzt, was Welcome nicht besonders schmeckte. »Das habe ich Ihnen doch geschrieben«, erinnerte ihn Emma. »Die Geldtasche fiel in den Abgrund. Wir haben, während wir John suchten, auch nach ihr gesucht, sie jedoch nicht finden können. Entweder ist sie in einer Felsspalte stecken geblieben oder hinunter in den Fluss gefallen.«

Welcomes Blick wanderte von Emma zu Ned, der sich vorbeugte und die Arme verschränkte. »Das ist die reine Wahrheit. Die Tasche ist …«, er hob die Hände zu einer hilflosen Geste, »… einfach verschwunden.«

»Es war meine Schuld«, meldete Emma sich wieder zu Wort. »Ich habe das Geld über den Boden schlittern lassen, aber wie hätte ich wissen sollen, dass es so weit rutschen würde? Wie hätte ich das wissen sollen?« Welcome hatte sich wieder ihr zugewandt, und er las in ihren Augen, dass sie in diesem Moment das Gleiche dachte wie er: Dass John noch leben würde, wenn sie die Geldtasche nicht geworfen hätte. »Wir würden Sie nie um Ihren Anteil betrügen – ich glaube, das wissen Sie.« Emma überdachte das Gesagte und setzte dann hinzu: »Ich nehme an, Sie kennen Ned nicht gut genug, um seine Absichten einschätzen zu können, aber Sie wissen zumindest, dass *ich* Sie niemals betrügen würde. Das wäre eine Entehrung von Johns Andenken.«

Der Klang der Schulglocke ließ sie alle erschrocken zusammenfahren. Kinderstimmen schrien durcheinander, Türen knallten. Während die drei dem Tumult lauschten, nahm Emma ihre Näharbeit zur Hand, steckte zwei kleine Dreiecke zusammen und begann zu sticheln. Sie hatte es Welcome beibringen wollen, aber seine Hände waren zu groß, und er konnte keinen Faden einfädeln.

Der Lärm verebbte. Welcome schaute auf die gelben Espenblätter hinunter, die wie goldene Zehndollarmünzen auf dem Gras verstreut lagen, und fragte: »Sie haben das Geld nicht gezählt?«

Ohne aufzublicken, schüttelte Emma den Kopf. »Warum hätten wir das tun sollen? Ned und John hatten es doch auf dem Bahnhof gezählt. Außerdem war die Geldtasche verschlossen, und ich hatte keinen Schlüssel dafür. Das Geld ist weg. Neds Geld, unser Geld – alles.«

»Ich zweifle nicht daran«, versicherte Welcome ihr. »Ich glaube nicht, dass Sie fähig wären, mich zu hintergehen.«

Schweigen senkte sich über den Tisch. Emma schnitt den Faden ab, fischte noch mehr kleine gelbe Stoffstücke aus dem Korb und steckte sie mit Nadeln zusammen, die sie aus einer kupferfarbenen Bonbondose nahm. Dann zog sie ein fertiges Quadrat aus dem Korb und strich es auf dem Tisch glatt. »Sehen Sie – das mache ich: Georgetown Puzzle«, erklärte sie ihm. »Ist das nicht hübsch?« Welcome nickte, und Emma fädelte einen neuen Faden ein, wickelte ihn ein paarmal um ihren Finger, streifte das Durcheinander ab und zog daran, bis ein dicker Knoten daraus wurde. Als Welcome es müde war, ihre flinken Finger zu beobachten, ließ er den Blick durch den Garten schweifen. Gänsefingerkraut und späte Gänseblümchen blühten, doch das Gemüsebeet, das anzulegen er Emma gegen Ende des Frühlings geholfen hatte, sah trostlos aus, denn es hatte sich in ihrer Abwesenheit niemand darum gekümmert. Er lehnte sich zurück, um die Berge zu betrachten, die zwei Seiten von Georgetown flankierten. Die Berge würden ihm fehlen. Und der Frieden, den John, Emma und er nach jedem Coup in diesem Häuschen gefunden hatten. Jetzt war John tot, und das Häuschen würde für Welcome nie mehr sein, was es gewesen war. Auch Georgetown würde er vermissen, doch er bereute die Entscheidung nicht, die er vor seiner Abreise aus Nalgitas getroffen hatte. O nein! Für John und Emma war die Vergangenheit wichtig gewesen – Welcome hatte stets in die Zukunft geblickt.

Emma ließ ihre Näharbeit sinken und schaute zu Ned hinüber, aber ehe sie etwas sagen konnte, fragte er: »Wie geht es Addie?« Die Frage ärgerte Welcome. Ned hatte Addie sitzen gelassen, und er würde den Teufel tun und Neds Gewissen beruhigen, indem er ihm verriete, dass es ihr hervorragend ging. Also antwortete er: »Nachdem Sie sich davongemacht hatten, stellte sie ihre sämtlichen Whiskeyflaschen in einer Reihe auf und trank sechs Tage lang von früh bis spät. In ihrer Wut fing sie Streit mit den Mädels an und verpasste Miss Belle eine dicke Nase. Dann sperrte sie beide aus, und Miss Tillie wurde von einem Skorpion gestochen, als sie auf der Veranda schlief. Danach ließen die Mädels sie im Stich, und Addie schloss die Chili Queen.«

Emma schaute unbehaglich drein, und Ned sagte: »Sie hätten sie zur Vernunft bringen sollen.«

Welcome lag auf der Zunge, dass das alles nicht passiert wäre, wenn Ned Addie nicht verlassen hätte, doch er erwiderte: »Sie würde wahrscheinlich noch immer ihren Kummer zu ertränken versuchen, wenn der viele Alkohol sie nicht krank gemacht hätte. Als sie von mir verlangte, ihr beim Apotheker Laudanum zu holen, bekam ich es mit der Angst zu tun, weil ich dachte, sie wolle sich umbringen, so durch den Wind, wie sie war, und sagte ihr, dass kein nichtsnutziger Satteltramp das wert wäre.« Welcome amüsierte sich königlich, als er Ned zusammenzucken sah, aber Emmas strenger Blick bewog ihn, obwohl alles, was er sagte, der Wahrheit entsprach, seine Schilderung abzukürzen. »Miss Addie dachte darüber nach und kam zu dem Schluss, dass ich Recht hatte. Sie hörte auf zu trinken, erholte sich sehr schnell, ging in die Stadt und fand einen Mann, der die Chili Queen kaufte, um ein Restaurant daraus zu machen. Dann packte sie ihre Sachen und stieg in den nächsten Zug.« Welcome wandte sich Emma zu. »Ihre Rosen sind eingegangen.«

»Ich bin froh, dass sie wohlauf ist«, sagte Ned. »Wohin ist sie denn gegangen?«

Welcome zuckte mit den Schultern. »Sie hat nicht gesagt, wohin sie wollte, und ich habe sie nicht danach gefragt. Als sie abreiste, hatte ich gerade den Brief von Emmie mit der schrecklichen Nachricht erhalten.« Welcome zog ein seidenes Taschentuch heraus und betupfte damit, verärgert über seine Tränen, seine Augen. »Ich stieg meinerseits in den Zug und fuhr hierher.«

Emma warf Ned einen fragenden Blick zu, den dieser mit einem kurzen Nicken beantwortete, worauf sie sich räusperte und sagte: »Da das Geld weg ist, kann Ned die Ranch in Colorado nicht kaufen. Ich nehme an, Sie wissen, dass er diesen Plan hatte.« Welcome schwieg. Natürlich wusste er von Neds Plan. Er wusste so gut wie alles, was sich zwischen Emma und Ned abgespielt hatte – außer, was den Ausflug der beiden nach Jasper anging. Emma war seinerzeit sehr bedrückt zurückgekehrt, und sie hatten eine unschöne Auseinandersetzung gehabt, weil sie sich weigerte, darüber zu sprechen.

Als Welcome nicht antwortete, fuhr Emma fort. »Wir müssen also wieder für unseren Lebensunterhalt arbeiten. Ich habe da von einem Mann in St. George in Utah gehört, einem Mormonen mit drei Ehefrauen ...« Sie brach ab, denn Welcome schüttelte den Kopf. »Ich kann nicht.«

»Aber natürlich können Sie, Welcome. Es lief doch so gut mit Ihnen und John und mir. Und jetzt wird eben Ned Johns Platz einnehmen.«

»Für mich niemals«, erklärte Welcome frostig.

Emma dachte darüber nach und nickte dann: »Nein – wahrscheinlich nicht.« Die Sonne versank hinter den Bergen, und Schatten legte sich über den Garten. Emma schauderte es, und auch Welcome spürte die herbstliche Kühle, die es in New Mexico nicht gab. »Sie müssen müde sein.« Emma stand auf. »Heute Abend werden wir alle gemeinsam im Hotel de Paris dinieren, und morgen kümmere ich mich um den Gedenkgottesdienst für John. Ich habe seine Krawattennadel mit den Brillanten und seine Uhr für Sie beiseite gelegt, aber sehen Sie seine Sachen noch durch. Sie können sich nehmen, was Sie möchten.«

»Danke.«

Ned erhob sich ebenfalls. Er trat hinter Emma und schlang die Arme um ihre Taille. »Erzähl's ihm«, forderte er sie auf. Emma lehnte sich zurück, lächelte zu ihm auf und legte ihre Hände auf die seinen. Welcome hatte sie noch nie so glücklich erlebt. Errötend streckte sie ihm ihre linke Hand hin, an der in einer goldenen Fassung ein dunkelroter Stein schimmerte. »Pastor Darnell hat Ned und mich letzte Woche getraut.« Fast verschämt fügte sie hinzu: »Ich brauche Ned.« Welcome fragte sich, warum sie es wohl so eilig gehabt hatte, zu heiraten. Mit John war sie jahrelang ohne den Segen der Kirche zusammen gewesen. Sein Blick wanderte von Emmas Gesicht hinauf zu dem von Ned, der wie ein Schwachsinniger grinste, und wieder zu Emmas zurück, die ungeduldig wie ein Kind auf seine Zustimmung wartete.

»Nun ...«, dehnte er, »... das ist ja schön. Meinen Glückwunsch.« Emma löste sich aus Neds Umarmung, trat auf Welcome zu und küsste ihn auf die Wange. Das hatte sie noch nie zuvor getan. Dann streckte Ned ihm die Hand hin, und er nahm sie, schüttelte sie und sagte noch einmal: »Meinen Glückwunsch.« Und als er darüber nachdachte, kam er zu dem Schluss, dass er den beiden tatsächlich Glück wünschte.

Am Ende erklärte Welcome sich dann doch bereit, bei dem Coup mitzumachen, von dem Emma gesprochen hatte, doch er bestand darauf, dass es für ihn der letzte sein würde. Emma sagte, sie verstehe, dass er nicht mit Ned zusammenarbeiten wolle, doch sie hätten Welcome für diese Sache fest eingeplant und könnten sie ohne ihn nicht durchziehen. Außerdem, setzte sie hinzu, müsse Welcome, nachdem ja auch sein Anteil an dem Nalgitas-Coup in den Abgrund geschlittert sei, knapp bei Kasse sein. Sie würden halbe-halbe mit ihm machen, damit er von vorne anfangen könne. Es ging ihm zwar gegen den Strich, mit den beiden an einem Strang zu ziehen, doch sie hätten es bestimmt seltsam gefunden, vielleicht sogar Verdacht geschöpft, wenn er ein so großzügiges Angebot abgelehnt hätte. Schließlich hatte John ihn nur zu einem Viertel beteiligt.

Er blieb noch einen Tag, um an dem Gedenkgottesdienst für John teilzunehmen und anschließend den Plan mit Emma und Ned durchzusprechen. Emma bestimmte, wie die Sache ablaufen sollte. Das hatte sie immer getan, erkannte Welcome zu seiner Überraschung. Bis zu diesem Augenblick war ihm nicht bewusst gewesen, dass John stets ihren Anordnungen Folge geleistet hatte und nicht umgekehrt – und Ned würde das ebenso tun. Die beiden würden gut zurechtkommen – auch ohne ihn.

Da ihr Plan erst in einem Monat in die Tat umgesetzt werden sollte, teilte Welcome Ned und Emma mit, er habe etwas zu erledigen und werde sich in Utah mit ihnen treffen. Emma wollte ihn zum Bleiben überreden – schließlich seien doch alle Unstimmigkeiten zwischen ihnen dreien bereinigt und es bestehe kein Anlass für ihn, Georgetown zu verlassen –, aber er hielt an seinem Entschluss fest. Und so brachten Ned und Emma ihn zum Bahnhof und winkten ihm zum Abschied. In Denver stieg Welcome in einen Zug um, der nach Süden fuhr.

Als er am frühen Abend in San Antonio ankam, wanderte er unter einem Himmel, den die letzten Sonnenstrahlen mit goldenen Pinselstrichen verzierten, vom Bahnhof zur Plaza de Armas. Er hatte seine gelben Handschuhe und die blumengemusterte Weste weggepackt und sich stattdessen unauffällig gekleidet, denn in Texas ließ man einem Schwarzen Auffälligkeit nicht so einfach durchgehen wie in Colorado. Er hatte mit dem Gedanken gespielt, ein Kleid anzuziehen, sich dann jedoch dagegen entschieden, denn er wollte ihr als Mann gegenübertreten. Über der Plaza hing der Duft von gebratenem Fleisch und mannigfaltigen Gewürzen in der noch immer heißen Luft. Er kam an einem langen Tisch vorbei und lächelte der Chili Queen zu, die in einem kurzen roten Kleid jenseits der leuchtenden Wachstuchdecke stand. Sie rief ihm etwas in einer Sprache zu, die er nicht verstand, doch er begriff die Bedeutung der Worte und schüttelte den Kopf. Er kam an Feuern vorbei, wo Frauen über einer Mischung aus Holzkohle und Buffalogras Fleisch brieten und in Eimern Kaffee kochten. Die Chili Queens riefen: »*Tamales y enchiladas, menudo y tripitas*«, als er an den Tischreihen vorbeischlenderte. Eine Frau mit Pfauenfedern im Haar griff nach seiner Hand, doch er zog sie weg und ging weiter, bis er Addie sah.

Sie trug ein modisches Sommerkleid aus einer so feinen Baumwolle, dass es auch Seide hätte sein können. Der Ausschnitt war dezent, denn sie musste ihren Busen nicht zur Schau stellen wie die Chili Queens. Das Kleid zierten Spitze und Schleifen, Rock und Unterärmel waren mit verbrämten Volants besetzt, und ein zur Schleife gebundenes Band in der Farbe der Volantsborte trug sie in ihrem lockigen Haar. Er blieb in einiger Entfernung stehen – sie saß auf einer Bank unter einer Laterne aus

Zinnblech, ihr Blick ging nicht in seine Richtung –, und er bewunderte ihre üppigen Formen. Er hatte wohl gerundete Frauen seit jeher lieber als schlanke. Und dann drehte sie langsam ihren Kopf, entdeckte ihn in der hereinbrechenden Dämmerung und deutete lächelnd auf den Platz neben sich. Welcome setzte sich zunächst ans Ende der Bank, obwohl er, hellhäutig, wie er war, bei diesem schwachen Licht nur schwer als Schwarzer zu erkennen wäre, doch dann verleitete ihn ihr Duft, eine Mischung aus Schweiß und einem schweren, blumigen Parfüm, an ihre Seite zu rücken und seine Hand auf ihre zu legen. Addie seufzte, schluckte und schaute ihm in die Augen.

»Ich habe mich breitschlagen lassen, noch einmal mitzumachen«, sagte er. »Aber danach ist Schluss.«

Addie nickte und deutete dann mit einer Kopfbewegung auf die Tische vor ihr. »Die gehören alle mir. Ich habe sie gekauft – und sie haben so gut wie nichts gekostet. Wenn die Geschäfte gut gehen, richte ich uns ein Restaurant ein und kaufe vielleicht eines von den Gebäuden da drüben.« Sie nickte zu den Geschäftshäusern aus Ziegeln und Stein hinüber, die am Rand der Plaza zwischen den Adobehäuschen in den Abendhimmel ragten.

»Du bist eine kluge Geschäftsfrau«, sagte Welcome, und er meinte es ernst.

»Das war immer mein Traum.«

Welcome drückte ihre Hand. »Du hast Schmerz und Untreue und Herzweh erlitten – es ist höchste Zeit, dass du etwas anderes erlebst.«

Addie schaute über die Plaza hinweg auf die Rückwand der Kirche.

»Hast du Ned gesehen?«

Welcome hatte die Frage erwartet. »Er hat sich nach dir erkundigt.«

Addie wartete.

»Sie sind verheiratet.«

Addie schwieg. Schwieg lange. Doch dann stieß sie plötzlich ihr whiskey-tiefes, kehliges Lachen aus, das ihm so gefiel. »Also war das Glück ihr doch noch hold«, sagte sie.

»Sie sind glücklich.«

»Sollen sie. Ich bin noch nie nachtragend gewesen, und außerdem ...« Sie ließ den Satz in der Luft hängen, und das sinnliche Lächeln, das sie ihm schenkte, war deutlicher als Worte.

An einem der Tische kam Unruhe auf, und Addie ging nach dem Rechten sehen. Sie nahm den Arm einer der Chili Queens in Augenschein, tauchte dann einen Lumpen in eines der Spülbecken und drückte das nasse Tuch auf die Brandwunde. Behutsam wischte sie die Tränen von dem Gesicht des Mädchens, führte es zu einer Bank und hieß es, sich ausruhen. Es machte Welcome froh, dass Addie so ein gutes Herz hatte, und er dankte Gott dafür, eine solche Frau gefunden zu haben.

Gleich darauf brachte Addie ihm eine Schüssel Chili, und er löffelte den Bohneneintopf mit einer Tortilla in seinen Mund. Er war scharf und fettig, und Welcome freute sich, dass Addie eine Vorliebe für Herzhaftes hatte.

»Was haben sie wegen des Geldes gesagt?«, wollte sie wissen.

Welcome lachte leise. »Sie haben die Geldtasche nie aufgemacht.«

»Das kann nicht wahr sein!« Addie war derart amüsiert, dass sie laut lachte und Welcome unterhakte. »Nie?«

Welcome schüttelte den Kopf. »Nie. Du hast Emmas Brief ja gelesen, in dem sie nur davon geschrieben hatte, dass die Tasche in den Abgrund geschlittert war. Dass sie die Tasche zum ersten Mal zu öffnen versucht hatten, als Ned sie eingeholt hatte, erfuhr ich jetzt, als ich mit ihr redete. Sie sagte, die Tasche sei verschlossen gewesen und du habest offenbar vergessen, ihr den Schlüssel mitzugeben.«

»Ja, so muss es gewesen sein«, sagte Addie. Welcome sah ein Blitzen in ihren Augen, als sie sich ihm zuwandte und mit einem Auge blinzelte. »Ich habe wohl auch vergessen, ihr das Geld mitzugeben.«

»Tut es dir Leid, dass sie das nicht bemerkt haben?«

»Natürlich – ich wollte, dass sie es merken, natürlich wollte ich, dass sie erkannten, dass *ich* sie reingelegt hatte. Immerhin haben sie mich beide betrogen. Aber das war, bevor …« Sie brach ab und kicherte wie ein junges Mädchen. »Jetzt glaube ich, dass es so besser ist. Du weißt es, und das genügt mir.«

»Das war die beste Taschenspielerei, die ich je erlebt habe – ich traute meinen Augen kaum.«

»Ich habe dir gesagt, ich war die Beste«, erwiderte Addie voller Stolz, »und ich glaube, ich bin es noch immer.«

»Ich war damals hin- und hergerissen«, sagte Welcome, aber das wusste Addie natürlich. Sie hatten schon darüber gesprochen. Als er sah, wie Addie den in ein Tuch gewickelten Packen Geld gegen einen in ein ebensolches Tuch gewickelten Packen Zeitungspapier austauschte, den sie in der Taille ihres Kleides versteckt hatte, war er drauf und dran gewesen, John zu warnen. Weder John noch Ned, die auf Addies Geheiß den Blick abgewendet hatten, hatten den Austausch bemerkt. Aber Addies Manöver dort auf dem Bahnhof zu verraten, das hätte John und Emma ihr eigenes betrügerisches Spiel verdorben. Also hatte er geschwiegen und sich vorgenommen, herauszufinden, wo Addie das Geld versteckte, und es John nach Georgetown zu bringen.

Und so war er in der Chili Queen geblieben. Doch selbst, wenn er das Versteck gefunden hätte – was ihm nicht gelang –, hätte er Addie nicht allein lassen können, denn sie war betrunken wie ein Fuhrkutscher und krank, und sie im Stich lassen, das wäre eines Ehrenmannes nicht würdig gewesen. Dann kam Emmas Brief, in dem sie ihm mitteilte, dass John tot war und Ned bei ihr in Georgetown, und zu dem Zeitpunkt hatte Welcome sich bereits in Addie zu verlieben begonnen. Bemerkenswert fand er, dass Addie sich nicht überrascht zeigte, als er ihr gestand, dass er ein Mann war. Sie sagte, sie habe schon von Anfang an das Gefühl gehabt, dass er keine Frau sei.

»Da du reich bist, werden dir viele weiße Männer anbieten, sich um dich zu kümmern«, sagte er.

»Nun, da ich reich bin, kann ich mir aussuchen, welcher Mann sich um mich kümmern soll«, erwiderte sie und griff nach seiner Hand. »Und der Mann, den ich mir aussuche, ist schwarz.«

Bei der Erinnerung daran wurde ihm warm ums Herz. Er stellte die leere Chilischüssel auf den Boden und rutschte zu Addie hinüber, bis sich ihre Körper berührten. Sie streichelte seinen Arm, und dann standen sie Hand in Hand auf und schlenderten über die Plaza, wo die Luft mit dem würzigen Geruch von Chili und den wohlklingenden Stimmen der Chili Queens geschwängert war.

Dank

Nachdem Sie dieses Buch gelesen haben, möchte ich nicht versäumen, Sie wissen zu lassen, dass es ohne die Hartnäckigkeit von zwei außergewöhnlichen Frauen niemals vollendet worden wäre. Jane Jordan Browne, meine Agentin bei Multimedia Product Development Inc. las die erste Fassung vor mehr als zwölf Jahren und ließ seit damals nicht locker, und Harriet Dallas, meine bemerkenswerte Mutter, lehrte mich, nie aufzugeben. Du fehlst mir, Mom. Ich danke meiner Familie – Bob, Dana, Kendal und Lloyd –, die mein Leben mit Freude erfüllt. Ich danke dem Western History Department der Denver Public Library, dem Texana/Genealogy Department der San Antonio Public Library und Lonnie Darnell für die wertvolle Hilfe bei den Recherchen. Und ich danke auch meinem lebenslangen Freund Arnie Grossmann. Danke Scott Mendel und Janie McAdams von Multimedia und meiner Lektorin Jennifer Enderlin, deren Wissen und Einfühlungsvermögen mein Buch zu einem besseren machten.